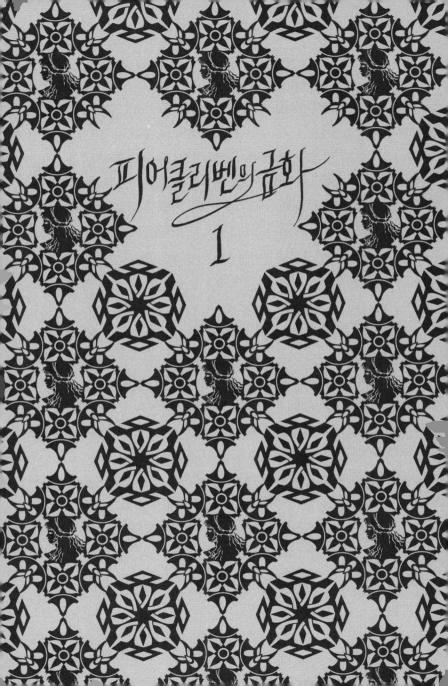

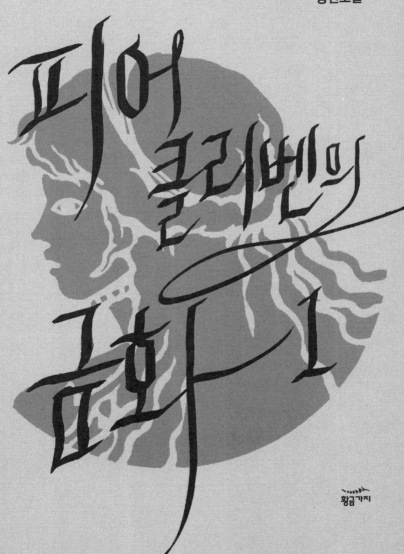

신서로
장편소설

피아
쿨리벤의
금화 1

황금가지

피어클리벤의 금화 1 목차

서장

"너를 먹겠다."

지상의 그 어떤 생물이 자신의 '한 끼 식사'를 향해 이러한 선언을 할 기회나, 필요가 있을까? 그것이 가능하려면 허기진 자와 '한 끼 식사' 모두 지성과 언어를 같은 수준으로 공유해야 할 것이다. 문제는 좀처럼 그 조건을 만족하기가 어렵다는 것이겠지. 그러므로 이러한 선언을 '한 끼 식사'의 입장에서 듣는 것은 무척이나 별나고 다시 없을 경험이라고, 울리케는 생각했다.

물론 눈앞의 '허기진 자'인 이 용(龍)이 끼니마다 자신의 만찬이나 간식에게 이러한 선언을 해 온 것은 아니었다. 좀 더 정확히는, 그럴 기회가 없었다. 이 지고의 포식자에게 있어 인간은 그간 딱히 선호할 만한 먹을거리가 아니었으니까.

그리고 식사의 예법으로 보더라도 대화란 접시 위의 요리가 아니라 식탁 너머의 상대방과 하는 것이다. 자신에게 말을 걸어오는 대상을 향해 이빨과 혀를 사용하는 올바른 방법은 그것을 씹어 삼키는 것이 아니라, 참으로 고상하지만 번잡한 전통인 언어를 구사하는 것임이 틀림없으므로.

"제게 양해를 구하시는 것입니까?"

그러므로 순간의 호기심과 변덕으로 인해 골라온 이 한 끼 식사는 역시나 귀찮기 짝이 없는 것이라고, 용은 그의 물음을 듣자마자 생각했다.

"먹을 허락을 구할 적절한 대상은 그것을 대접하는 이거나 혹은 나의 비만을 염려한 어머니일 것이다. '음식'이 아니라."

"저는 제가 식용에 적합하다는 근거가 없다고 생각합니다."

"그러한 견해를 말할 권리 역시 생산자나 도축자, 혹은 유통자 그리고 그 전반을 관리 감독할 책임을 가진 누군가일 것이다. '음식'이 아니라."

아마도 이러한 상황에 조예가 없을 대부분의 사람들은 현재 이어지는 이 느긋한 대화가 상황에 맞지 않는다고 여길 것이다. 그러나 일견 침착한 듯 보이는 이 젊은 처녀는 몇 번이나 까무러칠 것 같은 정신을 가다듬으며 자신이 기억하고 있는 『대(對)-용(龍) 화술서』의 내용을 쥐어짜고 있었다. 지금 그는 자신이 살아남을 수 있는 단 하나의 가능성에 모든 것을 걸고 있다. 전신에 식은땀이 축축했고, 얼굴도 창백히 질려 있다. 이런 부분들까지 통제할 수 있었다면 완벽하였겠지만(『대-용 화술서』의 권고사항에 의하면 그렇다.) 그것은 욕심이겠지. 그는 이 용이 처음 입을 열었을 때 스스로 비명을 지르지 않은 것만 해도 기적과 같은 일이었다고 여긴다. 만일 그랬다면 지금쯤 용의 열두 번째 송곳니와 어금니 사이 어딘가를 데굴데굴 구르고 있었으리라.

"유감입니다만 지고한 분이여, 그렇다면 저의 관리 감독자이신 아버님이나, 보다 위로는 변경백, 최종적으로는 황제 폐하께 제 식용의 적합 여부를 확인하셔야 하지 않겠습니까?"

"불가하다. 내가 아는 바로는 너의 아비나 왕이 너를 식품으로서 출하하기 위해 관리 감독하는 자들이라 볼 수 없다. 또한 나는 분명 너를 서리한 것이다. 애초에 누군가의 허락을 구할 일이 아니다."

서리가 아니라 납치겠지! 상대가 용만 아니었다면 분명 이렇게 소리를 질렀을 것이다. 아니, 애초에 상대가 용만 아니었다면 이렇게 표면적으로 웃지도 않으면서 심층적으로는 소름 끼치는 대화를 하고 있을 일이 아니다. 울리케는 흔들리는 정신을 가다듬는다. 대화를 이어나가야만 한다. 단순해서는 안 된다. 지금 자신을 살릴 수 있는 것은 오로지 적절한 수사(修辭)와 태도뿐이다. 침묵해서도 안 된다. 하지만 그런 잠깐의 사이, 용은 입을 달싹였고 그 찰나에 울리케는 모든 것이 끝났다고 여겼으나 참으로 천만 다행히, 용은 먹기 위해서가 아니라 말을 하기 위해 그 거대한 입을 사용했다.

"너희는 식사때마다 너희의 요리를 향해 일일이 양해를 구하느냐?"

일단 나는 아직 요리가 아니란 말이지. 울리케는 그 생각을 머릿속 한편에 갈무리하고 재빠르게 다음 화제로 넘어간다.

"참으로 다행스럽게도 지고의 생물이시여, '린트부름의 올바른 적생자'를 제외하고는 그럴 기회가 없을 것으로 생각됩니다. 아시다시피, 늘대구나 타래염소는 말을 하지 못하니까요."

'린트부름의 올바른 적생자'란 용을 의미한다. 이 어마어마하게 오래된 표현을 들은 용의 눈에 잠깐의 이채가 어렸고, 어쩌면 그것은 울리케의 생존 가능성을 아주 조금 올려주었을지도 모른다. 비록 그는 그것을 포착할 만한 여유가 전혀 없지만 말이다. 다시 용은 묻는다.

"만일 그것들이 말을 했더라면 어떨 것이냐?"

"저는 먹지 못했을 것입니다."

살기 위해 되는대로 대답하는 것이 아니다. 참으로 다행스럽게도 울리케는 이와 같은 생각을 해 본 적이 있었다. 물론 대부분의 사람들에게 그런 사고실험은 황당무계한 망상 이상도 이하도 아니었으며, 그 또한 지금처럼 '용의 한 끼 식사'라는 대위기에 몰리지 않았더라면 아마도 죽는 날까지 그 생각을 자신의 엉뚱함에서 비롯된 농담쯤으로 기억했을 것이다. 울리케는 그렇게 생각하며 재빨리 다음과 같이 부연한다.

"저와 소통하고 공감하며, 지성을 나눌 수 있는 존재를 먹을 수는 없습니다."

"이상한 이야기다. 너희는 너희와 소통하고 공감하며, 지성을 나눌 수 있는 존재를 죽이는 데 거리낌이 없지 않는가?"

"타인을 먹기 위해 살해하는 사람은 없습니다."

사실 없지는 않을 것이다. 그는 식인의 풍습이나 그것을 초래하는 끔찍한 기근에 대한 이야기를 알고 있다.

"너희가 먹을 생물의 죽음을 도모하는 데 있어 지성과 소통의 여부가 중요하다는 말이냐? 무지와 불통의 존재는 먹어도 된다고 허락한 이가 따로 있는가? 아니면 순전히 그들이 너희에게 거부 의사를 말할 수 있는 입이나 지성이 없기 때문에 무시하는 것이냐?"

울리케는 순간 망설인다. 어느 경전은 신이 인간에게 그러한 권리를 허락했다고 말한다. 그러나 여기서 그것을 들이대는 것은 너무 낮은 수준의 패다. 게다가 이 대화의 흐름은 지나치게 그에게 가혹했다. 까 놓고 말해, '난 널 먹겠다', '안 됩니다!'라는 이야기를 여기까지 몰고 있는 것이니까. 공포와 절박함에 뒤엉킨 이 복잡한 논쟁은 그의 신경을 고속으로 갉아먹고 있었다. 이대로라면 울리케가 모든 걸 포기할 시간이 별로 멀지 않았다.

"……지고의 존재시여, 저는 인간의 대표가 아닙니다. 저는 다만, 구태여 대화 가능한 식사를 고르고 싶지 않습니다. 점심과의 대화가 제 식욕을 자극하거나 미지의 교양을 더해 줄 거라고 기대되지 않는군요."

"순전히 경험이 없기 때문이 아닌가? 이 대화는 내 식욕을 자극한다."

이런 빌어 처먹을 용 같으니. 울리케의 상실해가던 전의가 순간적으로 불타올랐지만 다시 금세 사그라들었다. 어쩌면 이 모든 대화는 순전히 전채(前菜)일지도 모른다. 용에 대한 울리케의 지식은 평범한 이들보다 많긴 했어도 여기까지는 모른다. 그러니 정말 그럴지도. 자신의 이 모든 노력은 헛된 것일까?

"경험이 없다는 지적을 인정합니다. 그러므로 제게 공감을 기대하시는 것은 조금 무리 같습니다. 분명히, 린트부름의 올바른 적생자들만이 누릴 수 있는 유희라 생각됩니다."

용은 조금 재미없다는 표정을 한다. 아니, 그렇게 생각되었다. 그에게는 용의 표정을 읽어낼 기술이 없었으니까. 용은 말했다.

"그리고 너는 아까 내 질문에 대답하지 않았다."

울리케는 다소 지친 목소리로 물었다.

"죄송합니다. 어떤 질문이셨습니까?"

"너희에게 무지와 불통의 존재는 먹어도 된다고 허락한 이가 따로 있는가 하는 물음이었지."

아 모르겠다. 그는 체념한다. 이것이 그저 단순한 대화였다면 울리케는 이를 즐겼을지도 모른다. 그것에 자신의 식용 여부가 달려 있지만 않았더라면 말이다. 객체의 지위에서 주체로서의

합당한 행위를 논하는 것은 공평한 일이 아니니까.

"인간의 한 경전은 그리 말합니다. 하오나 그것은 경외와 태고의 묵시자께는 대답이 되겠지요. 네, 다만 저희가 더 강하기 때문에 그것을 먹는 것뿐입니다."

"그러한 논리라면 내가 너를 먹는 데 아무런 문제가 없지 않느냐?"

"그러합니다. 애초에 저는 그것에 문제가 있다고 말씀드린 적이 없습니다. 더구나 지고한 분이여, 이 대화의 처음에 제게 하신 말씀은 질문이 아니라 선언이지 않으셨습니까?"

"그러하다."

가만있자.

"왜 제게 그러한 선언을 하셨습니까? 완전히 불필요한 것이 아닙니까? 제게서 이끌어내고자 하신 것이 식욕을 돋우는 식전의 대화 말고 따로 있으셨습니까?"

그러자 울리케가 예상하거나 기대한 것이 아닌 침묵이 시작되었다. 한동안을 물끄러미, 자신의 점심이었을지도 모를 울리케를 쳐다보던 용이 말했다.

"너를 먹지 않겠다."

용의 둥우리란 예로부터 온갖 보화가 산처럼 쌓인 곳으로 묘사된다. 그러나 이제 막 최강의 식탁에서 제외된 울리케의 눈에 들어오는 풍경은, 그러한 이야기 속의 노래와 하나도 맞지 않았다. 그와 용이 머물고 있던 이 장소는 족히 백 년은 방치된 듯 보이는 폐성이었다. 최상부의 천장은 거의 무너져 일부만이 겨우 비를 가릴 수 있을 듯 보였고, 그 일그러진 오각형의 내부에 그들이 있었다. 이름 모를 덩굴과 이끼들만이 갈라져 가는 벽돌들의 틈새에 가득하다.

울리케는 용의 양해를 얻고 벽의 바깥에서 볼일을 보고 들어온 참이었다. 그 참에 달아난다는 계획은 상상조차 하지 않았다. 그에겐 아직 자신이 안전해졌다는 아무런 확신이 없기에.

"제 가족들이 저를 걱정하고 있을 것입니다."

용의 발톱에 채여 오면서 생긴 정강이의 (다행히) 얇은 상처를 살피며 그는 용에게 말했다. 우회적으로 이야기했지만 놓아달라는 말이다. 그리고 용은 우회된 화법에 지나칠 정도로 익숙하다.

"너의 다리로 네가 있던 곳까지 가려면 이틀은 걸릴 것이다. 게다가 도로의 몇 군데는 무너져 있지."

그는 이 용의 소문을 들은 적이 없다. 그 말은 이 요새 부근에 제대로 된 촌락이 전무하다는 이야기다. 용은 이틀이라 말했지만 지나치게 후한 계산이다. 빨라도 나흘, 재수 없으면 일주일은 걸릴 것이다.

물론 용이 관대함을 발휘해 다시 그를 원래 장소로 날라다 줄 수도 있으리라. 하지만 그는 절대로 그 경험을 다시 하고 싶지 않았기에 말도 꺼내지 않는다. 정신과 속옷이 무사한 게 기적이었다. 늑대들에게 뜯어먹히는 한이 있어도 제 두 발로 돌아가고 말 거라고, 울리케는 결심했다.

"배가 고프군."

울리케는 동요를 보이지 않으려 애쓰며 돌아보았다. 검고 거대한 용은 덜 무너져 유일하게 남은 석조 천장의 잔해 아래 심드렁히 엎드려 있었다.

"달리 먹을 것이 없습니까?"

"말린 늘대구가 있긴 하다."

용이 턱으로 가리킨 안뜰의 한구석, 이런저런 잡동사니와 자루, 상자, 들통 같은 것들이 맥락 없이 쌓인 곳에서 울리케는 눈에 익은 물건들을 찾아냈다. 그의 두 팔을 펼친 크기의 거대한 말린 늘대구들이었다. 널빤지처럼 펼쳐져 딱딱한 그것들은 울리케의 경험과 안목을 통해 작년 겨울의 생산품이라는 결론이 내려진다.

"이것은 제 고향 영지의 생산품 같아 보입니다."

"그럴 것이다. 네가 있던 곳의 근처 해안에서 호기심에 가져왔던 것이지. 하지만 먹을 가치가 없다고 생각한다."

"생선을 안 좋아하십니까?"

"생선이 문제가 아니다. 너무 딱딱하다. 정히 씹으려면 못 씹을 것도 아니지만."

그럴 것이다. 이것은 그의 영지 대구 덕장에서도 군수품이나

장기 보관용으로 사용하기 위해 특별히 더 단단하게 건조한 물건들이었다. 용은 씹을 수 있다고 했지만 그대로라면 보통 사람은 이도 들어가지 않는다. 용은 하필 골라도 그것을 골랐던 것이다.

울리케는 더 묻지 않고 안뜰 중앙에 대구들을 놓고 폐성의 사방을 뒤지기 시작했다. 집주인인 용에게 어떤 양해도 구하지 않고 말이다. 그는 왠지 그래도 된다고 생각하기 시작했다. 그리고 그의 예상대로 용은 아무런 질문도, 저지도 하지 않는다.

잠시 후, 그는 다행히도 원하던 것들을 찾아낼 수 있었다. 예상대로 이러한 산악 요새에서 일반적으로 사용하는 대용량의 조리도구가 있었다. 어마어마한 녹에 잠시 한숨이 나왔지만 울리케는 기죽지 않고 양팔을 걷어붙인 채 그가 알고 있는 모든 기술과 지식, 거기에 별 볼 일 없는 완력을 더해 그것을 청소하기 시작했다.

"뭘 하느냐?"

"요리를 하려고 합니다."

"대구를 말인가?"

'그럼 나겠냐!'라고 소리치고 싶은 충동을 꾸욱 참고, 울리케는 문득 멈칫한다. 그리고 용을 쳐다보았지만 그는 자세와 표정에 아무런 변화 없이 그를 보고 있을 뿐이었다.

"저 자신을 요리할 재주는 없으니까요."

"흥미롭군."

그러더니 몸을 일으켜 세운 용은 꼭 고양이가 그러하듯, 앞다리와 뒷다리를 번갈아 쭉 펴며 기지개를 켰다. 차이가 있다면 마지막으로 날개를 펴는 단계가 추가된다는 점이다.

다소나마 정신적 여유가 생긴 덕에 울리케는 처음으로 용의 전신을 세세히 관찰할 수 있었다. 달 없는 밤처럼 새카만 가죽에, 자주색 눈만이 유일한 예외이다. 용은 한 걸음 다가와 거리를 좁힌 채로 다시 처음과 같은 자세로 돌아가 엎드렸다.

"요리하는 것을 보고 싶다. 그리고 내 것도 만들어다오."

울리케는 긍정했다. 그럴 가능성도 있다고 생각해 고생해서 일부러 큰 솥을 찾았다. 하지만 실제로 용을 먹인다고 생각하니 분량을 얼마나 해야 할지 감이 잡히질 않는다. 그런 것을 아는 사람이 이 대륙에 얼마나 있을까?

용의 점심 식사에서 용의 점심 요리사로 신분 상승하는 경험은 분명 희귀한 것이다. 물론 그는 이 일시적인 직업이 종신이 아니길 바란다. 그랬다간 언젠가 사람 고기를 요리하게 될지도 모르니까.

물과 대구포만으로 제대로 된 요리가 될 리 없었기에, 아궁이에 불을 피워 솥을 걸어둔 울리케는 기대를 품고 대구를 발견한 무더기들을 뒤지기 시작했다. 도대체 어디서 언제 가져온 것인지 알 수 없는 갖가지 짐들 사이에서, 그는 천만 다행히도 돌소금이 든 작은 포대와 말린 향신료 약간을 찾아낼 수 있었다. 좀더 욕심을 부려봤지만 쓸만한 것은 그게 전부다.

그리하여 결국 예정에 없던, 정말로 전혀 생각지 못한 점심이 완성되었다. 울리케의 평소 기준에는 절대로 미치지 못할 음식이었지만 장시간의 긴장에 놓여 있던 그에게는 차고 넘치는 식사가 될 수 있었다. 재료의 빈약함이 아쉽긴 하지만, 지금은 맛이고 뭐고 식도를 타고 내려가는 그 온기 자체가 눈물 나도록 반갑다.

"생소한 맛이다."

자기 몫의 한 그릇을 나무 그릇에 따로 덜어내고, 울리케는 나머지 한 솥 전체를 용에게 주었다. 용은 아궁이에 그대로 얹혀 아직 불기운이 남아 끓고 있는 대구포 탕국을 전혀 뜨겁다는 기색 없이 먹고 있었다. 뜨거운 음식을 잘 먹기로 소문난 북부 출신의 그도 흉내 내지 못할 기예다.

"뜨겁지 않으십니까?"

"이게 뜨거우면 불 뿜는 용 노릇은 못 한다."

정말 그렇겠다고 생각하며, 울리케는 소금기가 적당한 대구탕을 들이마셨다. 빈약한 식사지만 아마 그의 평생 잊지 못할 점심이리라.

"지고한 분이여……."

"너의 예절은 훌륭하지만, 이제 이름을 불러라."

솥의 마지막 탕을 핥아내고, 용은 말했다. 배가 찼기 때문에 너그러워진 것일까? 그는 이 새로운 단계의 발전에 약간 안도하며 물었다.

"존귀하신 이름을 듣습니다."

"빌러디저드."

"빌 더 리저드요?"

"빌러디저드다!"

울리케의 한쪽 입꼬리가 살짝 올라갔다. 조금 전까지 자신을 먹겠다고 말한 용에게 말장난을 거는 스스로의 정신상태에 염려가 갔다. 더구나 용의 이름이란 본디 농담의 대상으로 삼을 만한 것이 결코 아니다. 다독(多讀)으로 인해 용에 관한 상식이 적지는 않은 울리케가 저지를 만한 실수가 아니다. 명백히 어떤 믿는 구석이 있었다.

그리고 그의 예상대로, 이 알 수 없는 용은 특별히 화를 내지도 않는다. 울리케는 한결 과감해지기로 한다.

"묻겠습니다. 저를 서리하신 이유가 무엇입니까?"

"실컷 이야기하지 않았는가? 먹으려 했다."

"하오면, 왜 먹지 않겠다고 하셨습니까?"

"먹고 싶지 않아졌으니까."

"이유를 물어도 되겠습니까?"

"바로 그런 걸 묻고 있기 때문이다."

울리케는 앉은 채 빈 그릇을 들고 물끄러미 용을 쳐다보았다. 잠시 침묵이 지나고, 부연할 필요를 느꼈는지 용이 천천히 입을 뗐다.

"너는 흥미롭다. 완벽하지는 않지만 린트부름의 어엿한 예절을 알고 있다. 나는 나이가 많은 용은 아니지만 몇몇의 인간들과 대면한 기회가 있었다. 그 가운데 어떠한 강성한 이도, 자처한 현자도 너처럼 나를 대하지는 않았다."

잠시 정중한 단어를 고르던 올리케는 집어치우고 직설적으로 물었다.

"드셨습니까?"

"아니다. 난 인간을 먹어본 적이 없다. 그리고 아까 그 첫 기회를 포기하였지."

그는 놀랐다. 이 검은 용이 숱하게 식인을 해왔으리라 은연중 생각했던 것이다. 용이 설명하기 시작했다.

"너를 데려온 것은 그저 단순한 호기심이었다. 내가 정말로 너를 먹으려 했던 것인지 아닌지는 이제 와서 나도 모르겠다. 아까 우리의 대화에서 일차적으로 결론 난 것이지만 강자는 약자를 먹을 수 있다. 거기에 정당함이나 정합성을 따지는 것은 무의미한 것이다."

"그러합니다."

그는 순순히 고개를 끄덕였다. 검은 용은 유쾌하다는 듯이 말했다.

"하지만 결국 나는 너를 먹지 않았다. 아니, 못 먹겠다. 그리고 나는 이후에도 사람을 먹을 생각이 들 것 같지 않다."

"어째서입니까?"

"어째서일까?"

"예?"

용이 되물을 거라 생각하지 못했기에 울리케는 당황했다. 용은 즐거워 보였다.

"그렇기에 흥미로운 것이다. 참으로."

울리케는 이해할 수 없었지만 이제 자신은 확실히 안전하다고 생각했다. 용이 재차 확인해 준 것이다. 비로소 안도감이 제대로 들기 시작하자 억눌러왔던 갖가지 감정들이 떠오르기 시작했다. 하지만 무엇보다 강력한 것은 호기심이었다.

"제 영지에서 빌러디저드 님의 소문을 들은 적이 없습니다. 이곳에 자리 잡은 지 오래되셨습니까?"

"아니다. 삼 년밖에 되지 않았다."

삼 년이면 충분히 오래이다. 그럼에도 아직까지 전혀 알려지지 않았다는 것은 이 용이 인근에 어떠한 패악도 부리지 않았다는 뜻이겠지. 그렇게 생각하며 울리케는 또 물었다.

"계속 머무실 것입니까?"

"호젓한 곳이다. 사냥터로서도 충분하고. 불평할 것은 없지만 큰 매력도 없다."

울리케는 고개를 끄덕이다 폐성의 살풍경함을 재차 눈에 담고 말했다.

"린트부름의 올바른 적생자들께서는 보화를 애정하신다 들었습니다만."

"올바른 적생자들이라면 그렇겠지. 나는 조금 다르다. 차라리 맛있는 게 먹고 싶군. 그리고 인간들에게 흥미가 있다."

잠시 생각하던 울리케가 말했다.

"저는 돌아가고 싶습니다."

"그렇겠지. 바래다주겠다."

"아니오." 스스로도 놀랄 만큼 빠르게 거절한 그는 재빨리 덧붙였다. "참으로 송구하지만 그……, 인간은 비행에 익숙지 못합니다. 제 두 발로 걸어가겠습니다."

"거리도 문제지만 이 부근의 맹수와 마수는 인간이 홀로 감당할 수 있는 수준이 아니다. 네가 잘 무장한 병사라 하더라도 혼자서 돌파에 성공할 가능성이 전무하다고 말할 수 있다."

암담해졌다.

별다른 방도를 찾지 못한 채, 그날 하루가 저물었다. 겨울의 초입에 들어선 계절이고 산속인지라 기온은 순식간에 떨어졌다. 울리케는 폐성의 곳곳에 뒹굴던 폐목과 부서진 가구들을 모아 아궁이에 계속 불을 땠다. 땔감으로 쓸 나무들을 줍던 와중에 약간의 문서들을 찾을 수 있었다. 과거 이 요새에 머물렀던 이들의 기록이었다.

그것을 통해 울리케는 이 요새가 '아트름'이라는 이름을 갖고 있었고, 수십 년 전에 버려졌다는 걸 알게 되었다. 그는 자신이 알고 있는 역사 및 지리 지식과 대조하여 이곳이 과거 북부 야만인, 흐리뇰들을 상대하던 국경지대라는 걸 깨달았다. 워낙 접근성이 나쁜 산악지대에 위치한지라 국경이 북부로 확대된 이후에는 용도를 찾지 못하고 방치된 곳이다. 이런 경우 요새들은 갖가지 다른 용도로 전용되거나 철거되는 것이 일반적이지만 위치상 그조차 못한 것이겠지.

'봉화대로라도 사용할 수 있지 않았을까.'

그는 열일곱 살이었다. 그리고 그 나이대의 청소년이 이런 것에 관심을 갖는 건 일반적인 기준에서 꽤 특이한 일이라고 말할 수 있겠다. 하지만 그, 울리케 피어클리벤은 단순한 영민이나 자유민의 딸이 아니었다. 그는 영주의 딸이었던 것이다.

물론 그 영주가 찢어지게 가난하고 별 볼 일 없는 영지의 주인이었고, 그 또한 자그마치 열세 명의 형제 중 여덟 번째 딸이란 점에서 보자면 그 형편이 여느 부유한 영지의 자유민들보다 더 낫다고는 결코 말할 수 없었지만 말이다.

"어째서 그러한가?"

검은 용, 빌러디저드가 코를 벌름거리며 묻는다. 그의 앞에 피워둔 작은 모닥불에 자주색 눈이 아름답게 빛났다. 다 구워진 야생 두더지 감자를 모닥불 재속에서 꺼내 후후 불며 울리케가 답했다.

"영민은 영지에 귀속되고 자유민은 말 그대로 자유민입니다. 그들은 영지의 주인이 바뀌건 말건 그들의 삶에 별다른 영향이 없으니까요. 하지만 영주와 그 식솔들은 아주 어처구니없는 이유로도 그 지위를 잃을 수 있습니다. 그런 경우 남은 삶은 농부가 아니면 죽음입니다. 설령 아무 일이 없다 하더라도 저희 영지의 재정 상황에서는 아무리 영주의 가족들이라 해도 사치스러울 것이 없습니다. 심지어 당장 아버님만 하더라도 영주이시지만 직접 장작을 패십니다. 반쯤은 운동이지만요. 제 형제들도 모두 나름의 일을 하지요."

울리케의 이 말에는 다소의 과장과 엄살이 섞여 있었다. 그러나 거짓이라고 할 수도 없었다.

"흥미롭군."

"가신인 기사가 단둘에, 상비군은 열둘에 불과합니다. 물론 실제로 전쟁을 벌인다면 징집을 통해 부대를 마련하지만요."

묻지도 않은 이야기를 하며, 울리케는 소금 뿌린 두더지 감자를 베어 물었다. 욕심 같아서는 저녁을 해 먹어야겠지만 설비가 워낙 부실한 데다 별다른 재료도 없었기에 분명 오래전 둔전 삼아 만들어 두었던 게 분명해 보이는 요새의 바깥뜰에서 발견한 이 야채로 때우는 중이었다. 빌러디저드는 저녁을 먹지 않아도 상관없다고 말했다. 체구를 생각하면 엄청나게 먹어댈 것 같았지만 놀랍게도 용은 그다지 많이 먹지 않는 모양이었다.

철벽 같은 어둠이 사방을 가둔다. 울리케는 분명히 외딴 산속에 홀로 고립되어 있었다. 일반적인 상황이었다면 짐승들의 접근을 두려워해야 했으리라. 그러나 그의 곁에는 지금 지상 최강의 포식자가 머물러 있다. 어둠과 더불어 장막을 둘러친 듯한 침묵만이 주변을 배회하고, 산 정상을 비껴가는 바람 소리가 이따금 낮게 흐느낄 따름이었다.

비교적 최근에 주워온 것일까, 퀴퀴한 냄새가 난다는 점을 제외하면 상태가 양호한 모포를 찾아낸 울리케는 그것을 외투 삼아 몸에 휘감고 앉아 모닥불의 화력을 조절했고, 불꽃이 비산하였다. 그리고 용은 그것을 바라본다.

"네가 영주의 딸임은 짐작하지 못했다. 바닷가에서 조개를 줍고 있지 않았는가? 그리고 네가 불을 피우고 요리를 한 일련의 움직임엔 어색함이 없었다. 평소에도 그만한 일을 하는 것인가?"

순간 울리케는 용이 채올 때 떨어뜨린, 조개가 가득했던 그의 망태기가 떠올랐다. *아깝다.*

"저희 영지는 가난합니다, 빌러디저드 님. 게다가 어지간히 부유한 영주라 해도 열셋이나 되는 자식들을 그저 놀릴 수는 없습니다."

일반적인 농가의 자식들이 많을수록 그 자체로 동원 가능한 노동력이듯, 영주의 자식들 역시 그러하다. 단지 노동의 성격이 다소 다를 뿐, 언제든 질병과 사고로 죽어 나갈 수 있는 이 세상에서 가능한 한 많은 자식을 두는 것은 상식이었다.

"나는 영주와 그 식솔들이란 좀 더 품위가 있는 것이라 생각했다."

"품위를 유지하는 데는 돈이 듭니다. 그리고 영주란 영지민들의 보호자입니다. 물론 저는 아버님이 품위가 없다고 생각하지는 않습니다만, 그것은 부(富)보다 마땅한 책임감에서 비롯된 것입니다."

"왜 너희는 가난한 것이냐?"

모닥불 속에서 딱 하고 송진 튀는 소리가 크게 났다. 그것은 울리케도 항상 생각하고 있던 부분이다. 왜 우리는 가난한가?

"어디부터 말씀드려야 할지 모르겠습니다. 일단 저희 영지는 가용 농지면적이 적고, 특산물이라고는 말린 대구가 사실상 유일합니다만 그마저도 그리 대규모로 하고 있지 못합니다. 지난 세대, 중부의 전쟁이 끝난 지 얼마 되지 않아 청년들의 수도 부족합니다. 아이들은 많으니까 십여 년쯤 후에는 노동력이 늘겠지만 비축된 자산이랄 만한 것도 없어서 인구 부양력 자체가 높지도 않지요. 급격한 발전을 이룰 만한 것이 아무것도 없습니다. 모든 요소들이 서로의 발목을 잡고 있으니까요."

이야기의 마지막엔 나지막한 한숨이 섞였다. 울리케가 늘 고민해오던 것들이다. 부의 일차적 기반은 인구와 그것을 감당할 수 있는 식량이다. 그리고 이 둘은 상호 보완적으로 늘거나 줄며, 그 변화에는 언제나 절대적으로 시간이 요구된다. 하루아침에 이뤄지는 일이 아니다. 더구나 역병이나 흉년이라도 들면 발전의 균형은 무너지고 그것을 회복하는 데는 다시 긴 시간이 필요하다. 전쟁이나 기아, 질병과 같은 재해가 전무하다고 하더라도 발전은 점진적일 수밖에 없다. 하물며 그러한 보장이 전혀 없는 현실에서 성장은 언제나 더딜 수밖에 없다. 어떤 체제나 구조의 개혁이 없다면.

만일 단 한 가지라도 기존에 없던 자원이나 수단이 확보될 수 있다면 급격한 변화를 꾀해 볼 수도 있겠다. 울리케는 백 년쯤 전부터 이 땅에 자리 잡은 두더지감자를 떠올렸다. 단위면적당 인구부양력이 솔밀보다 월등한 이 작물이 도입된 이후, 그것은 농민들의 절대적인 주식이 되었다. 특히 그의 영지와 같은 추운 북부에서 감자는 밀보다 더 널리 퍼졌다. 덕분에 이제 하층민일수록 밀가루 음식은 특별한 날에만 먹는 것이 되었고, 생산된 밀의 대부분은 고스란히 세금이 되었다. 두더지감자는 운송이 밀가루보다 어렵기 때문에 교역품으로서의 가치는 거의 없고, 다수가 현지에서 소비된다. 이는 울리케가 아는 한 북부의 모든 영지에서 비슷한 상황이었다.

그가 이런 생각들에 잠겨 침묵하고 있을 때, 바라보던 용은 입을 열었다.

"린트부름의 올바른 적생자들이 부를 탐하는 것은 너희에게도 널리 알려진 사실일 것이다."

"그러합니다."

"그 사실 자체는 진실이지만 진실이 아니기도 하다. 대개의 내 형제들은, 내 입장에서 보자면 그저 반짝이고 비싼 어떤 것을 좋아하는 것에 지나지 않는다."

"반짝이고 비싼 것이라면 그것이 부가 아닙니까?"

"과연 그럴까?"

용이 모닥불 빛에 반사돼 형형히 빛나는 자주색 눈을 빛내며 되묻는다. 울리케는 순간 그가 자신을 먹겠다고 말했을 때 느꼈던 것과 같은 일종의 충격을 받았다. 오싹했다.

"알려진 다양한 보화 가운데 인간의 손으로 발명된 유일한 것이 하나 있다."

"⋯⋯혹시, 유리를 말씀하시는 것입니까?"

"그렇다. 지금 그것은 당당히 보석이지만, 만일 너희가 연구를 통해 어떤 수단을 발견하여 그것을 철처럼 흔하게 만들어낼 수 있게 된다면 어떨까? 그때도 유리가 지금의 가치를 유지하겠는가? 그때가 되었을 때 유리를 잔뜩 가지고 있던 자는 어떻게 되는가? 그래도 그의 부에는 변함이 없는가?"

울리케는 얼른 대답하지 못했다. 미처 생각해보지 못했던 것이니까. 하지만 영민한 그는 용이 어떤 이야기를 하려는 것인지 늦지 않게 짐작한다.

"나도 다른 형제들처럼 부에 관심이 있다. 다만 내가 형제들과 다른 점은 부가 과연 무엇인가 하는 의문을 갖고 있다는 것이다. 만일 반짝이지도 아름답지도 않지만 다른 모든 것보다 비싼 어떤 것이 존재한다면, 과연 나의 형제들은 그것을 갖고 싶어 할까? 그렇지 않다면 그들은 그저 반짝이는 것을 좋아하는 것이다. 허영과 진정한 부를 탐하는 것은 다른 것이다."

"참으로 옳은 말씀입니다."

올리케는 솔직하게 감탄했다. 이 용이 부에 대해 보이는 고찰의 깊이는 흔한 것이 아니었다. 그리고 그야말로 용다운 것이라 말할 수 있겠다고, 그는 생각했다.

"더구나 그것이 스스로 벌어들인 부인가 아닌가 하는 것도 중요하다. 내 몸을 전부 덮을 만큼의 황금을 소유하고 있다 하더라도, 내가 일시에 그것을 세상에 내보내면 금의 가치는 급격하게 추락한다. 또한 금을 갖고 있다 해도 그것을 다른 자산으로 전환할 수 없다면 단지 반짝이고 무거운 쇠에 불과하다. 그러므로 거래 상대가 필요하게 된다. 생각 없이 인간들의 땅을 공격하는, 너희의 전래된 이야기 속 다른 내 형제들은 이런 점에서 자신의 부를 열심히 내다 버리고 있던 것이다. 대답해 보라, 울리케 피어클리벤. 만일 내가 너를 비롯한 인간을 먹기로 작정한다면, 내가 어떻게 이 땅에서 부를 도모하겠는가? 내가 단지 더 강하기 때문에 너희의 생명을 거두는 데 허락이 필요치 않다면, 너희의 재산을 강탈하는데도 허락이 필요치 않을 것이다. 그러나 그렇게 쌓은 부는 거래 상대를 잃을 것이며, 내 황금의 빛은 바랠 것이다."

울리케는 부의 가치와 정체를 열심히 토로하는 이 용을 올려다보았다. 신선함과 감탄, 그리고 그 뒤편에서 느껴지는 알 수 없는 희망이 느껴졌다. 이 대화의 흐름은 그에게 유리하게 작용할지 모른다. 둘의 대화는 그 뒤로도 한동안 이어졌다.

동틀 무렵의 가혹한 냉기가 묵직한 수마로부터 그를 건져냈다. 모포의 바깥에 내밀려 있던 그의 팔꿈치가 얼음장 같았다. 빈약하게나마 갈무리되어 있던 온기를 포기하기가 너무나 아쉬웠지만 서두르지 않으면 게으름은 한결 더한 부채(負債)가 되어 그를 짓누를 것이었기에 울리케는 약한 신음과 함께 일어나 연기만이 머물고 있는 모닥불 재로 다가갔다. 다행히 살려낼 만한 불씨가 아직 머물러 있었다. 오래지 않아 화기가 그를 구원하였다.

"불씨가 꺼졌더라도 내가 피울 수 있었다만."

용이 한쪽 눈을 뜨고 심드렁히 말했다. 하지만 울리케는 알고 있다. 태어날 때부터 불을 다루는 권능을 가진 용들에게 추위는 아무런 장애가 되지 않는다. 그가 불을 일으킬 이유는 오로지 울리케를 위해서다. 울리케는 그러한 일방적 은혜를 입고 싶지 않았다.

"불은 제게나 유용하니까요."

"꼭 그렇지는 않다. 아침 식사를 하지 않겠는가? 요리를 해준다면 너의 귀환 방법을 적극적으로 모색하겠다."

멍하니 용을 쳐다보던 울리케는 그것을 수락했다. 그러자 빌러디저드는 천천히 몸을 일으키고 요새의 벽 바깥으로 걸어 나갔다. 잠시 뒤, 몇 차례의 펄럭이는 소리와 함께 용의 거구가 기이할 정도로 가볍게 떠올랐다. 가벼운 바람이 일어난다.

울리케는 그제야 용이 그 자리에서 날아오르지 않은 이유가 순전히 모닥불을 꺼트릴까 저어해서임을 깨달았다. 비록 자신을 납치하고 먹겠다고 으름장을 놓았던 용이었지만 그 사실만을 제외하고 보자면 이 용의 배려는 여러 면에서 놀라울 정도로 점잖았다. 아니, 지금에 와서는 용이 애초에 자신을 정말 해코지하려는 생각이 없었던 게 아닐까 하는 생각마저 들었다. 섣부른 예측이겠지만, 아무튼 그는 저 묘한 용에 대해 이미 어느 정도의 호감을 가진 상태였다.

울리케가 솥과 더불어 우물물과 약간의 도구들을 준비했을 때, 용은 돌아왔다. 그의 발에는 암사슴 한 마리가 버둥거리며 들려 있었다.

"혹시 몰라 죽이지 않고 가져왔다."

"잘하셨습니다. 도살 과정 또한 요리의 일부니까요."

"할 줄 아는가?"

"문제없습니다."

울리케는 이미 서피날을 찾아 녹을 벗기고 잘 갈아두었다. 북부에서 일반적으로 사용되는 이 검은 군용 양날검보다 약간 짧고 무게 중심이 바깥쪽에 위치한 벌채용 외날검이다. 사냥이나 호신용으로도 사용되는 그야말로 만능 칼인 것이다. 그리고 북부의 여성들은 다른 병장기는 몰라도 이 서피날만큼은 호미 다루듯 할 수 있다.

암사슴의 목을 끊고 거꾸로 매달아 피를 빼낸 울리케는 배를 갈라 내장을 거두기 시작했다. 습관처럼 생간을 한 입 먹은 직후 그는 잊고 있었다는 듯 깜짝 놀라 용을 쳐다보았다. 용은 모 닥불 근처에서 흥미롭다는 듯이 그를 보고 있었다.

"정말이지 익숙하게 해치우는군."

"사냥에 두어 번 따라갔으니까요."

"내장을 달리 요리하지 않을 거라면 내가 먹어치우겠다. 대신 내 몫의 요리는 줄여도 될 것이다."

"감사합니다."

어차피 냇가가 아닌 바에야 내장을 소제해서 다루기는 불가 능하다. 용은 쓰레기를 해치우듯 김이 무럭무럭 나는 내장을 들이마셔 버렸다. 새삼 용의 거대한 입 크기에 살짝 질린 울리 케는 다시 사슴의 해체에 몰두하기 시작했다. 야무지고 재빠른 그의 손에 의해, 작업은 오래지 않아 끝났다.

하지만 요리라고 해봐야 여전히 쓸 만한 것은 어제 찾은 소 금과 빼빼 마른 향초들뿐이다. 할 수 있는 것은 어제와 마찬가 지로 그냥 끓이는 것일 테다.

"상관없다. 오히려 국물 요리가 내게는 더 비범한 것이다."

생각해보니 그렇겠다. 짐승을 잡아 날고기를 뜯어먹는 게 전 부라면, 국물 요리란 것 자체가 용에게는 일종의 문화 충격일 것이다. 비록 뺨이 없어 늑대처럼 찹찹거리며 먹을 수밖에 없 겠지만. 어제 점심의 풍경을 떠올린 울리케는 두더지감자의 전 분을 이용해 국물을 좀 더 자작하게 요리하기로 했다. 그리고 용은 그것에 기뻐하였다. 좀 더 진득한 국물이 그로서는 먹기가 더 편했으니까.

"마음에 든다. 사슴 말고도 어제는 없던 재료가 들어있는 듯 하군."

"야생 토란 말입니까? 너무 떫지는 않으신가요?"

"상관없다."

북부인들은 비린 것과 누린내에 익숙하다. 오히려 중남부의 요리들은 너무 깔끔해서 감칠맛이 떨어진다고 느낀다. 북부의 아이들은 젖을 떼자마자 묽게 만든 생선 젓갈의 맛을 배우게 된다. 그것이 그들 민족의 맛이었다.

다행히 용은 그리 까다롭지 않았다. 여기가 영주의 성이었다면 울리케는 그의 모든 솜씨와 재료를 동원하여 용과 인간 모두가 좋아할 만한 요리를 대접했겠지만, 아쉬운 대로나마 할 수 없었다.

이렇게 용의 둥우리에서 두 번째의 식사를 끝내자, 검은 용은 만족한 듯한 기색으로 은은히 목을 울렸다. 어제 기지개를 켤 때도 느낀 것이지만 정말 고양이 같은 데가 있다. 다른 점이라면 그 울림이 땅을 진동시킬 정도라는 점이다.

"사냥을 하면서, 너를 되돌려보낼 방법에 대해 생각해 보았다."

울리케는 용을 쳐다보았다.

"말했듯이, 이곳은 맹수와 마수의 터전이다. 너 단독으로는 절대로 벗어날 수 없다. 그러므로 내가 호위한다. 호위라 해봐야 내가 너의 근처에 있기만 해도 충분한 것이다. 짐승들이라면 나의 패기(覇氣)를 느끼고 일찌감치 물러설 것이다. 그것을 불사하는 몇몇 고약한 것들이 없는 것은 아니지만 그때는 내가 도와주겠다."

기대한 것보다 적극적인 호의에, 울리케는 놀랐다.

"정녕 그리하시겠습니까?"

"그렇다. 다만 한 가지 제안이 있다."

긴장하며, 울리케는 묻는다.

"어떤 것입니까?"

"너의 아비, 영주와 만나고 싶다. 이는 향후의 교류에 관한 것이다."

울리케는 침을 삼켰다.

"무엇을 위한 교류입니까?"

"각자의 부(富)를 위한 교류이다. 지금까지의 대화를 통해 나는 너의 영지에 내가 도모할 자산이 부족하다는 것을 깨달았다."

맞는 말이다. 이 용이 영지를 탈탈 털어낸다 하더라도 나오는 것은 한 줌의 금붙이도 안 될 것이다. 그렇다고 용이 말린 대구나 밀, 감자에 관심을 두지도 않을 것이다. 인육에 대한 관심은 이미 없다고 말했고.

"또한 네가 귀환하게 되면 너의 영지는 나의 존재를 알게 될 것이다. 이후 모든 북부의 영주들 또한 알게 될 것이다. 나는 너

희의 적으로 인식될 것이며 그것은 향후 내 쾌적함에 심각한
문제를 초래할 것이다."

부정할 수 없다. 당연히 그리될 것이다. 포섭되지 않은 용은
징치나 배척의 대상일 뿐이다. 그것도 제1 순위의.

"그러므로, 교섭을 통해 나는 너의 영지를 후견한다."

"후견이라 하심은……."

"일차적으로 나는 그저 존재만으로도 너의 영지에 소재, 가용
한 비대칭전력이 될 수 있다. 우리의 대화에서 언급되지는 않
았지만 미루어 짐작건대 너의 성에 머무는 마법사가 없다고 생
각했다."

당연하다. 마법사는 가장 비싼 인적 자원이며, 적어도 백작위
이상의 영지에서나 가신으로 고용 가능한 재원이다. 아니 오히
려 그의 영지에 마법사가 있었다면 주변 영지의 간섭과 견제는
심각했을 것이다. 마법사는 그만큼 영지의 산업 발전과 문화,
아울러 군사에 이르기까지 거의 모든 분야에서 활약할 수 있는
비대칭전력이다. 그리고 마법사와 비견할 수 있는 또 하나의
비대칭전력이 바로 용이다.

때문에 용의 이 제안은 엄청난 이야기이다. 북방의 가난한 남
작령에 용이 통제 가능한 전력으로 참여한다! 이것의 자산 가
치는 그야말로 끝도 없다.

같은 비대칭전력자산이라는 점에서 용과 마법사는 동일하게
간주된다. 다만 둘 사이에는 확실한 차이가 있다. 우선 마법사

는 투자를 통해 육성이 가능한 인적 자원이다. 다만 그 투자를 회수하기까지의 기간은 짧게 잡아도 대략 삼십 년이다. 그리고 마법사는 영지의 내정과 산업, 외교와 군사 모두에 두루 참여가 가능하나 용은 일반적으로 군사력만 제공한다. 그리고 결정적으로, 마법사는 어디까지나 인간이기 때문에 정치적 압력에 따라 그 행보에 영향을 받는다. 그러나 용은 언약에 묶인 생물로서 결코 배신하지 않는다. 그 차이는 절대적이다.

이상과 같은 사실을 생각하며, 울리케는 전신에 돋은 소름에 무심코 부르르 떨었다. 이 사실이 알려진다면 북부의 다른 영지들은 물론이고 제국, 아니 대륙 전체가 발칵 뒤집힐 것이다. 왜냐하면 바로 다음과 같은 이유 때문에.

"제가 알기로 린트부름의 올바른 적생자를 모시고 있는 은혜로운 영지는 현재 제국에 둘뿐입니다. 엄밀히는 공작령 하나뿐이고, 다른 하나가 황제 폐하입니다."

"그렇다면 내가 세 번째가 되겠군."

"그게, 그러니까……."

울리케는 현기증을 느끼며 말을 이었다.

"저희는 한낱 시골 남작령입니다. 중앙의 간섭이 분명 있을 것입니다."

"나는 네가 영리한 줄 알았다만."

용의 질책에 화들짝 놀란 그는 잠시 눈을 껌뻑거렸다.

"너희의 황제가 그 곁에 린트부름의 형제를 두고 있다면 그로부터 적절한 충고를 듣겠지. 욕심에 눈이 어두워 언약에 대해 이의를 상신하진 못할 것이다."

"그것은 의심의 여지가 없습니다만, 상황이 다릅니다. 제국의 두 용은……."

급한 나머지 그만 입에 '용'이란 단어를 올리고만 울리케는 소스라쳤다. 용들이 이 단어를 인간의 입으로 듣는 것에 대해 얼마나 불쾌해하는지 알고 있기 때문이다. 그러나 이미 그를 기꺼워하는 검은 용, 빌러디저드는 나무라지 않았다.

"괜찮다. 계속 말하라."

"……송구합니다. 그 두 분은 한 가계이며, 대략 오백여 년 전 건국 당시 시조이신 대제(大帝) 폐하의 개국공신으로서 언약하신 것입니다. 즉 이후 오백 년간 새로이 언약을 트신 분이 없습니다. 때문에……."

"때문에 너희의 왕은 너희가 다른 개국이나 반역을 도모할 수 있을 것이라 염려한다는 말인가? 그 또한 나의 형제들이 알아서 충고할 것이다."

울리케는 입을 다물었다. 어차피 용이 하겠다고 한 이상 거부할 방법도 없다. 풍파가 닥치겠지만 그 또한 이것이 엄청난 기회로 작용하게 될 것이 자명하기 때문이다. 따르는 부작용과 여파까지 없길 바란다면 도둑놈 심보다. 갑작스러운 엄청난 이 상황에 머리가 잘 돌아가지 않으면서도 울리케는 타고난 침착함과 명민함을 발휘하여 자신의 지식을 정리하기 시작했다. 뭐

어쨌거나, 그는 배고픈 용의 주둥이 앞에서 한 치 혀로 살아남은 몸이 아니던가? 그의 말년에 이르기까지 그보다 더한 위기는 다시 없을 것이다.

이렇게 열일곱 살의 늦가을, 북부의 빙하가 한 뼘 한 뼘 남하하던 겨울의 초입에 울리케 피어클리벤은 향후 그의 평생을 함께하게 될 벗이자, '검은 계몽의 수호자'라고 기록되는 용 빌러디저드와 함께 길지 않은 귀향길에 오르게 되었다.

제 1장

그의 충실한 번견(番犬) 사우트와 함께 염소 떼를 헤아리던 디드리크는 한숨 돌리기 위해 자리 잡은 바위 근처 우거진 관목에서 엄동 딸기의 군생 일부를 발견하고 흐뭇해했다. 아직은 늦가을이라 충분히 무르익지 않았지만 잘 기억해두면 나중에 새콤달콤한 것들을 얻을 수 있겠지. 덜 익어 떨떠름한 두어 개의 엄동 딸기를 입안에 털어 넣고, 디드리크는 바위 위에 주저앉아 북쪽의 숲 가장자리로 경계의 눈길을 보냈다. 그러자 그의 곁에서 사우트도 같은 곳을 바라본다. 아직 열여섯 살의 소년인 디드리크와 함께 그의 반생을 함께 해 온 이 듬직한 개는, 그의 고향마을에서 여러 세대에 걸쳐 길들여온 초대형 목양견이자 번견인 흰이리개였다. 어느 모로 보나 늑대의 후예임에 부족함이 없는, 하지만 평소에는 그냥 바보 같은 친구이다.

"사우트."

개는 소년의 면전에 대고 하품을 했다. 소리만 나오지 않았을 뿐 포효에 가까운 절경이다. 디드리크처럼 흰이리개에 익숙하지 않은 사람이라면 질겁을 했으리라.

"촌장님이 주의한 대로 여기서부터는 조심해야 해. 저 숲 안쪽으로는 그야말로 마경(魔境)이란 말이야."

북부의 염소치기들은 즉시 전력감이 되는 용맹과 수완, 빠른 발과 날카로운 눈을 갖고 있다고 평가된다. 특히나 번견으로 유명한 흰이리개와 함께라면 어지간한 맹수나 마수라도 충분히 격퇴가 가능하였다. 다만, 그것은 어디까지나 숲 바깥의 이야기이다. 내버려 두면 목초의 뿌리까지 들어내 파먹는 타래염소들의 특성상, 목초지의 유지를 위해 마을로부터 하루 이틀 거리까지 적절한 노선을 순회하며 귀환하길 반복하는 염소치기들이다. 때문에 종종 지금처럼 어쩔 수 없이 이곳, 북부의 산맥 인근의 숲까지 접근하지만 그것이 한계다. 보다시피 지금처럼 숲 근처로는 결코 다가가지 않고 염소 떼를 돌보는 것이다.

대장 타래염소를 중심으로 흩어져 있던 염소들이 슬금슬금 움직인다. 염소 무리의 일부가 숲 쪽으로 가까워지자 디드리크는 일어서서 그쪽으로 다가갔다. 눈치 빠른 사우트가 한달음에 그를 앞질러가 염소들을 겁주자, 염소들은 그들의 대장 염소를 향해 달려갔다. 디드리크는 불길해 보이는 숲을 향해 눈길을 준 채 천천히 걸음을 옮겼다. 수족처럼 움직이는 사우트는 디드리크의 눈 밖에 머물러도 어디쯤 있는지 충분히 예측이 된다. 이 둘의 신뢰와 호흡은 말로 설명하기 힘든 부분이 있었다.

때문에, 사우트가 예상과 다른 움직임을 보일 때는 예상치 못한 일이 일어났다는 뜻이다.

귀를 쫑긋 세운 채 숲을 뚫어져라 바라보는 사우트의 뒷모습을 보자마자, 디드리크는 서피날의 검집 고정단추를 풀고 허리춤에 매여 있던 무릿매(投石具)를 꺼내 돌을 재웠다. 이 모든 동작이 한 호흡으로 이루어진다. 위험이 포착된다면 그 즉시 매서운 견제가 발사될 것이다. 그는 경계에 가까운 기대를 하며 몸을 긴장시킨 채 숲을 주시했다. 사우트가 낮게 으르렁거리기 시작한다. 분명히 무언가 숲 밖으로 뛰쳐나오려 하고 있다. 하지만 무엇이 튀어나오든 숲에서 그가 있는 거리까지 도달하려면 한참은 걸린다. 주의는 하되 그다지 겁낼 것은 없다. 어차피 숲 밖으로 나올 만한 것들은 그리 무서운 것들이 못 된다. 트롤 정도라면 몰라도.

"……트롤이잖아?"

디드리크는 당황하여 얼빠진 소리를 냈다. 버둥거리며 침엽수림을 뛰쳐나온 그 거구는 틀림없는 트롤이었다. 어릴 때 먼발치에서 본 게 전부지만 저 거대한 덩치와 생략된 모가지 위에 얹힌 바보 같은 머리 크기가 사람의 것일 리 없다. 밤송이처럼 빳빳하고 헝클어진 전신의 털에는 솔잎과 잔가지들이 가득했다. 트롤은 숲을 바라보며 희극적으로 발을 동동 구르더니 불현듯 몸을 돌려 이쪽을 바라보았다. 상당히 먼 거리지만 분명히 그 붉은 눈과 마주쳤다.

다음 순간, 트롤은 긴 팔로 들판을 할퀴듯 제치며 곧장 달려오기 시작했다. 경중경중 느려 보이지만 보폭이 워낙 긴 탓에 인간의 두 발로 달아나기는 불가능한 속도다.

"어?"

디드리크는 당황했다. 이것은 소년의 적지 않은 경험을 갖고도 예상하지 못한 사태였다. 트롤은 탁 트인 지형에서 극도로 불편해하며, 숲속이 아니라면 최소한 한쪽에 비탈 벽면을 두고 움직이거나 한다. 지금처럼 사방의 개활지를 두고 보무도 당당하게 뛰어오는 것은 트롤이 미치지 않고서야 있을 수 없는 일이라고, 귀에 못이 박이도록 어른들에게 들어왔다.

'그럼 저건 트롤이 아니거나 미친 트롤이로구만.'

"컹!"

그런 결론이 지금 무슨 상관이냐는 듯, 사우트가 트롤을 향해 짖더니 마주 달려나갔다. 그걸 본 트롤은 움찔하며 제자리에 멈추고 자신을 향해 달려오는 개(라기보다는 어느 모로 보나 훌륭한 맹수)를 향해 악을 질렀다. 그 순간을 놓치지 않고 디드리크의 무릿매가 따귀를 올려붙이듯 호를 그렸다.

명중률은 꾸준한 단련을 통해 튼튼해진 소년의 어깨에 의해 보정된다. 이 유서 깊은 염소치기의 장거리 무기는 이와 같은 예상 밖의 상황에서 제 몫을 해냈다. 그저 차돌멩이일 뿐이지만 원심력에 의해 얻어진, 단순한 인간의 어깨로는 불가능한 강도의 타격이 정확히 트롤의 위턱에 작렬한다. 트롤이 분노와 고통의 고함을 내지르며 휘청한 순간을 놓치지 않고, 그때까지 달려가던 맹견은 트롤의 왼팔 하박에 송곳니를 들이박았다.

"떨어져!"

두 번째 돌을 무릿매에 재던 디드리크가 외쳤다. 충실하게 훈련된 개는 야성을 억누르며 지시대로 턱을 벌리고 트롤에게서 물러났다. 놔두면 언제까지나 물고 늘어졌을 것이고, 그것은 트롤을 상대함에 있어 결코 해서는 안 되는 공략법이다. 트롤의 강대한 팔은 군마(軍馬)를 반으로 찢어낼 수 있는 완력을 갖고 있다. 아무리 장성한 흰이리개라 해도 제대로 잡히는 순간 끝이 난다. 이미 두 군데에 상처를 입은 트롤은 분노로 눈이 뒤집힌 듯했다. 어떻게든 사우트를 잡아채기 위해 팔을 휘두른다. 이 강력하지만 멍청한 마수는 멀리 떨어진 디드리크가 자신을 때릴 수 있다는 사실을 이해하지 못한다. 아니었다면 지금처럼 뒤통수에 두 번째 직격을 허용하지 않았으리라.

그러자 트롤은 짜증과 분노, 고통이 뒤섞인 고함을 지르더니 디드리크를 향해 질주하기 시작했다. 다시 컹컹거리며 사우트가 뒤로 따라붙었지만 트롤은 신경 쓰지 않는다.

그걸 본 디드리크의 안색이 창백해졌다. 저 마수가 지근거리에 다가온다면 틀림없이 사우트는 트롤을 물고 늘어질 것이지만, 그렇게 된다면 트롤은 분명 사우트에게 어떤 식으로든 위해를 가할 수 있게 된다. 디드리크와 사우트의 연계는 트롤과의 거리가 가까워질수록 효과를 잃게 되는 것이다. 무엇보다 지금 절실한 것은 디드리크나 사우트 둘 모두에게 있어 트롤에게 확실한 피해를 줄 제압 수단이다. 흰이리개가 아무리 대단해도, 단독으로 트롤을 죽일 수는 없다. 디드리크는 말할 것도 없고.

게다가 세 번째 투석은 하찮다는 듯 휘두른 트롤의 팔에 의해 미수에 그치고 말았다. 그 잠깐의 틈에 사우트가 트롤의 오른발 종아리를 물고 늘어졌지만, 그걸 기다리기라도 했다는 듯, 다음 순간 트롤의 우악스러운 팔이 충견의 목을 끌어안았다.

"사우트!"

망설이지 않고 네 번째 돌을 무릿매에 재우던 디드리크가 고함을 질렀다. 뒤이어 이어진 투석은 아예 빗나가고 말았다. 이제 끝장이라는 절망이 소년의 머릿속을 헤집어놓은 순간, 거센 바람이 주변을 휩쓸었다.

고개를 들어 올린 디드리크는 시야에 채 들어오지도 않을 만큼 바싹 다가온, 그리고 거대한 검은 그림자에 얻어맞은 듯한 충격을 받았다. 아무런 생각도 행동도 하지 못하고 있는 사이, 똑같이 올려다보고 얼이 빠진 트롤의 몸이 거대한 용의 턱 안으로 사라졌다. 그리고 두어 번의 투레질로 사우트를 떨구어낸 용은 목을 힘차게 돌려 트롤의 덩치를 뱉어버렸다.

용의 이빨에 곳곳이 꿰뚫려 피투성이 넝마가 된 거구가 농담처럼 포물선을 그리더니 저 멀리 들판 한구석에 죽은 쥐마냥 내팽개쳐졌다. 쿵 하는 소리뿐, 단말마조차 뒤따르지 않는다.

"괜찮은가?"

핼쑥해진 소년의 정신이, 이 자리에서 들릴 리 없는 여자의 외침에 환기되었다. 숲의 가장자리로부터 나타난 듯, 빠른 걸음으로 다가오는 울리케가 있었다. 디드리크의 시선이 그에게 머물고, 다시 천천히 용에게로 향했다. 검고 거대한 용은 소년을 무시한 채 다가오는 울리케를 쳐다보고 있었다. 소년의 시선이 그를 따라 다시 울리케에게 향한다.

"무사한가? 당신의 목양견은 다치지 않았나?"

울리케가 다가오며 걱정스러운 목소리로 다그치듯 물었다. 디드리크는 화들짝 놀라 사우트를 찾았다. 다행히 그는 무사했다. 다만 난생처음 본 거대한 존재를 어처구니없다는 듯이 올려다보고 있었을 뿐이다. 디드리크의 심정도 똑같았다.

"다행이군. 저 트롤은 우리 때문에 쫓겨 숲에서 벗어난 것이다. 그러니까 이 습격은 우리 탓이야. 미안하다."

울리케가 디드리크에게 정중히 말했다.

"그건 틀렸다. 저 미련한 짐승은 우리가 아니라 내게 쫓긴 것이다. 하지만 그렇다 하더라도 나는 사과할 필요를 느끼지 않는다."

용의 것임에 분명한 목소리가 들리자, 디드리크는 화들짝 놀라 한 걸음 물러났다. 그러고는 방금 전까지 트롤과 싸우느라 치솟아 있던 맥이 빠지며, 무너지듯 무릎이 꿇렸다. 사고가 정지한 채, 소년은 바닥에 머리를 조아리고는 간신히 다음과 같이 말할 수 있었다.

"사, 살려주십쇼."

"염소를 먹겠다."

그럼요! 왜 아니겠습니까? 어떤 녀석으로 드릴까요? 젖도 떼지 않은 야들야들한 새끼가 좋으십니까? 이렇게 말할 수 있었다면 좋았으련만, 불행히도 그에게는 그럴 권리가 없었다. 그리고 이 사실을 잘 알고 있는 올리케는 순간적으로 굳어진 디드리크 대신 빌러디저드에게 말했다.

"곤란합니다. 그는 목동일 뿐, 염소의 주인은 아닙니다. 타래염소들은 마을이 공동으로 관리하는 재산이니까요. 그가 속한 마을로 가서 촌장의 허락을 구해야 합니다."

"나는 너를 먹는 문제를 갖고도 허락을 구할 대상을 달리 찾지 못했었다. 그런데 하물며 염소를 먹는 문제를 갖고 누군가와 교섭해야 한단 말이냐?"

"저의 소유주는 불확실하지만, 염소의 소유주는 명백하니까요. 이것은 식사 이전에 도둑질에 관한 이야기입니다."

"너의 소유주가 정말로 불확실하다고 말할 수 있느냐? 너는 너의 아비에게, 그리고 너의 아비는 다시 너희의 황제에게 속할 것이다."

"소속에 모든 것이 의탁 되지는 않습니다. 무슨 노예나 죄인이 아닌 한, 우리는 자신의 일신에 대한 결정권을 가집니다. 생사여탈권이 진정한 지배나 소유의 증명이겠습니까?"

"알겠다. 하지만 그와 같은 이야기를 네가 아니라 저 소년이나 염소가 직접 했더라면 더 좋았을 것이다."

디드리크는 이 기이한 대화를 따라잡기가 힘들었다. 아니 중간부터 대화를 거의 듣지 못했다고 하는 게 옳겠다. 누가 누굴 먹으려 했다고? 저 용과 저 아가씨는 도대체 무슨 관계란 말인가?

그들은 트롤과 싸움이 벌어진 장소에서 달리 벗어나지 않고 있었다. 모두에게 한숨 돌릴 여지가 필요했던 것이다. 화재를 염려해 개울이나 강 근처가 아니면 결코 취사를 하지 않는 염소치기들의 습속에 따라, 그는 자신의 행낭에서 건병(乾餠)과 육포를 꺼내 울리케와 나누었다. 그러면서 디드리크가 용의 눈치를 살피자, 용은 이렇게 대답했었다.

"그 조그만 과자가 열 배쯤 커진다면 맛을 보고 싶지만, 지금은 됐다."

울리케가 용에게 자연스럽게 굴기 때문인지, 아니면 너무나 기상천외한 존재를 목전에 두어서 그런지 디드리크는 생각만큼 공포에 질려있지 않았다. 게다가 사우트는 어딘지 용이 맘에 들기라도 하는 듯, 침착하게 곁에 앉은 채 꼬리를 흔들기까지 하고 있었다. 거대한 검은 용은 그 꼴을 보더니 말했다.

"음, 펜리스의 미욱한 막내인가? 아니다, 그 보다는 피가 옅구나."

"흰이리개인가?"

울리케가 디드리크에게 묻자, 소년은 황급히 대답했다.

"네? 네, 아씨. 맞습니다요."

"그렇답니다, 빌러디저드 님. 늑대개의 후손이지요."

"아까 트롤과 싸우던 모습은 인상적이었다."

— 헥헥.

"하지만 어딘가 모자란 게 아닌가?"

잠시 멍하던 디드리크는 그 물음이 자신에게 향한 것임을 깨닫고 더듬거리며 대답했다.

"네 그……, 저, 크고 위대한 용님. 목양견으로서는 훌륭하지만 저렇게 있을 때는 바보 갭니다."

디드리크가 빌러디저드를 향해 '용'이라 불렀음에도, 빌러디저드는 달리 바로잡아줄 생각이 없어 보였다. 울리케는 멀찍이 떨어진 곳에 구겨져 있는 트롤의 시체를 바라보고 눈살을 찌푸리다가 빌러디저드에게 말했다.

"트롤의 고기는 드십니까? 저는 해체할 줄 모릅니다만."

"트롤은 짐승이 아니라 마수다. 마수의 고기는 먹을 수 없다. 해체를 모르는 것은 당연하다. 트롤의 피에 쇠가 상한다."

울리케도 그런 이야기를 들은 적이 있다. 일반적인 짐승과 마수의 차이가 그것이다. 마수는 그것을 사냥해도 그 어떤 물질적 부산물을 기대할 수 없다. 살이나 고기, 가죽, 뼈나 발톱조차 아무짝에도 쓸모가 없다. 짐승이라면 설령 아무리 위험한 맹수라도 그것을 사냥해 얻을 수 있는 것들이 존재하지만, 마수는 어떤 맹수들보다 위험천만한 주제에 수렵자원으로서의 가치가 전무했다. 즉 수지가 맞질 않는다. 연금술사들이나 마법사, 주술사들이 마수의 사체로부터 무언가를 얻어보기 위해 연구한다는 이야기는 익히 들어보았으나 실제로 효과가 입증된 것은 아무것도 없다. 간혹 사냥의 증표로 자신이 잡은 것들의 이빨이나 발톱을 부적처럼 갖고 다니는 이들이 있긴 했으나 다만 그뿐이며, 그마저도 보통 짐승의 부산물과는 다르게 아주 빨리 삭아서 없어지기에 흔히 보기 힘들었다.

"그러니 저것들은 너희에게 해롭다. 특히 여기와 같은 변방의 영지는 그 피해가 더할 것이다."

울리케는 빌러디저드의 통찰에 동의했다. 트롤 한 마리를 안전하게 토벌하기 위해서는 최소한 사냥꾼 여섯 명이나 혹은 기마 기사 하나에 딸린 상비군을 서넛은 내보내야 한다. 그게 다 돈이며, 인적 피해가 발생할 경우의 보상금은 실로 막대하다.

"저, 소인네를 구해주셔서 다시 한번 감사드립니다."

화제의 흐름이 여기에 이르자, 디드리크는 눈치를 보다 이렇게 말했다.

"아니야. '우리' 탓이었으니까. 그만하게 끝나서 천만다행이다. 이러면 어떨까? 내가 성에 복귀하는 대로 아버님께 청을 넣어 염소를 열 마리 사겠다. 값은 후하게 쳐주마. 대신 너의 마을까지만 나를 안내해다오."

"그리하겠습니다요, 아씨."

생각할 것도 없이 디드리크는 대답했다. 자신은 목숨을 구했고, 상대는 영주의 영애와 용이다. 가진 거 다 내놓고 꺼지라고 해도 거절할 수 없다. 신분의 권위와 폭력의 권위 모두가 그들에게 있지 않은가?

그들은 탁 트인 초지를 가로질러 걷고 있었다. 디드리크는 예정에 없던 귀환이었지만 아무런 불만이 없었다. 울리케가 아무리 자신의 탓이었다고 말해도 자신이 그들에 의해 목숨을 구한 것은 사실이다. 다만 느긋이 움직이는 것에 익숙한 염소 떼들을 몰고 곧장 돌아갈 수는 없었다.

"두어 시간만 걸어가면 다른 목동들이 머무는 곳이 나와요. 거기서 염소 떼들을 맡기고 저와 곧장 마을로 향하시면 됩니다요."

"알겠다. 마을에 도착하는 건 언제쯤일까?"

"별다른 일이 없는 한 저녁 무렵이면 도착하실 거예요."

디드리크는 한결 편해진 목소리로 대답했다. 처음 이들과 맞닥뜨렸을 때는 혼이 나갈 만큼 저자세였지만 곁에 용이 없기 때문인지, 아니면 그새 기가 살았는지 지금은 예의를 차리되 원래의 유들유들함을 찾아가고 있었다.

안내를 부탁받았을 때는 용까지 함께 가는 줄 알고 부담을 느꼈지만 그런 것은 아니라 했다. 위험한 숲은 이미 뚫고 나왔고, 초원은 완전히 안전하진 않아도 숲에 비하자면 안방이나 다름없다. 용은 어디선가 그들을 지켜보겠다고 말하곤 날아가 버렸다. 하지만 지평선 끝까지 닿는 북부 목동의 눈에도 목격되지 않는다. *정말로 어딘가에서 우릴 보고 있을까?*

"그러고 보니, 네가 사는 마을의 이름이 무엇이야?"

"드리츠예요, 아씨."

울리케는 고개를 끄덕였다. 드리츠, 그의 기억에 의하면 영지의 북부에 위치한 두 곳의 취락 가운데 하나다. 직접 방문한 적은 없지만 목양이 주된 소득이라고 기억하고 있다. 영지 내 마을 중에서 성으로부터 가장 먼 곳에 있었고, 연결된 도로가 부실한 데다 중간중간의 숲과 산들을 끼고 도느라 실제 직선거리보다 세 배는 돌아가게 되는 먼 곳이었다. 거기서부터 비롯된 생각은 울리케로 하여금 영지의 전체적인 지리와 거기에 연관된 산업에 대한 것들로 이어졌다. 교섭 내용에 따라 다르겠지만 빌러디저드와 더불어 영지의 사정이 좀 더 나아지면 좋겠다는 희망을 갖고 있기 때문이다. 어릴 때부터 문관의 자질을 보였던 울리케이기에, 앞으로의 일이 어떻게 전개될지 자못 지대한 관심을 갖지 않을 수 없다.

이런 생각을 하다 눈길을 돌려 디드리크를 보자, 그의 안색에서 궁금해 죽겠다는 표정을 읽어내었다.

"내게 묻고 싶은 게 있느냐?"

왜 아니겠는가? 다만 아랫것의 도리로 먼저 질문하지 못하고 있을 뿐이다. 우물쭈물하던 디드리크는 이내 용에 대한 질문을 시작했고, 울리케는 그것에 선선히 대답함으로써 화제가 전환되었다. 세세하진 않지만 딱히 숨길 것도 없이 전반적인 것들을 모두 이야기해주자, 디드리크의 표정이 불만해졌다.

"그, 그러면 우리 영지에 용이 머무는 것입니까?"

"머물지 안 머물지는 아직 몰라. 교섭 내용에 따라 다르겠지. 하지만 그가 협력할 거라는 사실은 거의 확실하다. 아버님이 터무니없는 이야길 해서 산통을 다 깨지 않는다면."

하지만 아무리 어리석은 영주라도 그런 미친 짓을 할 리는 없다. 교섭 상대는 자그마치 용이다. 실제적인 가치와 힘이 어떠하건 간에 공작령과 더불어 황제 폐하와 동급을 이루는 것이다. 그 이름값만큼은 그러했다.

"우와."

디드리크는 의미불명의 감탄사를 내뱉었다. 그의 얼굴에서 미묘한 흥분과 기대를 읽은 울리케가 물었다.

"그것이 좋은가? 용이 수호하는 영지라 해도 당장은 영지민들의 삶이 크게 달라질 것 같지 않은데."

운신을 잘못하면 오히려 더 궁핍해질 수도 있다고 생각한다.

울리케는 은연중에 용의 연간 밥값을 계산해보고 있는 자신을 깨닫고 스스로에게 좀 아연해졌다.

"만일 상비군 규모가 좀 더 늘어난다면 병사가 되고 싶거든 요. 정말로 되고 싶은 것은 기사지만……."

디드리크가 울리케의 눈치를 살피며 조심스럽게 대답했다. 울리케는 빙긋 웃었다.

"기사가 되는 과정을 아느냐? 일곱 살 무렵에 시동(侍童)이 되어 성에서 일을 거들다가 열네 살 무렵부터 향사(鄕士)로서 한 기사를 모신다. 그리고 이르면 스무 살 무렵에 임관하지만 기사 서임의 시기는 상황과 운에 따라 좀 다르다. 너는 이미 열여섯 살이니 향사가 되기에도 미묘한 나이다. 현실적으로 어렵다고 할 수 있다."

울리케에게 소년의 꿈을 짓밟는 가학적 취미는 없다. 그는 단지 현실에 대해 이야기하려는 것이다. 상대가 그와 같은 계층의 인물이었다면 간접적으로 표현하거나 그냥 덮어두고 응원했겠지만 상대는 영지민 소년이다. 나쁜 말도, 비난도 아닌데 말을 가릴 것은 없었다.

그리고 디드리크 또한 그렇게 생각하기에 기분 상하거나 아쉬워하지 않는다. 오히려 상세한 정보를 전해주는 울리케에게 고마워하며 이렇게 말했다.

"말씀 감사합니다요, 아씨."

그들은 그렇게 한동안 걸었다. 이따금 안 가겠다고 고집을 피우는 대장 염소를 사우트가 을러대어 재촉하면서. 그리고 마침내 점심 무렵, 디드리크가 말했던 장소에 도착하자 개울가의 초지에 염소치기 두 명이 큰 무리의 염소들과 함께 나타났다.

"미천한 것들이 아씨를 뵙습니다."

미리 달려가 사정을 전한 디드리크와 함께, 두 명의 청년들이 울리케에게 고개를 조아렸다.

"신세를 진다. 디드리크의 이야기를 들었는가?"

"네. 염소는 모두 맡기시옵소서."

그들과 별다르게 말을 섞을 것은 없었다. 이것이 그저 평소의 외출이라면 그들과 조잡하나마 점심이라도 나누는 것이 울리케의 성정에 맞았겠지만 지금은 그럴 여유가 없다. 울리케는 한시바삐 마을에 도착하고 싶었다. 어차피 걸으면서 씹는 건병과 육포도 별로 나쁘지 않았고. 이래 봬도 걷는 데는 이골이 난 울리케였다.

그렇게 염소 떼를 맡기고 울리케와 디드리크는 사우트를 앞세운 채 지금까지와는 비교도 되지 않는 속도로 재빠르게 걷기 시작했다. 염소치기야 그런 보속에 익숙하다곤 해도, 울리케까지 전혀 아무렇지 않다는 듯 따라오는 것은 디드리크에게도 꽤 의외였나 보다.

"이런 속도로 괜찮으십니까?"

"다른 영지의 고귀한 영애들이라면 모르겠다만, 나는 이런 걸음에 익숙하다."

가난하니까. 하지만 울리케는 그 말을 덧붙이진 않는다.

영주의 딸이 용에게 납치되었다. 보고자가 평소 농담 한 조각도 모르는 그의 기사 스벤이 아니었다면, 그리고 이 기막힌 이야기의 목격자가 여덟 명이나 되지 않았더라면 노아크 피어 클리벤 남작은 아마도 어떻게 웃어줄까를 성실하게 고민했으리라.

오랜 세월 북부의 냉혹한 해풍에 연마되어, 실제 살아온 세월보다 한결 세어버린 그의 반백머리가 침통하게 떨어졌다. 잠시 침묵을 지키던 그는 아연한 표정으로 얼굴을 들고 그의 충직한 가신에게 말했다.

"다른 피해는 없는가?"

입에 발린 말로라도, 그의 사랑하는 딸을 다시 볼 가능성은 영영 없다고 할 수 있겠다. 그러한 충격 속에서도 영주된 도리를 잃지 않는 자신의 주군이 그러나, 인간적으로 어쩔 수 없는 체념의 물기가 묻어나는 목소리로 이렇게 물어왔을 때 그의 충직한 가신 스벤의 두꺼운 목울대가 한 번 축여졌다. 그는 나직하게 대답했다.

"아가씨와 함께 있던 영지민 아낙들은, 모두 무사했습니다. 그들은 함부로 소문을 유포하지 않고 사고가 일어나자 곧장 성으로 왔습니다. 모두 충격을 받아 공황상태에 있었는지라 공관으로 옮기고 추스르도록 했습니다. 물론, 상황에 대해 일단 함구령을 내려두었습니다."

적절한 조치다. 그들이 이 이야기를 흘리고 다녔더라면 수습해야 할 문제가 하나 더 늘기만 했을 것이다. 아마도 평소에 어울리던 이들에게 이런 경우의 처신을 당부해 둔 똑똑한 딸 덕분이겠지. 하지만 이제 그 씩씩한 딸을 잃었다. 영주는 감정을 추스르려 애쓰며 물었다.

"내게 보고가 올라오지 않은 걸 보면, 최근에 용의 출몰에 대한 소문은 없었던 모양인데?"

"그렇습니다. 용이 북쪽으로 날아갔다 해서, 시급히 파발을 띄워 드리츠와 잉겐에 사람을 보냈습니다. 그 두 곳에서 별다른 목격정보가 없는지를 파악하고 알려올 것입니다."

이 역시 적절한 조치다. 하지만 문제는 시간이다. 아무리 애를 쓰고 운이 따라준다 해도 용의 소재지를 파악하는 데는 수많은 날이 지나갈 것이다. 그동안 울리케가 무사하리라는 보장은 어디에도 없다. 행여나 용이 식사 거리가 아니라 노예나 시종으로 부리기 위해 잡아간 것이라면 희망이 있을지도 모르지만, 용이 그러한 습속을 갖는다는 이야기는 들어본 바 없다.

"에이드리크."

"네, 영주님 하문하시옵소서."

이름을 불린 중년의 문관이 대답했다. 그는 스벤과 함께 보고를 위해 들어왔다.

"용의 습속에 대해 아는 게 있는가? 울리케를 납치한 목적을 유추할 수 있겠나?"

"라핀다시르 대공이나 폐하의 용은 그들의 수발을 들 하인들을 필요로 합니다. 그러나 그와 같이 언약에 묶인 용들이 아니라 야생의 용이라면, 입에 담기 민망하오나 달리 그러한 목적으로 인간을 납치한 선례가 없습니다."

피어클리벤 남작은 한동안 입을 다물었다. 그리 넓지 않은 영주의 집무실 안에 침통한 적막으로 감추어진 고뇌와 갈등이 한동안 유령처럼 서성였다. 이윽고, 공과 사의 아슬아슬한 도리 사이에서 영주는 결단의 근거가 될 유일한 물음을 그의 문무(文武) 양 가신에게 던졌다.

"내 딸의 생존을 전제하고 구출을 목표로 한 작전 입안의 가치가 있겠는가?"

용. 지상 최강의 포식자이자 맹수인 동시에 신화의 계보를 증거하는 실재(實在)의 현현. 분명히 피를 흘릴 줄 아는 필멸의 육체를 갖되, 재해에 준한 권능을 휘두르는 것이 가능한 반신(半神)의 적생자이다. 알려진 역사에서 용이 토벌된 것은 단 세 차례이며 그나마도 순수한 인간의 군사력으로만 격퇴한 것은 단 한 번이다. 그리고 그 유일한 승리마저 너무나 엄청난 희생과 군비의 지출로 인해 서대륙을 오랜 기간 파탄지경으로 몰았었다.

다시 말해 일개 남작령에 불과한, 피어클리벤 영지가 그 모든 자산을 일시에 끌어모아 총력전을 벌인다 해도 어찌해볼 가능성은 아예 전무한 사태다. 용에 대한 두려움은 단순히 그 거대한 육체의 괴력이나 뿜어대는 불덩이의 폭격에서 나오는 것이 아니다. 그뿐이라면 단순한 마수로서 여겨졌으리라. 작정한 용은 물리적 충돌을 야기하기 전에 기근이나 질병으로 인한 민심의 황폐화를 우선적으로 일으킨다. 모든 보리와 밀이 당장 까맣게 말라 떨어질 것이며, 연안엔 고기 한 마리 남지 않을 것이고, 숲의 모든 맹수들이 공포에 질려 장원(莊園)으로 밀어닥칠 것이다. 아니 당장 용과 맞서 싸우자고 징집령을 내린들, 볼 것도 없이 모든 영민들은 줄행랑을 칠 것이다. 유민이 되면 살 수도 있지만 용과 싸우면 반드시 죽을 테니까. 그리고 그러한 계산을 구태여 하지 않더라도, 사람들이 용에 대해 갖는 공포는 그만큼 거대한 것이다.

사실 울리케 하나의 문제가 이미 아니다. 정말로 근방에 통제되지 않는 용이 나타났다면 사태는 남작의 소관을 벗어난 일이 된다. 당장 황제에게 상신해야 할 일이며, 그는 그저 영지에 비상령을 내리고 황명이 내려오기를 기다려야 하는 것이다. 오히려 섣부르게 용을 자극했다간 제국에 화근을 불러들인 책임을 면할 수 없다.

그러니 이 가혹한 사태 앞에 부정(父情)은 애써 꾹꾹 눌러 삼킬 수밖에 없다. 주군의 이러한 마음을 헤아리는 양 문무관은 속이 썩어들어갔다. 차라리 용이고 뭐고 도륙 내고 당장 내 딸을 구해오라고 명을 내렸더라면 주인의 어리석음을 한탄했을지언정 마땅한 기사로서 예약된 전사(戰死)를 향해, 스벤은 망설임 없이 달려갔으리라. 그러나 그의 주군은 그런 명을 내릴 줄 모르는 사람이었다.

"하명하시면 당장 상비군 전원과 사냥꾼들을 모아 출병할 수 있습니다."

스벤은 이렇게 말할 수밖에 없었다. 그러자 영주의 눈에 일순간 노기가 지나간다.

"나는 그럴 가치가 있겠는가 하고 물은 것이다!"

그러자 에이드리크가 답했다.

"소재와 상황 파악이 먼저입니다. 토벌이든 구출이든 결정은 이후의 일입니다."

"촌각을 다툽니다. 용의 토벌은 어차피 주군의 책무를 초월하는 결정입니다. 그러니 정찰을 겸한 소규모 구출대의 수색 작전을 입안하고, 지체없이 움직여야 합니다. 용의 소재에 대한 정보가 들어온 뒤 출병하면 너무 늦습니다. 유일한 단서인 북쪽이라면, 사실상 북부의 숲 너머일 수밖에 없습니다."

하지만 에이드리크는 스벤의 이 의견에 일부 반대한다.

"북쪽 숲은 설령 용이 없다 해도 군사 작전을 전개하기에 너무나 위험천만한 장소입니다. 출병하더라도 접근하지 말고 경계와 관측만을 하시지요. 본격적인 수색과 접촉은 폐하의 중앙군에게 맡기는 게 도리입니다. 지금 우리에게 적절한 최선의 방책은 화를 키울 가능성을 배제하고 용을 자극하지 않는 것입니다."

"먹물의 정론이로군."

스벤이 일순간 예의를 잊고 빈정거렸지만 에이드리크의 안색에는 변화가 없었다. 남작 또한 양 문무관의 언쟁에 별다른 반응을 보이지 않는다. 목민관의 책임과 아비의 정, 기사도의 충절과 문관의 지성이 군신의 도리를 중심으로 충돌하고 있다. 무엇을 선택하더라도 반론이 가능하고 어떤 것을 무시하더라도 이해받을 수 있는 상황이다. 설령 이대로 아무것도 하지 않아도 그 또한 그럴만한 일이다. 이것은 그러한 상황이었다.

"선례가 있는가? 이러한 상황에 대해 올바른 지침이 될 만한."

쥐어짜 내는 듯한 영주의 침통한 물음에 에이드리크는 선선히 대답했다.

"용과 접촉하고 교섭한 바에 대해, 신뢰할 만한 사서의 기록은 매우 적습니다. 그에 관한 한은, 정사의 기록보다 민담이나 신화가 훨씬 많습니다. 또한 믿을 만한 정사의 기록들이라 하더라도 황실의 용들에 관한 것이 아닌 한은 그저 변경에서 간헐적으로 일어난 목격담이나 일부 국지적인 재해, 소요에 한합니다. 참고할 만한 대응은 없습니다."

"그럼 이제 거기에 한 줄 더 추가되겠구려."

단념한 듯한 영주의 음성이다. 그의 낯빛은 이제 희미한 웃음까지 내비치는 것 같았다.

"폐하께 상신하려 해도 신뢰할 만한 추가정보의 보완이 필요하겠지. 지금 이 상태라면 그저 영민들의 소문을 그대로 전하는 것뿐이니까."

남작의 말을 스벤이 재빨리 받았다.

"하오나 주군, 명백히 피해자가 있고 다른 누구도 아닌 아가씨입니다. 보고의 신뢰성이나 자세함을 더하기 위해 시간을 지체하지 않더라도 황실은 납득할 것입니다. 이대로 곧장 파발을 띄울 것을 아룁니다."

"아니다."

피어클리벤 남작은 고개를 저었다.

"이러한 납치가 이번에 한한 단발성 사건으로 그칠 수도 있다. 만일 그렇다면 일을 키운 부담은 고스란히 우리 몫이 된다. 적어도 추가적이고 본격적인 피해가 발생한 이후에 움직여도 늦지 않다. 북부의 파수를 강화하고 주기적이고 상시적인 직통 보고 인편을 조직해라. 초병의 충원을 위해 경의 권한 아래 소규모 징집을 허용하지. 이 일에 대한 공적 대응은 이것으로 마친다."

그제서야 간신히, 그는 아비의 노릇을 한 마디 덧붙였다.

"……울리케의 흔적을 수습하기 위한 소규모 정찰대를 고용한다. 영지의 기사나 상비군의 차출을 금하며, 비용은 나의 사비로 전용한다. 민간의 사냥꾼이나 용병, 외부의 모험가 중에 희망자에 한해 뽑되, 일의 위험성을 상세히 설명하고 성공적인 귀환 시 고액의 보수와 비밀엄수의 약정의무를 고지하라. 이는 서두르지 말고 신중히 한다."

말을 마친 초로의 영주는 눈을 감았다. 그것은 혹시 모를 헛된 희망과 다시 못 볼 딸에 대한 위령(慰靈)의 의미를 반반씩 담고 있었다.

울리케의 납치가 보고된 그 날 저녁, 영주가 지시한 대응의 모든 체계를 마련하고 하달한 스벤은 영주가 마지막으로 지시한 임무에 대해 고민하고 있었다. 사후 수습이 될 가능성을 아예 전제로 못 박고 내린 지시였다. 영주는 특히 서두르지 말 것과 정찰대의 무사 귀환을 강조했다. 곱씹을수록 주군의 체념과 고통이 느껴지는 내용에 충직한 무인은 마음이 아팠다. 추가적인 희생이 발생할 바에야 딸의 생사확인조차 포기해버리겠다는 말이다.

납치된 것이 한낱 영민이었다면 이와 같은 조치는 적절하고 현실적이다. 하지만 정확히 똑같은 지시를, 영주는 자신의 딸이 얽힌 이 사건에 대해 내렸다. 그 엄격함에 착잡해진 채, 스벤은 정찰대의 충원 방식을 고려하기 시작했다.

피어클리벤 남작령은 개간되지 않은 초지와 숲이 대부분인, 제국의 북부에서 흔한 소규모 장원이다. 영지의 면적 자체는 그리 좁진 않았지만 개간된 가용농지의 수는 적었다. 교통의 요지는커녕 외지인들이 오고 갈 일이 거의 없는 변방이라 제대로 된 시장이 성립할 여건도 안 되었다. 위엄은 고사하고 아늑하기만 한 영주의 성을 벗어나면, 보이는 것이라고는 그저 솔밀밭과 군데군데의 두더지감자밭들이 전부이다. 이렇게 인구밀도가 엷고 도시화되지 않은 곳에서, 이런 경우 투입될 인력을 끌어모으는 것은 녹록지 않다. 우선, 시간이 걸린다.

차라리 남쪽으로 파발을 띄워 가장 가까운 도시인 아우셸바프에 의뢰를 공고할까? 거기라면 용병도 모험가도 어렵지 않게 구할 수 있다. 피어클리벤이 조금만 더 발전한 곳이었다면 한두 종류의 조합 지점이나마 확보할 수 있었을 텐데, 아쉬운 노릇이었다. 평소의 그는 거칠고 탐욕스러운 용병들이나 불한당 같은 모험가 놈들이 설치고 다니지 않는 피어클리벤의 목가성을 사랑해 왔지만, 그것이 지금 상황에서는 못내 아쉽기만 했다. 때문에 그의 향사인 슈타크로부터 외지인들이 성하촌(城下村)에 나타났다는 말을 들었을 때, 스벤은 정신이 번쩍 들어 물었다.

"상인인가, 모험가들인가?"

이미 장성했으나 아직 앳된 기색이 남아있는 열아홉 살의 향사 슈타크가 대답했다.

"상인들이라면 성으로 와 신고를 서둘렀을 것입니다. 그들은 농가에 허락을 구하고 야외의 초지에서 숙영 준비를 하고 있다고 합니다."

영지 내에서 영리를 목적으로 일을 볼 것이 아니라면 구태여 성에 들러 신고할 필요가 없다. 물론 성에는 방문객들을 위한 소규모 숙박 시설이 있어서 그것을 공무라면 무료로, 민간 업무라면 소정의 비용으로 이용 가능하다. 이외에 다른 민간 여각 자체가 피어클리벤에는 거의 없기 때문이다. 그들이 단순한 여행객이라면 이곳에 들러 여독을 푸는 것도 나쁜 선택은 아니다. 그럴 생각도 없어 노숙을 한다는 사실은 그들이 모험가일 가능성을 높였다.

모험가들은 용병과 비슷하지만 다소 다르다. 용병은 돈을 받고 치안과 전쟁을 수행하며, 개인이 아니라 용병단 집단으로서 고용주와 계약한다. 하지만 모험가들은 많아 봐야 6인 이하의 소집단으로 움직이며, 온갖 종류의 의뢰를 고용주로부터 수주한다. 전술적으로 말하자면 비정규전을 수행하는 민간 해결사 집단에 가까운데, 어지간한 모험가 무리는 모두 인원 대비 뛰어난 전력을 지녔다고 평가되지만 무력 분쟁과는 거리가 멀다.

모험가들을 가장 적절하게 사용할 수 있는 분야는 다름 아닌 마수 퇴치다. 사냥꾼들이 부산물을 얻기 위해 사냥을 한다면, 모험가들은 얻을 것 없는 마수를 퇴치해준 사례를 고용주로부터 받는다. 목숨을 거는 일인 만큼 비용은 결코 싸지 않지만, 모험가들은 그 특유의 기예와 그들만의 전술, 생존기법 등으로 마수 퇴치를 지극히 효율적으로 해낸다. 특이점이라면 모험가 무리의 생환율은 대개 전부, 아니면 전혀라는 점이다. 임무에 실패한 모험가 무리는 대개 깔끔하게 전멸하며, 이는 비용을 지불할 필요가 없어진다는 것을 의미한다.

스벤이 모험가들에 대해 아는 것은 여기까지였다. 그는 충실한 기사도의 사도(使徒)였기에 용병이나 모험가들의 생리에 대해서는 최소한의 지식만 있었을 뿐 그리 관심 두어오지 않았다. 하지만 지금은 그들이 절실하다. 이야기를 듣자마자 스벤은 슈타크와 함께 말을 몰아 성 밖으로 향했다. 제분소를 지나 개울의 작은 다리를 지나면 바로 피어클리벤 성하촌이 나타난다. 이미 해가 져 어둠이 깔린 가운데 휴경지의 한 편에 모닥불을 패기 있게 지펴 올리고 있는 한 무리의 외인들이 보였다. 수레는 없이, 말만 네 필에 마찬가지로 네 명의 남녀가 취사를 하고 있었다. 혹시나 하던 기대를 확신으로 바꾸며 스벤과 슈타크가 말을 몰고 천천히 다가가자, 그들 가운데 한 명이 조심스레 다가왔다.

"자애가 한량없으신 목민관의 충신을 뵙습니다."

정중하고, 배운 티가 나는 인사다. 모닥불을 등진 채라 잘 보이진 않았지만, 삼십 대에 갓 들어선 듯한 여성이었다. 기마를 위한 것임에 분명한 바지와 가죽조끼, 두터워 보이는 모직 장포. 이 땅에서 여성이라고는 내내 영애나 영민 아낙들만 보아 온 스벤에게 그의 행색은 조금 신선했다.

"피어클리벤에 종신의 충성을 상고한 스벤 달슨이다. 신분과 직위를 밝혀 상호 예를 행함에 허물이 없게 하라."

쉽게 이야기해 상하를 결정하도록 단서를 달라는 이야기다. 그러자 여인은 가볍게 미소지으며 답했다.

"에다의 경전을 암송하도록 허락받은 시그리드 유세트라 합니다. 달슨 경, 이 허술한 무리의 좌장(座長)을 맡습니다."

"마법사이외까?"

아차 싶다.

기실 조금만 생각해봐도 당연한 것이다. 모험가들이 소규모의 인원으로 그리 놀라운 활약을 수행할 수 있는 데는 다수의 모험가 무리들에 한 명 이상의 마법사가 종종 포함되어 있기 때문이다. 인원이 적은 모험가 무리일수록 반드시 마법사가 이끌고 있다고 보아도 무방하다. 알고 있던 사실이었지만 스벤은 시그리드라 자신을 소개한 이 여자의 나이가 워낙 젊은 탓에 마법사일 거라는 생각을 못 했던 것이다. 그럴 가능성을 염두에 두었다면 첫인사를 좀더 정중하게 했을 것이다. 왜냐하면 자격을 갖춘 모든 마법사는 기사에 준한 신분으로 인정되기 때문에.

"사죄하오, 유세트 경. 미처 살피지 못했소이다. 앞선 무례를 용서하시오."

"아닙니다. 아직 그만한 관록을 내비치지 못하는 것은 제 허물입니다."

확실히 그러하다. 스벤이 마법사에 대해 별로 아는 것은 없었지만 아무리 못 해도 반평생은 수련해야 한다는 것 정도는 알고 있다. 한데 아무리 보아도 이제 서른 살 정도이다. 아니면 젊어 보이게 하는 것도 무슨 마법의 효과란 말인가?

"일행을 소개해 주시겠소? 잠시 말씀을 나누고 싶소."

"예정에 없던 손님은 언제나 기쁜 일이지요, 소찬이지만 함께 하시겠습니까?"

그렇게 그들은 불가에 둘러앉았다. 이미 식사 준비는 마쳐 있었기에, 오래지 않아 잘 구워진 멧뿔토끼 고기와 으깬 두더지 감자가 독한 술과 함께 각자의 앞에 놓였다.

"근무 중이오."

고도의 주정(酒精)이 일으키는 아찔한 향기를 단호하게 물리치자, 열렬한 눈빛으로 그것을 바라보던 향사 슈타크의 눈빛이 시들었다. 이미 야음이 깔린 시간에 만찬에 더한 반주(飯酒)이므로 기실 얼마든지 용인 가능한 것이었지만, 이 엄격한 기사도의 가운데 토막은 불굴의 의지를 갖고 있었다.

"하면 공무(公務)로 저희를 찾으신 것입니까?"

"그렇다고 할 수 있겠소. 하지만 우선, 경의 일행이 내방한 이유를 알고 싶소."

"북쪽 숲을 탐색하려 합니다."

스벤의 눈이 빛났다. 이것은 행운이다!

시그리드의 말이 이어졌다.

"북쪽 숲과 그 너머 일대가 마수의 터전이라는 이야기를 들었습니다. 해서 일차적으로 탐색을 해 보고 정확한 상황을 보아 토벌 의뢰를 낙찰받고 싶었습니다. 달리 의뢰가 인근 도시에 공고되지 않은 것으로 보아 마수의 피해가 경미하거나, 혹은 상황을 정확히 파악하지 못하고 있을 수 있다고 판단했으니까요."

"그러면 곧장 북쪽 숲으로 향하실 생각이오?"

"그렇습니다. 아마 내일 오후쯤 도착하겠지요."

그렇다면 망설일 것이 없겠다.

"우선 한 가지 일러드릴 일이 있소. 이것은 아직 알려지지 않은 것이지만……, 우리는 북쪽 숲이나 그 너머 인근에 용이 자리 잡았다고 파악하고 있소."

"뭐요!?"

모닥불 너머에서 그들의 대화를 듣는 둥 마는 둥 하며 토끼 다리를 뜯고 있던 거구의 사내가 소리 질렀다. 그 바람에 그의 입에서 씹던 고기 조각이 튀어나와 그대로 모닥불 속으로 사라졌다. 좌중 모두 그를 보고 다시 스벤을 쳐다보았다. 일렁이는 모닥불이 모두의 놀란 표정을 감추지 못하게 했다.

"사실이오. 영주님의 영애께서 납치되었소. 오늘 오전의 일이오."

그리고 스벤은 상황을 설명하기 시작했다. 그답게 사실만을 간추린 짧고 단호한 설명이 끝나자, 눈을 동그랗게 뜨고 듣고 있던 시그리드가 물었다.

"그럼 저희에게 수색을 의뢰하시려는 건가요?"

"그러고 싶소. 아우셀바프에 공고를 내고 인원을 모집하려면 며칠이 그냥 날아가오. 여러분이 때마침 영지를 방문한 것은 정말이지 기적 같은 행운이오."

시그리드는 이해한다는 듯 미약하게 고개를 끄덕였다. 그러자 앞서 놀라 소리 질렀던 사내가 다급하게 말했다.

"누님, 설마 갈 거 아니지? 이건 오히려 예정을 포기해야 할 만한 사태잖아? 용이라구 용!"

"달슨 경은 우리가 용을 죽여야 한다는 이야기는 한마디도 하지 않으셨어."

시그리드가 지그시 그를 바라보며 말을 이었다.

"의뢰 내용은 수색과 수습이야. 용은 피하거나 따돌리면 되는 거야."

사내는 입을 딱 벌린 채 긍정도 부정도 하지 못했다. 다른 일행들도 딱히 가타부타 말이 없다. 아무래도 이 일행의 의사 결정은 상당 부분 이 마법사에게 의존되는 모양이다. 잠시 동안 시선을 치우고 있던 시그리드는 이내, 스벤에게 말했다.

"하겠습니다."

마침내 저녁 무렵, 디드리크와 울리케는 드리츠에 도착했다. 야산과 숲에 조그만 호수를 끼고 있는 마을이었다. 붉지만 어던지 창백해 보이는 석양을 뒤로하며 마을에 들어선 울리케는 디드리크의 안내를 따라 촌장의 집으로 향했다. 울리케가 영주의 딸이라는 말을 들은 촌장은 깜짝 놀라 부복했고, 울리케에게 쉴 방을 마련해주는 한편 성으로 전령을 급파하려 했다. 그러나 울리케는 그것을 만류했다.

"아니다. 내일 날이 밝거든 보내거라. 밤은 위험하다."

어차피 이제 그는 안전하다. 울리케가 여기서 성으로 향할 필요 없이, 성에 전갈을 보내면 그를 맞이하러 인마(人馬)가 올 것이다. 또, 여태 강한 척을 하긴 했지만 울리케는 사실 더 이상 꼼짝할 기운이 없었다. 새벽부터 지금까지 하루 꼬박을 걸은 것이다. 발도 멀쩡하지 않았다.

촌장은 어떻게든 소홀하지 않게 영애를 대접하려 했지만, 형편이 되지 못하고 아는 게 없으면 마음이 아무리 굴뚝같아도 되질 않는 법이다. 허둥지둥하는 촌장이 보기 안쓰러워 울리케는 더운물과 간단한 요깃거리만 부탁했다. 발과 다리의 잔 상처를 씻고 식사를 한 뒤, 울리케는 곧바로 죽음 같은 잠에 빠져들었다. 꿈도 꾸지 않을 작정이었다.

— 그럴 작정을 방해해서 미안하군.

'……빌러디저드 님?'

— 그렇다. 시험 삼아 네 꿈에 대고 이야기하고 있는 것이다.

'이것이 무엇입니까?'

― 에다의 술수이다. 너희가 마법이라 부르는 것. 본래는 마음에서 마음으로 하는 이야기이다. 원래는 훨씬 나중에야 필요할 것이라 생각했다만.

'무슨 일이 있습니까?'

― 요리가 먹고 싶다.

'장난하십니까?'

꿈속이라 긴장이 느슨해진 것일까? 아니면 정말로 기가 막혔던 것일까. 어느 쪽이든 울리케는 꿈속의 목소리에게 그렇게 빽 소리 질렀다. 잠깐의 침묵 이후, 용의 목소리가 물어왔다.

― 꿈이라 생각하고 내게 대드는 것인가?

'이게 꿈이 아니라는 증거가 있겠습니까?'

― 나중에 내가 이것이 꿈이 아니었음을 말할 것이다.

'저는 그런 개꿈 꾼 적 없다고 잡아뗄 겁니다.'

― 용꿈이다.

'아무튼 저는 잘 겁니다! 꺼지시옵소서!'

이런 경우를 뭐라고 하더라. 영민들과 허물없이 어울리던 울리케였지만 그래도 명색이 남작의 영애인 그는 언제나 말과 행동을 조심해왔다. 솔직함과 무례함을 구분하려 애써 왔고, 마찬가지로 궁빈과 검소를, 씩씩함과 경망함을 구분하려 노력해 왔다. 그런 울리케이기에 익히 아는 말이지만 실제로 입에 올려 본 적은 없는, 이 상스러운 말이 지금 상황에는 딱 어울릴 것만 같다.

"좆됐다."

낯선 잠자리라 그랬는지, 얇은 모포의 너머로 뚫고 나오는 짚단의 따끔거림 때문인지 어제 하루의 막대한 피로에도 불구하고 울리케는 생각보다 이른 아침에 눈을 떴다. 이제 막 동이 터 오는 듯, 아귀가 제대로 맞지 않은 나무 창틀 사이로 여명의 부스러기가 눈에 들어왔다. 한동안 눈을 깜빡이며 멍해 있던 울리케는 이윽고 간밤의 '꿈'을 떠올렸던 것이다. 그러자마자 나직이, 앞선 저 말이 그의 입술 사이로 흘러나왔다.

그래도 긍정적으로 생각해볼 여지는 아직 있다. 일단, 그건 정말 꿈이었을 수도 있다. 둘째로, 용이 자신에게 화가 났다면 간밤에 이미 마을은 불탔을 것이다. 마지막으로, 울리케는 그런 '꿈'을 꾼 적 없다고 용에게 잡아뗄 수도 있는 것이다. 아무튼 증거는 없다! 아무 일도 없을 것이다!

"마수다! 마수 떼다! 모두 일어나요!"

아무 일도 없지 않게 되었다.

제 2장

드리츠에는 어떠한 군사 시설도, 심지어 목책조차도 없었다. 때문에 새벽 여명을 뚫고 나타난 그것들의 접근은 어처구니없을 정도로 간단히 허용되었다. 최초의 목격자는 밤새 새끼염소의 출산을 대기하느라 불침번을 서고 있던 마을 청년들이었다. 혼비백산한 그들 세 명은 곧바로 마을의 오십여 채 가옥 전부를 돌면서 큰 소리로 기상을 촉구했던 것이다. 그중 한 명이 어제 울리케를 안내한 염소치기 디드리크였다.

"디드리크!"

고함소리를 듣고 서둘러 촌장과 함께 뛰어나온 울리케가 디드리크를 불러세웠다. 사우트도 함께였다.

"아씨! 고블린들이에요! 피하세요!"

"어디로?"

순간 소년은 말문이 막혔다. 그랬다. 마땅히 피할 만한 곳이 없다. 허름하고 고만고만한 민가들이다. 대피나 농성을 할 만한 시설이 없는 것이다. 우물쭈물하던 소년에게 울리케는 재차 질문했다.

"몇 마리나 나타났지?"

"그게……, 정확히는 모르지만 오십은 넘어 보였어요. 북쪽 목양지 끝에서 봤어요."

"다친 사람은? 다른 피해는 없어?"

"모르겠어요. 우리가 떠나올 때까지는 별다른 일은 없었어요. 그냥 천천히 접근하고 있었구만요."

"무장 정도는? 늑대를 타고 있는 개체가 있었느냐?"

"예?"

답답해진 울리케는 소리쳤다.

"됐다! 안내해라! 직접 보겠다."

"예!?"

디드리크와 촌장 모두 질색을 했다. 하지만 울리케는 이렇게 말하며 무시해버렸다.

"어차피 숨을 데도 없지 않느냐? 정황을 알아야 뭘 할지 판단할 수 있다! 디드리크는 사우트와 함께 나를 안내하고, 촌장은 마을 사람들을 하나도 빠짐없이 모아 마을 수호목이 있던 공터에 집합시켜라. 가능한 모든 무장을 하고 번견들도 모두 데려다 놓아라. 가자!"

디드리크는 당황했지만 시킨 대로 그를 이끌기 시작했다. 최초 목격 장소인 목양지 근처에 다다른 둘은 허리를 낮추고 조심스레 접근하였다. 이윽고, 공용 축사 근처에 운집해 있는 일단의 고블린들이 보였다.

그것은 명백히 군대였다. 수는 디드리크의 말대로 오십가량이었고 다섯 마리의 고블린이 검은 늑대에 올라타 있었다. 그 기수들을 제외한 모든 고블린들의 무장 상태는 통일되어 한결같았다. 전신을 가리기에 충분한 큰 사각의 방패에, 미늘창을 꼬나잡고 있었다. 상대적으로 느슨하게 주변을 경계하는 늑대 기수들과 달리, 미늘창과 방패를 든 고블린들은 미동도 하지 않고 정확하게 도열해 있었다. 시선조차 한 방향이다.

"훈련된 군대로군."

낮은 돌담 뒤에서 돌 틈 구멍으로 그들을 보던 울리케가 말했다. 디드리크는 대답하지 않고 침을 꼴깍 삼켰지만 충분히 동의한다는 뜻이 전해져왔다.

"저것들이 추가 지원부대를 기다리는 게 아니라면 나쁘지 않은 상황이다."

"……예?"

울리케는 디드리크를 바라보았다.

"곧바로 마을로 돌격해오거나 일방적인 약탈을 시작하지 않고 있다. 교섭의 여지가 있다는 뜻이지."

"고, 고블린들과 교섭을 합니까?"

"왜 그래? 무기를 만들 줄 알고 군사 훈련을 하는 것들이다. 충분히 인간의 말이 통한다."

"왜 바로 공격을 하지 않는 걸까요?"

"생각해봐라."

율리케는 남동생을 타이르듯 말했다.

"저들은 훈련된 군사들로 오십이다. 마을 사람들 수가 모두 얼마나 되지?"

"······이, 이백은 넘습니다요."

"그중에 싸울 수 있을 만한 남성의 수가 얼마나 되느냐?"

잠시 골머리를 부여잡던 디드리크가 자신 없다는 듯 말했다.

"백이 채 안 될 겁니다."

"흰이리개는?"

"그건 정확히 말씀드릴 수 있어요. 모두 열두 마리입니다."

"예상대로다. 즉, 수는 이쪽이 더 많다. 거기에 흰이리개 열두 마리다. 이쪽이 한데 모여 결사 항전을 하면 우리가 이긴다. 하지만 이쪽의 피해도 어마어마하겠지."

중무장한 인간 기사조차도 늑대의 피가 흐르는 초대형 맹견인 흰이리개를 상대로 목숨 보전을 장담할 수 없다. 하물며 평균적으로 인간보다 머리 하나가 작은 고블린이라면 아예 상대도 되지 않는다고 말할 수 있겠다. 만일 저들이 그저 중구난방 쳐들어왔다면 저 두 배의 수였다 하더라도 전멸시키는 게 가능하겠지만, 문제는 저렇게 방진을 짜고 뭉쳐 있으며 무장의 통일이 되어 있다는 점이다. 이렇게 되면 이쪽에서도 마찬가지로 진을 짜고 충돌하지 않는 한 지극히 까다롭다.

"저들은 지금 일종의 무력시위를 하고 있는 것이다. 이쪽이 달려든다면 가차 없이 공격할 테지만 겁을 먹어준다면 아무 피해 없이 원하는 것을 얻어갈 수 있겠지. 저들로서도 애매한 피를 흘리고 싶진 않은 것이다."

계속해서 돌담 틈으로 고블린들을 관찰하던 울리케가 점점 확신이 깊어지는 목소리로 이렇게 말했다. 디드리크는 눈을 끔뻑이며 슬금슬금 동의했다.

"그러면, 촌장님을 불러올까요?"

"지금 이 영지의 가장 높은 사람은 나다."

맞는 말이지만, 디드리크는 경악했다.

"아씨께서 직접 교섭하시게요?"

"달리 누가 있느냐? 촌장이 나보다 더 잘할 것 같지 않다."

맞는 말이다. 촌장은 너무 겁을 먹어 전혀 도움이 되지 않을 것이고, 설령 용기를 낸다고 하더라도 교섭에서 저쪽에 일방적으로 휘말릴 수도 있다. 하루라는 짧은 시간 동안 함께 했지만 자신과 거의 동년배인 이 아가씨의 배포와 지성을 의심하지 않는 디드리크는 인정할 수밖에 없었다.

"괜찮으시겠습니까?"

"너와 사우트가 호위해라. 저들은 나를 해치지 않을 것이다. 아니 못 하게 하겠다."

말을 마친 울리케는 천천히 몸을 일으켰다. 돌담 너머로 그가 나타나자, 고블린들의 시선이 일제히 그에게 향했다. 디드리크는 어깨를 긴장시키고 사우트와 함께 천천히 그를 따라갔다. 울리케는 고블린들로부터 열 발자국 떨어진 곳까지 다가갔다.

"지휘자가 누구냐?"

거대한 늑대를 타고 있던 기수들이 슬금슬금 다가왔다. 인간보다 작은 체구의 고블린들이지만 숲흑늑대의 체고만큼 보정된 그들의 눈높이는 위압적일 만큼 높게 느껴진다. 늑대들이 사우트를 향해 나직하게 으르렁거리자 사우트 역시 질세라 으르렁거리기 시작했다. 그 꼴을 보고 있던 한 고블린 기수가 이빨 사이로 휘파람 같은 소리를 내자, 늑대들이 조용해졌다. 대장인 듯한 그가 울리케에게 말했다.

"인간 여자에게 볼일은 없다."

"내가 대화한다. 교섭한다."

"너희 대장을 데려와라."

"내가 대장이다."

그러자 그 고블린은 미간을 찌푸렸다.

"믿을 수 없다. 인간 여자는 약하다."

"나는 영주의 딸이다. 여기서 내가 제일 높다."

한동안 울리케를 쏘아보던 고블린이 말했다.

"……좋다. 염소 백 마리를 원한다."

디드리크는 흡 하고 숨을 들이켰다. 가당치도 않다! 울리케는 입꼬리를 살짝 올리며 대꾸했다.

"안 된다. 그러면 여기 사람들은 굶어 죽는다."

"알 바 아니다."

"여기 사람들이 굶어 죽지 않으면, 너희는 염소를 또 받을 수 있다."

고블린 대장과 디드리크의 표정이 비슷해졌다.

"무슨 말인가?"

"지금 염소를 백 마리 데려가려면, 그걸로 끝이다. 하지만 당장 열 마리를 데려가고, 이레 뒤에 다시 열 마리를 데려가라. 그걸 스무 번 하게 해 주겠다. 그러면 너희는 백사십 일 동안 염소 이백 마리를 얻는다."

이는 영지 내 각 마을에서 염소를 각출해 돌리려는 울리케의 계산이었다. 그렇게 하면 시간을 벌면서도 드리츠 마을에 가해질 피해를 분산시킬 수 있다. 하지만 미처 이런 속내를 알 리 없는 고블린 대장과 디드리크의 표정이 또 비슷해졌다. 잠시간의 침묵이 흘렀고, 울리케는 속으로 미소지었다. 일단 저들의 구미를 당기게 하는 데 성공한 것이다. 고블린이 말했다.

"당장 데려가는 염소의 수를 열 마리 더해라. 그러면 그 뒤로는 말한 대로 해도 좋다."

예상한 부분이었다. 저들은 분명 겨울이 임박해 월동 자원을 얻기 위해 나온 것이다. 아마 당장의 식량 사정이 좋지 않으리라.

"좋다. 그러면 당장 스무 마리다. 디드리크, 당장 목양지에서 염소를 선별해라."

"예!"

소년은 토 달지 않고 사우트와 함께 재빨리 움직이기 시작했다. 그러자 고블린 대장이 소리쳤다.

"어린놈은 필요 없다! 무조건 큰 게 좋다."

울리케의 얼굴에 웃음이 어렸다.

"들었지? 무조건 크고 늙은 염소로 골라라."

"알겠습니다요."

디드리크와 사우트가 뛰어갔다. 뒤에 남은 울리케는 슬쩍 몸을 돌려 고블린 기수와 병사들을 구경하기 시작했다. 그런 그를 물끄러미 바라보던 고블린 대장이 말했다.

"너는 확실히 영주의 딸이다. 이제 믿는다. 그러니 우리와 같이 간다."

"어째서?"

별다른 동요도 없이 울리케는 물었다. 그러자 고블린 대장의 표정이 이색적으로 변했는데, 울리케는 그것이 고블린식의 어처구니없어하는 표정이라고 짐작했다.

"약속의 보증이 필요하다. 염소 이백 마리가 상환될 때까지 인질이다."

"안 된다. 고블린에게 납치당했었다고 소문나면 시집도 못 간다."

고블린 대장의 표정은 이제 누가 보더라도 확실히 어처구니없어하는 것이 되었다. 울리케는 덧붙였다.

"게다가 나를 인질로 했다가는 확실하게 인간의 군대와 붙게 된다."

"걱정 없다. 인간은 산에서 우리를 상대할 수 없다."

고블린은 험준한 산에 요새화한 동굴을 뚫고 살며, 대규모화된 고블린의 산중 취락은 그 극악한 접근성과 복잡한 구조들로 인해 정규전을 수행하는 대규모 군대와 최악의 상성을 보인다. 제국 곳곳의 산맥에서 고블린들이 흔히 목격되고 인근 영지에 피해를 지속적으로 끼치고 있음에도 쉽사리 토벌되지 못하는 것은 그 때문이다. 이 사실을 잘 알고 있는 울리케는 고블린 대장이 보이는 자신감을 부정하지 못했다. 남의 일마냥 잠시 생각하던 울리케는 고개를 끄덕였다.

"좋다. 나를 데려가라. 하지만 정당한 예우를 원한다."

고블린 대장은 다시금 기묘한 표정으로 그를 바라보다 내뱉었다.

"넌 좀 이상하다."

시그리드의 일행이 드리츠에 도착한 것은 그날 정오를 한참 지나서였다. 성으로부터 북쪽으로 전날 하루 꼬박을 말달렸고, 노숙을 한 뒤 다시 한나절은 더 걸려야 했던 것이다. 하지만 그들은 그렇게 서두르지는 않았다. 영주의 딸이 살아있을 가능성은 희박하다고 보았기 때문이었다. 아니 오히려, 그가 살아있어서 구출 임무로 이어진다면 무사 생환의 가능성이 훨씬 낮아지게 된다. 이런 대화를 직접 나누지는 않았지만 시그리드 이하세 명은 모두 그런 내심을 공유하고 있었다. 때문에 그들이 소문을 듣기 위해 촌장을 찾았을 때 뜻하지 않게 접하게 된 소식은 충분히 놀라운 것이었다.

"용과 함께……, 그리고 이번엔 고블린? 이게 대체 무슨 이야기야?"

촌장에 의해 불려온 디드리크의 설명이 끝나자, 일행 가운데 가장 거구인 사내가 중얼거렸다. 그는 랄로프라 자신을 소개했고 전위(前衛)를 맡고 있다고 했다. 등에 멘 큰 원형 방패와 허리에 찬 양날검이 그것을 증명한다. 디드리크는 그에게서 감출 수 없이 피어나는 저돌적 풍격(風格)을 흠모하듯 곁눈질하였다.

"간단한 이야기지. 이제 아가씨의 납치범이 용에서 고블린으로 바뀌었다는 거야. 여전히 상황은 안 좋지만 한결 나아졌지."

시그리드라 소개한 여성이 말했다. 그는 디드리크, 아니 드리츠의 모든 촌민들이 생전 처음 보는 '마법사'였다. 마법사에 대한 지식이 없는 디드리크는 그가 젊다는 사실에 아무런 의문도 갖지 못한다.

"한결……, 나아졌을까요? 우리 모두 고블린의 산중 소굴에 잠입하는 게 어떤 건지 알잖아요?"

브륀힐데라 소개한, 이제 갓 이십 대에 들어선 듯한 여자가 말했다. 그는 궁수로서 쇠뇌를 갖고 있었는데 그 또한 디드리크에게는 신기하게 보인다. 잘 모르지만, 저게 보통 활보다 훨씬 비싸다는 건 알고 있었다. 하지만 한창때인 소년의 눈길은 이 무기보다 그의 수려한 용모에 어쩔 수 없이 더 끌렸다.

　"아, 알고 있지. 두 번 다시 하고 싶지 않은 일이지. 이거 진지하게 하는 이야긴데, 차라리 용의 둥지가 더 일이 간편할 것 같거든."

　한결같이 쓴웃음을 짓는 표정으로 킬킬거린 사내의 이름은 라그나라 했다. 한 쌍의 단창과 더불어 모양과 크기가 다른 세 자루의 단검이 그의 무장이다. 아니 겉으로 보이는 것만 세 자루지, 디드리크의 생각에는 몇 자루가 더 숨겨져 있는 듯했다. 틀림없이.

　"이미 우리가 도착하기 전 영주에게로 전령이 출발했으니 여기까지의 사실은 잘 전달되겠지. 문제는, 우리가 독단적으로 구출을 결정해도 괜찮을까 하는 점이야."

　시그리드가 말했고, 브륀힐데가 말을 받았다.

　"구출을 하려 한다면 어차피 영주는 우리와 같은 모험가들에게 의뢰하겠죠. 고블린의 동굴에 군대를 집어넣는 건 멍청한 짓이니까요."

　그러자 라그나가 말했다.

　"그는 인질로 잡혀 있는 상태고 섣부른 충돌은 아가씨의 명을 짧게 하겠지. 백사십 일간 그저 감시만 하는 것도 방법이다. 이레마다 염소를 받으러 온다고 했으니 그때마다 따라가서 아가씨의 안전을 확인하고 오는 식으로 해도 될걸."

"하지만 형님, 영주의 딸이라고요. 영주가 가만있을까? 차라리 인질을 교체하게끔 유도하는 게 맞지 않겠소?"

랄로프가 말했고 일행은 다들 생각에 잠겼다. 디드리크는 끄덕끄덕하며 그들의 말을 경청하고 있었다. 기사와 모험을 동경하는 소년에게, 이들의 일거수일투족은 너무나 흥미롭고 까닭 없이 굉장해 보인다.

"……모두 잊고 있는 변수가 하나 있다. 그 용 말이야."

시그리드가 입을 열자, 모두의 시선이 그를 향했다.

"디드리크라고 했지? 지금 그 용은 어디 있는 거지?"

소년을 고개를 흔들었다.

"몰라요. 하지만 언제나 보고 있겠다고 말했어요."

"하지만 고블린 소동에도 나타나지 않았잖아? 늦잠 잤나?"

농담 같지도 않은 랄로프의 이야기다. 웃을 가치가 없다고 느끼는 브륀힐데가 말했다.

"그 용이 정말로 아가씨에게 포섭된 존재라면, 이미 지금쯤 고블린 소굴을 털고 있지 않을까요?"

"그렇게 생각하긴 좀 힘들지 않을까."

시그리드의 이견(異見)이다.

"우선 디드리크의 이야기에 따르면 용은 어디까지나 영주와 교섭하기 위해 따르는 중이었다. 즉, 아직은 제대로 된 조력자라고 볼 수 없어. 또한 설령 그렇다 하더라도 용이 그런 수고까지 해 줄 거라고 기대하는 것도 무리야. 아무리 용이라도 역시고블린 동굴은 답이 없지."

"아, 다시 떠오르네. 참 지랄 맞지 그거."

라그나가 투덜거리듯 중얼거렸다. 디드리크는 이쯤 되자 궁금해졌다. 얼마나 지랄 맞길래 저럴까?

"하지만 분명 용은 그 아가씨를 영주와 교섭할 매개로서 중요히 여기는 것 같기는 해. 이런 기대조차 섣부른 것이겠지만, 아무튼 용의 입장과 행동을 이 상황에서 어떤 식으로든 고려할요소로 배치하는 걸 잊는 건 위험해."

시그리드가 이렇게 정리했다. 다들 동의한다. 그리고 문득, 생각났다는 듯 뒤이어 그는 디드리크에게 물었다.

"고블린 소굴이 어디 있는지 알 수 있나? 염소를 데려갈 때따라간 목동이 따로 없어?"

"제가 갔었어요. 고블린 대장은 필요 없다고 말했지만 아가씨는 그들의 위치를 알도록 제가 따라가지 않으면 교섭조건을 따를 수 없다고 못 박았거든요."

"거 정말 똑똑한 아가씨군."

랄로프가 그렇게 감상을 표했다. 시그리드도 고개를 끄덕였다.

"들은 이야기를 종합하면 확실히 그 아가씨는 보통내기는 아니야. 어쩌면 고블린 소굴에서도 할 거 다하고 잘 지낼지 몰라."

그거 정말 그럴 거 같다. 디드리크도 그리 생각한다.

"좋아, 이렇게 하지. 영주가 소식을 들으면 분명 이쪽으로 인편을 파견할 것이다. 닮은 경이나 혹은 다른 기사가 올 수도 있겠지. 결정은 그들이 하도록 하고, 우리는 그사이에 디드리크의 안내를 받아 고블린 소굴 부근에 임시 전진기지를 확보하자. 어차피 이 마을에 머물 이유가 없어."

"후진 동네니까. 아, 미안합니다요."

랄로프가 입을 놀렸다가 곧바로 촌장에게 사과했다. 촌장은 그냥 고개를 주억거릴 뿐이다.

전날 하루를 꼬박 걸었다. 제대로 된 편의를 기대할 수 없는 마을이었지만 가능한 한 푹 쉬리라 생각했던 계획도 틀어져 버렸다. 스무 마리의 염소 떼와 함께 한 고블린들의 진군은 그래서 느렸지만, 여전히 얼얼한 발바닥과 종아리의 동통(疼痛)은 그런 보속에도 그를 힘들게 했다. 중간에 늑대를 태워달라고 고집을 피워보았지만 이제 그에게 어처구니없다는 표정을 지어 보이는 데 익숙해지기 시작한 고블린 대장은 깔끔하게 무시했다.

그렇게 해서 고블린들의 산중 요새에 도착한 것은 정오 무렵이었다. 정확히는 산의 요새로 이어지는 도로의 시작점, 목책과 파수대에 도착한 것이었지만. 고블린 대장이 말했다.

"여기서 염소치기는 돌아간다."

어차피 고집을 부려 디드리크를 데려온 목적은 달성한 셈이다. 울리케는 끄덕이고, 사우트를 앞세우고 있던 디드리크에게 다가갔다.

"곧장 마을로 귀환해라. 그리고 인편을 시켜 성에 지금까지의 정보를 전해. 아버님이 알아서 잘하실 것이다. 여기의 위치를 아는 것은 너뿐이다. 잘 부탁한다. 몸조심해라."

걱정스러운 눈빛을 하던 디드리크를 배웅한 그는 한숨을 내쉬고 다시 고블린들과 함께 파수대를 지나 길을 따라 산으로 이어지는 숲에 진입했다. 경사가 점점 가팔라졌기에 걷는 게 여간 힘들지 않았다. 결국 짜증이 난 울리케는 일방적인 휴식을 선언했고, 고블린 대장은 그를 쳐다보지도 않은 채 기꺼이 휴식을 명령했다. 그렇게 미적거린 끝에 정말로 본진에 도착한 것은 늦은 오후였다.

북부에 위치한 제법 높은 산이었기에 산의 중턱 부근부터 수목한계선이 시작되었다. 지나오면서 본 숲 중간중간에 목책을 앞세운 참호나 덫, 고블린 궁수들이 경계를 서는 작은 오두막 같은 것들이 있었다. 시야를 온통 방해하는 빽빽한 침엽수림에, 제대로 된 도로라고는 지금까지 지나온 고블린들의 산길 하나뿐이었다. 군대가 진입하기에는 최악의 조건이겠다. 헉헉거리며 도착한 숲의 끝, 산의 암석지대가 시작되는 곳에 이르자 경사면 곳곳에 뚫린 동굴의 입구들과 목책, 파수탑 같은 것들이 어지럽게 이어지는 돌담들과 함께 보였다. 대단찮은 시설이었지만 은근한 저력을 느끼며, 울리케는 살짝 감탄했다. 이건 만만치가 않겠다. 울리케는 그렇게 내내 올라오는 와중에도 이 산중의 공략법을 생각하고 있었다.

"따라와라. 머물 곳을 안내한다."

"감옥에 가둘 생각은 아니겠지?"

"어차피 무슨 차이인지 모르겠다."

그때까지 타고 있던 늑대에서 내린 고블린 대장, 아우케트가 투덜거리듯 말했다. 그런 그가 안내한 곳은 동굴의 내부였다. 자연적으로 이루어진 것이 아닌, 인위적으로 굴착하고 목재와 포석으로 보강된 통로들이 구불구불하게 이어졌다. 한참을 통로와 계단을 지나 마침내 그들이 도착한 곳은 한쪽 벽면에 작고 동그란 채광용 구멍들이 나 있는 방이었다. 바닥을 제외한 모든 벽이 석회로 미장하여 마무리되었고, 천장은 지지대 역할을 하는 목제 서까래들이 가로질렀다. 예상보다 화사하고 아늑해 보이는 방에 울리케는 조금 놀랐다.

"원래 뭐 하는 방인가?"

"뭐든 될 수가 있지. 이제부터는 너의 방이다. 깔개와 모포를 가져다준다. 그 외는 기대하지 마라."

지나쳐오며 구경한 바에 따르면 고블린들은 좌식 생활을 하는 것 같았다. 체구가 작기 때문인지 그냥 단순히 문화적으로 그런 것인지는 알 수 없었지만, 책상이나 침대 같은 것도 보이지 않았다. 하지만 그가 각오했던 것보다는 전반적으로 모든 것이 깔끔했고, 정연하게 관리되고 있는 것 같았다.

"우선 배가 고프다."

"우리는 모두 함께 식사한다. 너도 예외가 아니다."

고블린에게 식사 초대를 받았다.

아우케트는 인간 식으로 말하자면 오십장(五十將)에 해당했다. 그와 같은 늑대기수는 휘하에 열 마리의 고블린을 분대로 두었고, 그런 분대 다섯이 모이면 기수 중 한 명이 전체의 통솔권을 가진다고 했다. 늑대 기수 사이에도 서열이 있어서 지휘관을 상실한 경우에는 차석의 기수가 즉각적으로 지휘권을 인계받는 모양이었다.

지금 그가 참석한 만찬 자리의 구성원은 모두 그러한 늑대기수들이었다. 실내에서 식사하는 문화가 없는지, 아우케트의 안내를 따라 나간 산 이면의 연병장 비슷한 곳에서 모두 바닥에 주저앉아 식사했다. 일반 병사들은 또 그들대로 모여서 먹는 모양이었는데, 기수들은 그래도 나름 상급자라고 털가죽 깔개를 하나씩 끼고 있다.

얼추 헤아려보건대 이 자리의 기수들만 스물은 되었다. 즉, 만일 이게 전부라면 이 고블린 성채의 병력은 총 이백뿐이라는 이야기다. 예상보다 적다.

"총지휘관은 없는가? 인사를 하고 싶다."

노린내가 어마어마하게 뿜어지는 삶은 염소고기를 별 불만 없이 바라보고, 울리케가 아우케트에게 물었다.

"없다. 오백장(五百將)을 세울 숫자가 되지 않는다."

"그게 무슨 말이지? 지휘관이 없을 수 있는가?"

"오십장이 다섯이다. 우리끼리 회의한다. 문제없다."

이 자리에 끼지 않은 기수 다섯이 더 있는 모양이다. 울리케는 그제서야 요새 아래 초입의 파수대에서 한 무리의 고블린 순찰대를 보았던 것이 떠올랐다.

"그렇다면 이 요새의 병력은 모두 이백오십인가?"

"순수한 병력만, 그러하다."

"아우케트, 멍청이냐!"

아무래도 다른 오십장으로 보이는 고블린 기수 한 명이 그를 향해 소리 질렀다.

"저 인간은 뭔가? 왜 나불나불 편제 정보를 누설하는가?"

아우케트가 그에게 뭔가 말하려는 순간, 울리케가 재빨리 대답을 가로채었다.

"나는 피어클리벤 인간 영주의 딸이다. 이곳에는 대사(大使)의 자격으로 참여하였다. 앞으로 장기간의 체류를 요청받았고, 수락했다. 앞서 나눈 정보는 어차피 내가 이곳에 있는 한 결국 알게 되는 것이다. 그를 나무랄 일이 아니다."

말을 마치자 모든 고블린 기수들이 일제히 아우케트를 쳐다보기 시작했다. 아우케트는 무어라 이루 말할 수 없는 표정으로 울리케를 보았다. 그러자 다른 늑대 기수 하나가 물어왔다.

"대사? 그게 뭔가? 무슨 헛소리냐? 너는 포로다."

고블린들이 다시 일제히 그를 보았다. 아마 다들 같은 생각을 가진 모양이다. 울리케는 아우케트를 힐끔 보고 말하기 시작했다.

"나를 단지, 염소 이백 마리를 받기 위한 인질로 여긴다면 염소의 지불이 끝났을 때 너희의 이득은 거기서 그친다. 애초에 나라는 보증이 필요한 것 자체가 이 교섭을 신뢰하지 못하기 때문이 아닌가? 나를 인질로서 대우하고 여긴다면 백사십 일이 끝나기 전에 언제라도 영주는 일방적으로 거래 중단을 통보하고 군대를 몰고 올 가능성이 있다."

"걱정 없다. 우리가 이긴다!"

고블린 기수 하나가 외치자 다른 고블린들도 동의의 외침을 주워 올렸다. 울리케는 미소짓고 말했다.

"그렇다. 너희는 최소한 지지는 않을 것이다. 하지만 영주의 군대가 이 산을 포위하고 영역을 봉쇄하면 너희는 겨울을 넘기기 어렵게 된다. 어느 쪽도 전멸하지 않겠지만, 아사자만이 속출할 것이다. 나의 아버지인 영주는, 인질인 딸의 안전을 염려해 그냥 당하고 계실 분이 아니다. 어차피 나 말고도 형제는 많다."

이런 상황에서 인질로서의 가치를 스스로 낮추는 것은 어리석은 일일지도 모른다. 하지만 그가 노리는 것은 애초에 인질로서의 입장이 아니다. 그리고 십장(十將)들은 가만히 생각하기 시작했다. 섣불리 호기로운 부정을 하지 못했다. 울리케는 달래듯 차분히 말을 잇는다.

"그럴 필요가 전혀 없다. 무력 대치가 아닌, 교섭과 교역을 하면 된다. 너희가 올겨울을 무사히 넘기고, 나아가 이 산맥 전체의 주인으로서 완전하게 자리 잡도록 도울 것이다. 그러면 몇 년 안에 오백장을 세울 수도 있게 될 것이다."

떨떠름하게 말을 듣고 있던 고블린들의 표정이 '오백장'이라는 단어에서 살짝 변했고, 울리케는 그것을 놓치지 않았다. 그의 짐작대로다.

"도대체 도모하고자 하는 바가 무언가?"

조용하던 아우케트가 울리케를 보고 입을 열었다.

"공존이다. 지금처럼 일방적으로 염소를 털리면, 당장 너희는 좋겠지만 우리는 나쁘다. 그리고 우리가 나빠지면 나빠질수록 결국 너희에게도 좋을 것이 없다. 묻겠는데, 너희는 너희의 군세가 강대해지면 인간의 땅을 점령할 생각이 있는가?"

아우케트가 미간을 찌푸리더니 말했다.

"호로킨의 검은 혈맹자들은 산이 고향이다. 산을 벗어나지 않는다."

"산중의 자원만으로는 머릿수를 부양하는 데 한계가 있다. 결국 너희가 많아지려면 외부에서 식량을 조달해야 한다. 그것을 해 주겠다는 거다. 다만 제대로 된 염소값을 받아내고자 한다."

"우리는 지불할 만한 것이 없다."

"그럴 리 없다. 생각하지 못했거나, 아직 찾지 못한 것뿐이다. 어떤 것도 교역의 대상이 될 수 있다. 숙려(熟慮)해 봐라."

말을 마친 울리케는 고기를 뜯기 시작했다. 이윽고 좌중이 시끄러워진다.

'빌러디저드 님.'

— ……

'빌러디저드 님?'

— ……듣고 있다.

'저 안 구해주십니까?'

— 무엇으로부터 말이냐?

'보고 계시지 않은가요?'

— 아주 잘 보고 있노라. 하지만 구할 필요를 느끼지 못했다.

'저, 고블린에게 납치당하고 말았습니다?'

— 별로 그렇게 보이지 않는다. 여전히 아주 잘 교섭하고 있지 않은가? 참으로 흥미로웠다.

'그래서 아예 계속 지켜만 보실 겁니까? 집에 보내주십쇼.'

— 무얼 불평하는지 모르겠다. 너도 생각한 바가 있을 것이

다. 죽을 것 같지 않으면 하던 대로 해라. 네가 흐로킨의 혈맹자들로부터 무얼 얻어낼 것인가 지켜보겠다.

'……잊지 않겠습니다.'

— 뭐, 시늉이라도 하거라.

그날 밤, 그렇게 다시 꿈인지 무엇인지 모를 대화를 했던 것 같다.

제 3장

잠이 깨 싸늘한 새벽의 외기를 느끼자마자 디드리크는 불식간에 모포를 휘어 말고 몸을 틀어 사우트의 옆구리에 밀착했다. 흰이리개의 무성한 털 사이로 코를 박으니 밤새 끊이지 않고 타오른 모닥불의 재 냄새와 함께 개 냄새가 났다.

"일어났냐?"

불에 장작을 집어넣던 랄로프가 말했다. 그러자 디드리크는 벌떡 일어나 목이 메어 컬컬해진 목소리로 말했다.

"불침번을 안 서서 죄송해요."

"상관없다니까? 북부 목동들을 무시하는 게 아니라, 이런 건 우리 일이야. 네 일은 어제 길 안내로 끝난 거니까."

소년은 겸연쩍은 표정으로 주위를 살폈다. 모포를 머리끝까지 뒤집어쓴 라그나는 여전히 자고 있었고, 브륀힐데는 모포

위에 앉은 채 어깨를 쭉쭉 당기며 몸을 풀고 있었다. 디드리크가 시선을 돌리자, 큰 바위 위에 정좌한 채 명상을 하는 듯 눈을 감고 있는 시그리드가 보였다.

정말로 별 것 아닌 것이었지만, 그것은 소년에게 참 신비하게 보였다. 마법이나 마법사에 대해 아는 건 아무것도 없었지만 말이다. 더구나 때마침 터오는 먼동의 여명이 그의 정면으로 비치고 있었다. 소년이 멍하니 계속 쳐다보자, 그 꼴을 보던 랄로프가 웃음기 어린 목소리로 농담을 던졌다.

"왜 그래? 브륀힐데가 더……."

"좀 닥쳐요."

여전히 상체의 여기저기 근육을 정성스럽게 풀고 있던 브륀힐데가 돌아보지도 않은 채 그의 말을 잘랐다. 랄로프는 킥킥거렸고, 소년은 머쓱해 하며 서둘러 일어나 모포를 개었다.

그들은 전날, 울리케가 고블린 십장들과 저녁을 함께 하던 시각 여기에 당도했다. 디드리크와 사우트의 안내를 받은 시그리드의 모험가 일행은 소년이 앞서 다녀갔던 고블린의 파수탑 부근을 목표로 했던 것이다. 부근이라고 해도 눈이 날카로운 염소치기나 궁수가 한껏 집중해야 볼 수 있을 만큼 먼 거리였지만.

랄로프의 말마따나 디드리크의 안내는 그 시점에서 끝난 것이었으나 이미 날이 저물고 있었기 때문에 이들과 하룻밤을 보내기로 했다. 평소 왕래가 있던 지역이 아닌 만큼 혼자서라면 대단히 위험했겠지만, 노련한 모험가 넷이 함께였기에 소년은 별걱정을 하지 않았다. 오히려 그들과 조금이라도 더 어울릴 핑계가 된다는 것이 내심 기뻤다. 일행은 취사의 불빛을 가려 줄 만한 여기 이곳, 큰 바위 곁에 자리를 잡고 저녁을 해 먹었다. 그러고는 같이 불침을 서겠다는 디드리크를 만류하고, 밤새 시그리드의 일행이 순번을 정해 돌아가며 밤을 보낸 것이다.

"파수조가 교대하는 것 같더군요."

시그리드가 명상을 하고 있는 바위 뒤로 돌아가 고블린 파수 탑 쪽을 보고 온 브륀힐데가 말했다. 그러곤 모닥불 앞에 모포를 구겨 깔고 앉았더니 쇠뇌를 꺼내 들어 점검하기 시작했다. 어젯밤 모두의 위장 안으로 사라진 세 마리 멧뿔토끼의 원수다.

"아가씨는 괜찮으려나……."

턱수염을 긁적이던 랄로프가 혼잣말인 듯 중얼거렸다. 디드리크도 그게 궁금하고 염려된다.

"아가씨는 괜찮아."

난데없는 목소리의 주인은 바위 위의 시그리드였다. 모두가 고개를 돌려 그를 보니, 명상이 끝났는지 눈을 뜨고 있었다.

"뭐유? 마법 정탐?"

"비교적 편하게 머무르고 있는 게 감지돼. 딱히 다친 곳도 없다. 상세한 것보다는 전반적으로 훑었을 뿐이야. 일단은 저놈들의 배치와 숫자가 더 중요하니까."

랄로프의 물음에 이렇게 답하며, 시그리드는 천천히 몸을 일으키고 바위에서 내려와 화사하게 기지개를 켰다. 그러고는 불가로 다가와 앉았다.

"그래서 누님, 몇이나 되는데?"

"육백은 넘더군. 움직임을 추려보니 십장이 스물을 약간 넘는 듯하다."

"그럼 병력만 이백이 넘는다는 소린데."

랄로프가 맘에 안 든다는 듯 턱을 벅벅 긁으며 말했다. 그러자 별안간 그때까지 그들 옆에서 모포를 뒤집어쓰고 자는 듯 누워있던 라그나가 누운 채로 얼굴만 쑥 내밀고 삼엄한 목소리로 말했다.

"모두 가만. 땅이 울렸다."

좌중이 쥐죽은 듯 조용해졌다. 들리는 소리라곤 모닥불의 탁탁거림이 유일한 가운데, 잠시 귀를 바닥에 댄 채로 누워있던 라그나가 말했다.

"이 독특한 보폭 박자는 아무래도 트롤이야. 남쪽에서 접근한다. 그것도 세 마리가 넘어."

"염병!"

랄로프가 낮게 욕을 하곤 부지깽이 삼아 들고 있던 나무막대기를 불 속에 던져넣으며 벌떡 일어나 바위 위로 뛰어올랐다. 브륀힐데는 앉은 자세에서 다리를 뻗더니 쇠뇌의 등자에 발을 걸고 시위를 걸어 올려 재우고서야 몸을 일으켰다. 라그나는 게으름을 피우는 사람마냥 천천히 일어나고 있을 뿐이었다.

다만 시그리드는 움직이지 않았다. 그는 그대로 앉은 채 눈을 감고 미동도 하지 않는다. 디드리크는 그가 아까 랄로프가 말한 것과 같은 '마법 정탐'을 하는 게 틀림없다고 짐작했다. 방해를 해서는 안 된다고 생각했기에, 소년은 천천히 물러나 몸을 일으키고 자신의 짐꾸러미로 가 무릿매와 서피날을 챙겼다. 이 서피날은 울리케가 가져왔다가 드리츠 마을에 놓고 갔던 것을 도로 날을 벼려 가져온 것이었다.

"남서쪽. 트롤 여섯, 곧장 이쪽으로 오고 있다. 아무래도 냄새를 맡은 것 같군."

시그리드가 눈을 뜨고 자리에서 일어나며 소리쳤다. 그러자 바위 위에 올라가 있던 랄로프와 브륀힐데의 눈길이 일제히 그쪽을 향했다.

"우라질! 트롤 여섯? 여긴 개활지에 가까운데! 저놈들 미친 거 아냐?"

랄로프의 말에 동감하며 디드리크는 창백해졌다. 이틀 전 상대했던 트롤이 떠올랐던 것이다. 게다가 여섯이다. 이걸 상대하는 게 가능할까?

"보여요! 삼백 보 거리! 빨라요!"

브륀힐데가 소리쳤다. 눈살을 찌푸리고 그의 시선을 좇던 랄로프는 아래를 내려다보더니 꿈지럭대며 무장을 챙기고 있던 라그나에게 외친다.

"형님, 빨리 좀 하쇼!"

"아, 불 꺼야지. 놔두면 불난다."

위기감의 부스러기도 안 느껴지는 어조로 대꾸한 라그나는 물주머니를 열고 모닥불에 들이부었다. 디드리크는 어이가 없어야 하는지 감탄을 해야 하는지 잠시 헷갈리다 다시 이어진 랄로프의 외침에 시그리드를 보았다.

"누님, 어떡하오?"

마법사는 트롤들을 외면한 채, 물벼락을 맞아 흰 연기만 맹렬하게 내뿜고 있는 잿더미를 노려보다가 모두에게 외쳤다.

"교전을 피하자! 짐은 무시하고 무장만을 챙겨 고블린들 쪽으로 달린다! 트롤들을 그쪽에 몰아주고 우리는 빠진다!"

"알았어!"

랄로프의 외침처럼, 아무도 토 달지 않았다. 그때까지 잠이 안 깬 듯 미적이던 라그나는 시그리드의 지시를 듣는 순간 단창을 양손에 낚아채고 벼락처럼 내달리기 시작했고, 바위 아래로 뛰어내린 랄로프는 방패를 등에 걸고 장검을 잡더니 디드리크의 어깨를 툭 후려치며 바위 옆으로 빠져나가 라그나의 뒤를 따라 달려나갔다. 당황한 디드리크의 눈에, 이미 브륀힐데는 바위 너머로 뛰어내린 듯 보이지조차 않았다. 그야말로 다들 바람 같다.

"너도 어서 가야지! 개도 데리고!"

"예에!"

시그리드의 말을 호통처럼 받아들인 염소치기 소년은 사우트와 함께 달렸다. 어느새 수십 보 앞에서 달리고 있는 셋의 뒷모습을 따라잡는 데는 그리 오래 걸리지 않았다.

"야, 발 빠른데!"

아무래도 무장이 가장 무겁기 때문일까, 아니면 단순히 가장 늦게 출발했기 때문일까, 최후미에 처져 있던 랄로프는 달려온 디드리크를 휙 돌아보곤 추켜세웠다. 디드리크가 소리쳤다.

"마법사 아줌마는 괜찮은가요?"

"아줌마! 크하하!"

뭐가 웃긴다고 랄로프가 폭소를 터트렸다. 하지만 그렇게 웃는데도 전혀 느려지지 않은 것은 놀랍다. 다들 미친듯한 속도로 달리고 있었다.

그 순간 뒤에서 폭죽 쏘아 올리는 것 같은 소리가 터졌다. 깜짝 놀란 디드리크가 힐끔 뒤돌아보자, 빨간 정체불명의 불꽃이 수직으로 솟아오른 게 보였고, 여섯 마리 트롤이 일백 보 정도의 거리에서 경중이며 내달려오는 게 보였다. 시그리드는 아무데도 보이지 않았다.

"돌아볼 것 없어! 그냥 달려! 이 속도라면 아슬아슬해!"

달리는 일행의 전방, 고블린의 파수탑까지는 족히 천 걸음은 남아있다. 발각될 것을 염려해서 너무 먼 곳에 진을 쳤던 게 후회되는 순간이다. 이대로라면 발이 아무리 빨라도 따라잡히고 만다.

이백 보쯤 더 달린 시점에서 디드리크는 숨이 차오르기 시작했다. 염소치기들의 걸음이 빠르다곤 해도 이렇게 장시간 전력 질주를 할 수 있는 사람은 없을 것이다. 아닌 게 아니라 맨 앞에서 달리고 있던 브륀힐데가 서서히 느려지더니 어느새 최후방으로 떨어져 디드리크와 어깨를 나란히 하게 되었다. 오히려 출발은 가장 느렸던 랄로프가 맨 앞으로 치고 나가 있었고, 라그나가 그 뒤를 따른다. 돌아보지 말라고 했지만 뒤통수가 온통 쭈뼛쭈뼛해온 탓에, 디드리크는 무심코 다시 한번 돌아보게 되었다. 순간, 기척도 없이 따라붙어 있던 시그리드가 보였다. 아무런 무장 없이 장포만을 펄럭이며 뛰어오던 그의 뒤로, 무언가 알 수 없는 것에 발목을 붙잡힌 듯 허우적거리며 멀찍한 곳에서 소동을 일으키고 있는 트롤들이 보였다.

"앞에 봐! 걱정 안 해도 돼!"

시그리드가 소년에게 외쳤다. 디드리크는 그 희한한 광경을 좀 더 보고 싶은 욕구를 누르며 고개를 돌리고 다시 지면에 박차를 가했다.

얼마 뒤, 일행의 눈에 고블린 파수탑이 제대로 들어오기 시작했다. 그리고 그것은 고블린들에게도 마찬가지였기 때문에 목책 근처에서 고블린 파수꾼들이 수선을 피우는 게 보였다. 뭐라뭐라 하는 외침과, 우르르 튀어나와 도열하는 병사들이 보였다. 그때였다.

"야 — 아! 이 못생긴 놈들아!"

도대체 여태껏 수백 보를 전력 질주해 온 사람이 어떻게 저럴 수 있을까? 숨이 턱에 닿아 헉헉거리는 소년의 상식으로는 이해할 수 없이, 내달리던 랄로프가 한 호흡 들이마시는가 싶더니 기겁을 할 만큼 큰 소리를 전방의 고블린들을 향해 내질렀던 것이다.

"이놈들아! 여기 봐라! 사람 살려라!"

디드리크는 순간 웃지 않으려고 아랫입술을 깨물었다. 분명 피가 났을 거다 이거.

"트롤이란다아!"

"자, 모두 멈춰!"

시그리드의 목소리가 떨어지자마자 모두 딱 멈추어 섰다. 사우트만이 앞으로 몇 발짝 달려나가다 멈추고 몸을 홱 돌렸다. 그 순간 사방에 자욱한 연무가 마치 밀가루 포대를 터트린 것마냥 훅 하고 깔렸다.

"어!"

연기인지 안개인지 알 수 없는 그것에 감싸이자, 디드리크는 평생 한 번도 느껴보지 못한 기묘한 감각에 사로잡혔다. 마치 물속에 빠진 듯 귀의 소리는 웅웅거렸고, 팔다리는 무거웠으며 바람도 냄새도 맛도 느껴지지 않았다. 심지어 색조차 느껴지지 않는다. 이 갑작스러운 감각의 전환에 순간적으로 공포에 질린 소년은 정말로 물에 빠진 사람마냥 균형을 잃고 허우적대기 시작했다. 하지만 그런 소년의 손을, 마법사는 놓치지 않았다.

— 이쪽이야!

시그리드가 디드리크의 손을 잡고 방향을 가리키며 말하는 것 같았다. 두꺼운 벽 너머에서 들리는 것 같은 웅성거리는 목소리다. 그의 표정과 몸짓, 입 모양이 아니었다면 무슨 말인지 알아들을 수 없었으리라. 눈을 휘둥그레 뜨고 그의 지시를 이해한 소년은 시그리드에게 잡히지 않은 다른 손을 내밀어 버둥거리며 사우트를 찾으려 했다.

— 괜찮아! 개는 벌써 움직이고 있어! 가자!

소년은 그가 이끄는 대로 달리기 시작했다. 진창을 걷는 듯 도무지 힘들었지만 빨리 이 상황에서 벗어나고 싶다는 본능적인 공포가 디드리크의 엉덩이를 걷어찼다. 얼마나 그렇게 구르듯 달렸을까, 어느 순간 수면 위로 올라온 듯한 급격한 해방감과 함께 마치 뒤집힌 상자에서 굴러떨어진 것 같은 감각의 환기가 우당탕 일어났다.

"사우트!"

눈앞에 별안간 나타난 개를 반가이 끌어안고서야, 디드리크는 자신이 우거진 관목 수풀 안에 있다는 것을 깨달았다. 브륀힐데와 라그나, 시그리드와 랄로프도 모두 함께 바짝 엎드려 있었다. 모두의 표정이 밝다. 정확한 상황은 모르지만 해낸 모양이다.

"야, 저걸 봐. 일 났네, 났어."

랄로프의 불구경하는 듯한 깐족거림이 들려왔다. 디드리크는 사우트에게 어깨동무를 한 채 그 목소리가 가리키는 방향을 따라 머리를 살짝 들고 수풀 너머를 보았다.

일백 보가량 전방에 예의 고블린 파수탑이 있었다. 그리고 성난 트롤 여섯 마리도 있었다. 그들은 둘러쌌던 그 기묘한 연무는 거의 사라지고 있었지만 고블린들과 트롤들 모두 그것을 한 차례 뒤집어썼던 것일까? 트롤들은 무언가에 엄청나게 화가 난 것처럼 보였다. 충돌은 달려드는 트롤들로부터 시작되었다.

늑대를 탄 고블린 기수 다섯이 널찍한 환도를 휘두르며 트롤들 사이를 헤집었고, 사각 방패를 짜 맞춘 듯 앞세운 고블린 병사들이 미늘창을 찔러대며 한 걸음씩 전진하였다. 트롤 두 마리가 달려들어 방진을 내리찍자 일시적으로 열이 어그러졌지만, 그 순간 다섯이나 되는 창끝이 마수의 목과 주둥이 근처에 사정없이 찍혔다. 고블린들의 아우성과 트롤들의 비명 섞인 고함이 모두의 귀에 날아들었다.

"좀 피해는 입겠지만, 역시 압도적이지?"

구경하던 랄로프가 무언가 아쉽다는 듯 입맛을 다시며 말하자, 라그나가 고개를 끄덕였다.

"그럴 거야. 트롤 여섯이면 꽤 버겁긴 해도, 저쪽은 진을 짜고 있으니까."

"활도 쏘네요."

마지막은 브륀힐데의 말이다. 그는 파수탑 위에서 아래의 트롤을 향해 열심히 화살을 날리는 고블린 궁수들을 보고 있었다. 전황을 지켜보자니, 아무래도 얼마 지나지 않아 트롤들은 진압될 것 같았다. 벌써 트롤 두 마리는 중상을 입고 전력 이탈한 상태였다.

"저놈들, 우릴 봤잖아? 이제 어쩔 거요 누님? 우릴 찾아내려고 할 것 같은데."

"생각 중이야."

랄로프의 물음에 시그리드가 말했다.

잠에서 깬 울리케는 발가락을 꼼지락거려봤다. 이틀 연속 건느라 기어이 물집이 잡혀 있었다. 다행히 전날 잠들기 전에 고집을 피워 소금을 푼 더운물을 받아낼 수 있었고, 그는 최대한 조심스레 발을 잘 씻었다. 그 덕분인지 물집은 더 커지거나 하지 않고 수그러든 모양이었다. 다른 건 몰라도, 신발에만은 돈을 아끼지 않는 피어클리벤의 가풍이 새삼스레 고맙다. 울리케는 그런 생각을 하며 말리느라 벗어둔 그의 튼튼한 가죽 장화를 기껍게 바라보았다.

고블린들은 어제 그의 제안을 가지고 꽤 늦게까지 토론한 것 같았다. 그들의 의사 결정 방식이 한 명의 최고 권위자에게 있지 않다는 것은 좀 놀랍기도 하면서 고개가 끄덕여지는 면도 있었다. 충분한 인원이 차지 않으면 장을 선출하지 않는 그들의 왠지 모를 규칙 때문에, 인원 증가의 과도기에 해당하는 숫자의 고블린 무리는 의사 결정이 하나로 수렴되지 못하고 중구

난방이 되는 경향이 잦다. 이는 전 대륙에 걸쳐 고블린이 대개의 산맥마다 넓게 분포해 있음에도 그들이 쉽사리 강력한 집단으로 성장하는 것을 막고 있었다. 산중 요새에 진을 치고 농성을 할 때는 그나마 상관이 없지만 하나로 합쳐 총의를 이끌어내지 못하는 군대에게 외부에 대한 정벌이나 진격은 어려운 일이다. 말하자면, 고블린의 이 독특한 습속은 뜻밖에도 인간에게 있어서 행운이라 할 수 있다.

울리케가 애초에 드리츠 마을에서 염소 수탈에 대한 교섭을 할 때만 하더라도 그는 내심 고블린들의 뒤통수를 칠 생각이었다. 당장의 손해를 최소로 억제하고 시간을 번 뒤 성에 귀환하면 아버지를 설득해서 드리츠에 방위를 두툼하게 할 계획이었다. 하지만 보다시피 뜻하지 않게 인질이 되었다. 그래, 여기까지도 괜찮다. 사실 그 또한 어느 정도는 가능성을 짐작했던 일이었으니까 별로 당황하지 않았다. 정말로 그의 예상을 배신한 것은 따로 있었다.

용이 아무런 행동도 취해오지 않는다는 것.

울리케가 만용을 부린 것은 아니었다. 적어도 그는 그렇게 자평했다. 그 스스로는 아직 자신이 빌러디저드에게 납치되었다가 풀려나고 동행하게 되면서 자신의 내면에서 이루어진 급격한 변화를 진단해낼 여유가 없었다. 울리케가 고블린들을 상대로 적극적인 강짜를 부릴 수 있었던 것은 그러한 변화와, 아울러 마음 한편에 용이 자신을 지켜보고 있다는 데서 나오는 용기 덕분이었다. 그러한 보험이 없었다면 그가 보인 모든 행동과 말들은 단지 그의 상상 속에서 그쳤을 것이다. 철들 무렵부터 지금껏 언제나 그래왔듯이.

누운 채 무릎을 굽히고 발등의 잔 상처와 발바닥 일부에 아직 얼얼한 물집 자리를 쓰다듬던 울리케는 그제야 간밤에 또 용과 대화를 나눴다는 걸 기억해냈다. 여전히 그게 꿈이 아니라는 증거 따위는 없지만 말이다. 어차피 꿈이든 아니든 구체적인 행동에 대한 대화도 아니었으니 달라질 것은 없다. 다만 용은 말했다. *그들로부터 무얼 얻어낼 것인가?*

애초에는 고블린들을 속일 생각으로 시작했던 제안이었지만 어제저녁 울리케가 급작스럽게 자신이 '대사'임을 선언하면서 그 스스로 생각이 바뀐 상태였다. 일방적인 수탈에 사기와 거짓말로 대응하는 것보다 더 좋은, 궁극적인 해결책에 대해 생각하기 시작한 것이다. 만일 이들에게 얻어낼 어떤 것이 있다면, 주기적으로 염소나 식량을 공급하는 것은 그리 어려운 일이 아니다.

여기까지 생각했을 때, 별안간 바깥이 다소 소란스러워졌다. 생각을 방해받은 울리케는 약간 짜증 섞인 신음을 끙끙 내다가 몸을 일으켰다. 돌바닥 위에 털가죽 깔개를 깔고 잔 탓에 몸이 배겼다. 아무리 가난하다고 엄살 부려도 평생 침대에서 자온 영애이니까.

"일어나 있나? 소란이 일어났다."

고블린들은 문짝이란 존재를 모르는 것일까? 그러고 보니 동굴 요새 내의 어떤 방에도 문이 달려 있지 않았다. 때문에 기척도 없이 불쑥, 아우케트가 복도로부터 나타나 울리케에게 말을 걸었다.

"무슨 소란?"

추웠기에 그대로 깔개 위에 앉아 모포를 둘둘 말고 얼굴만 내밀고 있던 울리케가 물었다.

"인간들이 트롤과 함께 나타났다."

이게 무슨 소리야.

"……뭐?"

"인간들이 트롤 무리를 끌고 왔다. 그리고 트롤이 우리를 공격하게 하고 도망쳤다. 트롤은 모두 죽였지만 우리도 여럿 죽고 다쳤다. 지금 인간들을 찾고 있다."

미간을 찌푸린 울리케가 물었다.

"인간들의 수는? 복장은 어땠나? 기사나 영지의 병사였는가?"

"나는 보고만을 받았다. 다만 병사들은 아닌 듯하다. 기마도 없었다."

그럼 이게 뭘까? 하긴, 기사나 상비군들이 트롤을 몰아다가 던져넣는 희한한 작전을 쓰진 않을 것이다. 아니, 그보다 잠깐.

"트롤 무리라고 했나? 도대체 몇 마리였나?"

"여섯 마리다."

트롤 여섯!? 여름도 아니고 이 계절에 트롤이 무리를 짓는 건 드문 일이다. 아니, 여름이라 하더라도 기껏해야 암수 한 쌍에 새끼 한 마리가 고작이다. 트롤은 영역 동물이고 숲을 터전으로 삼는다. 자연적으로 여섯 마리가 뭉쳐 공격해 오는 진풍경은 말이 되지 않는다. 더구나,

"트롤들이 숲에서부터 나타났나?"

"아니다. 인간의 영지 쪽 남쪽 초원으로부터 나타났다. 평야를 가로질러왔다."

올리케는 턱을 들고 아우케트를 똑바로 쳐다보았다.

"……그게 이상한 일이란 걸 알고 있어?"

"알고 있다. 트롤들은 그런 식으로 결코 움직이지 않지."

이것은 자연스러운 일이 아니다. 무얼까? 이틀 전 디드리크와 마주쳤을 때처럼 빌러디저드 때문에 몰린 것일까? 하지만 여섯 마리를 제각각 각자의 영역에서 몰아내 한데 모아 진격시키는 게 가능할까? 각자 다른 영역의 트롤들이 마주치면 다른 무엇보다 서로 드잡이질을 벌이게 된다. 뭉쳐서 공통의 적을 향해 똑바로 진격하다니 도무지 있을 수가 없는 이야기다.

"그래서, 내게 이 이야기를 전한 이유가 무엇인가? 나랑 상관이 있다고 생각해?"

"인간이 그들을 끌고 왔다. 파수병의 보고에 의하면 그들이 불꽃을 쏘고 환미한 안개를 뿌렸다고 한다. 인간의 마법사가 있는 것이다. 그 트롤들 또한 마법사의 술수에 말려 꾀어온 게

아닐까 생각했다. 그리고 인간들이 그 공격을 획책했다면, 목표는 너라고 의심한다."

유려하지 못한 것은 장식 없이 딱딱한 고블린 식의 말투일 뿐, 그 추론의 단계는 절차적으로 매끄럽기 짝이 없었다. 울리케는 고개를 끄덕이고 말했다.

"좋아. 그럼 이제부터 나를 감시하겠군?"

"그래야 한다."

"알겠다. 아침밥이나 줘라."

"……."

시그리드가 결정을 내리는 데는 전혀 오랜 시간이 걸리지 않았다. 일행은 트롤과 고블린들의 싸움을 뒤로하고 몸을 낮춘 채 관목 수풀을 빠져나가 어느 시점부터 왔던 길로 되돌아가기 시작했다. 올 때처럼 전력으로 질주하진 않았지만 최대한 서둘렀다. 고블린들은 앞서 그들을 봤다. 아니 잘 보라고 불꽃까지 쏘아올리며 쇄도한 건 이쪽이다. 트롤 무리를 정리하고 나면 아마도 분노에 눈이 뒤집혀 잡으러 올 것이다. 이런 경우 낙관은 별로 좋은 선택지가 못 되니까. 야영장소에 도착한 일행은 신속하게 짐을 쌌다.

"이거야 원, 말들을 그 동네에 놔두고 온 게 잘한 건지 못한 건지 도무지 모르겠네."

랄로프가 쓸데없는 소릴 한다. 브륀힐데가 설명하기도 귀찮다는 듯 말했다.

"잘한 거죠. 어차피 디드리크를 앞세우고 왔으니 말을 타고 달려올 수 없었고, 말이 여기 있었다면 아까 트롤들이 맨 처음 찢어발겼을 거라고요?"

"나도 알아! 그냥 지금 이 상황에서는 말이 있었으면 하니까 하는 말이야."

"그럼 디드리크는 버리고 가게요? 아까는 멍청한 소릴 하더니 이번엔 못돼먹은 소릴 해요?"

"아우어아야우!"

일련의 모음으로만 이루어진 랄로프의 항복 선언이 이루어지자, 시그리드가 말했다.

"잠시만 조용해 줘. 상황을 볼 테니까."

선 채로 잠시 눈을 감고 있던 그가 말했다.

"방금 마지막 트롤이 죽었군. 다친 고블린들이 꽤 있어 당장 추적에 나설 기미는 아닌 듯해. 하지만 서두르자."

그리고 일행은 빠른 걸음으로 전날 왔던 길을 되짚어 가기 시작했다. 중간에 한 차례, 먼 거리에서 고블린 수색대가 포착되었지만 이미 일행은 충분히 안전한 거리까지 물러난 이후였다. 그 뒤로는 별다른 사고 없이, 정오 무렵 드리츠에 도착할 수 있었다.

마을은 별 탈 없이 언제나와 같았다. 시그리드의 일행은 트롤 여섯 마리의 출현이라는 전대미문의 사건을 촌장을 통해 마을 사람들에게 알렸고, 주의하도록 당부했다. 그렇다고 해봤자 마을 사람들이 할 수 있는 건 그다지 없었지만.

"그런데 도대체 그게 뭐야? 트롤 여섯 마리? 뭐가 어떻게 되면 그런 일이 일어나는 거지?"

일행은 마을 중앙의 수호목 공터에 자릴 마련하고 쉬고 있었다. 네 사람이 신세를 질 만한 집이나 여각 따위는 드리츠에 없던 것이다. 그래도 촌장과 마을 사람들 몇몇이 그들에게 요깃거리를 갖다 주며 대접하는 흉내라도 내려고 해 주었고, 일행은 그것을 고맙게 받았다. 위의 질문은 랄로프가 그렇게 받은 큰 호밀전병을 우악스럽게 찢으며 한 소리다.

"모르겠군. 내가 아는 트롤의 생리상 일어날 수 없는 일이야. 어떤 종류의 인위가 개입했다고밖에 여겨지지 않는걸."

이름 모를 약초를 우려낸 차를 마시던 시그리드가 말하자, 랄로프가 눈을 크게 떴다.

"이야, 누님이 모르는 것도 있소?"

"쓸데없는 소리 좀."

시그리드와 함께 차를 마시던 브륀힐데의 핀잔에 뒤이어 그는 걱정스럽게 시그리드에게 물었다.

"포로인 아가씨가 오해받지 않을까요? 고블린들은 우리가 트롤을 몰아 공격을 시도했다고 생각할 거예요. 아가씨가 고초를 겪지 않았으면 좋겠는데."

"뭐, 괜찮지 않을까?"

랄로프와는 달리 단도로 질긴 호밀전병을 자르던 라그나가 말을 이었다.

"어차피 이레마다 염소를 데려가기로 한 것이잖아. 인질을 해할 만큼 멍청하진 않을 거야. 그보다는 그 녀석들이 핏값을 받으러 이 마을에 해코지하지 않을까 하는 게 걱정이지."

그것은 일리 있는 걱정이었다. 어차피 울리케는 분명하게 보호해야만 하는 존재다. 하지만 이 마을에 대한 건 다른 이야기다. 교섭의 조건을 변경하려 하면 그나마 점잖은 것이고, 죽거나 다친 병력만큼 염소를 내놓으라고 쳐들어와 확실한 위협을 가할 수도 있다.

"나도 그게 염려가 된다. 이제 우린 움직일 수 없겠군. 마을에 대한 경계와 보호를 할 필요가 있겠다."

"엥? 우리에게 그럴 의무가 있소?"

시그리드의 말에 랄로프가 묻자, 마법사는 설명했다.

"없지. 의무 같은 이야기가 아니야. 어떤 식으로든 불상사를 방지하자는 거다. 아마 다음 염소의 납기일 이전에 영지군이 충분히 이곳에 도착할 거야. 고블린들도 그걸 예상할 수 있을 것이고. 만일 그사이에 마을에 대한 분탕질이 일어나고, 단순한 손괴가 아닌 인명 피해가 발생해버리면 영지군은 다음 수를 과격하게 낼 수 있어. 최악의 경우 우리에게 내려진 의뢰는 중도 취소되고 형편없는 보수를 받게 될 거다."

"그게 무슨 말이오? 우린 영주 딸의 위치를 찾아냈고, 그걸로 의뢰는 사실상 완수 아녀?"

랄로프가 말하자, 시그리드 대신 라그나가 고개를 흔들었다.

"상대가 용이었다면 거기서 끝이지만, 이제 납치의 주범은 고블린이다. 원래 고블린 놈들은 수성(守城)의 대가고, 정규군보다 우리 같은 소규모 인원의 모험가들로 잠입하는 게 상식이지. 의뢰 내용에서 합의하진 않았지만 이제 우리 목적은 아가씨의 구출이 되어야 옳다. 영주와 그 휘하들이 등신들이 아니라면 분명 그렇게 요구할 것이다. 거절하면 반값도 못 받을걸? 애초에 우린 아직 아무것도 한 게 없다고."

라그나의 명쾌한 정리에, 랄로프도 더 딴지를 못 걸고 조용해졌다. 결국 일행은 성에서 어떤 소식이나 병력이 도착할 때까지 드리츠 마을에 머물며 혹시 모를 고블린들의 접근을 경계하기로 했다. 촌장을 위시한 마을 사람들은 트롤들이 미쳐 날뛰었다는 이야기를 이미 들었고, 때문에 이 모험가들이 대가 없이 마을을 지켜주겠다고 말하자 무척 고마워했다. 시그리드 일행들은 마을이 훤히 내려다보이는 북쪽 목양지의 한쪽에 자리를 마련하고 고블린들이 나타날 예상 경로를 경계하기 시작했다. 마을에서 유일하게 그들과 안면이 있다고 말할 수 있는 디드리크가 자주 왔다 갔다 하며 그들의 편의를 봐주기 위한 물품이나 도구들을 날라주었다. 촌장은 그들이 지붕 없이 잠을 자게 되는 것이 마치 자신의 탓인 양 미안해하다가 결국 그날 저녁으로 새끼염소 한 마리를 잡아버렸다. 일행은 정중히 감사를 표했다.

그리고 이튿날 점심 무렵, 염려는 하고 있었지만 일어나지 말았으면 바랐던 일이 결국 일어났다. 북쪽 계곡으로부터 한 무리의 고블린 부대가 나타났던 것이다. 그들을 선도하던 것은 예의 오십장 아우케트였다.

"모험가들인가?"

일찌감치 서로를 포착하고 있던 그들은 천천히 가까워졌고, 양편이 이십 보가량을 사이에 둔 시점에서 약속한 듯, 아우케트와 시그리드가 앞으로 나섰다. 아우케트가 시그리드 이하 세 명을 쳐다보곤 그에게 물었다.

"너희가 트롤을 유인한 자들인가?"

"그 말은 반만 맞다."

"설명해라."

"우리는 영주의 부탁을 받고 영애를 찾고 있었다. 너희의 파수탑 근처를 지나다가 갑작스럽게 나타난 트롤들을 보고 당해 낼 수 없어 달아난 것이다. 달아난 방향에 너희가 있었던 것은 순전히 우연이다. 단지 유감스러운 사고다."

"그 말을 믿으라는 것인가?"

"정말이다. 만일 우리가 너희를 기습하려는 의도였다면, 일부러 먼 곳에서 알아채고 준비할 수 있도록 불꽃을 쏘아 올렸겠는가?"

아우케트는 미간을 찌푸렸다. 분명 그가 들은 보고에는 그러한 내용이 있었고, 그도 이상하다고 생각하던 부분이었다. 시그리드는 여기까지 예측해서 그런 마법을 사용한 것이다. 마법사는 계속 말한다.

"또한, 트롤 여섯 마리를 모아 끌고 올 재주 같은 건 우리에게 없다."

"단지 우연이란 말인가? 트롤들은 결코 뭉쳐 다니지 않는다. 그리고 그런 식으로 습격하지 않는다. 너희 중 요술쟁이가 있다고 들었다. 그런 종류의 요술이 없지 않다고 들은 바 있다."

시그리드 유세트의 미간이 살짝 좁혀졌다. 아주 불가능한 이야기는 아니다. 그런 종류의 마법은 실존한다. 다만 다루기 꽤나 고약한 것이며, 불쾌한 부분이 많기 때문에 시그리드 자신은 결코 시험해본 적 없는 종류의 마법이었다.

"내가 그 요술쟁이다. 하지만 그런 요술을 부리지 않는다고 장담할 수 있다. 할 줄 모른다."

"지금까지 너의 말엔 아무런 증거들이 없다. 하지만 우리는 실제로 죽고 다쳤다. 설령 너의 말을 모두 믿는다 해도 우리가 입은 피해의 보상은 받아야 한다."

"어떤 보상을 원하나?"

"우리 셋이 죽고 다섯이 다쳤다. 너희도 같게 한다."

"헛소리 마라!"

시그리드가 차갑게 내뱉었다. 그러자 아우케트가 고개를 살짝 기울이더니 말했다.

"그렇다. 헛소리다. 그건 보상이 되지 않지. 그리고 그렇게 하려 하면 성공한다 해도 우리 피해는 늘어나기만 할 뿐이다. 결국 얻는 것은 없다."

시그리드의 눈에 이채가 어렸다.

"알면서 그런 말을 했는가?"

"다른 오십장들이 그리 생각하기 때문이다. 나는 반대한다. 염소 스무 마리 정도가 적당한 핏값이다."

고블린 목숨값이 도대체 얼마나 되는 건지 모르겠다. 인간 여덟 명의 사상에 대한 값이라면 염소 스무 마리로는 턱도 없다. 백 마리 이상은 불러야 할 것이다. 그러니 어떤 면에서는 이 정도 선에서 보상을 마무리하는 게 다행일 수도 있다. 하지만 진실로, 트롤들은 우발적인 사고였다. 물론 그때의 긴박한 상황에서 시그리드 일행이 고블린들을 '이용'해 위기를 벗어난 것은 사실이었다. 적어도 그 책임은 있다고 할 수 있다.

하지만 이놈들은 애초에 영주의 딸을 인질로 잡고 가축을 강탈하고 있다. 그 시점에서 이쪽이 이들의 전멸을 꾀하더라도 아무런 윤리적 문제가 없다. 상대는 같은 인간도 아니고, 언제나 인간의 영역을 침탈해오는 불쾌한 마수의 종족인 것이다. 이것이 일반적인 사람들의 인식이겠다.

그러나 시그리드는 그렇게까지 과격하게 생각하지는 않았다. 눈앞의 이 고블린 오십장은 다른 고블린들과 조금 다른 생각을 갖고 있다. 그러니 이쪽도 다른 인간들과 조금 다른 생각을 가져줘야 맞지 않을까?

"그것을 결정할 권한은 나에게 있지 않다. 닷새 뒤, 다음 염소의 납기일 전에 이곳으로 영주의 권한 대행이 도착할 것이다. 그때 상의하고 너희에게 방문해 처리하도록 하겠다. 그렇게 시간을 봐 줄 수 없겠는가?"

아우케트는 지친다는 듯 말해왔다.

"아까 말했듯, 다른 오십장들은 피를 원한다. 나로서는 그들을 억제할 수 없다."

억제할 수 없다. 하지만 이곳에 도착한 것은 그들 과격파가 아니라 이 일을 원만히 처리하길 바라는 아우케트다. 그리고 그 사실은 희망적이다. 물론 어쩌면 저것이 협상의 판돈을 올리려는 수작일 수도 있다. 그렇게 생각한 시그리드는 문득 생각났다는 듯 물었다.

"영주의 딸은 무사한가?"

"안녕하다. 그는 내 관리하에 있다."

"그래, 어쩌길 바라는가? 정말로 충돌을 원하나? 이쪽은 요술쟁이가 포함된 네 명뿐이다. 하지만 너희는 힘들 것이다. 받아내야 할 핏값은 분명 확실하게 아주 많이 늘어난다."

아우케트는 말없이 눈앞의 그를 바라보다 시선을 돌려 그의 뒤편에 서 있는 모험가들을 보았다. 검과 방패를 빼 들고 호기롭게 맞쏘아 보는 거구의 사내와 그 곁에서 이따금씩 쌍창을

빙글빙글 돌리고 있는 사내, 그리고 그들 뒤편 멀찍한 곳에서 임시로 세워둔 듯한 말뚝 울타리를 목책 삼아 이쪽을 겨누고 있는 여자를 차례로 쳐다본 아우케트는 말했다.

"이쪽은 오십이다."

"내가 없다면, 그 숫자는 분명 문제가 되지."

아우케트는 보고받았던 내용 중 환미의 안개를 기억해냈다. 만일 그런 게 여기서 당장 일어난다면 정말로 골치 아프다. 그는 인간 마법사를 상대해 본 적이 없지만 그게 얼마나 위험한 것인지는 누누이 들어왔다. 마법사를 상대함에 제일 고약한 것은 무엇을 할 수 있고 무엇을 할 수 없는지 전혀 알지 못하는 싸움을 해야 한다는 점이다.

싸움이란 본시 상대방이 무엇을 어디까지 할 수 있는지 짐작한 상태에서 전개되는 것이다. 상대가 무얼 할지 전혀 알 수 없다면 그건 싸움이 아니라 그저 도박이다. 상식 밖의 존재와 맞붙는다는 것은 강함의 자웅을 겨루는 것과 완전히 다른 차원의 이야기가 된다. 게다가 개인의 용맹을 증명하는 싸움이 아니라 명백히 이득과 명분을 가져오기 위한 싸움이고, 자신은 무리를 이끄는 지휘관이다. 무엇이 매복해 있는지 알지 못하는 사지로 부하들을 밀어 넣을 수는 없다.

"나는 불가피함이 필요하다."

아우케트가 말했다. 잠시 그게 무슨 소린지 모르고 조용하던 시그리드가 작게 말했다.

"명분을 만들어달라?"

"내 명예는 상관없다. 다른 오십장들이 납득할 수 있는 무언가가 필요하다."

"그렇게 하지. 부하들이 동요하지 않게 해라."

시그리드는 씩 웃더니 뒤편의 일행을 향해 어떤 손짓을 했다. 다른 고블린들이 흠칫하며 의아하게 그것을 쳐다보자, 아우케트는 그들에게 소란을 피우지 말라고 소리쳤다. 다음 순간, 날벼락이 떨어졌다.

언제나 정연한 도열을 유지하던 고블린 병사들의 대오가 비명과 함께 순간적으로 완전히 무너졌다. 늑대들도 기겁하여 요동치는 바람에 한 십장 기수가 풀밭에 굴러떨어지고 말았다. 근처에 있던 염소들은 아예 기절했는지 사지를 뻣뻣하게 하고 쓰러졌으며, 경사면에서 풀을 뜯던 몇 마리는 나무인형처럼 데굴데굴 굴러버렸다. 다행히 늑대로부터 낙상하지 않았지만, 순간적으로 몸을 낮추었던 아우케트는 잔뜩 찌푸린 얼굴로 비난하듯 시그리드를 노려보았다. 하지만 곧, 그들로부터 오백 보쯤 떨어진 지점, 마을의 경계를 흐르는 냇가 쪽을 볼 수밖에 없었다.

분명히 그곳에 서 있던 거목 하나가 둥치만 남기고 온데간데없었다. 사방에 박살 난 나무 파편과 가지들이 시커먼 연기를 내뿜으며 불타고 있었고 그 바람에 주변 풀밭에 불길이 번져가기 시작하고 있었다.

"나 불 끄러 간다!"

라그나가 이렇게 말하더니 들고 있던 창을 바닥에 꽂아버리고 냅다 뛰기 시작했다. 랄로프가 어이없다는 듯이 그의 뒤를 눈으로 좇았다.

"이 정도면 되겠는가? 말해두겠는데, 이건 꽤 비싼 요술이다. 염소로 치면 딱 스무 마리짜리다."

빙긋이 웃으며 시그리드가 말해오자, 아우케트도 이를 드러내고 같은 표정을 고블린 식으로 지어 보였다.

"그럼 그 가격으로 하지. 나는 너의 힘에 놀라고, 부하들을 잃기 싫어서 염소 스무 마리로 교섭했다."

"좋다. 하지만 우선 열 마리만 데려가라. 나머지 열 마리는 영주의 사람이 온 뒤, 데려간다. 약속한 이레보다 하루 이틀 먼저 가게 될 것이다."

"좋다."

교섭은 끝났다.

제 4장

드리츠 마을에서 출발한 전령은 시그리드 일행이 마을로 귀환한 그 날 저녁 무렵에야 피어클리벤 성에 도착했다. 보고는 곧바로 스벤에게 올라갔고, 스벤은 영주를 찾았다. 당황해 마지않는 표정의 그가 올린 보고의 내용은 다음과 같았다.

"울리케 아가씨는 용에게서 탈출했으며, 때마침 그곳을 지나던 목동 디드리크의 도움을 받아 드리츠 마을에 무사히 도착했습니다. 하지만 이후 마을을 습격한 고블린 병사들에게 인질로 잡혀갔습니다. 백사십 일간 염소 이백 마리를 바치라는 조건입니다."

"······뭐?"

보고의 내용은 현시점에서 용의 후원과 교섭에 대한 이야기를 전해 혼란을 가중시킬 필요가 전혀 없다고 판단한 울리케에 의해 사실과 약간 다르게 포장되어 있었다. 또한 단단히 입막음을 당한 디드리크와 촌장을 제외하곤, 드리츠 마을사람들 누구도 용에 대해서는 알고 있지 못했다. 달려온 전령을 포함해서 말이다.

"……용 다음엔, ……이번엔 고블린?"

천천히 보고의 내용을 받아들이며, 남작은 놀라움에 이어진 기쁨, 그리고 또다시 덧붙여진 좌절을 느꼈다. 최악의 상황은 면했지만, 그의 딸은 여전히 또 다른 위기 상황에 떨어진 것이다. 대체 이걸 기뻐해야 하는가? 용에게 죽든 고블린에게 죽든, 죽는다면 어차피 다를 것도 없겠다. 다만 유일한 차이라면 이번엔 뭔가 어찌해볼 가능성이 나와준다는 것이며, 그 사실이 지금까지의 무력감을 상당 부분 쫓아내 주기는 했다. 기사 스벤에게도 그것은 마찬가지였다.

"유세트 경의 모험가들이 드리츠 마을에 도착했을 테니 이 상황에 대해 알고 있을 겁니다."

"그들만으로 구출이 되겠는가?"

"가능하다고 생각됩니다. 하지만 제 생각엔, 할 수 있다고 해도 섣불리 움직일 것 같지 않습니다. 유세트 경은 이쪽의 지시를 기다리며 대기할 것으로 예상됩니다. 이레마다 염소를 보내라고 말했으니, 제가 군사를 이끌고 가면 그 전에 드리츠에 도착할 수 있습니다. 유세트 경도 그걸 염두에 둘 것이고, 합류를 생각할 것입니다."

그 시점에서 아주 정확한 예측이었다. 남작 또한 동의하는지 고개를 끄덕이고 말했다.

"어차피 병력은 별 의미가 없겠지. 얕보이지 않을 정도로만, 최대한 가볍게 편성하게. 고블린과 접촉해서 교섭을 진행하되, 염소 오백 마리까지를 일시에 지불하는 한계라고 생각해도 좋다. 드리츠의 손실은 영지 내의 모든 목양지에서 고르게 갹출하여 메울 것이다."

"받들겠습니다."

자리에서 물러난 스벤은 향사 슈타크와 성의 상비군 여섯을 동행하기로 결정하고 대기 명령을 내렸다. 출발은 내일 새벽 일출과 동시로 예정되었다. 모두 기마를 이용할 것이다.

"그런데 그놈들을 그냥 놔둡니까?"

성 내의 마구간에서, 애마의 마구를 점검하던 슈타크가 물어왔다. 스벤은 자신의 말에 달라붙어 조수와 함께 편자를 점검하던 늙은 장제사(裝蹄師)를 지켜보고 있다가 답했다.

"고블린? 지독히 성가신 놈들이다. 방비는 할 수 있어도 완전한 구축은 어렵지."

"한번 성공적으로 뜯어가면 계속 요구해 오는 게 아닙니까?"

"그러지 못하게 하는 게 우리 임무야."

등잔을 들고 있던 조수의 보조가 시원찮았는지, 그림자의 방해를 받은 장제사의 나직한 나무람이 들려왔다. 일반적인 직인들이라면 이런 경우 기사의 눈치를 보고 말 테지만, 워낙에 까다로운 기술을 다루기 때문인지 죽을 날을 받아놓은 노인이라 그런 것인지 그는 거리낌이 없었다. 그를 인정하는 스벤은 웃고 넘긴다.

"이번엔 그놈들과 싸우러 가는 게 아니다. 다만 아가씨가 무사 귀환하신 뒤엔 또 모르지."

"괜찮은 훈련감으로 적당하지 않겠습니까? 짚단을 베는 것보다야."

스벤은 동의도 부정도 하지 않았다. 그의 눈에 아직 어리기만 한 향사의 치기는 그리 허물이 아니었다.

"달슨 경!"

마구간으로 향하는 목소리에, 스벤은 고개를 돌리고 대답하려다 멈칫했다.

"아버님께 들었어요. 울리케가 지금 고블린들에게 잡혀 있다고요? 구하러 가는 길이겠죠?"

허리에 양손을 올리고 호전적으로 물어오는 그는 광택이 흐르는 경화 가죽 갑옷을 걸치고, 허리엔 칼까지 차고 있었다. 아래위로 빈틈없는 차림새임을 확인한 스벤은 천천히, 기가 막힌다는 듯 말했다.

"그래서 따라오기라도 하실 겁니까, 아가씨?"

"왜, 안 되나요?"

아버지의 가신이나 자신의 검술 스승이기도 한 기사의 목소리에서 탐탁지 않음을 감지한 그는 못마땅한 듯 되물었다.

그러고는 스벤이 무어라 다시 말하기 전에 다음과 같이 덧붙였다.

"아우셀바프의 양성소를 수료하면 '기사 놀이'를 해도 좋다. 그렇게 말한 건 경이었어요."

"아직 반년 치 과정이 남은 줄 압니다. 그리고 저는 놀이라고 말한 적 없습니다, 아가씨."

"내게 '직접' 말하지 않았을 뿐이죠."

그가 으르렁거렸지만, 노련한 기사의 눈에는 그저 새끼고양이의 위협으로 비추어진다. 다만 그는 분명히 말실수가 있었던 과거의 일을 반성한다.

"……좋습니다, 아그니르 아가씨. 하지만 출발은 내일 새벽입니다. 아울러 말씀드리겠는데, 기대하시는 것 같은 전투는 없을 겁니다. 제가 허락하는 이유는 그 때문입니다. 주군께는 제가 상신하지요."

말을 마친 스벤은 몸을 돌리고 모든 관심을 말들에게 넘겼다. 슈타크는 둘을 힐끔힐끔 번갈아 보다 다시 하던 일을 계속했다. 소외된, 하지만 소정의 목적은 이루었기에 약간 기분이 풀린 아그니르는 자리에서 물러났다.

아그니르는 울리케의 동갑인, 배다른 자매였다. 그의 생일이 조금 빨랐기에 따지자면 언니였지만, 그 스스로나 다른 사람들 모두 어느 쪽이 위아래인지 신경 쓰지 않았다. 관심사와 화제가 거의 겹치는 바 없지만 격의 없이 친구처럼 지내는 유일한 자매가 용에게 납치당했다는, 거짓말 같은 이야기가 전해진 게 사흘 전이었다. 그 사흘간 그와 모든 형제들은 거의 뜬눈으로 밤을 지새우고 있었다.

어린 동생들은 일찌감치 눈물을 보였지만 울리케의 생사가 아직 확인되지 않은 상태에서 아그니르는 감정의 분출을 억누르고 있었다. 우는 것은 나중에라도 얼마든지 할 수 있다. 그는 다만 돌아가는 상황을 몰라 답답한 것이 보다 컸다. 때마침 요행이랄지, 영지를 방문한 모험가 일단이 그를 찾으러 갔으니 그저 기다리는 수밖에 없었다.

아그니르는 귀족가의 영애로서 요구되는 조신함이나 우아함과는 조금 거리가 있었다. 일찍이 어린 시절부터 규중칠우(閨中七友) 따위보다 무구나 말을 좋아했고, 연애사보다 모험기, 전쟁 이야기에 눈을 빛냈다. 그런 그가 검술과 승마를 배우고 기사를 지망한 것은 지극히 자연스러운 일이었겠다. 형제가 많다는 것은 이럴 때 좋다. 하나쯤 별나게 굴어도 집안에 누를 끼치지 않으니까. 현재 세금 수송을 감독하기 위해 영지를 비운 다섯 살 터울의 오빠를 제외하면, 아그니르 위의 다른 모든 형제는 각자의 삶을 찾아 이미 독립한 뒤였다. 아그니르 또한 그럴 것이다. 귀족가의 아내가 아닌, 제대로 서임된 기사로서 말이다.

이튿날, 혹시라도 자기를 떼어놓고 갈까 봐 꼭두새벽부터 일어나 준비하고 있던 아그니르와 기사 스벤, 그의 향사 슈타크가 이끄는 일단의 소규모 기마대가 성을 출발했다. 드리츠에 도착하는 것은 그날 밤중일 터였다.

"무얼 하는 건가?"

드리츠에서 염소 열 마리를 데리고 회군하자, 각오했던 대로 그의 동료 오십장들의 비난이 쏟아졌다. 하지만 자신과 함께했던 십장들이 그 '요술'의 위력과 위험성에 대해 논하기 시작하자 비난의 흐름은 어느새, 그럼에도 불구하고 염소를 추가로 뜯어온 아우케트가 잘한 것이라는 쪽으로 반전되었다. 남의 일인 양 그 논쟁에서 비켜서 쓴웃음을 짓고 있던 아우케트는 별안간 자신의 곁으로 휙 지나가는 울리케를 보고 불러세웠다.

"방에 머무르라 하지 않았나?"

"이건 비단쑥이다. 알고 있나?"

듣는 척도 안 하고, 울리케는 들고 있던 한 아름의 풀 바구니를 들이대었다. 아우케트는 그의 뒤에서 뭔가 포기한듯한 표정을 짓고 있는 감시꾼 고블린을 노려보고 그에게 말했다.

"돌담에 나는 잡초 아닌가."

"너희는 이걸 약으로 쓸 줄 모르는군. 따라와라. 보여준다."

성큼성큼 나서는 울리케의 뒤를 감시꾼 부하 고블린이 쩔쩔매며 따라붙었다. 한발 늦게 뒤를 잡으며 아우케트가 윽박질렀다.

"너는 조용히 있어야 한다. 어제의 싸움으로 대부분의 분위기가 좋지 않다. 시선을 피해 있으라 하지 않았나?"

"네가 있잖아. 그리고 나는 도우려는 것이다."

그들이 향한 곳은 어제 트롤과의 접전에서 부상당한 고블린들의 처소였다. 다섯의 고블린이 짚 깔개 위에 누워있었고 두 마리의 고블린이 그들의 수발을 들고 있었다. 크고 작은 외상이 있었지만 별다른 처치가 따르지 않고 있다. 울리케가 한심스럽다는 듯이 아우케트에게 물었다.

"왜 치료 같은 걸 안 하냐고 물었는데 다들 대답이 없더군."

"놔두면 낫거나 죽는다. 모두 정해진 이치다."

고블린들은 태생적으로 근골이 질기고 상처나 병에 대단히 강하다. 그래서일까? 그들에게는 약학적 지식이 전승되지 않는 모양이었다. 어쩌면 병사나 자연사를 치욕으로 여기는 그들 가치관과도 통하는 데가 있을지 모른다. 울리케는 고개를 흔들며 말했다.

"이 풀은 흔한 것이지만 상처에 잘 듣는다. 정확히는 덧나는 것을 방지하고 약간의 진통 효과도 있다. 비벼서 나오는 하얀 즙을 발라 써라."

"그건 인간에게 맞는 말일 테지. 우리에게 듣는다는 보장이 없다. 위험하다."

"아니, 듣는다. 내가 아는 바로는, 이걸 너희에게 실험해본 자가 있다. 두 배의 치료 속도를 보였다는 기록이 있다. 설마 끙끙대며 상처를 방치하는 게 용맹의 일부라 생각하는 건 아닐 테지?"

말을 마친 울리케는 비단쑥 하나를 골라 잎을 떼어내 젖처럼 하얀 즙이 나오는 줄기를 수발들던 고블린 하나에게 들이대었다.

"자."

그 고블린은 난처한 눈으로 울리케와 아우케트를 번갈아 쳐다보았다. 잠시 침묵을 지키던 아우케트가 할 수 없다는 듯이 말했다.

"해봐라."

이윽고, 울리케를 포함한 두 마리 고블린이 풀바구니를 가운데 두고 모여 앉아 쑥들을 짓이기기 시작했다. 아우케트는 나무 그루터기를 잘라내 만든 낮은 걸상을 끌고 와 그 곁에 앉은 채 그들의 하는 모양새를 눈에 담았다. 별다른 복잡한 처치가 아니었기에, 다섯에 대한 모든 조치가 금방 끝났다.

"아우케트!"

복도로부터 불쑥 나타난 고블린 하나가 외쳤다. 울리케가 쳐다보니, 이미 두어 차례 지나치며 안면이 있는 다른 오십장들 중 하나였다. 그는 다름 아닌 어제 아침 트롤들과 맞붙었을 때 파수탑을 지켰던 지휘관이었다. 즉, 이 다친 고블린들의 상관인 자다. 그가 찌푸린 얼굴로 소리 질렀다.

"내 부하들에게 뭐 하는 짓거리냐? 너는 이제 아주 인간의 편인가? 저자가 맘대로 날뛰도록 더 두고 보지 않겠다! 나는 분명 제대로 핏값을 받아오라 말했다!"

아우케트가 그를 쏘아보고 대꾸한다.

"피를 피로 갚느라 피를 더 흘리자는 이야긴가? 너의 무지와 케케묵은 명예 때문에?"

"우리는 장사치가 아니라 전사다!"

"아니, 너희는 멍청이다!"

아우케트가 더 이상 참지 못하고 고함을 질렀다. 좌중 모두 깜짝 놀랐고, 그와 드잡이질을 하고 있던 오십장 고블린의 표정이 일그러졌다. 벌어진 이빨 사이로, 분노를 머금고 쉭쉭이는 그의 말이 새었다.

"······아우케트, 당장 저 여자를 매달아라. 그럼 방금 들은 모욕은 없던 거로 해주겠다."

"그러고는? 어쩔 생각이냐?"

"마을로 간다! 염소를 전부 데려올 것이다. 전 군이 나선다!"

"나 없는 사이에 그리 충분히 쑥덕였나? 내가 피 한 방울 흘리지 않고 연달아 염소 서른 마리를 구해오니 일이 참 쉬워 보였군."

"닥쳐라, 아우케트!"

그의 손이 허리에 찬 환도에 가 닿는 순간, 그루터기 걸상에 앉아 있던 아우케트가 몸을 날려 그 손을 후려치며 발도(拔刀)를 막는 동시에 그의 턱을 들이받았다. 철 투구에 이빨이 부러진 듯 피를 뿌리며 그가 두세 걸음 물러났다. 하지만 기세가 꺾이지 않은 그는 결국 환도를 뽑아 들었다.

"너는 겁쟁이다, 아우케트!"

"그리고 너는 바보지."

아우케트는 칼을 뽑지 않았다. 그의 빈정거림에 고블린 오십장이 기어코 달려들자, 아우케트는 순간 투구를 벗어들고 그것으로 칼을 막았다. 쇠와 쇠가 부딪히는 단 두 합(合) 만에, 상대의 품 안으로 미끄러지듯 쇄도한 아우케트가 그의 땅죽을 걸어 쓰러뜨렸다. 순간적으로 잃어버린 균형을 수습하지 못한 고블린 오십장은 손쓸 새 없이 아우케트의 투구가 자신의 코를 부러뜨리도록 허락하고 말았다. 피가 터지고, 그의 손에서 칼이 떨어졌다.

"너희는 모두 보법(步法)이 엉터리다. 늑대를 타는 데 취하면 그렇게 잊게 되지. 기본을 게을리하지 말라고 내가 늘 충고했었다."

바닥에 쓰러진 채 아우케트를 올려다보는 패자는 아무런 말대꾸를 하지 못했다. 그때 두 고블린 오십장이 안으로 들어서다 그 광경을 보고 움찔 놀라 멈추어 섰다. 그중 하나가 입을 열었다.

"무슨 결투인가? 백장(百長)을 거는 건 모두 반대하지 않았었나?"

아우케트가 칼날에 찍힌 투구의 상흔을 살펴보며 대답했다.

"백장을 건 것이 아니다. 그저 의견 충돌이다."

"하면, 이제 두카르는 아우케트에게 동의하는가? 혹은 거부를 계속하고 투구를 벗을 것인가?"

"……동의한다. 나는 따른다."

쓰러져 있던 고블린 오십장, 두카르가 코맹맹이 소리로 대꾸했다. 그러자 아우케트가 손을 내밀고 그를 일으켜 세웠다. 아우케트는 한심하다는 눈초리로 그를 쳐다보더니 말했다.

"내게 따른다고?"

"나는 졌다. 재전(再戰)의 여지가 없다."

두카르는 불쾌하지만 어쩔 수 없다는 듯 단호하게 말했다. 그러자 아우케트가 피식 웃더니 그때까지 멍하니 상황을 구경하고 있던 울리케를 가리키며 그에게 말했다.

"그럼 가서 인간의 치료를 받아라."

두카르가 눈을 부릅떴다.

스벤의 기마대가 드리츠에 도착해 시그리드 일행과 합류한 것은 예상대로 한밤중이었다. 너무 늦은 시간이었기에 별다른 이야기 없이 곧바로 야영에 들어갔고, 그래서 두 무리가 제대로 대화를 시작한 것은 이튿날 아침부터였다.

"트롤 여섯 마리라고 하시었소?!"

성에 보고를 가져왔던 드리츠의 전령은 시그리드 일행이 트롤과 마주친 사건 이전까지만을 알려왔기 때문에, 트롤 소동과 이후 아우케트의 고블린들이 다시 와 대치한 바에 대해서 새롭게 정보를 갱신한 기사 스벤은, 어처구니없다는 목소리로 그렇게 물을 수밖에 없었다.

"그렇습니다. 말도 안 되지요."

주전자를 불에 올리며 시그리드가 답했다.

"정말 말도 안 되오."

"왜 말이 안 되나요?"

곁에서 듣고 있던 아그니르가 물어왔다. 스벤은 천천히, 그가 알고 있는 트롤의 습성에 대해 설명하기 시작했고, 그 내용은 시그리드의 지식과 별 차이가 없었기에 어떠한 방해도 받지 않고 마무리되었다.

"……용이 한 일일까요?"

"그게 무슨 말씀이오?"

시그리드의 자신 없다는 듯한 의문에, 스벤이 되물었다.

"전령은 용에게서 그저 탈출했다고만 전했지요? 실은, 아가씨는 용과 동행했다고 해요."

스벤과 슈타크, 아그니르의 눈이 휘둥그레졌다. 그런 그들에게 시그리드는 자신이 디드리크로부터 들은 이야기를 전했다. 물론 그 자신이 용과 대면한 것은 아니었고, 상세한 내막을 아는 것도 아니었기에 이야기는 길지 못했다. 스벤은 이 놀라운 이야기에 대한 어떤 평도 삼간 채, 단지 그것이 사실이라는 전제를 세우고 추측했다.

"……용이 충분히 그와 같은 일을 벌일 능력이 있다고, 유세트 경은 말씀하시는 거요?"

"용은 날 때부터 에다의 도리를 깨우치니까요."

용은 마법을 부릴 수 있다. 그러므로 트롤 여섯 마리를 모으고 부추겨 진격시키는 일쯤이야, 충분히 꾀할 수 있다. 의문은 왜 그러한 일을 벌였는가 하는 점이다.

"짐작하기 어렵군. 도대체 그것이 고블린에게 이로운 것이오, 아니면 우리에게 이로운 것이오? 어느 쪽도 아니지 않소?"

스벤이 묻자, 시그리드가 대답했다.

"계속 생각해 봤어요. 만일 트롤이 나타나지 않았다면, 우리는 다소 무리를 해서라도 고블린의 소굴에 진입해 울리케 아가씨를 구출하려 했을 가능성이 커요. 그런데 트롤이 나타났고, 그로 인해 우리의 존재가 노출되었어요. 우리는 물러나야 했고, 이후 고블린들이 접촉해와 교섭을 통해 겨우 교전을 피했지요."

시그리드는 전날 아우케트의 병단이 나타난 일에 대해 설명했다. 개울의 건너편, 둥치만 남아 시커멓게 그을린 거목이 그 증거가 되었다. 비록 흔적뿐이었지만 마법사의 파괴적 권능을 처음 본 스벤은 아연해 하다가 정신을 차리고 말했다.

"그렇다면, 무엇이오? 트롤의 출현으로 인해 결과적으로 교착상태가 되었다는 거요?"

"그렇게 생각할 수 있다고 봅니다."

시그리드는 확신하지 않는다. 다만 생각할 수 있는 가능성들을 살폈을 때 그것이 그가 내릴 수 있는 가장 합리적인 결론이었다. 일행은 이후로도 이 문제에 대해 이야기를 나눴지만 그 이상의 결론을 내진 못한 채 자리를 파했다. 미적거릴 필요 없이 곧장 고블린의 산채로 향한 것이다.

모두가 말을 타고 있었기에, 이들이 고블린 파수탑에 이른 것은 반나절도 되지 않아서였다. 정찰을 통해 이들의 접근을 일찌감치 알아채고 있던 고블린들의 다섯 개 병단 이백오십이 일제히 파수탑 앞에 도열해 있었다. 기세가 자못 대단하다.

"지휘관은 나서라!"

스벤이 말을 몰고 앞으로 나오며 소리쳤다. 아그니르와 시그리드가 역시 말을 탄 채 그 좌우를 따랐다. 그러자 고블린 진영에서 다섯의 늑대 기수가 나섰다. 아우케트와 두카르를 포함한 오십장들이었다.

"아가씨의 안전을 먼저 확인하겠다."

스벤이 말하자, 오십장 중 하나가 후방을 향해 손짓을 했다. 잠시 뒤, 고블린 병사들 사이로 울리케가 성큼성큼 걸어 나왔다.

"아가씨!"

"울리케!"

일단의 반가움에 스벤과 아그니르가 외쳤다. 울리케가 울컥한 듯한 표정으로 웃어 보였다.

"나는 안전해요."

"염소는 어디 있나? 열 마리를 더 받기로 했었다."

그의 말을 가로채며 코가 찌그러진 고블린 기수 하나가 말했다. 예의 두카르였다.

"영주님의 말을 전한다! 일단 아가씨를 석방해라. 그러면 염소 이백 마리를 바로 데려오겠다. 약속한다!"

스벤이 외쳤다. 그들이 응하지 않으면 염소의 숫자를 조금씩 올릴 심산이었다. 하지만, 이의는 엉뚱한 곳에서 튀어나왔다.

"그러면 안 됩니다!"

울리케였다. 그러자 좌중 모두, 심지어 고블린 오십장들까지 벙찐 표정으로 그를 일제히 바라보았다. 모두 말과 늑대에 타 있는지라 높은 곳에서 쏟아지는 다수의 시선에도, 그는 움츠림 없이 오십장들에게 말했다.

"알겠나? 그렇게 많은 염소를 일시에 넘기면 당장 영지의 피해가 너무 크고, 그로 인해 우리로 하여금 너희에 대한 공격의 빌미를 주게 된다."

"어차피 너희는 우리를 공격한다."

한 오십장이 시큰둥하게 답했다. 그러자 울리케가 고개를 흔들며 외쳤다.

"아니다! 대사된 자격으로 내가 선언한다. 이제부터 너희는 우리의 거래 상대이자 북방의 우방이다! 너희는 매달 북부의 염소를 삼십 마리씩, 일 년에 걸쳐 삼백육십 마리를 받는다. 대신 너희는 여기서 드리츠, 그리고 잉겐에 이르는 일대의 숲 경계지역을 주기적으로 순찰하고 모든 마수의 위협으로부터 영민과 염소를 지킨다! 이는 계약이며 향후 일 년간 유효하고, 상호 이행의 성실성과 협의에 의해 다시 일 년 뒤 계약을 갱신할 기회를 가질 것이다!"

"……아가씨?"

스벤이 새는 목소리로 그를 불렀다. 그는 힐끔 돌아보곤 말했다.

"왜요? 무리한 조건이 아닐 텐데요. 설마하니 아버님이 염소이백 마리가 한계라고 말씀하시던가요? 혹, 저들과 전투를 벌일 생각으로 오신 건 아니겠죠, 그 인원으로?"

말문이 막힌 스벤은 대답을 못 했다. 그렇다. 그가 허락받은 수는 애초에 오백이었다. 그리고 영주의 명령은 울리케의 구출과 교섭이었다. 그 외에 받은 명령은 아직까지 전무하다.

"일 년에 양 삼백육십 마리라고? 그리고 우리더러 인간과 그인간의 재산을 보호하라는 말인가?"

다른 한 오십장이 물어왔다. 울리케가 대답한다.

"그렇다! 잘 보호해야 할 것이다. 그게 너희들에게 지불할 염소가 될 테니."

"드리츠라면 몰라도, 잉겐까지는 너무 멀다!"

또 다른 오십장이 외쳤다. 그러더니 모든 오십장들끼리 쑥덕거리며 대화하기 시작했다. 마치 눈앞의 스벤을 비롯한 다른 모두가 안중에도 없다는 듯이.

스벤은 기가 막혀 하는 표정으로 그 광경을 보았다. 이러한 전개는 그의 예상을 초월해도 한참을 초월한 것이었다. 적어도 이 교섭의 주도자는 자신일 거라 생각했다. 문약한 영주의 딸은 그저 살아만 있어도 다행인, 그저 이 교섭의 대상일 뿐이라고만 생각했다. 하지만 지금 그 교섭 대상은 교섭 주체가 되고 있다.

"조건 자체는 좋다. 하지만 잉겐까지는 멀기 때문에 효과적인 순찰을 수행하려면 인근에 중간 기지가 필요하게 된다."

오십장들의 의견을 정리해 말을 걸어온 것은 아우케트였다.

"문제없다. 잉겐 동쪽 산을 이용해라. 아버님께 너희가 산을 이용할 수 있도록 하겠다."

"마지막 문제는,"

아우케트가 이따위 이야기가 정말 싫다는 듯이 말을 꺼냈다.

"너를 보냈을 때, 향후 너희가 우리를 공격하지 않고 이 계약을 수행할 거라는 보장이 없다는 것이다."

"그건 우리도 마찬가지다!"

남의 일인 양 멍하니 대화의 흐름을 보고 있던 스벤이 이 대목에서 울컥하여 말했다. 아우케트는 그를 힐끔 쳐다보곤 시선을 다시 울리케에게 돌렸다. 울리케는 어쩔 수 없다는 듯이 작게 한숨을 내쉬고 좌중을 한 바퀴 돌아보았다.

"그렇다면 쌍방 모두 인정할 공증인을 두겠다."

아우케트와 스벤을 비롯, 모두의 표정이 의아해졌다.

'빌러디저드 님.'

— 좋은 꿈 꾸어라.

'그게 아닙니다! 이젠 좀 도와주셔야겠습니다.'

— 말하거라.

'아마 곧, 아버님의 기사들과 사람들이 올 것입니다. 모두가 담판을 지으려 하겠지요. 저는 쌍방 모두에게 이익이 될 조건을 제시할 것입니다.'

— 그런데?

'문제는 쌍방 모두가 서로에 대한 신뢰가 없다는 점입니다. 이 반목과 편견은 오래된 것이니까요. 하지만 변화의 여지가 없는 것은 아닙니다. 그게 며칠간 제가 이곳에 머물면서 느낀 것입니다.'

— 그래서?

'그러니, 교섭이 일어났을 때, 빌러디저드 님이 중재의 역할을 해 주셔야겠습니다. 아니 좀 더 정확히는, 중재는 제가 할 것입니다만 빌러디저드 님의 권위가 필요합니다.'

— ……지금 린트부름의 올바른 적생자인 나, 빌러디저드를 인감도장으로 쓰겠다는 말인가?

'그것이 격조에 누가 됩니까?'

― 좋다. 너의 영주와 교섭하기 전, 하나의 좋은 실적이 되 겠지.

전날 밤의 꿈이었다.

"용이다, 용! 우라질, 용이라고! 맙소사, 어머니! 저게 정말 용 일까?!"

랄로프가 고함을 지르며 말 고삐를 잡아당겼다. 순식간에 인 마가 모두 뒤엉키며 대열이 헝클어졌다. 슈타크는 그야말로 눈 이 튀어나올 것 같은 표정을 하다 스벤에게 뒤통수를 얻어맞고 서야 우왕좌왕이라도 하기 시작했다. 시그리드는 미간을 잔뜩 긴장시킨 채 산 너머에서 나타나 다가오는 검은 용에게서 시선 을 떼지 않았다.

좀처럼 표정을 허물어트리지 않는 고블린 오십장들조차 얼 이 빠진 것 같았다. 심지어 아우케트조차 턱을 떨어트렸다. 그 래도 그들은 스벤과 그 기마대보다는 더 침착해 보였다. 다만, 그들 후방의 이백오십여 고블린 병사들은 일제히 소란을 일으 키며 분대와 병단의 구분 없이 마구 뒤섞이고 있었다. 십장들 은 그들을 정돈시키느라 고래고래 소리를 질러댔지만, 그 고함 의 절반은 분명 비명이었다.

그러거나 말거나, 거대한 검은 용은 느릿하게, 하지만 참으로 비현실적인 가벼운 움직임을 보이며 그들 앞에 착륙하였다. 펼럭이며 갈무리된 용의 날개 가죽으로부터 독특한 체취를 담은 미풍이 그들의 털과 머리카락을 스쳐 갔다. 다음 순간 충격과 같은 침묵이 일대를 지배했다.

"어서 오시옵소서, 빌러디저드 님. 나흘 만에 뵙습니다."

울리케만이 일대의 분위기에 아랑곳하지 않고 상큼하게 다가가더니 다년간에 걸쳐 몸에 밴, 숙련된 귀족 영애의 몸짓으로 우아한 인사를 건넸다. 검은 용이 입을 열었다.

"교섭은 잘 되었는가?"

"네, 고하겠습니다."

울리케는 몸을 돌려 다른 이들을 향해 서더니 앞서 논했던 계약 조건을 다시 한번 정리해 선언하듯이 읊었다. 그리고 거기에 마지막 말을 덧붙였다.

"……이상의 내용에 대해, 린트부름의 올바른 적생자이자 본 영지의 후견으로서 입지를 고려하시는 지고의 존재, 빌러디저드 님께서 확인하시고 언약의 권능을 더해 보증하십니다. 어느 쪽이든 계약의 불이행은 빌러디저드 님의 권위에 대항한 것으로 간주될 것이며, 향후의 교섭과 재계약 시에 불이익을 받을 것입니다."

말이 끝났지만 아무도 쉬이 입을 열지 않는다. 그 중 유일하게 시그리드만이 희미하게 웃는 듯한 낯으로 그와 용을 보고 있었을 뿐, 나머지는 모두 꿀 먹은 벙어리 같았다. 마침내 조금 답답해진 울리케는 직접 촉구하기로 한다.

"달슨 경."

"……네. 네? 아가씨. 말씀……, 하십시오."

"동의하십니까?"

"……동의합니다."

엄밀히 말해 스벤에게는 이에 동의할 자격이 없었다. 그러나 지금 그는 그런 사실조차 챙길 정신이 없다.

"아우케트."

"……나는 총지휘관이 아니다."

이 고블린 오십장은 조금 더 여유가 있는 모양이다. 그 말을 긍정으로 받아들인 울리케는 고개를 갸웃하더니, 다른 이를 부른다.

"그럼, 두카르?"

이름을 불릴 거라 예상하지 못한 두카르는 흠칫하더니 불쾌하다는 표정으로 외면한 채 마치 뒤에서 험담하듯 중얼거렸다.

"반대 않는다."

그의 시선이 다른 세 오십장들에게 향하자, 그 눈길이 마치 자신들을 쏘아 죽이기라도 한다는 듯, 질겁하며 그들은 질세라 고개를 끄덕인다. 마침내 만족한 울리케는 모두를 스윽 훑어보더니 몸을 돌려 검은 용을 올려다보았다.

"끝났습니다. 이제 집에 가지요."

용은 모두를 내려다보며 말했다.

"어차피 내가 머물 데는 못 된다. 먼저 가서 기다리거라. 오늘처럼 부르면 된다."

"받들겠나이다."

이 모든 일의 진행에 대해 쓰다 달다 말도 없이, 용은 몸을 둥실 일으켰다. 그러고는 왔던 것처럼 사라졌다. 말없이 그 사라지는 모습을 배웅하던 울리케의 곁으로, 아그니르의 말이 총총 다가왔다.

"……울리케?"

"아그니르."

며칠 전만 해도 다신 못 볼 거라 생각했던 동갑내기 자매를 맞이하며, 그는 기쁜 듯이 말했다.

"돌아가자. 천천히 설명할게. 참, 아우케트!"

그가 아우케트를 손짓해 불렀다. 마치 그가 부를 것을 예상하고 있었다는 듯, 그는 선선히 늑대를 끌고 다가왔다.

"왜?"

"같이 가자. 아버님과 계약에 대해 논하려면 어차피 너희도 대표 교섭인을 보내야 한다. 이 계약이 유효한 한, 이제 일 년 동안은 이 영지에서 고블린과 인간은 서로 적이 아니다. 너의 안전은 내가 보증하지."

아우케트는 검고 심원한 고블린의 눈으로 말없이 그를 바라보다 어깨를 으쓱이며 이렇게 대꾸했다.

"네가 아니라 용이 보증하는 것이 아닌가? 아무튼 좋다."

제 5장

아우케트 칸 아디우크는 고블린이다.

그는 인간 식으로 말하자면 남성이며, 오 년 전에 오십장의 지위를 득한 고블린 늑대 기수이기도 했다. 열아홉 세라는 나이는 인간들의 시선에 관록을 가졌다고 생각되기 힘들겠지만, 성장이 빨라 이미 세 살부터 다 자란 것으로 치는 그들의 문화에서 그는 이미 충분하게 장성한 한창때의 어른이었다. 일반적으로 고블린들은 세 살에 병영의 잡무를 거드는 일부터 시작하며 틈틈이 기초 군사훈련을 받게 된다. 그러다 다섯 살에 처음 창과 방패를 잡고 열 마리로 구성된 분대의 병사로서 군무에 나서기 시작하는데, 오 년을 생존하여 복무하게 되면 열 살에 늑대 한 마리를 받고 십장이 될 자격을 갖추게 된다. 물론 편제의 사정에 따라 실제 십장이 되는 것은 좀더 늦어질 수도 있긴 하지만.

그리고 십장이 된 고블린 기수는 상황에 따라 언제든 오십장에 선출될 수 있다. 오십장은 십장들끼리의 동의나 결투에 의해 결정되며, 상황에 따라 자격을 잃을 수도 있었다. 아우케트는 열세 살에 십장이 되고 이듬해 바로 오십장이 되었으며 그로부터 지금까지 그 지위를 잃지 않았다. 그에 대한 주변 고블린들의 평가는 약간 극단적이었다. 나쁘게 말하는 쪽은 그에 대해 이르길, 이길 싸움이 아니면 절대 하지 않는 겁쟁이라 했고, 좋게 말하는 쪽은 그가 결코 패하지 않는 장수라 했다. 아우케트 역시 숭무(崇武)를 소중히 하는 고블린들의 일반적인 가치관에서 별로 벗어나지 않는 이였지만 다른 고블린들과는 조금 다른 사고방식을 가졌다.

지난 구 년간 그의 곁에서 손발처럼 움직여온 숲흑늑대 '칸'이 고개를 들고 낮게 으르렁거렸다. 아우케트는 그것이 '아군은 아니지만 안면이 있는 존재의 접근'을 의미한다는 걸 알았다.

"들어가도 되겠는가, 아우케트?"

"……인간들은 매번 그런 걸 물어보기 위해 문짝이란 걸 발명한 건가?"

"문짝을 발명했기 때문에 그런 걸 묻기 시작한 것이겠지."

어쨌건 '들어와도 좋다'라고 알아들은 울리케가 나무문을 밀고 들어왔다. 그러고는 바구니를 내밀었다.

"식사다. 무얼 좋아할지 몰라 조금씩 챙겼다. 간밤에 잘 쉬었는가?"

"괜찮았다."

아우케트는 아무렇지 않게 말했지만 인간들의 냄새로 가득한, 그러니까 그들의 상식선에서 보자면 적진 한가운데에서 보낸 하룻밤이었다. 그러나 이 대범한 고블린은 울리케가 겪은 지난 며칠의 고초와 맞바꿀만하다고 여기며 이렇게 그냥 넘겼다. 바구니를 받아든 아우케트는 마침 날돼지고기를 발견하고 그것을 칸에게 던져 주었다.

"이름이 칸이었나?"

늑대를 보며, 울리케가 묻자 아우케트는 염소고기 육포를 손에 들고 고개를 끄덕였다.

"그렇다. 나의 가운데 이름이기도 하지. 늑대를 받고 십장이 되면 자신의 늑대 이름을 짓고 그것을 자신의 이명으로 삼기 시작한다."

"오, 그런 것이었나? 그럼 아디우크는? 고블린도 가명(家名)이 있는가?"

"아니다. 성(姓)은 없다. 그 또한 오십장으로 선출될 때 지어진다. 부하 십장들이 올리는 이름이다."

"그럼, 늑대를 잃거나 오십장 자리에서 물러나면?"

"이름을 잃는다. 늑대를 잃어버린 고블린은 두 번 다시 십장 이상이 될 수 없다. 여생을 병사로 보내야 한다. 때문에 대개는 전사(戰死)를 택하거나 자진을 하지. 고블린에게 늑대를 잃는다는 것은 그런 것이다."

울리케는 눈을 빛내며 흥미롭게 들었다. 어디에서도 들을 수 없었던 고블린들의 문화 이야기다. 이것은 그의 탓이 아니었다. 그런 것에 관심을 가지고 기록으로 남긴 인간이 없었기 때문이다.

그들은 피어클리벤 성 내의 방문객 공관(公館)에 있었다. 지난밤 드리츠로부터 모두가 말과 늑대를 달려 도착한 직후, 아우케트는 이곳에 안내되었다. 그는 노숙도 상관없다 말했지만, 성 안팎의 사람들에게 고블린과 늑대가 불러일으킬 소동을 겪게 할 수는 없었다.

"조금만 기다리면 모두와 함께 아버님을 뵐 것이다. 더 자세한 이야기는 그때 하겠지만, 너에게는 기대하고 있다."

"무얼 말인가? 나는 우리들의 입장을 대변할 자격이 없다."

"그건 충분히 이해하고 있다. 어차피 계약은 용에 의해 공중되었고, 내용상의 변화는 없을 것이다. 다만 이 전례 없는 협력에 대해 아버님을 포함한 많은 이들이 염려를 보일 테지. 내가 본 너는 피를 흘리는 것보다 상호 간 이익과 대화에 무게를 두는 남자이다."

누가 들었다면 고블린을 일컬어 '남자'라는 단어가 부적절하다고 여겼을 것이다. 하지만 울리케는 구태여 그 단어를 골랐고, 아우케트는 입을 씰룩거렸다. 하지만 울리케의 말은 아직 끝나지 않았다.

"그러니 협상에 임한 너의 태도가 중요하다. 내가 보고 느낀 것과 같은 것을 아버님도 느끼길 바란다."

"무얼 보고 그리 판단하는지 모르겠다."

아우케트는 딱 잘라 부정했다. 그러자 울리케가 고개를 갸웃거리며 말했다.

"그렇지 않았는가? 내가 본 너희의 가치관은 대개 두카르가 보여준 것과 같았다. 하지만 너는 폭력보다 대화를 중시하지 않는가."

"그렇게 보였는가? 아니다. 내가 두카르를 두들겨 팬 걸 잊지 마라."

아우케트가 말이 이어진다.

"나는 확실히 나의 형제들보다 '대화'를 중시한다. 하지만 그 대화를 폭력으로 강요한다면, 과연 내가 대화를 중시한다고 말할 수 있겠는가? 내가 생각하는 이득과 합리를 위해 타인에게 불합리를 강요하는 것은 폭력이 아닌가? 그것이 결과적으로 아무리 모두에게 이롭다고 해도 말이다."

울리케는 마음속으로 입을 벌렸다. 미처 그가 생각하지 못한 부분과 논리였다. 그리고 순간적으로, 은연중 자신이 범하고 있던 오류를 생각했다. 자신의 앞에서 무심히 육포를 뜯고 있는 이 고블린이 그것을 지적해낸 것이다.

"……바로 네가 그런 이야기를 할 수 있기 때문에, 나는 기대를 하고 있다."

가능했다면 좀더 깊은 대화와 생각을 나누고 싶었지만, 지금은 그럴 때가 아니었다. 그는 약간 부끄럽기도 하면서 그를 데려온 자신의 판단이 옳았다고 느끼며 내심 기쁘기까지 했다. 아우케트는 별다른 말을 덧붙이지 않은 채 식사에 몰두했다.

피어클리벤 성에는 회의실이라 말할 만한 장소가 없었다. 워낙에 가신의 수가 얼마 되지 않았고, 영주의 집무실조차 좁았던 것이다. 그래서 남작과 스벤, 문관 에이드리크, 시그리드의 일행 넷, 울리케와 아우케트, 마지막으로 디드리크까지 도합 열 명은 성의 중앙 만찬실에 모였다. 디드리크는 자신도 이 자리에 합석하여 앉아야 한다는 데 창백해졌고, 그래서 울리케는 그가 자신의 뒤에 서 있도록 배려하였다.

좌중은 모두 이 기묘한 구성에 각자 조금 당혹해하고 있었다. 무엇보다 눈길을 끄는 것은, 말석이지만 영주의 정면에 자리 잡은 고블린 아우케트였다. 그리고 그의 곁엔 명백히 맹수인 늑대 칸이 있다. 거기에 디드리크의 곁엔 흰이리개인 사우트까지 있었으니, 이 거대한 개와 그보다 더 거대한 늑대가 서로를 의식하며 뿜어대는 공기는 성의 만찬석에 도무지 어울리지를 않는 것이다.

아버지와 딸은 이미 어젯밤 정다운 재회를 마쳤다. 그래서 이 자리에서 다룰 것은 완전히 공적인 사안이었다.

"우선은 제가 말씀드려야 하겠지요."

입을 연 울리케는 빌러디저드에게 납치되고 그 이후 일어났던 일에 대해 이야기하기 시작했다. 그것은 그가 처음으로 자신이 겪은 일을 소상히 누군가에게 전하는 작업이었다. 디드리크에게도 짧고 간단하게만 전했던 이야기다. 하지만 이 자리에서까지 그래서는 곤란하다. 용이 자신과 영지를 후견하기로 했다는 이 충격적인 사건의 '설득력'을 전해야 하니까. 울리케는 그것을 확실하게 다음과 같이 정리하였다.

"……그러므로 이유는 다음과 같습니다. 첫째, 빌러디저드 님은 우발적으로 저를 납치했지만 대화를 통해 모종의 흥미를 느껴 저를 놓아주시고자 했습니다. 하지만 이미 일어난 일 때문에 저의 생환은 빌러디저드 님의 존재를 알릴 것이고, 그에 따라 인간의 칼이 자신을 향하는 귀찮은 상황을 피하고자 하신 것입니다. 그 방법 중 하나가 영지에 '공식적으로' 머무는 것이지요."

"둘째는?"

흥미롭게 듣고 있던 영주는 딸에게 물었다.

"둘째는, 빌러디저드 님도 결국은 린트부름의 자식, 재화와 부를 원하십니다. 하지만 아버님도 아시다시피 저희는 가난하지 않습니까?"

영주의 시선이 잠깐 허공에 머물렀고, 에이드리크는 무엇이 송구한지 헛기침을 했다. 스벤은 우는 듯 웃는 표정이었다.

"······그러므로 영지의 부강에 지혜를 보태시겠다 했습니다. 속되게 말하자면, 본 영지를 밑천 삼아 그를 통해 벌어들일 수익을 기대하시는 것이지요. 여기까지입니다."

부에 대한 용의 탐욕은 너무나 유명하다. 지나친 축재(築財)를 경계하는 속담에서도 용이 언급될 정도니까. 그러므로 울리케가 설명한 내용은 명쾌할 정도로 모두에게 간단히 받아들여졌다. 잠시 생각하던 문관 에이드리크는 주군에게 허락을 구하고 말을 꺼냈다.

"용이 어떤 지혜를 보태고 어떻게 부를 늘리는지는 여기서 다룰 이야기가 아니므로 넘어가더라도, 그렇다면 그렇게 수익이 났을 때 과연 용은 어떤 이익을 얼마나 가져가는 것입니까? 이것을 세금처럼 다루어도 되겠습니까?"

"아닙니다."

울리케가 대답했다.

"그런 자세하고 실무적인 논의는 아직 아무것도 하지 않았습니다. 그것은 빌러디저드 님과 아버님, 그리고 필요하다면 공(公)이 배석한 자리에서 앞으로 논의될 것입니다. 그러므로 확답드릴 수는 없습니다만, 세금처럼 일정한 비율에 의한 지급 따위는 아닐 것입니다. 아마 그러한 것에는 애초 관심도 없으실 겁니다."

"그게 무슨 말씀입니까?"

"물정 모르는 처녀의 말로 생각하셔도 하는 수 없습니다만,

제가 느끼는 빌러디저드 님의 흥미는 결과로서 얻어질 부 자체보다는 그것을 쌓아 올리는 수단과 행위 일체에 더 가닿아 있다고 여겨집니다. 지난 며칠간의 여정에서 제가 직간접적으로 느낀 것은 그러했습니다."

보수적이고 신중한 이 중년의 문관은 말을 하지 않았다. 말 그대로 자신의 반밖에 살지 않은 아가씨의 '감'에 불과한 이야기임은 맞으나, 그 아가씨는 알 수 없는 저력으로 허기진 용의 입을 벗어났고, 또 고블린들의 손에서도 무사히 빠져나왔다. 그것도 단순한 탈출이 아니라 거래 상대로서 대동하고 말이다.

"용에 관한 이야기는 그것으로 됐다. 울리케의 말대로 이후는 용과 직접 나누지. 이 이야기는 그것으로 끝내고, 이제 두 번째 안건이로군."

영주의 말이 끝나자, 일제히 모두가 고개를 돌려 아우케트를 보았다. 그는 턱을 만지며 자못 흥미로운 듯 지금까지의 이야기를 듣고 있었다. 그러다 모두의 시선을 받자, 멈칫하고는 입을 열었다.

"오십장, 아우케트 칸 아디우크다. 하지만 나는 군의 총지휘관이 아니라는 점을 우선 밝혀둔다."

설명을 요구하는 표정이 된 영주를 보고, 울리케가 재빨리 자신이 들었던 고블린들의 제도에 대해 이야기했다. 십장, 오십장, 오백장에 이르는 이야기는 모두에게 새로운 것이었기에 다들 귀를 바짝 기울이며 들었다. 특히 시그리드의 모험가 일행이 가장 흥미진진한 표정이었다. 모험가들이야 일반적으로 마수로 분류되는 고블린에 관해 보통 사람들보다 많은 지식을 갖고 있긴 했지만, 이토록 상세한 제도에 관해서까진 알 도리가 없었으니까. 이야기가 끝나자마자, 기다리고 있던 아우케트가 거기에 말을 덧붙였다.

"그러므로, 본래라면 오십장 모두가 와야 하지만 이런 일로 우리의 성을 비울 수도 없고, 그의 직접적인 요청이 있었기 때문에 나 혼자 왔다."

영주는 천천히 고개를 끄덕였다. 뒤이어 다시, 울리케가 교섭 내용을 이야기했다. 용이 그것을 보증했다는 사실과 함께.

용이 보증하였다. 그렇다면 사실 그것으로 끝난 게 아닌가? 어떤 미친 자가 그 계약 내용에 가타부타 토를 달겠는가? 남은 것은 오로지 그 계약 내용을 이행함에 있어 어떤 문제가 없는가를 신속하게 검토하는 일이다. 영주를 포함한 모두 그에 이견이 없었기에, 대화는 빠르게 진행되었다.

"잉겐의 동쪽 산을 내준다고 했는가? 문제는 없겠는가?"

영주가 양 문무관에게 묻자, 우선 에이드리크가 대답했다.

"잉겐도 목양이 주 산업이고 동쪽 산은 그들의 생활에 별 가치가 없습니다. 다만 부근에서 임산물을 약간 자급해 쓰는 것으로 알고 있습니다. 그들과의 마찰만 없다면 괜찮습니다."

다음은, 스벤의 말이다.

"고블린들이 그곳을 방어해준다면 오히려 마수들로부터 마을을 지키는데 용이합니다만, 그곳은 북쪽 백작령으로부터 주기적으로 순찰대가 오가는 곳입니다. 그들과 마주치지 않도록 주의해야 합니다."

영주가 고개를 끄덕였고, 맞은편 먼 자리에 앉아 있던 아우케트도 동조하듯 고개를 끄덕였다. 그가 입을 열었다.

"우리도 문제는 약간 있다. 이동 거리를 생각해볼 때 적어도 둘의 오십장을 파견시켜 잉겐과 드리츠 사이를 순찰해야 한다. 그러면 우리 성의 방어가 너무 얇아진다."

"그러나 그 방어는, 어디까지나 우리와 싸울 것을 염려한 것이 아닌가? 계약에 의해 우리가 우방이 된다면, 방어가 지금만큼 견고하지 않게 되더라도 문제가 없지 않은가?"

스벤의 지적이었다. 아우케트는 피식 웃었다.

"그렇다. 언제나 인간은 우리의 주적이었으니까. 하지만 불안한 것은 사실이다. 근본적인 해결책은 우리의 수가 느는 것이지만, 제대로 충원이 되려면 사오 년은 걸린다."

"사오 년? 그렇게 빨리 인원이 해결되는가?"

은연중에 여전히, 고블린을 잠재적인 위험으로 여기는 스벤이 긴장하며 물어왔다. 그런 그의 말 속에 담긴 것을 아는지 모르는지, 아우케트는 말했다.

"아, 우리는 빨리 자란다. 세 살이면 투입 가능한 전력이 되지. 그리고 우리는 인간과 다르게 출산 조절이 매우 유연하다. 충분한 환경과 물산이 갖추어지면 급수적으로 늘어난다."

"누님, 급수가 뭐유? 억!"

랄로프의 멍청한 질문과 그의 허벅지를 꼬집은 브륀힐데 덕분에, 어쩌면 긴장될 수도 있었던 분위기가 순식간에 풀어졌고, 다행히 누구의 눈총도 받지 않았다. 그들 쪽에 앉아서 그 꼴을 본 에이드리크는 씁쓸하게 웃기까지 했다. 스벤은 고민된다는 표정으로 중얼거렸다.

"정말이지, 적대한다면 귀찮기 짝이 없는 상대겠군."

"아우케트."

스벤의 무심한 말이 고블린의 심기를 사납게 할까 봐서였을까? 울리케는 그의 말을 가로막아 지우듯 아우케트를 불렀다.

"걱정할 필요 없지 않을까? 우리는 이제 곧 용을 우방으로 두게 된다. 그리고 너희도 우리의 우방이다. 다시 말해, 유사시 용은 너희의 우방이 된다. 빌러디저드 님은 분명하게 그리하실 것이다."

"아, 그렇게까지 할 필요는 없다. 고마운 말이지만, 그 말은 나만 들은 것으로 하지."

"어째서인가?"

울리케가 물었다. 아우케트가 답한다.

"내 형제들의 염려는 오로지 하나. 이 계약을 이행함에 있어 너희 인간이 우리를 배신하지 않는가이다. 그리고 그것을 용이라는 언약의 화신으로 보증하였다. 하지만 용이 너희의 우방이라는 것은 내 형제에게 알려져 있지 않다. 만일 알려진다면, 형제들은 이렇게 생각할 수 있다. 교섭의 중재자가 애초에 상대의 편에 서 있다면, 이 계약은 언제든 뒤집힐 수 있는 게 아닌가 하고 말이다."

영주의 눈이 빛났다. 그리고 그걸 본 울리케는 속으로 만세를 부른다. 하지만 내색하지 않은 채 짐짓, 아우케트에게 딴죽을 걸었다.

"그건 몰라서 하는 말이다. 용은 언약을 결코 깰 수 없다. 그것은 그들의 권능에 이면한 일종의 굴레다. 신의 벌이다."

"그런가? 그게 사실이든 아니든 별로 중요하지 않다. 내 형제들은 본 것만 믿으려 할 것이다. 그러니 용에 대해 일천한 우리의 지식은 놔두고, 차라리 유사시 너희 인간의 도움을 주겠다는 약속과 성의가 오히려 낫다. 어쨌건 이 계약의 당사자는 우리들이니까. 그래서 말인데, 인간의 영주."

"나는 피어클리벤의 지주이다. 인간 모두의 영주가 아니다."

그의 말에 집중하고 있던, 그래서 단어와 문장의 엄정함에 신경 쓰는 남작의 지적에 아우케트가 고개를 끄덕이며 말했다.

"그래, 피어클리벤의 영주. 권유가 하나 있다. 당신의 딸은 일전에 우리에게 자신이 대사의 자격으로 우리를 방문한 것이라 선언한 바 있다. 이는 어느 모로나 즉흥적인 이야기였겠지만, 일이 이렇게 흐른 이상 아주 좋은 생각이라 여겨진다. 그러니 그에게 고블린·대사의 지위를 정식으로 위임하고, 앞으로 향후 우리와의 교류와 의사전달 책임자로서 임명하기 바란다."

이 지점에서 자신이 언급되리라 예상치 못했기에, 울리케는 놀랐다. 그런 딸의 얼굴을 힐끔 보고, 영주가 물었다.

"왜 하필 내 딸인가?"

"첫째로, 우리와 면식이 있기 때문이다. 둘째로, 그는 이 모든 계약 내용의 고안자이다. 셋째로, 그는 우리 모두의 앞에서 용을 불러내었다. 마지막으로, 사실상 우리에게 억류되었던 '인간 여자' 포로가 태연히 나타나 우리와 교류한다는데서 오는 일종의 역설적 당당함이다. 이 모든 이유들로 인해 그는 가장 적합하고 효과적인 대사로 활동할 수 있다. 본래라면 너희 쪽에서는 우리에게 군사를 대동한 기사를 보내 접촉하려 할 것이다. 하지만 그가 오면 확실하게 분위기가 누그러진다. 그리고 그럼에도 불구하고 우리 중 누구도 그를 함부로 대하지 못한다."

"으하하!"

참지 못하고 별안간 짧게 터진 영주의 웃음이다. 좌중이 그를 돌아보자, 그는 손으로 입가를 훔치며 표정을 정리했지만 여전히 눈은 웃고 있었다. 그리고 그런 그와 딸의 표정이 닮아갔다.

"알겠다. 고블린 오십장, 아우케트 칸 아디우크. 경……, 경이라 해야 하는가? 고블린을 대하는 외교적 선례가 아무 데도 없구나. 그렇지 않은가, 에이드리크?"

"네, 없습니다. 그러므로 선례를 만드시옵소서."

에이드리크가 답했다. 영주는 고개를 끄덕였다.

"단순 비교는 어렵지만 당당히 오십의 병력을 인솔하는 자다.

기사에 준하는 예로 대해도 문제가 없겠지. 이를 비판하는 이들은 영지의 우군으로 고블린을 두지 못한 가엾은 영주들 말고는 없을 것 같군."

모두의 얼굴에 각자 다른 빛깔의 미소가 들불처럼 확 번졌다. 심지어 아우케트조차.

"그러면 아디우크 경, 경의 의견을 받아들여 내 딸에 그 중임을 맡기지. 향후 모든 대화는 그를 통해서 하겠다."

"알겠다."

"참, 혹시 염소만 먹는가? 염소 말고 다른 건 원하지 않는가?"

영주가 묻자, 에이드리크가 고개를 번쩍 들고 아우케트를 보았다. 역시 염소의 대량 출혈을 걱정하던 영지의 살림꾼이기 때문일까? 아우케트는 느긋하게 대답한다.

"인간이 먹는 것은 우리도 모두 먹는다. 타래염소를 데려가려 한 것은 북방의 마을에서 마땅히 구할 것이 그뿐이었기 때문이다. 우리는 목양을 하지 않으므로 염소는 대부분 즉각적으로 도살된다. 버릴 데 없이 쓰는 동물이지만, 염소만 많이 받는 것도 문제가 없지는 않지."

아우케트의 대답이다. 이에 영주의 허락을 구한 에이드리크가 그에게 물었다.

"그러면 너희……, 아니 경에게 보낼 염소들의 일부를 다른 현물로 해도 되겠소? 영지 내에서 상대적으로 더 남는 식재료로 말이오. 대신 그런 경우 마땅히 교환비를 조절해 양을 더 많이 쳐 주겠소."

"오십장들과 이야기해보겠지만 거의 문제 없을 것이다. 오히
려 좋은 생각이다."

예의를 별로 신경 쓰지 않는 아우케트의 대답이다. 영주가 고
개를 끄덕였다.

"좋다. 이 이야기는 여기까지 하고, 이제 마지막으로 상찬이
남았구려."

모두의 눈길이 모험가들에게 향했다. 그러자 그가 이 자리에
서 처음으로 입을 열었다.

"에다의 경전을 암송토록 허락받은 시그리드 유세트라 합니
다."

"늦었지만 딸을 위해 애써주신 것을 감사하오."

남작은 공대를 했다. 그러자 그가 말했다.

"아닙니다. 저희는 의뢰를 실패한 것입니다. 상찬받을 것이
없습니다."

엄정한 사실이었다. 시그리드 일행이 드리츠에 도착했을 때
는 이미 울리케가 용으로부터 안전해지고 고블린들에게 잡혀
간 이후였다. 고블린들의 위치도 울리케의 고집과 디드리크의
수고로 어차피 알려진 것이다. 결과적으로 울리케의 구출에서
시그리드 일행이 담당한 부분은 전무했다.

하지만 기묘한 데서 이의가 제기되었다.

"그렇지는 않다."

아우케트였다. 모두가 그를 돌아보았다.

"트롤들과의 교전이 일어난 이튿날 나와 나의 부대가 드리츠를 방문했었다. 그때 나와 대면한 것이 그들이었다."

아우케트는 그날의 일을 상세히 설명하기 시작했다. 울리케를 포함, 대부분에게 새로운 이야기였기에 좌중의 흥미가 집중되었다. 당사자인 시그리드 일행조차 상대방의 시각에서 듣게 되는 이야기가 신선했기에 주목하게 된다.

"나의 형제 오십장들은 트롤과의 전투로 입은 피해를 피로써 보상받길 원했다. 특히 그날 파수탑 근무조였던 두카르가 그러했다. 나 혼자만으로는 그를 만류할 수 없었기에 그나마 최대한 피해를 억제코자 할 수 없이 내가 나간 것이다. 만일 그때 저들이 마을을 지키고 있지 않았더라면, 나는 별수 없이 마을에 불을 지르고 염소를 강탈해와야 했다. 저들이 있었기에, 나는 불가피함을 얻고 되돌아올 수 있었다."

"하지만 그것은 의도한 바도 아니었고, 애초에 의뢰 내용은 더더욱 아닐뿐더러, 당신들에게 트롤을 던져넣은 건 결과적으로 우리다."

시그리드가 말했다. 그러자 아우케트가 어깨를 으쓱하며 답했다.

"애초에 트롤이 그 자리에 나타난 불상사다. 그런 식으로 따지면 트롤이 존재하는 것 자체가 모든 일의 원흉이다. 결과만을 놓고 보아라."

"유세트 경은 말하길, 트롤이 나타나지 않았다면 고블린들의 산채에 침투해 아가씨의 구출을 시도했을 것이라 말했습니다."

스벤이 그를 두둔하듯, 영주에게 말을 올렸다. 이에 영주는 아우케트에게 물었다.

"이들이 내 딸을 구해낼 수 있었을 거라 보는가?"

"인간의 요술쟁이는 상대할 도리가 없다. 그렇게 되지 않은 것이 천만다행이다."

물을 것도 없다는 아우케트의 선언에, 영주는 빙긋이 웃고 시그리드에게 말했다.

"그렇다고 하오, 유세트 경. 경과 그 동료들이 이 영지에 머물고 드리츠에 머문 건 모두에게 행운이오. 비록 의뢰 내용과 빗나간 결과이지만 이 또한 좋은 결과이니 걸맞은 마땅한 상찬을 하겠소. 스벤, 처음 약속했던 금액대로 지불하라."

"받들겠나이다, 주군."

"감사합니다."

이렇게 되면 더 사양할 것도 없었다. 시그리드는 그저 받아들였고, 그 옆에는 대책 없이 표정이 늘어지는 랄로프가 있었다. 그저 줄달음질 한번 치고 두둑한 보상을 챙기게 된 것이다!

"디드리크를 잊지 마세요, 아버지."

싱글벙글하며 그때까지의 모든 것을 보고 있던 울리케가 영주에게 말했다. 그 말에 영주는 눈을 돌리고 딸의 뒤편에서 긴장해 꼿꼿해진 소년을 보았다.

"그래. 울리케를 무사히 드리츠까지 안내하고, 이후 다시 고 블린 산채의 위치까지 따라갔으며 모험가들을 안내했다. 제각 각 작은 공이지만 모두 더해 칭찬을 받기에 부족함이 없구나."

"황, 황공하옵니다요, 마님."

디드리크의 영혼은 지금 이 자리에 없을 것이다.

"그러면 어떤 상이 좋겠느냐? 울리케, 생각한 바가 있느냐?"

"디드리크는 기사가 되고 싶어 합니다."

이제 큰 안건이 모두 지나가고 긴장이 풀려있던 탓일까, 좌중 에 웃음이 번졌다. 킥킥거리는 소리도 들린다. 영혼이 허우적거 리는 소년의 얼굴이 새빨개졌고, 스벤은 귀엽다는 듯이 그것을 보았다.

"나이가 조금만 어렸다면 무리해서라도 향사로 받았겠지 만……."

영주가 진심으로 아쉽다는 듯이 말한다. 그러고는 총애하는 자신의 무관에게 의견을 구했다.

"스벤, 어찌하면 좋을까?"

"나이는 어쩔 수가 없습니다. 그러니, 성의 상비군으로 두시 지요."

그 이야길 들은 울리케가 몸을 돌려 디드리크를 보곤 물었다.

"어때, 디드리크? 그저 병사지만, 새 군복과 무구, 검과 방패 와 창이 지급된다. 군사훈련은 고되지만 제대로 검술도 배울 수 있고, 기마도 훈련한다. 그리고 나중에 언젠가 공을 세운다면 기사가 될 수도 있는 길이야."

깡촌에 살던 소년이 기사를 꿈꾼 것에 별 이유는 없었다. 그
것은 순수한 동심에서 비롯된 것이고 그저 칼을 차고 말을 달
리는 행위에 대한 동경이었으며 그 동경의 상징으로 기사를 말
한 것뿐이었다. 울리케가 말한 조건은 단지 기사라는 이름이
붙지 않았을 뿐, 소년에게 '이제 네 꿈은 이루어졌어!'라고 소리
쳐주는 것이나 다름없었다. 이쯤 되어 얼굴에 핏기가 없던 소
년은 잠시 우물쭈물하다가 유일하게 마음에 걸리는 한 가지를
생각해내고 조심스레 입을 열었다.

"사우트는……, 함께 있을 수 있는 것입니까?"

이는 울리케가 대답할 수 있는 것이 아니다. 그는 고개를 돌
려 이제 곧 소년의 상관이 될 스벤을 보았다. 그리고 스벤은 영
주를 보았다. 모두의 시선이 교차되었고, 모두의 고개가 끄덕여
졌다.

"허락한다. 성을 지키는 흰이리개라니, 훌륭하지 않은가?"

영주의 말이 떨어졌고, 소년은 바닥에 엎드려 깊은 감사를 표
했다.

"나 뭔가 굉장한 걸 구경한 것 같아."

시그리드의 일행이 여행자 공관의 4인실에 되돌아온 직후,
두둑한 금화가 든 주머니를 탁자 위에 내려놓으며 랄로프가 말

했다. 라그나가 맞장구를 치며 침대에 걸터앉았다.

"금화 백 장이 굉장하긴 하지."

"아니 형님, 돈 말고!"

뭔가 억울한 취급을 당했다는 듯, 랄로프가 외쳤다. 그러곤 중얼거렸다.

"그야, 물론 들어간 수고에 비해 입이 찢어지게 후한 값을 받았으니 불만은 없지마는."

"이건 좋아하기만 할 일이 결코 아닌데요."

창가의 협탁에 자리잡은 브륀힐데의 말이다. 그의 말이 이어졌다.

"이번 일의 결과가 좋았던 데다, 자리의 분위기가 좋게 흘러가니 딸의 무사 귀환을 바랐던 영주가 후하게 굴려고 없는 살림에 자존심을 세운 거예요. 하지만 우리는 명백히 우리가 한 일의 이상을 받았어요. 적당한 수준은 금화 스무 장 정도였을걸요? 돈을 내주던 그 집사인지, 문관 봤어요? 손을 벌벌 떨던데."

"하지만! 우리는 마을을 구했어. 마을 하나의 값이 금화 스무 장이라는 거야?"

"그 고블린이 우릴 두둔한 게 좀 신기하군. 명백히 적이었는데. 그거 정말 고블린 맞을까?"

랄로프의 외침에 이어, 라그나가 말하자, 그때까지 조용히 있던 시그리드가 이야기를 시작했다.

"브륀힐데 말이 옳아. 우린 지나친 돈을 받았어. 이건 부채(負債)야. 돌려주는 게 옳다."

"제정신이오?"

랄로프가 눈을 동그랗게 떴다. 하지만 마법사는 이미 마음을 굳힌 듯하다.

"우리는 이 영지의 사정을 이미 아우셀바프에서 듣고 왔어. 숲의 마수 퇴치라는 고된 일을 자청해서 해 보려고 왔던 것은 어디까지나 좋은 의도였지, 없는 살림의 영지를 털어먹으려고 한 것이 아니야. 처음에야 일이 무사 귀환을 장담할 수 없는 것이었으니까 저쪽에서 세게 부른 보수에 군말 없이 달려갔던 것이지만, 이젠 아니잖아? 이런 경우 우리가 귀족의 체면을 살려주고 실리를 챙겨주는 게 맞다. 랄로프 말마따나 다들 뜀박질 한 번 하고, 애꿎은 나무 하나 불태운 거 말고는 우리가 딱히 한 게 있나?"

그러자 랄로프가 말없이 탁자 위의 주머니를 헤집더니 금화를 꺼내 손바닥에 놓고 울상이 되었다. 이별 준비를 하는 모양이다.

"실례하오."

그때, 문을 두드리는 소리가 나며 목소리가 들려왔다. 스벤이었다. 랄로프가 화급히 금화를 도로 갈무리했다. 브륀힐데가 다가가 문을 열었다.

"어서 오세요, 달슨 경."

시그리드가 대표로 인사했다. 스벤은 예를 표하고 말했다.

"여러분께 부탁이 있소."

"잠시만요, 실례지만 그 전에."

그의 말을 막아선 시그리드가 재빨리 말했다.

"상의한 결과, 저희가 받은 보수는 부당하다는 데 모두 의견의 일치를 보았어요. 스무 장만 받겠어요. 나머지는 돌려드리겠습니다."

스벤은 잠시 멍한 얼굴이 되더니 일행을 하나씩 훑어보았다. 다들 담담한 표정이었다. 돌아앉아 있었기에 얼굴을 볼 수 없었던 랄로프를 빼고 말이다.

"……농담은 아니신 듯하군요."

"더 받는 것은 덜 받는 것보다 나빠요. 이래 봬도 일의 가치를 따지는 데는 익숙한 떠돌이들입니다."

"참으로 감사한 말씀이오. 에이드리크가 한숨 놓겠군. 다만 영주님께는 여러분이 떠나고 난 뒤 천천히 고하겠소. 완고하신 분이라."

"이 영지민들에게 축복이지요."

시그리드가 빙긋이 웃으며 말했다. 스벤은 무어라 대답해야 할지 망설이다가 자신이 왜 왔는지 깨닫고 입을 열었다. 하지만 그 입은 헛되이 열렸다 곧바로 다시 조용히, 소리 없이 닫혔다. 방금 일어난 이 갑작스럽고 예상치 못한 일로 인해 그의 방문 목적이 흩어져 버리고 만 것을 깨달은 것이다.

애초에 스벤이 여기 온 것은 그들에게 어떤 일을 추가로 부탁하기 위해서였다. 주군의 명령이었기에 그대로 따랐으나, 역시 이들에 대한 보수가 지나치게 과하다고 느낀 것은 구두쇠 문관 에이드리크뿐만이 아니었다. 그의 우는 소리에 동의한 스벤은 이어진 상의 끝에 이들에게 '적당한' 일을 '무료로' 부탁함으로써 지급한 보수만큼의 이득을 최대한 취해보고자 온 것이다.

하지만 상황 파악과 눈치가 빠른 시그리드는 보수의 팔 할을 되돌려줌으로써 그의 입을 막아버렸다. 덕분에 성실하지만 다소 유연성이 떨어지는 기사는 이 갑작스러운 전개에 제대로 대응하지 못하고 있었다.

그런 그를 구원한 것은 역시 여전히 눈치가 빠른 시그리드다.

"부탁이 있다고 말씀하셨습니다."

"어, 음……, 솔직히 말씀드리겠소."

포기해버린 스벤이 이야기를 시작했다.

"여러분이 나머지 보수를 기분 좋게 받으실 수 있도록 생각했소. 에이드리크와 이 대단치 않은 무장의 머리에서 나온 생각들이라 별 시원한 것은 아니오. 하지만 여러분이, 특히 유세트 경이 거절하실 가능성이 크다고 생각하오."

스벤은 말을 한번 쉬었다. 그러고는 천천히, 시그리드의 눈치를 살피며 말을 꺼냈다.

"임시로나마, 영주님의 마법 고문이 되어주지 않으시겠소? 그동안 다른 분들은 모두 향사에 준한 봉급을 드리겠소."

시그리드의 표정엔 일말의 변화가 없었다. 다른 이들은 그저 침묵을 지켰다. 잠시 뒤 마법사는 입을 열었다.

"거절합니다."

어떤 이유를 달리 붙이지도 않았다. 다른 일행은 여전히 아무런 반응이 없다. 마치 방금의 대화가 없었던 것 같다.

스벤 또한 별다른 설명을 요구하지 않는다. 그저 그럴 줄 알았다는 듯 시무룩하게 고개를 끄덕일 뿐이었다.

"대단히 실례했소."

스벤은 면목 없다는 듯이 예를 표하곤 자리를 떠났다. 그가 나간 뒤에도 한동안 방 안에는 적막만이 흘렀다. 창밖, 성 안뜰로부터 들려오는 갖가지 소음만이 그들 사이를 배회할 따름이었다. 그 침묵을 처음 깬 것은 라그나였다.

"그럼 이제 우린 어쩌지? 다음 목적지는 어디야?"

"협상에 능한 양반이 아니군."

시그리드가 말했다. 그의 눈이 일행을 훑는다.

"결론만 말하고 거절당했다고 그냥 물러나다니, 나를 고문으로 앉혀서 도모하고자 하는 바가 있었을 텐데 그건 말하지도 않았네."

"말해봤자 거절할 거라고 여겼겠죠."

브륀힐데가 말했다. 시그리드가 고개를 끄덕인다.

"그래, 하지만 우리는 이미 이 영지에 도움을 주기로 생각했어. 나머지 금화 팔십 장 어치의 일이라면 뭐든 괜찮겠지. 다만 그게 뭐든, 그걸 하기 위해 내가 영주의 마법사가 될 필요는 전혀 없는데 말이야."

그때, 때마침 바깥이 다소 소란스러워지기 시작했다. 창가에 앉아 있던 브륀힐데가 밖을 내다보더니 말했다.

"그 고블린이 나왔네요. 아마 돌아가려는 모양이죠."

"나가서 구경하자!"

그때까지 답답한 듯 앉아 있던 랄로프가 벌떡 일어나더니 성큼성큼 걸어가 문을 열고 밖으로 나갔다. 이어 다른 이들도 각자의 속도로 그를 따랐다.

안뜰에는 이미 랄로프와 똑같은 생각을 가진 이들이 드문드문 고개를 내밀고 있었다. 성의 하인들과 병사들, 대장간과 마구간에 딸린 직인들도 일제히 이 구경에 참여하고 있다. 기실 고블린이란 전혀 드문 존재가 아니라고 말할 수 있다. 그러나 이렇게, 일체의 위험 없이 내방한 '방문객'으로서의 고블린이란 대단히 희귀한 구경거리라 자신 있게 말할 수 있다. 그리고 그러한 사실을 정확히 인지하고 있는 아우케트는 이러한 상황에 대해 별다른 불쾌감을 표출하지도 않는다. 그는 다만 늑대 칸의 안장과 고삐를 점검하며, 이어질 하루짜리 여정에 대해 만반의 준비를 더 할 뿐이었다.

"아우케트."

울리케가 하녀를 대동하고 나타났다. 울리케가 눈짓하자, 하녀는 들고 있던 꾸러미를 고블린에게 내밀었다. 고블린과 늑대의 면전에서 긴장한 듯 가련하게 손이 떨린다.

"무엇인가?"

그런 하녀를 구하기 위해 꾸러미를 냉큼 받아든 아우케트가 물었다.

"가는 길에 먹을 수 있도록 한 도시락이다."

아우케트는 별말 없이 고개를 끄덕이고 그것을 안장의 곁에 비끄러매었다. 그러고는 훌쩍, 늑대의 등에 올라탔다. 검고 거대한 숲흑늑대 칸이 몸을 일으켰다.

"그럼, 대사. 다음 내방을 기다리겠다."

고블린이 능청맞게 그리 말하자, 울리케는 피식거리며 대꾸했다.

"보름 안에 상당한 양의 조달대가 꾸려질 것이다. 늦어도 한 달 안으로는 수레들이 도착하게 하겠다."

"믿는다."

대답한 아우케트는 그러나, 곧바로 출발하지 않고 잠시 뭔가를 생각하였다. 짧지 않은 침묵에 조바심이 난 울리케가 먼저 입을 열었다.

"염려되는 일이라도 있는가?"

"……아, 트롤들에 대해 생각하고 있었다."

'빌러 ― 빌러디저드 님.'

— 꿈속에서 혀를 접질리는 건 불가능하므로, 그렇게 부른 것은 명백히 의도적이렷다.

'고블린 산채를 습격한 그 트롤들은 정말로 빌러디저드 님께서 부추긴 것입니까?'

— 그러하다.

'어쩌서 그리하셨습니까?'

— 인간의 마법사와 그 일당들이 머문 것을 보았다. 그들의 난입은 이 상황에서 불필요한 변수였기에 제어할 필요를 느꼈다.

'사람이 다칠 수도 있었습니다. 실제로 고블린들은 죽고 다쳤습니다.'

— 그 흐로킨의 꼬맹이들은 그 시점에서 아직 내 교섭 상대가 아니었다. 더구나 내가 예상한 피해보다 훨씬 덜한 결과이다.

'참으로 야박하시옵니다.'

— 나의 품성보다 더 중요한 문제가 있다. 아무리 북부의 숲이라지만 이미 인간의 땅이 된 지 오랜 곳인데, 이상스러울 정도로 마수들이 늘고 있다. 내가 끌어내기는 했어도 여섯 마리나 몰려 나타난 것은 자못 뜻밖이었다.

하마터면 잠이 깨버릴 뻔했다.

'짐작하시는 이유가 있습니까?'

— 확신할 수 없다. 고블린 산채 부근 숲 중심에서 혼탁하고

불쾌한 권능을 감지했지만 나의 주의를 끌자마자 사라져버렸다. 숲을 헤치며 벌이는 수탐 같은 번거로운 일은 내가 할 만한 것이 아니다.

'그러면, 그 일을 할 만한 이들을 알아보겠습니다.'

— 찾을 필요도 없을 것이다.

지난밤의 대화였다.

"나도 그것에 대해 생각해보았다, 아우케트."

빌러디저드와의 대화를 떠올리며 울리케가 이야기를 시작했다. 늑대의 등 위에서 고블린 오십장의 눈길이 쏟아졌다.

"빌러디저드 님에 따르면, 인근 숲속에 무언가 괴이한 것이 느껴진다고 한다. 그것을 경계할 필요가 있지 않겠는가? 트롤 여섯 마리로 끝날 문제가 아닐지도 모른다."

"내 예감도 그렇다."

아우케트가 말해왔다.

"트롤은 수해(樹海)의 생태에서 하나의 지표로서 작용한다. 여섯 마리나 되는 트롤을 한자리에 모을 수 있다는 것은 숲에 분포하는 마(魔)의 밀도가 그만큼 높다는 것이지. 최악의 경우, 오거를 상대해야 할지도 모른다."

오거. 공성귀(攻城鬼)라고도 불리는 거인형 마수로서, 이것은 출현은 일종의 재해로 구분된다. 그 완력만큼은 과장을 조금 보태 능히 용과도 맞붙어 볼 만한 것이다.

"그 이야기, 우리도 좀 들어볼까요."

공관의 앞, 성의 안뜰이 굽어 보이는 난간에 기대어 그들을 구경하고 있던 시그리드의 일행이 내려와 다가왔다. 울리케와 아우케트의 대화는 그들이 있던 자리에서 들을 수 없는 것이었을 텐데도, 어쩐지 내용을 다 듣고 있던 모양이다.

"유세트 경."

울리케가 가볍게 예를 표했다. 그에 응대하고, 시그리드가 입을 열었다.

"이야기를 엿들어서 죄송합니다만, 그 숲의 조사, 우리에게 맡기지 않으시겠습니까?"

이미 그들에게 맡기라며 용이 점찍어둔 일이다. 직접적으로 그리 들은 것은 아니지만 울리케는 그리 느꼈고, 그 스스로도 이 일의 적임자는 그들 말고 없다 여긴다. 고블린들은 그들의 산채와 잉겐을 잇는 순찰대에 병력을 배치해야 하는 입장이며, 영지의 상비군을 투입하기에도 부적절하다. 예로부터 이런 일 이야말로 모험가들의 전문영역이지 않았던가?

하지만 위험한 일이다. 쉬 대답하지 못하는 울리케를 보고 시그리드는 미소지었다.

"달슨 경께는 이미 저희가 받은 보수의 팔 할을 반납하기로 말씀드렸어요. 원래 북쪽 숲의 마수 상태를 조사하러 이 영지에 왔던바, 지금 말씀하신 건을 조사하는 것으로 그 팔 할을 정당히 받으면 좋겠다고 생각해요."

"뭐, 뭣하면 금화 팔십 장 어치 마수를 사냥하겠소."

뒤에 서 있던 랄로프가 씩 웃으며 그리 호기롭게 말했다. 그러자 브륀힐데가 눈살을 찌푸리며 말했다.

"그게 족히 숲트롤 백 마리 어치라는 걸 알고 있어요?"

"알고 있다고? 하나씩 잡으면 되는 일이야! 겨우내 걸리겠지만, 원래 그럴 작정으로 왔던 거잖아."

"난 마수보다 겨울 숲이 싫지만."

마지막 말은 라그나의 지나가는 이야기다. 울리케가 난처한 듯이 웃어 보이며 말했다.

"여러분이 맡아주시면 그보다 더 고마운 일이 없겠지요. 최대한의 물자 지원을 약속드립니다."

갑작스러운 결정이었지만 숙고할 거리도 안 되었다. 이에, 아우케트는 고개를 끄덕이고 말했다.

"그럼 가겠다. 인간들의 눈에 띄지 않게 갈 테니 염려는 안 해도 된다."

"아, 몸조심해라."

인간의 딸이 고블린 기수에게 안녕을 가호하며 배웅하는 광경은 참으로 별난 것이었다. 아우케트도 그리 생각했는지 가볍게 고개를 젓고는 칸의 고삐를 살짝 후려쳤다. 다음 순간 한 덩이의 검은 그림자가 성의 안뜰을 가로질러 바람처럼 빠져나갔다. 성의 문지기들이 움찔할 짬도 없었다.

제 6장

피어클리벤 성은 빈말로도 아름답거나 웅장한 성곽이 아니었다. 북부의 흔한 암석과 흙을 구워 만든 벽돌이 부분적으로 사용된, 그저 기능적인 최소한의 역할에 충실하도록 지어진 성이다. 유사시 인근 영민들의 피난처이자 군사들의 병영이며, 공적 용무로 머무는 방문객들을 위한 공관의 역할을 동시에 수행한다. 하지만 그 모든 역할을 떠나, 울리케 피어클리벤에게는 이곳만이 자신의 아늑한 집이었다. 그리고 모든 집에는 자고로 부엌이 딸린 법이다.

"겔다."

이름을 불린 그, 피어클리벤 성의 요리장인 겔다가 울리케에게 다가왔다.

"부르셨습니까, 아씨."

"소 통구이를 생각해 봐줘."

"통구이요? 연회가 있나요?"

"연회일까? 보통의 통구이와는 좀 다르게, 일 인분씩 잘라먹을 일이 없을 거야. 말 그대로 통째로 즐길 수 있게 내는 거다. 그러니 속까지 제대로 익힐 수단이 필요해."

겔다는 눈을 흡떴다. 이 어린 주인이 요리에 대해 종종 엉뚱한 이야길 해 오곤 한 것은 드문 일이 아니었다. 하지만 이 이야기는 너무나 상식 밖인 데다 그 목적조차 모르겠다. 일반적으로 직화를 사용하는 통구이는 그 시각적인 화통함 때문에 연회에서 주로 취급되지만, 조리법의 합리성을 따지자면 솔직히 썩 좋은 기법이라 말할 수 없다. 겉은 타들어 가고 뼈에 가까운 속은 채 핏기가 가시지 않으니까. 그래서 통구이라 말은 하지만 좀더 정확히는 천천히 구워내며 그때그때 칼질을 통해 부분적으로 잘라내 먹는 요리일 뿐이다.

"아씨, 소 요리라면 구태여 통구이를 고집하실 필요가 없지 않사옵니까? 일전에 영주님께서 호평하셨던 갈비찜 요리나……."

"아니야. 나는 반드시 통구이로 내고 싶다. 그걸 한입에 드실 손님이란 말이야."

"……네?"

"그렇지, 상식 밖의 규모가 되겠지만 진흙구이 식이 어떨까? 겨우떨기 향초와 진흙을 잘 발라서 숯을 간 구덩이에 넣고 돌로 덮는 것이지. 아니다, 숯을 돌봐야 하니까 구덩이라곤 해도 결국 아궁이 모양이 되겠구나."

겔다는 멍하니 울리케의 말을 들었다. 울리케는 이제 그에게 신경도 쓰지 않고 자신만의 요리세계에 빠져 있었다.

"……은근하지만 끈덕진 숯불로 장시간 익혀내는 게 중요하겠지. 문제는 중간에 소를 뒤집거나 할 수 없다는 것이다. 방법이 없을까……? 가마식으로 열을 감쌀 수 있다면 뒤집지 못해도 상관없을지 몰라."

아직 자신이 용의 식사를 만들게 될 것이라는 점을 꿈에도 모르는 겔다를 두고, 울리케는 그렇게 계속 중얼거렸다.

시그리드의 일행이 스벤을 도로 찾아 북부의 숲에 대한 정찰을 하겠노라 말하자, 그는 잠시 눈을 끔뻑이다 이렇게 대답했다.

"고문을 거절하신 게 아니었소?"

"고문이 꼭 되어야 그 일을 할 수 있나요?"

시그리드가 고개를 갸웃거리며 되묻자, 스벤이 답했다.

"물론 아니오."

"직함에는 관심이 없습니다. 그랬다면 모험가 따윈 하지 않았겠지요."

"그러시리라 짐작했소. 다만, 영지의 마법 고문이란 직함을

임시로나마 달게 되면 성의 여러 인력의 동원이나 향후 공문(公
文)에서의 취급이 용이했기에 그런 것이오. 기실, 소장도 이에
대해 시시한 수작이라 여겼지만 에이드리크가 워낙……."

"말실수하지 않을 기회를 주겠네."

별안간 그의 뒤에서 불쑥, 에이드리크가 나타났다. 뒤통수에
서 날아온, 잔잔하지만 삼엄한 음성에 스벤은 뒤도 돌아보지
않은 채 말을 이었다.

"……바우트 공이 워낙, 그런 형식적인 것들에 미를 추구하는
분이어서 말이오."

시그리드는 피식 웃는 표정으로, 말을 마친 스벤을 보다가 그
의 어깨너머로 나타난 문관에게 시선을 넘겼다. 그가 한 발짝
다가왔다.

"형식적인 것들에 미를 추구한다 소개받은 문관, 에이드리크
바우트입니다. 오전의 회의에서는 따로 인사드리지 못했습니
다, 유세트 경."

스벤은 재빨리 에이드리크에게 앞서 시그리드의 일행이 보
수의 팔 할을 반납하기로 먼저 말해온 것을 설명했다. 아울러
고문을 거절한 것과, 그럼에도 불구하고 북쪽 숲을 조사해 주
겠다고 말해온 것까지.

"……라르글드여, 실로 감사드립니다."

그러자 한 짐을 덜어낸 듯한 표정을 채 감추지도 못하며, 에
이드리크는 시그리드에게 예를 표했다. 에이드리크가 언급한

'라르글드'는 신들을 모시는 '전사(戰死)의 인도자', '왈퀴레야'들 가운데 하나의 이름이다. 피어클리벤과 같은 북부인들에게 신들은 직접 기원하거나 구복(求福)을 청할 대상으로서 여겨지지 않는데, 신들은 완전하고 고고한 존재이기에 인간의 청을 듣지 않는다고 생각하기 때문이다. 따라서 그들을 모시는 제장(諸將)인 왈퀴레야들을 직접적인 신앙의 대상으로서 여기고, 그로써 온갖 공양의 속된 의식이나 싸움의 잔혹함을 합리화할 수 있는 것이다.

에이드리크의 말이 이어졌다.

"오해를 풀기 위해 말씀드리자면, 그것은 어디까지나 유세트 경의 운신이 한결 자유로울 수 있도록 고심한 끝에 내린 결론입니다. 의뢰를 받고 외부에서 들어온 모험가들보다, 임시로나마 영지의 가신으로서 움직이시는 편이 안팎으로 두루 편리하지 않겠습니까? 성의 인력도 자유로이 차출하여 쓰실 수 있고, 물자 동원도 한결 수월해집니다."

그러자 시그리드가 다소 쌀쌀맞은 표정이 되어 말했다.

"제가 직함을 가진다고 해서 영지에 없던 재정이 생겨나는 것은 아닐 거로 생각됩니다만."

이에, 에이드리크는 조금 난처한 듯 웃으며 말했다.

"며칠 만에 영지의 사정을 꿰뚫어 보시는 것은 유세트 경의 통찰 이전에 본관의 행정력이 미흡한 탓이겠지요. 참으로 부끄럽습니다. 하지만 최선을 다해 지원할 것을 약속드립니다. 물론, 직함을 받지 않으신다 하여도 그리할 것입니다."

정중한 동시에 너무나 절실해 보이는 그의 읍소는 내심 안쓰럽다는 느낌까지 들게 했다. 잠시 생각하던 그는 한숨을 작게 내쉬며 답했다.

"그래요, 이쪽에서 별 무게를 두지 않는 것이니 바우트 공께서 그편이 마음이 편하시다면 괜찮겠지요. 이 일에 한해 임시로 받아들입니다."

"감사합니다, 유세트 경. 곧바로 주군께 상신하고 간소한 임명의 의례를 준비하겠습니다."

그는 밝게 웃으며 그 자리를 떠났다. 그를 멀거니 보고 있던 스벤은 체념한 듯이 쓴웃음을 짓고 있는 시그리드를 향해 미적미적 입을 열었다.

"……솔직히, 받아들이셔서 의외요."

"그렇죠? 하지만 바우트 공의 심정도 이해는 가는군요. 주군과 영지를 생각하는 마음은 진심인 것 같으니 속는 셈 치고 넘어가 주었어요."

"……속이는 것은 없소만?"

"달슨 경은 물론 그러시지요."

그렇게 웃어 보인 시그리드는 영문을 모르는 스벤을 남겨둔 채 일행들이 머무는 공관으로 물러났다. 그가 결국 임시직을 받아들였다는 이야기에 맨 먼저 반응한 것은 랄로프였다.

"왜?"

"하나 안 하나 이쪽에서는 별 상관이 없으니까."

"하지만 그렇게 엮어서……."

"엮어서 나를 눌러 앉힌다고? 이런 영지가 마법사를 고문으로 둘만 한 형편이 아니란 것은 그들이 더 잘 알아. 오히려 내가 종신을 요구하면 기겁할걸? 기사 열은 너끈히 먹이고 재울 돈과 봉토가 들어."

사실이었다. 그것이 가장 '시시한' 마법사의 몸값이다. 그리고 유세트가 결코 시시한 마법사가 아님을 믿어 의심치 않는 동료들은 모두 고개를 끄덕거렸다.

"최소 백작령은 되어야 언니를 둘 염치라도 부릴 테니까요."

브륀힐데의 말이다. 그런데 라그나는 약간 다른 생각을 가진 모양이다.

"한데 말이야, 이 영지가 정말 그렇게 시시할까?"

"무슨 말이오?"

랄로프가 묻자, 모두의 시선을 끈 가운데 라그나가 대답했다.

"잊었어? 이 영지는 곧 용 한 마리를 뒷배로 두게 돼."

"그게 뭐? 아니 그야 물론 굉장하지만, 그런다고 없던 돈이 생기진 않을 거 아니오?"

다시 랄로프가 이렇게 물었고, 라그나가 대답했다.

"당장이야 그렇겠지. 하지만 오전에 회의에서 들었잖아? 용이 돈 버는 데 관심이 있다고. 사실 용이 별다른 짓을 벌이지 않고 그냥 머물러 주기만 해도 이런저런 돈벌이가 영지에 몰리기 시작할걸? 그리고 재빨리 이권을 선점하려는 놈들이 벌떼처럼 모여들 거야."

"그래서 우리도 그 벌떼 무리에 참가해야 한다는 거예요?"

브륀힐데가 새침하게 물었다. 라그나가 코 옆을 긁적이고 중얼거렸다.

"이미 참가했다고 보는데."

"그런 거야?"

도대체 누구에게 묻는지는 모르겠지만, 랄로프가 허공에 대고 그렇게 물었다. 그걸 시그리드가 대답했다.

"라그나의 지적은 일단 옳아. 좋은 쪽이든 나쁜 쪽이든 이제 이 영지는 급격하게 변화하겠지. 우리가 거기서 한몫을 챙기러 든다면 방법은 아주 많을 거야. 하지만 별로 내키지는 않는군."

그리고 모두의 생각이(아니 아마도 별생각 없어 보이는 랄로프를 제외하고는) 그와 같았다. 용을 두게 된 영지는 싫어도 제국의 정치역학에서 난데없이 나타난 큰 톱니바퀴가 될 것이며, 모든 게 안팎으로 복잡해질 것이다. 많은 권력이 관심을 가질 것이고 많은 이권이 개입의 가능성을 타진해 올 것이다. 그리고 그러한 번다함이야말로 모험가들이 가장 기피해 마지않는 일이다.

그리고 여기, 그러한 번다함에 태생적으로 엮일 수가 없는 두뇌를 가진 랄로프가 상큼하게 물어온다.

"그래서, 우리 언제 출발하는데?"

랄로프에게는 안된 일이었지만 시그리드 일행의 출발은 며칠 늦춰질 수밖에 없었다. 왠지 신이 난 에이드리크가 신속하게 시그리드에 대한 임명장을 작성했고, 남작은 흔쾌히 그를 임시 마법 고문으로 승인하였다. 그리고 승인식이 끝나자 곧바로 에이드리크는 그가 영지의 마법 고문으로서 용과의 언약식에 참석해 자리를 빛내줄 것을 요청하였다. 감투를 쓰자마자 책무를 부여받은 그는 속으로 쓰게 웃었지만, 이 영지의 향방을 결정할 중대한 자리이며 개인적으로 용이란 존재에 관심을 아니 가질 수 없는 마법사란 직종인 탓에, 시그리드는 그 청을 거절하지 못했다.

　그리하여, 대체 어느새 시간 약속을 했던 것인지는 모르겠지만 그날 저녁 일몰 이후 자리가 마련되었다. 성 내의 연병장이 깨끗하게 치워졌고, 이미 낮부터 많은 하인들이 투입되어 왁자하게 마련되던 그 '거대한' 음식들이 운반되어왔다. 랄로프는 완벽하게 익은 소 통구이를 보고 찬사를 내지르며 눈을 부릅떴다.

　마치 연회인 양 안뜰 곳곳에 화톳불이 지펴지고 타올랐다. 영주의 식솔들을 포함한 성안의 인원 대부분이 그 자리에 몰려나와 있었다. 다들 기대와 두려움, 초조함이 얽힌 표정이었으나 오직 단 한 사람, 이 자리의 주최를 주도하고 지시해온 올리케만은 평온한 얼굴이었다.

　"곧 오실 거예요."

그의 말이 끝나기가 무섭게, 새카만 밤하늘로부터 용의 날갯짓 소리가 들려온 것은 순전히 우연이었다. 하지만 내막을 모르는 모든 이들에게 그것은 약속된 연출로 여겨졌고 또한, 용이 그의 부름에 응한 것이라는 생각을 갖게 했다.

"어서 오십시오, 빌러디저드 님."

마법처럼 우아하게 안뜰의 중앙에 착지한 거대한 검은 용과, 그에 질세라 우아하게 인사하는 울리케였다. 사방에 침묵이 낮게 깔리고 침을 삼키는 소리가 들린 것도 같았다.

"고생이 많았다, 피어클리벤의 딸이여."

가슴을 강타하는 듯한 중저음의 음성이 용에게서 흘러나오자, 어떤 병사의 창이 바닥에 떨어져 뒹군 것 같은 소리가 났다. 하지만 아무도 그 소리의 방향을 쳐다보지 않았다. 오히려 다들 속으로 그럴만하다고 느끼며 동정할 정도다.

"아버지."

울리케가 돌아보며 남작을 불렀다. 그래도 일군의 지휘자이자 영민들의 보호자이며 일대의 지주인 그는 생전 처음 보는 용 앞에서도 그 타고난 핏줄의 위엄을 잃지 않았다. 아니, 그 태도는 필시 타고난 것과는 전혀 상관없이 그저 오랜 세월 다듬어져 온 책임의 무게에서 비롯된 것일 게다.

"신들의 인도로 린트부름의 올바른 적생자를 뵙습니다. 피어클리벤의 가주(家主), 노아크입니다."

하지만 그라고 해서 용을 대하는 예법에 대해 익힌 바는 없었다. 지금 그가 하는 모든 말과 행동은 앞서 그의 딸이 열심히 가르친 결과였다. 속성의 수업이었지만 다행히 그 성과는 괜찮았다.

"빌러디저드다. 너의 딸을 통해 나의 뜻을 전했던 바와 같이, 너와 너의 핏줄, 피어클리벤의 가계가 이 땅을 수호하는 한, 그리고 내 날개가 린트부름의 창공 아래 꺾이지 않는 한, 나는 너희의 후견자이자 감시자이며 조언자이자 맹방이며, 훈육자이자 지분의 소유자로서 거할 것이다."

영주는 천천히 숨을 들이마시고 다음과 같이 말했다.

"어떠한 도리도 그것을 부정하지 않사옵니다."

"그렇게 약속되었다."

언약이 끝났다. 예스럽고 장엄한 수사가 조금은 섞여 들어갔으나 그 무게와 앞으로 미칠 영향에 비하자면 참으로 간단하고 빠르게 끝난 예식이었다. 용이 '그렇게 약속되었다.'라는 말을 낸 순간, 좌중의 모두가 설명 불가능하고 형언할 수 없는 전율을 느꼈다. 그것이 오래된 마법의 여파임을 아는 것은 오로지 시그리드뿐이었다.

"그럼 이제 모두, 편히 말해도 좋다."

"저는 이미 편히 말해왔사옵니다."

용의 말에 울리케가 으스대듯이 종알거리자, 용은 진절머리를 치는 것 같았다.

"이래서 꿈에 대고 이야기하기 싫었다. 너는 좀 더 자중하여야 한다."

"자, 모두! 아버지랑 이리 가까이 와요. 아그니르도! 정다운 사교 시간이야. 참, 빌러디저드 님, 심혈을 기울인 요리가 준비되어 있사옵니다."

"그것이야말로 참으로 내가 온 이유이다."

반나절을 꼬박 들여 완성한 소 통구이는 용의 절찬을 받기에 부족함이 없어 보였다. 이어서 일전의 아쉬움을 만회하기라도 할 듯 그의 모든 솜씨가 아낌없이 발휘된 '진짜' 대구탕이 큰 솥째로 나타나 용의 관심을 끌었고, 빌러디저드는 역시 펄펄 끓는 탕을 그대로 들이마시는 기예를 선보인 탓에 본의 아니게 한낱 구경거리로 전락하고 말았다.

랄로프에게는 참으로 다행히도, 준비된 요리들엔 사람들의 몫도 있었다. 울리케 자신도 맛이 궁금해 따로 마련한, 소 통구이에 첫 칼을 꽂은 것은 응당 랄로프였다.

"이건 대체 어떻게 만든 거지!"

조금도 타지 않은, 알뜰하고 완벽하게 익은 선홍색 고깃덩이를 뼈째 썰어내어 맛본 그가 그렇게 외쳤다. 울리케가 웃었다.

"요리장이 솜씨 좀 부렸다."

"으아, 굉장합니다요!"

다른 모험가들과 성주의 식솔들도 식사에 참여하였다. 본래 용을 위해 준비된 자리이기에 제대로 된 식탁도 격식도 없어졌지만 아무도 그것을 개의치 않았다. 그보다, 랄로프와는 달리 요리보다 용에게 훨씬 신경을 쓰고 있던 성주의 식구들은 감히 식사 중인 용에게는 무어라 말을 걸지 못하고 울리케만을 바라보며 정신적으로 발을 동동 구르고 있었다. 이를 감지한 그는 웃으며 그들에게 다가갔다.

"왜들 그래요?"

"그, 나도 소개해 주었으면 해."

영애로서의 정장이 아니라 기사의 갑옷에 윤을 내고 나타난 아그니르가 그에게 말했다. 그의 곁에 서 있던 동생들도 같은 열망의 표정을 지었다. 울리케는 웃어 보이고 고개를 끄덕였다. 그들에게 용을 대할 때 실례가 안 되는 선에서 최소한의 예법을 간단히 설명한 이후, 그는 형제들을 이끌고 용의 곁으로 다가갔다.

"빌러디저드 님, 저의 형제들을 소개해 올립니다."

그 새 어느 정도 배를 채웠는지, 느긋해져 있던 용이 그들을 돌아보았다.

"고하라."

"먼저 저와 동갑인 자매, 아그니르입니다."

"지, 지고한 존재를 뵙습니다."

"기억에 있다. 고블린 산채의 앞에서 보았지. 한데, 기사인가?"

"저……, 아직 재주가 부족합니다."

"부족한 것은 재주가 아닐지도 모른다."

이렇게만 이야기해버리고, 용의 시선은 아그니르를 떠나 다른 동생들에게 향했다. 울리케가 다시 소개했다.

"한 살 어린 여동생 로젤입니다."

"그……, 그, 안녕하세요?"

호기심과 공포의 치열한 전장이 된 소녀의 표정은 파리하다.

"기뻐하거라. 내게 그런 인사를 한 것은 네가 처음이다."

"여, 영광이옵니다."

울리케는 웃고 만다. 그다음은 나이에 걸맞지 않게 작은 소년이었다.

"세 살 어린 남동생입니다. 발프리드라 합니다."

"린트부름의 올바른 적생자를 배알합니다. 발프리드 피어클리벤입니다."

불면 훅 날아가 버릴 것만 같은 작은 소년이 야무지게 인사를 해 올리자, 용은 한동안 말없이 고개를 기울이고 그를 보더니 이렇게 이야기했다.

"평소에 많이 아픈가?"

"네, 자주 앓사옵니다."

"그렇군. 스노르의 탯줄이 너에게 있구나."

"……네?"

그들 가운데서 그 말을 알아듣고 물어온 것은 울리케뿐이었다. 용과 그를 제외하고 모두가 의아해하는 가운데, 잠시 망연하던 울리케가 정신을 차리고 용에게 질문했다.

"정말이십니까? 발프리드가요?"

"그렇다. 에다의 인도가 필요하다."

예상외의 사태에 번민하던 그의 눈길이, 의식하지 않았음에도 어느새 자연스레 시그리드에 가 닿았다. 그들의 뒤편에서 대화를 구경하던 마법사는 다가와 용과 울리케, 마지막으로 발프리드를 내려다보고 입을 열었다.

"제가 확신을 내리려면 시간이 필요합니다. 하지만 선험(先驗)의 군주께서 하시는 말씀이니 오류가 있을 리 없겠지요."

"뭐, 신중을 기하는 데는 반대하지 않는다."

용은 남의 일인 양 말한다. 다시 좌중이 조용한 가운데, 마침내 참을 수 없게 된 한 사람이 입을 열었다. 발프리드의 생모이자 남작의 셋째 부인인 유레였다. 그의 낯빛이 불안으로 창백하였다.

"대체 무슨 말씀들이신가요? 발프리드가 큰 병인가요?"

그것에 대답할 책임을 오늘 낮에 갖게 된 시그리드가 마치 불평을 토로하듯 입을 열었다.

"부인, 발프리드 도련님은 마법사가 되어야 합니다."

그가 이 영지에 엮일 가능성이 하나 늘어나 버렸다. 그 사실을 가장 먼저 눈치챘는지, 뒤에서 단검으로 예술적인 소 통구이의 갈빗대를 오려내고 있던 라그나는 갑자기 킬킬거리기 시작했다. 정다운 연회가 무르익어갔다.

『에다의 서(書)』는 알려진 가운데 가장 오래된 저작물이다. 일반적으로 경전이라 일컫지만 그것은 어떠한 구체적 신화나 서사를 다루지 않는다. 자연을 보는 관점이나 힘의 순환, 진리의 조감(鳥瞰)을 이야기하며, 독자의 내적 깨달음을 인도한다고 알려져 있다. 하지만 그것이 정확히 어떤 내용인가는 오로지 진정으로 깨우친 자만이 설명 가능하다고 하는데, 그 깨달음이 바로 마법을 가능케 하는 제1의 조건이다.

따라서 마법사가 되기 위해서는 우선, 적절한 스승의 지도 아래 에다의 서를 독경해야 한다. 물론 그렇다고 해서 누구나 마법사가 되는 것은 결코 아니었다. 특별한 감수성을 가진 이들이 분명히 있었고, 이들은 내버려 둬도 어떤 식으로든 결국 마(魔)에 몸과 정신을 좀먹히고 만다. 올바른 인연을 얻지 못한 이들은 그렇게 결국 괴물이 되어 죽거나, 남을 해치고 마는 것이다.

때문에 시그리드와 같은 마법사들에겐 이런 아이들을 발견했을 때 일정한 책임이 주어졌다. 그 책임은 영지에 소속된 마법 고문이든, 황야를 떠도는 모험가이든 매한가지였다. 내버려 두면 괴물이 되지만 거두어 잘 벼리면 세상에 드문 마법사 하나를 내보낼 수 있다. 무엇보다, 마법사들 스스로가 그렇게 구원받았기 때문에 이를 외면할 수 있는 이는 거의 없다고 말할 수 있었다.

그래서 시그리드는 골을 싸맸다. 생각지도 못한 곳에서 자칫하면 자신의 반생을 얽어맬 존재가 난데없이 등장한 것이다!
그는 제자를 둘 생각이 전혀 없었다. 애초에 그는 고금에 드문,
지극히 젊은 나이에 깨달음을 얻은 자였다. 그 또한 스승은 있
었으나 그는 시그리드와는 정반대로 말년에야 깨우친 자였다.
그래서 그와 스승은 사실상 서로를 전혀 이해하지 못했고, 결
국 관계는 파탄이 나고 말았다. 본디 천재란 그런 것이다, 그 스
스로도 자신이 어떻게 그것을 해내는지 잘 설명하지 못한다.
때문에 시그리드는 자신이 비록 깨우친 자이나, 스승 노릇을
하려면 앞으로도 수많은 경험과 고뇌가 필요하다고 여기고 있
었다. 따스한 마법사의 연구실이나 영지의 고문을 마다하고 삭
풍이 부는 황야로 여태 누벼온 것은 그 때문이었다.

"때문에, 저는 도련님을 거두기에 부족합니다."

영주의 집무실 안, 발프리드와 그의 생모 유레, 그리고 아버
지인 영주가 있었다. 용과의 연회는 계속해서 이어지는 가운데
였다. 랄로프의 파안대소가 왁자하게 창 너머로 들려 왔지만
집무실 안의 분위기는 묵직했다. 자세한 검증을 해 볼 수도 있
겠지만 용의 진단이 틀릴 가능성은 아쉽게도 사실상 전무하다.
그들의 귀여운 아들은 이제 마법사의 가시밭길을 걷거나, 혹은
파멸로 치달을 것이다.

"부디 사실대로 알려주세요. 발프리드가 이대로 살면 어떻게
되나요?"

유레가 물었다. 그는 금방이라도 울음을 터트릴 것 같았다.

"……이미 자주 앓아왔다면, 영식(令息)의 마법에 대한 감수성은 결코 낮지 않은 것입니다. 제 짧은 견문으로 보기에도, 도련님은 마땅한 자격과 지식을 갖춘 선진에 의해 올바른 지도와 보살핌을 받아야 합니다. 안 그러면 스무 해의 부근에서 분명히 위독해지거나 광증이 도질 겁니다."

시그리드는 담담하게 말했다. 영주가 굳은 표정으로 말했다.

"하지만 내 알기로, 스승을 구하고 에다의 도리를 공부한다고 해서 모두 마법사가 되는 것은 아니라 알고 있소."

"네, 칠팔 할은 마법사가 되지 못합니다. 그저 평생을 독경하고 암송하며, 필사하는 나날의 세월을 보내게 됩니다. 다만 그 과정에서 건강은 지킬 수 있지요."

"허허……"

아비는 짧게 탄식했다. 그의 어린 아들이 무사해질 수 있는 것은 분명 다행한 일이지만, 일체의 다른 삶을 꿈꿀 수 없이 사실상 유폐와 다름없는 삶을 살게 된다. 그래도 그나마 다행이라 생각해야 할까? 용이 아니었다면, 그리고 시그리드와의 인연이 없었더라면 그들의 아들은 영문도 모른 채 죽거나 미쳐갔을 게 아닌가.

"스승을 찾을 방법이 있나요?"

유레가 물었지만 시그리드는 쉽게 대답하지 못했다. 마법사들은 대개 자기중심적이고 괴팍하다. 그들 사이의 유대는 별로 끈끈하지 않고, 하나같이 저마다의 규칙과 법도로 세상을 살아간다. 그나마 밀착된 관계인 것이 스승과 제자이나, 시그리드 자신조차 그 스승과 반목하고 떠나오지 않았던가. 당장 그가 다른 스승을 알아봐 주려 해도, 마법사가 아닌 다른 어느 누가 찾고 부탁하는 것보다 나을 게 없었다. 즉, 가장 좋은 방법은 역시 그가 스승이 되는 것이다. 그러나 그는 바로 그 사실을 인정하기가 죽도록 싫었다.

"저는 겨울 동안 임시로 고문 자리를 수락했습니다. 겨우내 북쪽 숲을 탐색할 거라 성엔 거의 체류하지 않을 것이고요. 따라서 그동안에는 이 문제에 대해 별 도움을 못 드립니다. 하지만 탐색이 마무리되고 봄이 오면 제가 적당한 스승을 찾아드리겠습니다."

"찾지 못하면요?"

유레가 말했고, 영주는 살짝 나무라는 표정으로 자신의 셋째 부인을 보았다. 시그리드는 속으로 눈살을 찌푸렸지만, 모성의 절박함을 이해하기에 너그러이 이렇게만 대구하였다.

"인연이 분명 있을 것입니다. 이래 보여도, 제자 욕심이 없는 마법사는 또 없으니까요."

적어도 그건 사실이었다. 마법은 에다에 의한 개인적 깨우침에 기반하나, 그 틀을 만들어주는 것은 스승의 할 일이다. 어떤 가르침도 없이 오롯하게 스스로 깨우쳐 마법사가 되는 것은 이천 년 전에나 가능했던, 전설 속의 성현들 영역이다. 모든 마법사는 자신의 깨달은 바를 똑같이 제자를 통해 이루길 바란다.

다른 모든 것을 떠나 그 자체가 너무나 즐거운 것이기 때문이다. 같은 진리를 바라보는 것.

다만 자신의 처지와 생각해 온바, 그리고 번민이 있기에 마다하고 있지만 시그리드 역시 결국 언젠가 제자를 거둠에 있어 일말의 허물이 없도록 하려고 현재의 고행을 이어가고 있다. 결코 스승 노릇 자체가 싫은 것은 아니었다. 더구나 용이 발프리드를 진단한 모양새는 자못 비범하였다. 이 소년은 분명 빼어난 가능성을 가진 재목이다. 자신이 한 이십 년 정도만 더 현숙(賢淑)했더라도 남 주기 아까운 것이겠다.

"너무 걱정 마시지요, 부인. 도련님은 무사하실 것입니다. 약속드리죠."

결국 어머니가 뿜어내는 염려의 기운에 이길 수 없었던 마법사는 마지못해 그렇게 약속하고 말았다. 왠지 라그나의 킬킬거림이 환청으로 들려왔다.

연회는 계속되고 있었다. 좌중은 지하 창고에서 꺼내와 딴 술로 얼큰해져 이제 제법 시끄러워져 있다. 물론 검고 거대한 용이 상석에 자리한지라 평소 주량의 두 배를 마셔도 반도 취할 것 같지 않았지만 말이다. 개중 가장 취한 것은 지난 며칠간의 고생과 그에 따른 일종의 성취감에 의해 정신적 자물쇠가 풀려버린 울리케와, 용이 아니라 왈퀴레야와 술을 마셔도 별 상관을 안 할 것 같은 정신머리의 랄로프였다. 둘은 주변의 염려와 눈치를 아랑곳하지 않고 마주 앉아 어느새 서로를 주도(酒道)의 좋은 호적수로 대하고 있었다.

"하하! 아가씨 잘 마시는데!"

"맥주 따위인 것이다!"

"하긴 그렇지! 아가씨는 노주(露酒) 아베냐드를 마셔본 적이 있나? 독하고 귀한 건데, 우리가 아우셸바프에서 출발하기 전 얼어 죽을까 봐 두어 병 사왔거든!"

북부에는 무례강(無禮講)의 풍습이 있다. 만찬 시 상전이 내려 하는 음주에서는 상하를 따지지 않으며, 이를 고깝게 여길 거라면 애초에 술을 내서는 안 된다. 물론 그러거나 말거나 한잔 걸친 랄로프의 말투는 언제나 저랬겠지만 말이다.

"그런 좋은 것이 있다면 내어놓아라!"

랄로프는 껄껄거리며 벌떡 일어나더니 방문객 공관으로 휘적휘적 달려가 그들 짐꾸러미에 소중히 숨겨져 있던 술 항아리를 내 왔다.

"자아, 근무 중이라 맛도 못 봤던 기사 양반도 한잔하시지!"

스벤이 그들과 처음 만난 자리에서 거절했던 술이다. 비록 향기만으로 끝났지만, 그 향조차 잊지 못했던 것은 비단 옆에서 울상을 하고 있던 슈타크뿐만이 아니었다. 스벤은 눈치 보지 않고 흔쾌히 술을 받았다. 슈타크와 울리케 등, 좌중 모두에게 한 잔씩 돌아갔다.

"크아!"

"어때?"

"번쩍번쩍하다! 무엇인가? 갯아욱의 향이 난다."

"엄청난데? 처음 맛보자마자 재료를 맞추다니, 오늘 요리도 그렇지만 아가씨 혀는 타고났구나!"

울리케뿐 아니라 모두가 술의 향과 그 화끈함을 절찬했다. 그러자 소외된 듯 어둠 속에서 그 광경을 보고 있던 용이 한마디 했다.

"나는 안 주는가?"

"준다! 하지만 쩨쩨하게 용신이 한 잔을 받진 않겠지! 한 병이다."

"어어!"

랄로프가 호기롭게 한 항아리를 통째로 내밀자 라그나가 불명확한 의미의 항의를 해 왔다. 그러거나 말거나 술은 용의 목구멍 안으로 사라졌다. 잠시 침묵하던 용의 목 언저리에서 구르릉 하는 울림이 들리고, 모두가 깔고 앉은 바닥을 진동시키며 척추를 타고 올라왔다. 다음 순간 용의 콧구멍에서 불꽃이 한 아름 튀어나왔다.

"좋은 술이다."

"기막히다!"

랄로프가 헤벌쭉 웃으며 그 묘기를 칭찬했다. 무례강은 인간의 예일 뿐이니 엄밀히 말해 랄로프는 지금 겁대가리를 상실한 것이었지만 용은 개의치 않았고, 울리케조차 취해서인가 아무 만류를 하지 않았다. 다만 일행 중 가장 취하지 않았고, 언제나 랄로프의 언동을 매의 눈으로 지켜보고 있는 브륀힐데가 조용히 다가와 그의 엉덩이를 걷어찼을 뿐이다. 랄로프는 갈매기 비슷한 소리를 내며 웃어넘겼다.

울리케는 싱글벙글하였다. 다만 이 자리에 아우케트가 있었더라면 하는 생각을 했다. 어차피 용과도 이렇게까지 즐거운 자리를 함께할 수 있다면 고블린 하나쯤도 무리는 아니었을 텐데 하는 생각이 들었던 것이다. 용의 권위를 이용한 반쯤은 찍어누르듯 강요한 동맹이지만 그는 사람들이 그들과 교류하고 어울릴 수 있는 날이 오길 바랐다. 그것이 취중의 낭만에 불과했는지, 혹은 진실로 그의 소망이었는지는 아직 알 수 없었다.

제 7장

디드리크가 드리츠로 돌아온 것은 성을 떠난 다음 날의 저녁 무렵이었다. 말이 없고, 또 있다 하더라도 탈 줄 몰라 걸을 수밖에 없는 여정이었다. 때문에 발이 빠른 목동이라 하더라도 서둘러야 했던 디드리크는 회의 자리에서 상찬을 받은 직후 가장 먼저 성을 홀로 빠져나왔다. 저간의 사정을 속히 집에 알려야 했으니까.

산 아래로 이어지는 계곡과 목초지를 바탕으로 수십여 채의 집들이 드문드문 흩어져 있는 드리츠는 정말로 볼 것 없는 마을이었다. 하지만 소년이 나고 자란 고향이며, 아마도 평생 뼈를 묻으리라 생각했던 땅이기도 하다. 저녁 땅거미가 기우는 그 터전을, 그는 여태껏 단 한 번도 본 적 없는 눈길로 훑어보았다. 이제 곧 작별의 시간이겠다.

집에 도착한 것이 신난 듯, 사우트가 그를 앞질러 집으로 향했다. 디드리크는 무거워진 발을 움직여 그 뒤를 따랐다.

"디드리크!"

문을 밀고 들어서자 훅 하고, 싸늘한 바깥과 대비되는 훈기에 섞여 저녁 짓는 냄새가 났다. 소년의 어머니가 대들보로부터 매달린 큰 솥에 국을 끓이고 있다 들어선 아들을 보고 외쳤다.

"다녀왔어요."

"성에 간 일은 어찌 되었어? 너를 왜 불러간 거니?"

염려가 가득 담긴 표정으로 어머니가 묻는다. 디드리크는 솥의 옆에 걸터앉아 불기운을 쪼이면서 지난 며칠간의 이야기를 풀기 시작했다. 물론 그의 어머니는 아들이 영주의 딸을 안내한 일과 이후에도 고블린 산채까지 따라갔던 일, 그리고 다시 모험가들은 안내했던 일은 알고 있었다. 그가 새로이 들은 소식은 결국 소년이 성까지 따라가 받은 상찬에 관한 것이었다.

"병사라고!"

어미는 놀라 소리쳤다. 전쟁이 나서 징집되는 것이 아니다. 성의 상주군으로서의 병사인 것이다. 이는 명백히 영민에게 있어 생각할 수 있는 최대의 출세 가운데 하나다. 기사 같은 허황된 꿈의 가능성은 아예 접어두더라도, 상비군이라는 자체로 이미 충분했다. 염소치기와 비할 바가 아닌 신분이다.

"그렇게 됐어, 엄마. 오늘 하루 자고 내일 다시 출발할 거야. 그러면 이제 집엔 자주 못 와."

"이를 말이니, 엄만 괜찮아! 정말 잘 됐구나."

생각지 못한 상이었다. 그래도 성에 불려간다고 했을 때 내심 그간 아들이 이리 뛰고 저리 뛰었으니 조그만 상이나마 기대하지 않은 것은 아니었지만, 그가 기대한 것은 기껏해야 밀 두어 자루나 은화 몇 닢 정도의 물질적 보상이었다. 게다가 평소 아들이 가당찮은 꿈이나마 아득히 무인을 동경해 왔음을 그는 잘 알고 있다. 현실의 벽을 생각해서 응원은 일체 해 오지 않았지만, 이젠 기쁘기 한량없었다.

"네 형이 질투하겠네!"

"뭐, 형은 돈이나 염소를 더 좋아한다고. 봉급 타면 다 보내줄게. 어차피 거기서 쓸 일 없어."

사실 성의 병사가 얼마를 받는지 소년은 아직 전혀 몰랐다. 하지만 얼마를 받더라도 그곳에서 돈 쓸 일이 없을 거라는 생각은 옳았다. 무구와 숙식 모두가 제공되니까.

문득, 어머니는 걱정스러운 표정을 한다.

"하지만 훈련은 고될 텐데? 그렇다고 들었어."

"그게 일인걸. 그래봤자 늑대 떼나 트롤 걱정하며 초야를 누비는 것보다 안전해, 엄마."

소년은 자못 담담하게 말했다. 그리고 그것은 맞는 말이었다. 전쟁이 나지 않는 한 군인은 오히려 목동보다 안전한 직업이다. 그것에 대해 디드리크는 아무 염려도 하지 않았다. 다만 소년의 어머니는 걱정이 아직 가시지 않는다.

"하지만 전쟁이 나면……."

"전쟁이 나면 어차피 징집되어서 나가는 건 똑같아, 엄마! 게다가 그렇게 되면 이미 늘 군사 훈련을 받는 상비군들이 훨씬 살아남기 유리해."

전쟁 시 성의 상비군은 영주 가문에 대한 최후방의 경호 인력이 되거나 혹은 편제에 포함되더라도 일반 징집병보다 상급자로서 역할을 하게 된다. 또한 징집병들의 훈련 교관도 겸한다. 그러니 어느 모로나 갓 징집되어 빈약한 무기를 받고 날치기 훈련에 임한 병사들보다 생존에 유리하다. 게다가 무엇보다, 이 영지가 그러한 전화를 겪을 일은 이제 없을 것이다. 전쟁이나 정치에 대해서는 아무것도 모르는 소년이었지만 그런 그도 이 정도는 예상할 수 있었다.

"어차피 앞으로 알려지겠지만 아직은 정말 비밀인데, 엄마. 영주님이 이제 용을 거느리셔."

"뭐어?"

"그러니까 전쟁 같은 거 절대 안 나. 걱정 마."

소년은 그렇게 어머닐 달랬다. 이후 계속 도란도란 모자의 대화가 이어졌다. 디드리크의 형은 완전히 어두워진 후에야 양 떼를 몰고 돌아왔고, 곧 형제의 시끌벅적한 이야기가 곁들어진, 단출한 저녁 식사가 시작되었다. 오랜만에 화목하고 흐뭇한 저녁이었다.

흐르듯 내달린 검은 늑대는 채 하루가 가기도 전에 집으로 돌아왔다. 인간의 말들과 달리 길을 무시하고 숲을 돌파하는 숲흑늑대의 저력이었다. 아우케트는 돌아오자마자 피로도 풀지 못한 채 곧장 형제들의 부름을 받았다. 그는 불평하지 않고 응했다.

"어떠했는가?"

두카르가 앞뒤 없이 질문해왔다. 아우케트는 그 맥락 없음에 잠시 침묵하다가 입을 열었다.

"앞서 용의 앞에서 교섭했던 그대로다. 피어클리벤의 인간 영주도 이에 동의하였다."

"정말로 우리가 인간의 재산을 지켜야 한다는 건가!"

오십장 중 하나인, 바르바크가 물어왔다. 아우케트는 눈을 실뜨고 말했다.

"인제 와서 무슨 소린가? 이미 용의 앞에서 응하였다. 물릴 재간이 없다. 이럴 거면 그때 손을 들었어야지."

"내키지 않는다."

"내키지 않아 하는 것은 자유다. 하지만 계약은 계약이다."

제장들의 불편한 침묵이 시작되었다. 아우케트는 진절머리가 났다. 결국 그가 말했다.

"꼴들을 보아하니 잉겐 동쪽에 터를 마련하는데 나설 이가 없어 보이는군. 내가 가겠다. 잉겐과 드리츠, 다시 드리츠에서 여기까지를 오가며 순찰하려면 두 부대가 필요하다고 생각한다. 두카르, 함께 간다."

"나는 따른다."

감정이 느껴지지 않는 목소리로 두카르가 대답했다. 모두 토로하고자 하는 감정이 터지지 않고 채 맺혀있는 것 같았으나 달리 떠들 만한 목적도 없었다. 아우케트는 한숨을 내쉬고 몸을 쉬기 위해 자리를 물러났다. 든든하게 여겨온 형제들이 오늘만큼은 답답하고 거추장스러웠다.

시그리드 일행이 든든히 채비를 하고 성을 나서 북쪽으로 길을 잡은 것은 용과의 연회가 있었던 이틀 뒤였다. 용은 성의 북쪽 뒷산에 자리를 잡겠노라 했고, 이에 울리케가 일단의 노역자들을 대동하고 용의 보금자리를 꾸미기 위해 움직인 직후였다. 조금 더 편히 머물라는 영주와 에이드리크의 청을 만류하고, 시그리드는 장기간 이어질 겨울 숲에서의 수색을 각오하며 도망치듯 성을 빠져나왔다. 이미 한 번 길을 잡았었기에 익숙한 도로를 따라 북쪽으로 향한 끝에 그들이 목적한 숲에 당도한 것은 출발한 지 사흘째의 오전이었다.

"으스스한데."

가장 눈이 날카로운 브륀힐데와 함께 맨 앞에서 나란히 걷던 랄로프가 말했다. 그들의 눈앞에 푸르다기보다는 시커먼 침엽수들이 들어찬 북부의 수해가 반쯤 안개에 파묻혀 펼쳐져 있었다. 이미 여기서부터는 길도 더 이상 없다.

"뭔가 느껴지나?"

후미에서, 라그나가 곁의 시그리드에게 물었다. 마법사는 에이드리크에게 받아온 영지의 양피지 지도를 펼쳐 들고 들여다보고 있었다. 질문에 잠시 무언으로 응대하던 시그리드가 입을 열었다.

"구체적인 것은 모르겠군. 투미해. 임무가 아니었다면 숲에 들어가지 말자고 했을 거야."

"위험하다는 이야기로군."

라그나가 결론 내리더니 숲을 흘겨보고는 바닥에 침을 뱉었다. 그러다 실수하곤 소매를 슥슥 문질러야 했다.

아직 달력은 초겨울이었으나 북방의 겨울은 급격히 내리고 또한 혹독하다. 그들이 이 영지에 처음 도착했을 때만 해도 가을의 향취가 끝물로나마 머물러 있었지만 지난 열흘 새 이미 거짓말처럼 완연한 겨울 초입의 공기가 도래해 있었다. 서리가 내려 바싹 희어진 들판을 오늘 아침 내내 가로질러 왔다. 게다가,

"우라질. 눈이다."

랄로프의 말마따나 눈이 내리기 시작했다. 곧 세상이 불길하게 차음(遮音)된 눈송이들로 빼곡해졌고, 일행은 고요 속에서 긴장을 늦추지 않은 채 숲으로 진입하였다. 그들의 목적지는 애초에 숲으로 정해져 있었기 때문에 다소 아쉽더라도 말을 끌고

올 수는 없었다. 그래서 그들의 말은 성에 그대로 남겨둔 채 대신 '유슬리스'라는 묘한 이름의 나귀를 한 마리 빌려왔다. 서른 살이 넘었다는 이 늙은 나귀는 고집이 대단해서 다루기 애먹을 거라고 성의 마구간지기가 말해왔지만, 시그리드가 귓가에 대고 무어라 두어 마디 해 주자 부르르 떨더니 착한 아기사슴처럼 그를 따르기 시작했다.

숲의 초입에서 내리기 시작했던 눈은 올겨울의 첫눈인 주제에 곧 쌓이기 시작했다. 북부의 겨울을 처음 구경하는 랄로프는 어처구니없어했지만 어떤 눈송이도 그의 눈치를 보지 않았다. 그들은 길도 없는 숲 사이를 천천히 전진했고 이따금 멈추어 섰다. 그때마다 시그리드는 눈을 감고 짧은 명상을 했다. 이후 방향과 보속을 지시한다. 일행들 누구도 그것에 토 달지 않고 따랐다.

누가 본다면 대체 무얼 향해 나가는지 영문을 몰랐을 그들의 전진은 느지막한 점심 무렵에 이르러 일단락되었다. 그때까지 내리던 눈이 소강상태에 접어들었고 어느새 천지사방이 희게 뒤덮였다. 마침 작은 실개천을 찾은 그들은 간단히 여장을 풀고 점심 채비를 하기 시작했다. 자신의 임무를 잊지 않은 브륀힐데는 어느새 쇠뇌를 들고 사라진 후였다.

"아 노주 한입 생각나네."

줄곧 이어져 온 걸음을 멈추었기 때문일까, 새삼 한기를 느끼며 부르르 떤 라그나가 말하자, 랄로프가 받았다.

"그쵸."

"그쵸는 무슨, 이 자식아! 네가 한 병 다 부었잖아!"

라그나가 칵하고 성질을 부리자 랄로프가 유들유들하게 대꾸한다.

"용한테 베풀어줘서 나쁠 게 있소?"

정말로 화를 냈던 건 아니었기에, 라그나도 더 말싸움을 붙이지 않았다. 이런 시답잖은 대화에서 멀리 떨어져 있던 시그리드는 예의 지도를 꺼내 들여다보며 뭔가 언짢은 듯이 관자놀이를 손가락으로 두드리고 있었다. 이윽고 솜씨 있게 불을 지펴낸 라그나가 그걸 보고 말했다.

"힐끗 봤지만, 그 지도 영 안 맞는 거 같던데."

"어차피 영지의 자체 발행 지도란 게 그렇지. 애초에 기대 안 했어. 지금 생각하는 건 다른 거야."

"뭐?"

"마기(魔氣)의 분포."

라그나와 랄로프는 조용히 그의 다음 말을 기다렸다. 마법사의 설명이 언제나 고픈 칼잡이들이다.

"……뭐? 더 설명할 게 없는데."

칼잡이들은 실망한다.

"다들 생각 안 해봤어? 숲에 마수가 급격히 늘어나는 경우가 어떤 어떤 게 있을지?"

시그리드가 오히려 이렇게 묻자, 놀랍게도 랄로프가 즉각 대답했다.

"먹을 게 많아져서."

역시 놀라운 건 아니었다. 시그리드와 라그나 모두 아무런 반응 없이 조용히 생각만 하고 있었다. 랄로프는 이때쯤 자신에게 일어나야 하는 일이 일어나지 않는데 잠시 의아해하다가 브륀힐데가 자리에 없다는 걸 떠올리고 깨달음을 얻은 표정을 지었다.

그러거나 말거나, 라그나가 입을 열었다.

"일단 인위적이거나, 자연 현상이거나 둘 중 하나겠지."

"좋은 정리야."

시그리드가 대답했다. 라그나는 턱을 긁으며 자신 없다는 표정으로 말을 이었다.

"인위의 개입이라면, 어떤 흉험한 뜻을 가진 마법사 말고는 생각하기 어렵고, 자연 현상이라면 나로서는 지식이 없군그래."

— 삐이잇.

"효시(嚆矢)다!"

랄로프가 벼락처럼 외치며 벌떡 일어났다. 다음 순간 라그나도 벌떡 일어서며 한 동작으로 발치의 눈을 차 모닥불을 껐다. 시그리드는 역시 바로 움직이지 않고 눈을 감고 있다가 낭패한 듯이 말했다.

"모르겠어. 뭔가 방해한다. 강력해."

"젠장, 그럼 눈과 귀로 찾을 수밖에 없네."

무장을 빼 들며 라그나가 말했다. 이윽고, 랄로프와 라그나를 앞세운 시그리드는 소리가 들렸던 방향으로 숲을 헤치며 나가기 시작했다.

그러나 전진은 수월치 않았다. 몇 발자국 나가지 않아 이미 애초에 어디서 효시가 쏘아졌는지 확신하기 어려워지고 있었고, 발목 너머로 올라오는 눈은 안 그래도 조급함에 초조한 그들을 물리적으로 괴롭혔다. 시그리드는 계속해서 브륀힐데의 위치를 좇아보려 애썼지만 전혀 여의치 않았다. 게다가 그들의 전진에 때맞춰 눈발이 다시 거세져 왔다. 심지어 바람까지 우는 것이다.

"이 눈보라는 삿된 의지가 풍겨."

찡그린 채 전진하던 랄로프와 라그나의 뒤에서 시그리드가 저주하듯 중얼거렸다. 라그나가 고개를 끄덕이고 수긍하였다.

"공교롭군."

"이거 어떤 놈의 소행이야?"

랄로프가 짜증 난다는 듯이 내뱉었다. 시계는 점점 악화되고 있었다. 추위는 둘째치고, 이래서야 눈도 귀도 코도 쓸모가 없다. 시그리드의 수색력조차 동원할 수 없는 상황이라면 브륀힐데를 찾아내기는커녕 그들 셋 모두 조난 당할 판이었다.

"가만있어 봐! 잠시 멈춰!"

시그리드가 외치자 두 사내는 우뚝 섰다.

"일단 온기를 품고 걷자. 이대로라면 얼마 못 가 탈진하고 말

거야."

"기력이 되겠소? 감지는 여전히 안 되오?"

시그리드의 말에 랄로프가 걱정스러운 듯 소리쳤다. 눈바람 때문에 지척에서도 소릴 질러야 했다.

"생각을 바꿨어! 이제 우리 목표는 눈보라가 가장 짙은 중심을 향해 뚫고 들어가는 거야! 거기에 뭔가가 있겠지!"

그의 말이 끝나는 것과 동시에 그들의 귓가에 웅웅거리던 삭풍이 뚝 그쳤다. 여전히 사방에 눈발이 휘날리는 가운데 그들만이 태풍의 눈에 들어선 듯 고요하고 따스한 공기에 감싸였다. 보이지 않는 바람의 벽 너머에서 눈보라는 마치 창밖의 풍경처럼 그들에게 닿지 못해 아우성을 쳤다. 랄로프는 그 기묘한 광경을 휘돌아보고 휘파람을 불더니 검으로 눈 쌓인 방패를 탕탕 때렸다. 눈가루가 바스러졌다.

"자, 어떤 놈인지 낯짝을 보러 갑시다!"

그리고 시그리드를 중심으로 뭉친 그들은 지금까지보다 두세 배 빠른 속도로 짙은 눈보라를 향해 달렸다. 멀리서 보면 마치 눈보라의 덩어리가 그들을 중심으로 에워싸이며 움직이는 것 같았다. 그들은 그렇게 그들을 배척하기 위해 애쓰는 눈과 바람을 무시하며 뛰었다. 그리고 마침내, 그들은 좁은 비탈에 쓰러져 있던 브륀힐데를 발견했다. 터무니없이 쌓인 눈 때문에 본래라면 그냥 지나쳤어야 했지만, 그가 쓰러지기 전 머리맡의 나무에 표식용 붉은 깃 화살 하나를 박아놓은 것이 라그나의 눈에 띄었던 것이다.

"이런 맙소사, 브륀힐데!"

랄로프가 외치며 달려들어 눈을 치웠다. 그는 의식을 잃고 있었고, 장시간 눈보라에 노출되었던 것인지 온몸이 파리하게 질려 있었다. 재빨리 달려든 시그리드가 그의 몸 여기저기를 살피더니 한숨을 내쉬었다.

"외상은 없어."

"그럼 왜 기절한 거요?"

"깨어나면 물어볼 수 있겠지."

말을 마친 시그리드는 브륀힐데의 몸을 이리저리 주무르기 시작했다. 랄로프와 라그나는 경계 태세를 늦추지 않은 채 그 장면에서 등을 돌리고 주위를 감시하였다. 여전히 웅웅거리며 그들을 둘러싼 훈기의 방패 너머로 눈보라가 휘감아 돌았다. 시그리드가 품속에서 작은 약병을 꺼내 마개를 열고 브륀힐데의 입술 사이로 흘려 넣자, 잠시 뒤 한두 차례의 기침을 하며 그가 깨어났다.

"……시그리드."

"괜찮은가? 내상을 입지는 않았어?"

"괜찮은 것 같아요."

"무슨 일이 있었지?"

브륀힐데가 몸을 일으켰다. 훈기의 방패가 그들 주변의 눈을 빠르게 녹이고 있었기에 어느새 그들은 눈이 아니라 진창 위에서 있는 모양이 되었다. 차가운 진창 바닥에 손을 짚은 브륀힐데는 짧게 질색하는 소릴 내더니 입을 열었다.

"정확히는 몰라요. 눈발이 거세지고 곧 말도 안 되는 수준으로 퍼부어졌어요. 자연스러운 일이 아니라고 느끼자마자 신호를 보냈는데, 이후로는 기억이 없군요."

"아, 이건 용케 참 잘했어. 이거 아니었으면 큰일 날뻔했네."

랄로프가 그렇게 말하며 그들의 뒤편 나무에 꽂혀있던 짧은 쇠뇌 화살을 툭 하고 뽑아 들었다. 브륀힐데는 그걸 받아들고 안도한 듯이 한숨을 내쉬었다.

"어이."

여전히 망을 보고 있던 라그나가 모두에게 환기를 요했다. 모두가 고개를 들자, 어느새인가 거짓말처럼 눈이 그치고 고요해진 사방이 눈에 들어왔다. 시그리드는 즉각 훈기의 방패를 거두어들였다. 소름 끼칠 정도의 적막이 깔렸다.

그저 조용한 숲의 풍경이 아니다. 형언할 수 없는 고요의 이질감에 다들 불편함을 느끼며 슬그머니 어깨를 긴장시키고 있었다. 브륀힐데는 어느새 쇠뇌를 재우고 자리를 잡았고, 랄로프와 라그나, 시그리드 모두 등을 마주 댄 채 사방을 경계하였다.

"저기요."

브륀힐데가 나직하게 속삭였다. 모두의 시선이 그가 가리킨 방향에 모아졌다.

그들한테서 한참 떨어진 거대한 나무 옆에 한 소녀가 서 있었다. 누더기에 가까운 외투를 두르고 있었고, 발치에 닿을 듯 긴 머리는 눈처럼 새하얗다. 소녀는 일체의 감정이 내비치지 않는 창백한 얼굴로 그들을 쏘아보았다. 소녀의 입술이 움직였다.

"에다의 광신도였나. 나의 숲에서 물러나라."

평범하게 말하는 음성이라면 채 닿을 리 없는 거리였건만, 소녀의 말은 너무나 선명하게 그들 앞에 떨어졌다. 하지만 아무도 쉽사리 대답하지 못했다. 시그리드조차 의혹에 가득한 눈길로 소녀를 보고 있을 뿐이었다. 숙련된 모험가나 사냥꾼들도 쉬 접근하기 어려운 깊은 숲의 중심에, 설명할 수 없는 현상의 바로 뒤에, 있을 수 없는 존재가 눈앞에 나타난 노릇이다. 아무리 낙관적인 추측을 더 해도 그냥 사람이라고 생각하기 어려웠다.

하지만, 용맹과 청순함의 사이에 늘 우뚝한 랄로프는 이럴 때 제 역할을 해 준다.

"여기 너 혼자니? 엄마 없니?"

"……"

소녀는 표정에 변화가 없었다. 그에, 랄로프는 동료들의 눈치를 헤아려볼 생각도 못 하고 앞으로 성큼성큼 나서기 시작했다.

"아빠도 없어? 왜 애가 이런데 혼자 있는 거야? 여긴 괴물이 잔뜩 나온다고! 오빠랑 가자, 집이 어디니?"

"가까이 다가오지 마라!"

소녀가 노한 음성으로 외쳤고, 순간 뼈마디를 에이는 한 줄기 삭풍이 랄로프를 관통해 뒤에 서 있던 일행들까지 스쳐 갔다. 그리고 그제야, 동료들의 힐난 가득한 표정을 되돌아볼 생각이 미친 랄로프는 일행을 쳐다보며 입 모양으로 뻐끔거렸다.

'뭐야 이거? 쟤 사람 아냐?'

'되돌아와, 이 멍청아!'

브륀힐데의 입술이 그렇게 소리쳤다. 랄로프는 소녀를 힐끔 힐끔 쳐다보며 뒷걸음질 쳤다. 그 꼴을 보던 소녀가 다시 말 했다.

"이 숲에 인간이 들어오는 것을 금한다! 또한 어떤 짐승도, 너희가 마수라 부르는 존재도 해하는 것을 금한다! 떠나라!"

"이 숲에서 늘기 시작한 마수들을 조사하러 왔다."

시그리드가 말했다. 역시 먼 거리에 선 소녀에게 가 닿을 리 없는 작은 목소리였지만, 소녀는 그것을 알아듣는 데 어려움이 없는 것 같았다.

"너희가 무엇을 마수라 부르는지 내 알바가 아니다! 떠나라!"

"당신은 무엇이지? 사람인가, 아닌가?"

소녀의 표정에 처음으로 식별 가능한 감정이 떠올랐다. 분노였다. 한동안 침묵으로 시그리드를 노려보던 소녀가, 마침내 아이라고는 생각되지 않는 엄혹한 목소리로 다음과 같이 일갈하였다.

"나는 사람의 딸이었으나 무지한 군상들에 의해 존재를 논할 수 없는 두려움을 달래고자 그 발 아래 바쳐졌었다! 천 번의 겨울 끝에 두려운 존재의 이름은 잊히고 무지한 군상의 마지막 핏줄이 대를 잇는 데 실패하였다. 하지만 나만은 여전히 바쳐지고 버려진 계곡에서 사람이었던 기억을 잊지도 못하고 있다. 그러니 너희는 기어이 떠나라! 나의 아이들이 너희를 내치기 전에!"

말을 마친 소녀의 주위로 희끗희끗한 그림자들이 성큼성큼 나타났다. 그것을 알아본 랄로프가 입술을 깨물곤 중얼거린다.

"……눈트롤."

보통 트롤보다 머리 하나가 더 큰 새하얀 털의 트롤들이 스무 마리는 넘게 나타났다. 다만 마수다운 호전성은 내보이지 않았다. 마치 잘 억제되고 다스려진 듯, 빨간 눈동자 안에는 여전히 인간을 향한 증오가 읽혔지만 그들의 행동은 침착했고, 자못 어떤 품위까지 느껴졌다. 소녀가 말했다.

"숲 밖으로 나가지 않는다. 요전에 나간 아이들은 그 오만하고 시커먼 녀석의 마기에 이끌린 것이다. 너희가 이 숲을 범하지 않는 한, 우린 숲 밖으로 나가지 않는다. 마지막이다. 떠나라!"

말을 마친 소녀는 몸을 돌려 거목 뒤로 사라졌다. 눈트롤들만이 꼿꼿이 선 채 시그리드 일행을 쏘아보고 있었다. 결국, 일행은 말없이 눈짓으로 서로의 퇴각을 종용하였다. 여전히 알 수

없는 것들이 한가득이었지만, 일단 수색의 목적은 이룬 셈이
었다.

피어클리벤 성에서 눈을 돌려 북쪽을 쳐다보면 바로 보이는
이 산은 그룬테름이라 불렸다. 산 자체는 그리 큰 편이 아니었
지만 산세가 험하고 주변에 숲이 짙어 위험했기에 일찍이 선
대의 영주들은 이곳을 영주의 사냥터로 지정, 말림갓으로 두어
입산 통제를 시행하고 있었다. 때문에 빌러디저드의 머물 곳으
로 이보다 적당한 곳은 더 없다고 하겠다.

"정말로 이렇게만 만들면 되는 것입니까?"

울리케가 오전 내내 양피지에 정성껏 그려온 그림을 들여다
보며 문관 에이드리크가 다소 곤혹스럽게 물었다.

"문제가 있나요? 아니면 바우트 공께서 용의 보금자리 건축
에 대한 다른 조예가 있으실까요?"

물론 그와 같은 지혜가 에이드리크에게 있을 리 없다. 그는
다만 막연하게나마 생각한 자신의 상상과는 동떨어진 그림이
었기에 그리 물었을 뿐이었다.

연회가 있던 간밤, 울리케는 예의 꿈속 대화를 통해 빌러디
저드에게 그가 바라는 보금자리의 형태를 제시받았다. 이번의
꿈은 그 때문에 처음으로 단지 음성의 대화만이 아닌 구체적인
환상이 포함된 것이었다. 덕분에 울리케는 용이 원하는 구조물

의 형태를 완벽하게 이해할 수 있었고, 아침잠을 깨자마자 서둘러 그것을 지면에 옮겼던 것이다.

그들이 보고 있는 그림은 이러했다. 우선 일체의 지붕 없이 그저 튼튼한 포석으로 중심부가 우묵한 바닥을 마련하고, 단지 한 쪽의 벽면만을 안쪽으로 기울여 조성해 세우게 되어 있었다. 그 벽면조차 석조가 아니라 그저 튼튼한 나무 기둥에 기름 먹인 마포가 마치 돛처럼 팽팽하게 잡아당겨 마무리되는 것이다. 벽이 아니라 차양 같은 느낌이었다.

"그냥, 저는 좀 더 집 같은 걸 생각했습니다."

"저도 그렇게 여쭈었지요. 그런데 빌러디저드 님은 쓸데없다고 하시던걸요. 지붕의 유무는 중요치 않대요. 눈과 비는 오히려 맞는 것을 즐긴다고 하셨어요. 이 가림막 벽체는 보다시피 남쪽을 향해서 여름 해를 피하는 데 이용됩니다."

그게 전부였다. 뭐 대단한 장식물이나 큰 규모의 구조가 아니었다. 약간이나마 까다로운 것은 우묵한 중심 포석 바닥의 한가운데 고이게 될 빗물 배출용의 하수도관 설치였다. 그걸 제외하면 애초에 에이드리크가 각오했던 공기(工期)나 비용에 터무니없이 못 미치는 것이다. 그래서 그는 한편으로 안도하였다.

"알겠습니다. 대목장에게 보이고 설명하지요."

"완성에 얼마나 걸리겠습니까?"

"자세한 것은 대목장의 이야길 들어봐야 알겠지만, 이 정도라면 이달 안에 충분히 끝나리라 봅니다."

오늘은 이달의 15일이었다. 즉 보름 안에 끝날 것이라 예고된 것이다. 울리케는 미소지었다.

"그렇군요. 수고해주세요. 잘 부탁드려요."

"그럼요. 어느 분을 위한 것인데요."

닷새 뒤 저녁, 성의 집무실에서 에이드리크는 예상외로 빨리 돌아온 그를 맞이했다.

"아우셸바프로 갑니다."

거두절미하고 이렇게 말한 시그리드에게, 잠시 말을 잇지 못하던 에이드리크는 이렇게 물었다.

"……영지를 떠나십니까?"

"아주 가는 게 아닙니다. 어차피 예상했던 탐색 기간은 한참 남았습니다. 단지 이 탐색이, 이제 예상과 달리 숲속이 아니라 기록을 뒤지게 되었다는 점이죠."

에이드리크는 설명을 요구하는 표정으로 그의 다음 말을 기다렸으나, 이미 고집스레 입을 앙다물고 자신만의 의혹과 성립 가능한 모든 가능성의 타진에 빠진 마법사는 그를 쳐다보지도 않았다. 결국 자신이 마법 고문에게 설명을 요구할 별다른 권리가 없음을 깨달은 에이드리크는 조용히 그의 결정을 받아들였다. 막 방을 나서려던 시그리드는 생각난 듯 몸을 돌려 에이드리크에게 말했다.

"다녀오는 길에 발프리드 도련님의 스승이 될 마법사를 수소문해 보겠습니다. 역시 예상보다 빠르게 되었으니 나쁜 일은 아닐 겁니다."

방을 나선 그는 낭비 없는 발걸음으로 동료들이 묵고 있는 방문객 공관을 향했다. 시그리드가 도착했을 때, 모두가 뿔뿔이 흩어져 앉아 저마다 귀신에 홀린 얼굴을 하고 있는 게 보였다. 특히 랄로프는 그 새 성의 부엌에서 얻어왔는지 술을 홀짝거리고 있다.

"왔소, 누님?"

멍청하게 허공을 보던 그가 시그리드를 향해 말했다.

"무슨 꼴들이야? 왜 이래?"

"그게 대체 뭐였소?"

시그리드는 그가 무엇에 대해 묻는지 단박에 알아차렸으나 짐짓 모른 체하며 되물었다.

"무얼 말이야?"

"그 애. 사람이오, 귀신이오? 아니면 마법사인가?"

"자기 입으로 말했잖아."

"……뭐라고 했었지?"

그는 한숨을 내쉬었다. 설명 불가능한 어떤 것을 본 충격이 아무래도 큰 것 같았다. 기이한 것과 불가해한 것에 익숙한 마법사가 이럴 때는 한층 정신적으로 유연하다. 비교적 흔하게 사용되는 마법적 기예도 그것이 마법이라 불리는 것은 결국 체계적인 증명과 설명이 불가능하기 때문이다. 그나마 익숙하기에 마법사란 존재가 받아들여지고 있을 뿐이다. 그러니 익숙하지도 않고 설명 불가능한 현상에 대해 이들이 공황을 겪는 것은 자못 당연하겠다.

"아우셀바프로 갈 거야. 도시의 서고와 조합을 뒤져 이 지역의 기록을 수배할 생각이야. 그러면 그 애가 말한 것을 단서로 어떤 정보를 얻을 수 있겠지."

"어떤 존재인지 알게 되면, 뭔가 달라질까요? 할 수 있는 게 있을까요?"

브륀힐데가 조용히 물어왔다. 시그리드가 대답한다.

"일단 아는 게 중요한 거야. 그다음 일은 그다음 일이지. 자, 궁둥짝들 떼어내. 우리 탐색은 아직 끝나지 않았어."

"하루만 쉬고 가지. 브륀힐데는 한번 맥을 놓기까지 했어. 도시까지는 또 먼 길이라고."

라그나가 달래듯 말해왔다. 결국 시그리드는 져주고 만다.

"알겠어, 다들. 신경 쓰지 못해서 미안해."

"아뇨, 누님. 누님도 처음 피를 보았을 땐 더했으니까. 각자 강한 게 있는 거지."

랄로프가 답지 않은 소릴 한다. 시그리드는 그의 두툼한 어깨를 짝 소리나게 내리치고 객실을 빠져나왔다. 성의 하인들에게 목욕물을 부탁할 심산이었다.

결국 그날 하루, 시그리드의 일행은 각자의 방법으로 긴장을 풀며 다음 여행을 준비했다. 그리고 이렇게 하루를 늦춘 바람에, 그들은 예정에 없던 두 명의 동행을 추가로 달게 되었다. 울리케와 발프리드였다.

"어차피 도시로 가시는 것이라면 위험은 없겠죠? 동생의 스승을 구하는 일이니 당사자가 직접 움직이는 게 도리라고 생각해요."

울리케의 말에, 내키지 않음을 숨기려 입가를 매만지던 시그리드가 답했다.

"그럼 아가씨는요?"

"저는 동생의 누나로서 가요. 아울러 빌러디저드 님도 도시를 방문해 견문을 넓히길 추천하셨어요. 저희가 짐이 되진 않을 겁니다. 여비도 저희가 내고, 무엇보다 마차를 낼 거예요. 다른 분들도 그편이 훨씬 덜 피곤한 여행이 되지 않을까요?"

다른 건 몰라도 마차라니, 이것은 구미가 당겼다. 게다가 만들어낸 핑계들일지 몰라도 일단 울리케가 말해오고 있는 이유에는 나름의 타당함이 있었다. 거절할 명분도 딱히 그에 따르는 실리도 없었다. 다만 그는 한 가지만 못 박는다.

"좋습니다. 하지만 저와 제 동료들은 거친 모험가들이니 여행 중의 무례는 다소 용서하시지요."

"걱정 마세요!"

울리케는 웃어 보였다.

— 모험가들이 도시로 가는 것이냐?

'좋은 꿈 꾸십시오. 참, 새 잠자리 터는 어떠십니까?'

— 너도 가거라.

'어째서입니까?'

— 도시에는 견문을 넓힐 좋은 것이 많다. 아베냐드라든가.

'그뿐입니까?'

— 도시를 통해 너희 영지에 득이 될 만한 것들을 생각해보아라. 결국 찾지 못하더라도, 경험이 될 것이다.

'그들이 저를 데려가 줄까요?'

— 네가 이유 하나쯤 만들지 못할 리 없다. 노주를 잊지 말거라.

네 마리의 말이 끄는 유개마차는 눈이 깔린 도로 위를 침착하게 나아갔다. 화려한 귀족가의 마차가 아니라 그저 커다란 짐수레를 약간 개조하고 기름 먹인 마포(麻布)로 포장된 것이었지만 충분히 바람을 막아주어 아늑하였다. 다만 엉망진창인 도로상태와 승차감을 별로 고려하지 않은 설계기술 덕에 일행은 곧 다들 어떻게든 멍들지 않을 자리와 자세를 찾아 몸을 쑤셔넣기 시작했다. 울리케조차 고상하고 꼿꼿하게 앉아서 갈 생각 따윈 처음부터 없었던 것 같았다. 이런 와중에 당황하고 있는 것은 오로지 발프리드뿐이었다.

"누님, 보기 흉합니다."

영식다운 위엄을 어떻게든 잃지 않으려 애쓰며, 그와 달리 모포로 몸을 감싸고 두 개의 청어젓갈통 사이에 몸을 끼구고 있던 누이를 질책하는 발프리드였다. 하지만 때마침 돌부리에 걸려 마차가 덜컹하는 바람에 소년의 자세가 무너지고 말았다. 울리케가 웃었다.

"왜 그래? 여기서 범절만 따지다간 네 손해란다? 너는 여기 남작의 아들로 온 게 아니야. 마법사의 제자가 되기 위해 왔지. 네가 어떤 스승을 찾게 되든 그분은 너의 신분에 일고의 관심도 없으실걸?"

마부 노릇을 하고 있는 라그나를 제외하고, 그들 맞은편에는 랄로프와 브륀힐데, 그리고 시그리드가 마찬가지로 모포를 뒤집어쓴 채 앉아 있었다. 시그리드가 울리케의 이야기에 고개를 끄덕였다.

"맞는 말이에요. 오히려 지나친 귀족다움은 점수를 잃게 될 거예요."

"궁금한 게 있습니다."

울리케가 기회다 싶었는지 말을 꺼냈다. 시그리드가 물었다.

"무엇이죠?"

"마법사는 언제나 도제식인가요? 어떤 공적인 교육기관은 없나요?"

"있어요. 발라-라싸의 사원이 있지요."

"그럼 발프리드는 그냥 그곳으로 가면 되는 게 아닌가요?"

"이 경우엔 좀 달라요."

시그리드가 대답했다. 그러곤 잠시 생각하더니 입을 열었다.

"보통은 마법사의 재능이 있는지 없는지 알 길이 없어요. 다만 간접적으로 심증을 가질 뿐이죠. 그런 사람들이 구원을 찾아 발라-라싸로 향해요. 이렇게 용에 의해 재능을 확인받는 경우 자체가 없으니까요."

아주 없지는 않았다. 용이 있는 공작령과 황성에서는 마법사의 재능을 가진 젊은이들을 용에게 보여 옥석을 가리고 선택적으로 그들을 취해오고 있다 한다. 그러나 그와 같은 연줄이 없는 보통 사람들에겐 그저 발라-라싸로의 힘든 여정 끝에 불확실한 과정을 실로 오랜 세월 인내해야만 하는 것이다.

"그게 마법사의 고약한 부분이에요. 자신에게 재능의 가망이 있는지 없는지 확인받지 못하는 상황에서 짧게는 십 년, 길게는 반평생을 바치는 거예요. 물론 어떤 수련자들은 자신이 겪고 있는 병을 다스리는 데만 만족하기도 하지요. 에다의 순수한 철학적 내용 자체에 심취하는 거로 충분히 기뻐하는 이들도 있고요."

발프리드는 용에 의해 이미 마법사로 낙점되었다. 마법적 재능을 추측게 하는 검사용 술식이 없는 것은 아니지만, 이 경우 구태여 그 까다로운 것은 도입할 필요가 없었다. 더구나 그것은 발라-라싸와 황궁에서만 가능한 기술이고, 비싼 데다 검증

률이 높은 것도 아니어서 잘 시행하지도 않는다.

"발프리드 도련님이 만일 스승을 얻지 못한다면 몸을 지키기 위해서라도 발라-라싸로 갈 수밖에 없겠지요. 하지만 얻을 수 있다면 구태여 그런 고행을 할 필요가 없으니까요."

"유세트 경은 그곳에서 수학하셨을까요?"

울리케가 물었다. 시그리드가 대답했다.

"네. 아주 높고 춥고 고요한 곳이에요. 이 세상 같지 않은 곳이죠. 거긴 시간이 다르게 흘러요."

말을 마친 그는 무언가를 추억하듯, 눈의 초점이 허공에 머물렀다. 울리케는 그런 그를 더이상 방해하지 않았고, 지금까지의 대화를 옆에서 듣고 있던 발프리드는 걱정스러운 표정을 지었다.

아직은 모든 게 서툴기만 한 열네 살의 소년에게 요 며칠 새 일어난 일은 미처 대응하기 힘든 것이었다. 갑자기 용이 나타났고, 난데없이 자신을 마법사의 재목으로 지적했다. 어릴 때부터 심심하면 앓아온 탓에 몸과 마음이 모두 유약하기만 소년에게 그것은 상당한 충격이었다. 하지만 평소라면 이런 장거리 여행을 결코 승낙하지 않았을 부모님조차 여행의 허락과 동시에 응원을 보냈다. 마법사로서의 삶이 어떠하건, 아니 설령 끝끝내 마법사가 되지 못할지라도 적어도 이제 최소한 건강하게는 살 수 있게 됐다. 그것만이 현재 소년의 유일한 위안이 되었다. 물론, 소년다운 호기심과 열망이 마법사라는 희귀하고 근사한 이름 앞에 조금도 타오르지 않았다고 하면 거짓말이겠지만.

마차는 성을 오전 중에 출발했다. 피어클리벤 성에서 아우셀바프까지는 도보로 닷새, 마편으로도 이틀은 잡아야 하는 거리다. 이런 마차의 속도로 아마 사흘은 걸릴 것이다. 뉘른스에크의 봉속령인 피어클리벤은 군무와 세곡 운반을 위해 북쪽으로 향하는 도로에 훨씬 더 많은 투자를 해 두었던지라 남쪽 아우셀바프에 이르는 길은 아직까지 잘 닦아놓지 못한 것이다. 다행인 점이라면 남쪽으로 내려갈수록 도로 사정이 좋아지고 적당한 거리마다 여각이 존재한다는 점이었다. 오늘 밤 그들의 첫 번째 투숙지는 피어클리벤 영지 최남단의 마을인 바케르였다.

마차 여행의 좋은 점은 식사를 위해 멈출 필요가 없다는 점이다. 비록 심하게 흔들려서 깔끔하고 조신한 식사와는 거리가 멀게 되며, 익숙지 않다면 체할 가능성이 크지만 늑장을 부리다 심야에 바케르에 당도하고 싶지 않았던 일행은 마차를 멈추지 않았다. 모두에게 울리케가 준비해온 도시락이 전달되었다.

"이거 맛있군! 역시 아가씨 솜씨요?"

랄로프가 양념에 재워 구워낸 염소고기 꼬치를 맛보고 말했다.

"그렇다. 하지만 완전히 내가 하지는 않는다. 궁리를 하면 겔다가 주로 손을 쓰지. 준비해온 음식을 먹을 수 있는 건 이번 점심뿐이니 신경을 썼다."

"훌륭해요!"

통상 마차 위의 도시락이라면 불을 쓰지 못해 차가울 수밖에 없다는 단점이 있겠다. 마차 위에서 점심을 먹으리라 예상하지 못했던 울리케가 차디차다 못해 위에 하얀 돼지기름이 굳은 국단지를 안고 울상을 짓자 시그리드는 너그럽게 웃더니 모두를 위해 약간의 재주를 보여주었다. 곧 그의 손안에서 국이 김을 내기 시작했다. 울리케는 반색하며 그것을 나무와 주석잔에 나눠 따르고 모두에게 돌렸다. 마차의 흔들림 탓에 흘리지 않고 마시는 건 거의 불가능했지만 모두 아무 불평하지 않았다.

"아가씨는 아랫것들과 참 허물없이 어울리는군요."

일련의 식사 준비를 지켜본 시그리드가 울리케에게 말했다. 그는 배시시 웃었다.

"그건 우리 가난의 결과이지, 제 인격의 결과는 아니어요."

"그럴까요? 얼어 죽어도 겻불은 못 쬐겠다는 귀족이 많은데요."

"그러고 보면 유세트 경은 원래 평민이었을까요? 마법사가 되면 기사와 같은 서임을 받지요?"

"네. 평민이었어요."

기사는 엄밀히 말해 작위가 아니라 일종의 임명직이다. 그러므로 세습되지 않는다. 물론 대우상으로는 귀족으로서 예우받게 된다. 때문에 울리케는 모험가 일행들 가운데서 그에게만 공대를 하였다. 아주 적확한 예법이었다.

그때 갑자기 마차의 속도가 한결 줄어들더니 마치 길 복판의 장애물이라도 피하는 듯, 마차가 일순간 한쪽으로 기울었다. 그러고는 다시 방향을 잡아 전진하기 시작했다. 랄로프가 마부석을 향해 외쳤다.

"뭐요?"

"신경 쓰지 마."

심드렁한 라그나의 대꾸였다. 정말 별거 아니라는 듯한 음성이었지만, 울리케는 호기심을 느끼고 몸을 일으켜 마차 뒤편으로 다가가 천막 틈으로 바깥을 확인했다.

"어?"

울리케의 당황한 음성이 튀어나왔다. 그러고는,

"마차를 멈춰! 이게 무슨 짓이냐!"

다소 노한 울리케의 음성이 마차를 꿰뚫고 라그나의 뒤통수를 후려쳤다. 그는 차분히 마차를 세운 채 마차 안을 향해 말했다.

"신경 쓰시면 안됩니다, 아가씨. 저건 틀림없는 개수작입니다."

"개수작이라니!"

"뭔데 그래?"

랄로프가 참지 못하고 몸을 일으켜 뒤편 천막을 확 젖혔다.

그들이 스쳐 지나온 도로의 한 가운데, 눈 덮인 그것은 쓰러져 있는 사람이었다. 그리고 그 옆엔 울다 지친 듯 멍한 어린 소녀가 거지꼴로 쪼그리고 앉아 있었다.

"이런, 젠장맞을."

랄로프가 정말이지 귀찮다는 얼굴이 되어 이마를 긁었다. 그러고는 격앙된 표정의 울리케에게 말했다.

"어차피 마차를 세운 거, 이대로 물러나도 아가씨 역시 납득을 못 하실 테니 귀찮게 되겠지만 잘 보십쇼."

그러고는 한 호흡 들이키더니 그 특유의 엄청난 고함이 쓰러져 있던 사람과 어린 소녀를 향해 내질러졌다.

"야, 이놈들아! 개수작 부리지 마라! 죽은 체하다가 정말로 죽는 수가 있다!"

적막이 흘렀다. 울리케와 발프리드는 영문을 모르겠다는 표정으로 랄로프를 쳐다볼 뿐이었고, 도로에 쓰러져있던 사람과 소녀도 아무런 반응이 없었다. 랄로프가 혀를 차더니 브륀힐데에게 말했다.

"한 발 박아줘."

"내가 왜요?"

브륀힐데가 눈을 홉떴지만 그건 그냥 조건 반사 같은 것이었나 보다. 그는 곧바로 쇠뇌 등자를 발에 걸어 당기고 살을 재웠다. 그걸 본 랄로프가 다시 그들에게 소리 질렀다.

"자, 봐라! 꼬맹이 바로 앞이다!"

브륀힐데는 정말 싫다는 표정이었지만 그가 지시한 대로 방아쇠를 당겼고, 한 치의 오차도 없이 화살은 소녀의 앞 한 걸음

땅 위에 매정한 소리를 내며 푹 박혔다.

"두 번째는 진짜다! 쓰러진 놈 대가리다!"

"아이고, 나리! 이만 살려주십쇼!"

그때까지 꼼짝 않고 있던 쓰러진 사람이 벌떡 일어나더니 소리쳤다. 남자였다. 얼마나 오랫동안 그러고 있었는지 얼굴이 새파랗게 얼고 눈과 흙이 온통 묻어 꼴이 말이 아니었다. 그는 두 손을 들어 올려 항복의 뜻을 보이며 슬금슬금 무릎으로 기어 소녀의 앞을 보호하듯 감쌌다.

"어디서 개수작이야!"

랄로프의 호통에 사내가 외쳤다.

"정말 죄송합니다! 부디 못 본 척……, 남자가 둘 뿐이다! 쳐라!"

별안간 말투가 바뀌며 사내가 일갈했다. 그 순간 길 양쪽의 눈더미가 호쾌하게 깨지며 세 명의 무장한 사내가 튀어나왔다. 그중 하나가 길 위의 무릎 꿇은 사내에게 활을 던졌고, 그는 그것을 받아들고 그때까지 옆에 있던 소녀가 어디선가 꺼내 내민 화살집에서 활을 꺼내 시위를 재워 랄로프를 겨누었다. 순식간이었다.

그러거나 말거나, 랄로프는 아연해진 울리케에게 쓴웃음을 지어 보이며 말했다.

"보셨습니까? 도적놈들이라고요."

제 8장

울리케는 저 조그만 소녀까지 그들과 한패였다는 사실에 기가 막혔다. 소녀는 아무렇지도 않은 얼굴로 옆에 선 사내가 언제든 다음 화살을 뽑아 쓸 수 있도록 화살집을 대고 있다. 다른 세 명의 사내 중 둘은 장검과 작은 원형 방패로 무장했고, 하나는 커다란 양손검을 들고 있었다.

"아, 젠장맞을 얼어 죽을 뻔했단 말이지."

"그냥 지나치길래 정말 난 슬펐어!"

그들은 마치 이미 승기를 잡았다는 듯이 행동하고 있었다. 이쪽에 활을 겨누고 있던 도로 위의 사내가 외쳤다.

"자, 모두 무기를 벗어 마차 안에 두고 내려라! 마차는 우리가 몰고 가겠다!"

"어쩔까요?"

그 말을 완전히 무시한 랄로프는 울리케에게 물었다. 얼굴에 땟국물이 줄줄한 작은 소녀를 보며 언짢아져 있던 울리케가 되물어왔다.

"무탈하게 제압할 수 있나?"

"하! 보십쇼."

그 말과 함께 랄로프의 발아래 놓여 있던 그의 커다란 방패가 붕 하고 떠올라 그의 왼팔에 착 감겼다. 그와 동시에 마차 밖으로 날듯이 튀어 나간 그의 방패가 활을 겨누고 있던 사내의 정면으로 육박했다. 사내의 안색이 급변했고, 재빨리 미친 멧돼지처럼 돌진해오는 그의 머릴 겨누려 했지만 랄로프의 머리 너머로 자신을 향해 겨누고 있는 쇠뇌를 발견하였다. 이미 진작부터 두 번째 화살을 재워놓고 있던 브륀힐데가 랄로프의 돌격과 동시에 그를 겨눈 것이다.

"망할!"

랄로프는 사내의 정면으로 달려들되, 참으로 교묘하게 브륀힐데의 사선(射線)을 확보하고 있었다. 사내는 이미 어느 쪽을 견제해야 하는지 결정할 순간을 놓쳐버리고 말았다. 뒤늦게 시위를 놓긴 했으나 이미 그의 모든 사각(射角)을 차단할 만큼 접근한 랄로프의 방패 한가운데 무의미한 명중을 했을 뿐이다. 다음 순간 랄로프의 방패가 무자비하게 사내의 가슴팍에 쇄도했고, 사내는 황소에 받힌 개처럼 뒤로 나가떨어졌다.

그리고 그것은 다년간 손발을 맞춰온, 숙련된 모험가 일행의 개전 신호가 되었다. 브륀힐데는 마차 밖으로 몸을 던져 바닥에 착지함과 동시에 달려오던 다른 사내의 방패를 꿰뚫었다. 지근거리에서 발사된 쇠뇌의 화살은 엄청난 충격량으로 방패를 쩍 하고 갈라내며 사내의 왼손을 함께 꿰어냈고, 그 직후 브륀힐데는 마차 너머로 바람처럼 사라져버렸다.

또 다른 검과 방패의 사내는 조용히 마부석에서 내려 쌍창을 들고 천천히 다가오는 라그나를 불안한 얼굴로 쳐다보았다. 그의 뒤편에서 양손 검을 든 그의 동료는 이미 랄로프와 뒤얽혀 호쾌하게 합을 주고받고 있었는데, 얼핏 봐도 랄로프의 압도였다. 사태는 순식간에 그들에게 불리해져 있었다.

시그리드가 마차 뒤로 사뿐히 뛰어내린 것은 그 무렵이었다. 그는 고통에 낑낑대며 왼손을 붙잡고 뒤로 물러나는 사내를 힐끔 보고는, 소리높여 좌중에 한마디 했다.

"마법사를 상대할 자신이 없으면 다들 꺼져."

랄로프는 그 말을 듣자마자 여태껏 흥겹다는 듯이 밀어붙이고 있던 양손 검의 사내에게서 딱 떨어졌다. 그러곤 개운한 얼굴로 자신의 방패를 탕탕 때리며 말했다.

"누님 말씀 들었지? 더 덤비면 여기서부터는 상처를 싸맬 필요가 없어질 거야."

아침 산책을 하는 듯 평온한 얼굴로, 쌍창을 이따금 붕 돌리며 다가오던 라그나의 목표물이 맨 처음 반응했다. 그는 들고 있던 검과 방패를 그 자리에 떨구고 미련 없이 휙 몸을 돌리더니 눈밭을 가로질러 달려가 버렸다. 손을 꿰뚫린 사내도 허겁지겁 그 뒤를 따랐고, 양손 검의 사내도 우물쭈물하더니 결국 달아났다.

"자⋯⋯, 어어?"

피식 웃으며 그 꼴들을 보던 랄로프가 돌아보고 당황해서 외쳤다. 맨 처음 들이받았던 활 든 사내는 대체 언제부터였는지 이미 사라진 후였다. 다만 우두커니, 활집을 든 소녀만이 그 자리에 서 있었다. 여전히 별다른 표정이 없었다.

"넌 안 가니?"

랄로프가 소리쳐 물었지만 소녀는 고개를 흔들었다.

"너 쟤들하고 한패 아니야?"

소녀가 다시 고개를 흔들었다.

마차는 다시 움직이고 있었다. 이번에는 랄로프가 마부석에 앉고, 라그나가 마차 안으로 물러났다. 일행은 노상강도들이 남기고 간 무기들을 마차 안의 한쪽에 수습했고 울리케의 지시에 따라 소녀를 태웠다. 전혀 예상외의 사태였지만 하는 수 없었다. 따라온 입장이긴 했지만 울리케는 엄연히 이 가운데서 가장 신분이 높았고, 또한 그들 여정의 물주대리이기도 했으니까.

"이름이 무엇이냐?"

소녀가 애초에 그들과 한패가 아니었다는데 기분이 풀린 울리케가 그렇게 물었다. 딱히 시킨 것은 아니었지만 브륀힐데가 나서서 물수건으로 소녀의 얼굴을 닦아준 직후였다. 그것만으론 마치 타고난 듯 보이는 꾀죄죄함이 없어질 수 없었지만 그래도 처음 보았을 때의 비참함에서는 상당히 멀어져 있었다. 어떻게든 간신히 가난한 농가의 딸 정도로는 보이게 되었다. 소녀는 열 살가량 되어 보였다.

"베르벳."

소녀는 이렇게 대답했다. 소녀의 목소리를 이때 모두 처음 들었다.

"그놈들과 한패가 아니라면 왜 함께하고 있었지?"

"아저씨들이 나를 샀어."

울리케가 눈살을 찌푸렸다. 그러자 라그나가 이야기했다.

"그런 일이 종종 있지요. 가난한 이들이 자식들을 도시에 파는 겁니다. 어차피 아우셀바프로 가고 있으니 아가씨도 보시게 될 겁니다."

"그런 데는 보고 싶지 않다! 노예는 불법이 아닌가?"

울리케가 성난 듯이 말하자, 시그리드가 냉소적으로 대구했다.

"법은 그렇죠. 하지만 노예가 무엇인지조차 제대로 명시되어 있지 않은걸요."

울리케는 그를 보았다. 마법사는 설명했다.

"제국법은 단지 '노예를 금한다', '노예의 매매를 금한다'라고

만 적시합니다. 노예가 무엇인가는 정의하지 않습니다."

"노예가 무엇인가는 모두 잘 알고 있지 않은가요?"

"그럴까요? 단순한 신체의 구속이 노예라면 죄수들도 노예입니다. 얽힌 의무와 터전의 문제라면 가난한 영민들도 결국 노예입니다. 도시에는 하루에 15시간을 일하고 낮은 임금을 받는 이들이 많습니다. 그들은 노예가 아닙니까? 도시의 유소년 매매상들은 인력시장의 한 축을 담당합니다. 그들로부터 팔려나가는 아이들의 생은 고용주에 의해 하늘과 땅처럼 갈리지요. 노예의 여부는 그렇게 쉽게 판단되지 않습니다."

울리케는 입을 다물었다. 시그리드의 지적이 어떤 문제를 이야기하는지 눈치챘기 때문이다. 노예라는 명칭을 사용하지 않고 이루어지는 인력의 매매를 단속하기엔 제국의 법이 너무나 부실한 것이다. 그는 법전을 읽어볼 기회가 없었지만 대강은 이 모순이 어떻게 유래되는 것인지 짐작할 수 있었다.

"저 아이는 강제로 인신매매된 게 아닙니다. 제국법은 미성년인 자식에 대한 부모의 재산권을 인정합니다. 저 아이가 부당한 학대를 받지 않았다면 완전한 합법이며, 설령 구매자가 학대를 했다고 해도 이중 삼중으로 이루어지는 계약의 단계 속에서 결국 흐지부지 취급됩니다."

"……말해라. 그들이 너를 데리고 뭘 했지?"

울리케는 베르벳에게 물었다. 소녀는 대답했다.

"여행했어. 길에 누워있으면 여행자들이 다가왔어. 그들의 말과 짐을 받았어."

즉, 소녀는 그 공갈단의 미끼 노릇을 해 왔다는 이야기다. 울리케는 이를 갈았다.

"그런 처죽일 것들을 보았나! 그 정도로 끝낸 것이 안타깝다."

"……누님."

발프리드가 누나의 격한 언사를 질책하려 했다. 그러나 그는 거기서 멈추지 않았다.

"왜 그래? 아버지와 우리의 영지 안에서 그런 무참한 일을 벌이는 놈들이다! 아우셸바프로 가는 길만 아니었다면 당장 수배령을 내려달라 고했을 것이다! 교수형이다! 말해라, 베르벳! 그놈들이 무슨 다른 짓은 하지 않았느냐?"

그 도적들에게는 참으로 다행히도, 베르벳은 고개를 흔들었고 발프리드는 핼쑥한 표정으로 목을 움츠렸다. 이렇게 격노한 누나를 보는 것은 처음이었다. 베르벳을 가엾은 듯이 보고 있던 브륀힐데가 울리케에게 물었다.

"아가씨, 이 애를 어떻게 하실 건가요?"

울리케도 생각 중이었지만 달리 뾰족한 수는 없었다. 납치된 것도 아니고 부모가 나서서 팔아버린 아이다. 부모를 찾을 방법도 사실상 없을 거니와, 있다 치더라도 그런 부모에게 아이를 돌려줘 봐야 다시 팔려나갈 것이 뻔하다. 이런 경우 가장 좋은 것은 결국 인정 많은, 아니 최소한 아이를 학대하지는 않을 만한 고용주나 보호자를 찾는 일이다.

"일단 아우셀바프에서 적당한 보호자를 물색해보겠다. 여의치 않으면 귀환길에도 함께 한다. 성의 급사로라도 써 볼 수 있게 하겠다."

영주는 그의 청을 거절하지 않을 것이지만 문관 에이드리크는 또 한 시름이 늘 것이다. 소녀는 아직 너무 어려서 밥값을 할 거라고 보긴 힘들었다. 또 제아무리 밥값을 한다고 해도 가난한 성에 함부로 사용인들을 늘릴 형편이 아님은 그도 잘 알았다. 그러나 그렇다고 어린아이를 엄동에 내버리고 갈 수는 없는 울리케였다.

그들은 그렇게 오늘의 목적지인 바케르로 향했다. 중간에 베르벳이 배가 고픈 게 확실해 보였기에 브륀힐데가 자신들의 짐속에서 호밀전병과 육포를 꺼내 정성껏 찢어 주었다. 소녀는 걸신들린 듯 먹어치웠고, 마차가 바케르에 도착할 때까지 바닥에 누워 잠을 잤다. 다들 아무 말도 하지 않았지만 어린 소녀의 처지를 안타까워하는 기색은 역력하였다.

아우케트와 두카르의 부대를 합치면 그 수는 딱 일백이 된다. 하지만 추가로 어린 보충역 고블린들이 이번 행군에 포함되었다. 행군의 목적이 잉겐 근처에 새로운 막사를 건설하는 것이었기 때문이다. 보충역들은 기본적으로 막사에 주재하는 일손이 될 것이며, 그런 일이 일어나지 않길 바라지만 다른 마수들과의 충돌 등으로 부대원을 잃게 될 경우 이루어질 신속한 신병 투입에 쓰일 것이다.

그들의 부대는 시그리드 일행이 북쪽 숲을 탐색하기 위해 출발한 이튿날 움직였다. 고블린 보병들의 행군 속도로는 드리츠에서 잉겐까지 도착하는데 딱 하루를 채울 것이다. 보충역들은 두 마리씩 한 조로 보급품이 채워진 이륜 수레를 끌며 대열의 맨 뒤에 따라붙었다. 그런 수레가 열다섯이었다.

평소라면 인간들의 눈에 띄지 않기 위해 노선을 잡았겠지만 이제는 구태여 그런 수고를 할 필요가 없었다. 물론 이 땅의 인간 영주가 아무리 못 박았다고 해도 여전히 그들을 두려워하고 불신할 영민들이 불시에 그들을 공격해 올 가능성은 존재했다. 하지만 일단 그들은 충분히 대규모의 병력이었고, 그렇게 인간들이 선공해올 경우 차후 그것을 핑계로 적절한 피해 보상을 더 요구할 수 있게 된다. 그렇다고 공격해 오길 바라는 것은 결코 아니었지만, 덤빌 테면 덤벼보라는 식의 마음이 지금 현재 아우케트의 기분이었다. 결코 나쁘지 않은 기분이었다.

아우케트는 휙 뒤를 돌아 후속 부대의 선두를 보았다. 두카르가 밋밋한 표정으로 그의 늑대 '주크'를 몰고 있었다. 그는 원래 아우케트와 개인적인 친분이 두텁던 오십장이 결코 아니었다. 다만 지난번의 일을 그는 결투의 패배로 받아들였고, 이후 아우케트의 모든 결정에 반박하지 않았다. 물론 그들은 사실상 아무것도 걸고 싸운 게 아니었기에 엄밀히 말하자면 고블린들의 결투 의례에 맞지 않았다. 하지만 고지식한 두카르는 그것을 일종의 절대적 상하 관계의 결투라고 인식한 것 같았다. 아우케트로서는 그의 고집을 적극적으로 꺾거나 설득할 필요를 느끼지 못했고, 그래서 잠자코 이번 행군에 따라오도록 했다.

하지만 그는 염려하고 있었다. 오히려 한번 드잡이질을 한 두카르는 신경 쓸 필요가 없다고 여겨졌다. 문제는 다른 고블린 오십장들이다. 이번 일의 결론을 기꺼워하는 오십장은 아무도 없는 게 분명했다. 한 달에 염소 서른 마리씩, 연간 삼백육십 마리! 이 엄청난 이득을 기뻐하기보다 당장 '인간을 돕는다'라는 명제에 불편해하는 것이다. 도대체 왜들 그렇게 계산을 하지 못하는 것일까? 왜들 그렇게 이익이 아니라 명예와 명분에 사로잡혀들 있을까? 이런 맥락에서 보자면 현재 자신을 추종한다고 하더라도 두카르 역시 그들과 조금도 다를 바가 없겠다. 자신의 가치관과 생각을 공유하는 동료 제장이 없다는 사실은 참으로 기운 빠지는 일이다. 그의 이런 생각들은 행렬이 잉겐 동쪽 산에 도착한 밤늦게 이르러서야 중단되었다.

"여긴가?"

두카르가 쿵쿵대며 다가와 물었다. 부러진 코는 이미 맞춰두었지만, 아직도 가끔 코가 막히는 모양이었다.

"그래, 여기다."

"큰 산은 아니군. 원래의 우리 산채 기준에 부합하지 않는다."

아우케트는 고개를 끄덕거렸다.

"그렇다. 하지만 이곳의 목표는 인간을 상대로 한 수성이 아니라 주변 정찰의 중심이자 우리 성채와 이곳 사이의 보급기지 역할을 하는 것이다. 입지 조건 자체보다 위치가 중요하다."

"이해했다."

말을 마친 그들은 곧 숲 안으로 부대를 집어넣고 숙영 준비를 했다. 고블린 부대가 인간들보다 한가지 월등한 점이 있다면 그건 바로 야간시(夜間示)였다. 이는 숲흑늑대들도 마찬가지이기 때문에 일반적으로 인마의 기병이 야간 작전을 거의 수행하지 못하는 것과 달리 이들은 밤에도 대낮처럼 숲을 뚫고 질주할 수 있었다. 그래서 지금처럼 새카만 밤에도 아무 불편 없이 숲을 누비고 숙영지를 마련할 수 있는 것이다. 이는 인간의 군대보다 훨씬 일출과 일몰에 신경 쓸 필요가 없다는, 대단한 전략적 강점으로 작용한다.

여기까지 오는 와중에 아무런 불상사가 없었다는 것은 다행이었다. 먼발치에서 인간의 그림자를 한두 번 보았지만, 그들 대부분 엮여 들어오지 않고 멀거니 쳐다보거나 줄행랑을 쳤다. 아우케트는 부대의 자리를 지정하고 두카르와 함께 말없이 그들의 식사를 준비했다. 모든 고블린들이 분주하게 자기 몫들을 마련하고 있었다. 산채와 달리 이런 야전에서는 십장 단위로 취사를 하기 때문에 숲은 때아닌 십여 개의 모닥불로 군데군데 밝혀졌다. 물론 빽빽한 나무들 덕에 숲 바깥에서는 이 불빛을 볼 수 없을 것이다.

"겨울이 가깝다. 며칠 안에 눈이 올 거다."

아우케트가 숨을 한번 들이켜 공기의 냄새를 맡더니 하늘을 쳐다보고 말했다. 염소고기 꼬치를 잉걸불 위에서 돌리던 두카르가 대답했다.

"그렇겠지."

"하지만 올겨울은 풍족할 것이다."

"……그럴 테지."

"다행한 일이 아닌가, 두카르?"

두카르는 얼른 대답하지 않고 뜸을 들였다. 염소고기의 기름이 모닥불 가에 떨어져 치직 하는 소릴 내었다. 그가 입을 열었다.

"나는 너를 따른다."

"겉으로만?"

빈정거리는 듯한 아우케트의 물음에, 모닥불에 반사되어 빛나는 두카르의 눈에 노기가 어렸다. 그가 힘주어 낮게 외쳤다.

"우리의 영혼을 옥죌 수 있는 것은 없다! 그것은 네가 나의 목을 베더라도 얻을 수 없는 것이다."

"나는 형제의 행동이 아니라 마음을 바란다."

아우케트는 조용히 말하였다. 그의 말이 이어졌다.

"나는 네가 내게 졌기 때문이 아니라, 나의 생각에 찬성하기 때문에 나와 함께하길 바란다."

"그걸 강요할 수는 없는 일이다."

"강요가 아니라 설득이다."

아우케트는 무심코, 일전에 울리케와 나누었던 이야기를 떠올렸다. 자신은 명백히 대화를 폭력으로 강제하기에 그것은 결코 대화라 부를 수 없다는 자신의 고백 말이다. 그날, 자신은 왜 구태여 그런 이야기를 입 밖에 냈을까? 그리고 지금 이 자리에서 자신의 완고한 형제 고블린에게 무엇을 기대하는 것일까?

"우리는 참으로 대화란 걸 모르는 종족이라 생각하지 않는가?"

잠자코 있는 두카르에겐 다소 뜬금없이 들릴 물음을 아우케트가 던졌다. 다시 고기의 기름 떨어지는 소리가 났다. 두카르가 답했다.

"우리는 흐로킨의 맹세 아래 옳고 그름을 결판낼 뿐이다."

"지난 수백 년간 우리의 왕이 나타나지 못하는 이유가 그것이라 생각하진 않나?"

고블린의 왕. 지난 천 년간 나타나지 못한, 이 땅의 모든 고블린들의 정점이다. 그는 열의 오십장이 모여 세워진 하나의 오백장이 다시 열이 모이고, 그제서야 비로소 세워지는 오천장 열의 가운데 하나인 자. 물경 오만의 고블린을 통솔하는 자이며 휘하에 직속되지 않은, 대륙의 다른 모든 고블린들에 대한 지휘의 권능을 땅으로부터 약속받은 자이다. 전해지는 이야기에 따르면 그는 가장 강한 트롤의 완력보다 강하며, 용에 필적

하는 지혜를 소유하고, 에다의 도리마저 깨우친다고 했다. 물론 이제는 그들의 성지 흐로케냐르만큼이나 전설에 가까워진 이야기니만큼 걸러 들을 필요가 있겠지만 말이다.

"왕은 그저 가장 강한 자이다."

두카르가 그렇게 말했다. 아우케트는 부정한다.

"아니, 그는 가장 지혜로운 자일 것이다."

아우케트가 말을 이었다.

"지금처럼 목전의 명예와 호승심에 사로잡혀 먼 훗날까지 이어질 번영의 기틀을 내팽개치며, 그저 서로의 의견 충돌을 대화가 아닌 결투로 결정 내어 스스로의 머릿수를 열심히 줄여나가서야 왕의 도래는 요원하다."

"고기가 익었다, 아우케트."

두카르가 불쑥 아우케트에게 꼬치를 내밀었다. 아우케트는 말없이 그것을 받아들었고, 이윽고 둘은 조용히 그것들을 뜯기 시작했다. 한동안 이어지던 침묵을 깬 것은 두카르였다. 허기의 한숨을 돌린 듯 입가의 기름을 손등으로 슥 훔쳐낸 그는 두 번째의 꼬치를 불 위에 얹으며 물었다.

"네 생각을 더 말해라."

대화가 시작되었다.

바케르를 나서면 이제부터 펼쳐지는 땅은 어느 영지에도 속하지 않게 된다. 아니 실은 영지의 구분이란 게 뚜렷하지 않은 제국에서 어차피 이 땅이 어느 영지에 속하는가는 별로 중요한 일이 아니었다. 땅이란 농가에 속하고, 농가는 촌락에 속하며, 촌락은 영주에 속할 뿐이다. 만일 모든 땅이 경작되어 있고 안전하며 튼튼한 도로로 연결되고 경작지가 아니더라도 쓸모가 있다면 제국은 진작에 모든 땅들의 경계와 소유자를 엄밀히 구분하려 애썼을 것이다. 그러나 제국의 칠 할은 여전히 황무지이고 위험하며, 일부는 심지어 여태 전인미답이다. 그저 중간중간 간신히 자리잡은 촌락들과 도시, 그리고 그들을 연결하는 희미한 도로들만이 인간의 세상을 가늠하는 지표로 존재할 따름이다. 이토록 엷은 물리적 기간(基幹)과 아슬아슬한 체계임에도 제국이 유지되는 것은 적재적소에서 활약하는 마법사들과 황실이 보유한 용의 권능 덕분이다. 울리케는 그렇게 배워 이해하고 있었다.

시그리드의 일행과 울리케, 발프리드, 그리고 베르벳을 태운 마차는 바케르의 여관에서 가벼운 조반을 마친 직후 출발하였다. 여기서 남쪽의 여각촌 스도룬까지는 그리 멀지 않아 이른 저녁 무렵이면 도착할 터였다. 거기서 다시 하루를 묵으면 이튿날 오후에는 아우셀바프에 당도할 수 있었다.

"점심 뭐 먹어?"

만 하루의 동행이었지만 이제 제법 일행들과 안면을 튼 작은 소녀, 베르벳이 물어왔다. 아이의 말투는 예법 따위는 깡그리

무시하고 있었지만, 워낙 어린 데다 어차피 그들과의 인연이 지속되리란 보장도 없었기에 울리케는 딱히 교정하려 하지 않는다.

"벌써 배가 고파?"

랄로프가 어이없다는 듯이 물었다. 소녀는 대답했다.

"미리 알면 좋아."

"뭐가 좋은지 모르겠네. 넌 어제저녁도 오늘 아침도 엄청나게 먹었잖아? 너 실은 돼지 아니냐?"

랄로프의 지적대로 소녀의 식탐은 굉장했다. 하지만 그것은 일행들에게 민폐라기보다 지난 세월 소녀가 겪었을 고생의 증명처럼만 느껴졌다.

"맛있는 걸 먹을 거야. 돼지고기 순대."

울리케가 대답하자, 베르벳은 기쁜 듯이 웃어 보였다. 역시 고기는 최고인 것이며, 그 가치관에 동의하는 랄로프도 헤벌쭉거렸다. 그러나 그런 그의 눈길이 발프리드를 향하자 표정은 굳어졌다.

"도련님, 정말 아픈 모양인데."

그랬다. 어제 종일 이어진 불편한 마차 위의 여행과 지난밤의 낯설고 거친 잠자리는 소년의 기력을 상하게 하고 있었다. 그의 지적에 울리케는 걱정스러운 얼굴로 안색이 창백한 동생을 보았다. 발프리드는 모포를 감싸고 얼굴만 내민 채 쪼그려 앉아 있었다.

"안 좋군요."

다가와 소년의 이마에 손을 짚고 한동안 눈을 감고 있던 시그리드가 말했다.

"마법사의 수련을 시작하면 이런 일도 없어지겠지요?"

울리케가 안타까운 듯이 물었다. 길지 않은 생애에서 남동생의 잦은 병치레를 꾸준하게 목격해온 까닭이다.

"그럴 거예요. 그건 걱정하지 않아도 됩니다."

대답한 시그리드는 품속에서 약병을 하나 꺼냈다. 일전에 눈폭풍을 맞고 쓰러졌던 브륀힐데에게 힘을 준 그 약이었다.

"그건 뭐죠?"

"모험가들이 널리 쓰는 구급약이에요. 어지간한 상황에서는 톡톡히 효과가 있지요. 병에는 듣지 않지만."

마법사는 구태여 그것이 짜증 나게 비싼 거라는 이야기는 안 한다. 그저 힘들어하는 소년을 달래 한 모금 마시게 했을 뿐이다. 그의 말마따나 약의 효과는 확실한지, 신통하게도 잠시 뒤 발프리드의 얼굴에 혈색이 돌기 시작했다. 울리케는 순진하게 감탄하였다.

"이런 것도 도시에서 파나요?"

"물론이어요. 이것 말고도 많은 것들이 있어요."

목숨은 하나다. 그리고 모험가들은 바로 그 목숨을 내놓고 다니는 사람들이다. 칼과 방패 중 하나만 골라야 한다면 모험가들은 백이면 백, 방패를 고른다. 마수의 퇴치나 의뢰의 수행보다 중요한 것이 목숨이니까. 때문에 모험가들은 이와 같은 구급이나 방어, 탈출, 회피의 수단에는 그것이 무엇이든 돈을 아끼지 않았다. 언제나 재정의 한계까지 그것들에 투자하고 그것들로 목숨 하나씩을 더 챙기기 바라는 것이다. 살아남아야 그 다음도 있으니까. 세간에 모험가들이 돈의 망령인 듯이 여겨지는 것은 이 점에서 비롯된 오해였다. 정말로 부유함을 바랐다면 모험가 따위는 아무도 하지 않는다. 시그리드의 일행만 하더라도 벌써 영지의 마법사, 기사, 용병, 사냥꾼으로서의 가능성이 차고 넘치는 이들로 구성되어 있다. 이들이 모험가의 삶을 추종하는 것은 또 다른 층위에서의 이유이며, 그 과정에서 돈에 깐깐한 것은 하나뿐인 목숨을 지키기 위한 투자비용 때문이다.

울리케는 이러한 사실을 반쯤은 이미 알고, 반쯤은 이제 짐작하고 있었다. 말하지 않았지만 시그리드가 베푼 약이 비싼 것 또한 간파할 수 있었다. 그는 정중히 마법사에게 감사를 표했고, 남동생의 모포 자락에 웃풍이 들지 않게 여며주었다.

이후 일행은 예정대로 별 탈 없이 저녁 무렵 스도룬에 당도하였다. 달리 어떤 지표도 없었지만 스도룬에 가까워지자 도로의 사정이 좋아졌고, 어느새 마차는 눈이 치워진 포석 위를 한결 쾌적하게 달리게 되었다. 스도룬과 같은 여각촌은 대개 인근의 여행자들이 도시로 향하는 여정 가운데 편의를 볼 수 있도록, 도시로부터 하루 거리의 위치에 자리 잡는다. 모든 여각촌은 도시의 위성촌이며 그곳에서 생활하는 이들 또한 다른 어디의 영지민이 아니라 도시의 자유민들이었다. 즉, 이곳은 사실상 도시의 한 부분으로 존재하는 것이다.

"와!"

마차의 천막을 젖히고 밖을 내다본 울리케는 무심코 탄성을 질렀다. 잘 닦인 도로와 그 주변으로 꽤 그럴듯한 건물들이 밀집되어 있었다. 그중에서 그의 시선을 사로잡고 영애의 체면을 잠시 잊게 한 것은 단연 가로등이었다. 발프리드 역시 빛나는 눈으로 그것을 바라보았다.

"아씨는 도시가 처음이요?"

랄로프가 싱글거리며 물어왔다. 울리케는 귀엽게 엣헴 하더니 대답하였다.

"올 기회가 없었다. 책 구경을 핑계로 와보고 싶었지만, 불한당 같은 놈들이 득실거린다고 아버님은 허락해주지 않으셨다. 또 겨우 그런 일로 기사들을 호위에 붙이기도 민망하였고."

영지에 기사가 둘뿐이니까. 조금만 더 많았더라도 고집을 부려봤을 것이다.

"불한당들의 천국이기는 하지! 어리둥절하고 있다가는 뒤통수 맞기 십상입니다요."

랄로프가 불한당의 표정을 지어 보이며 너스레를 떨었다. 약에게 구원받아 생생해진 발프리드는 그걸 보고 웃었다.

일행의 마차는 스도룬의 중심 대로를 지나 마구간들이 즐비

한 장소에 도착했다. 통일된 모양에 번호가 붙은 역마차들도 있었고, 그들처럼 각지에서 몰려온 각양각색의 마차들이 한 데따로 도열해 있었다. 무얼 해야 하는지 전혀 몰라 그저 지켜만보는 울리케와 달리, 시그리드 일행은 모두 마차에서 뛰어내리더니 신속하게 마차를 수속하고 말구종들을 불러 삯을 건넸다. 말들이 마차에서 분리되고 그들을 따라 마구간으로 인도되었다.

"아가씨, 내리시지요. 이제 여관을 잡을 겁니다."

시그리드가 말해왔다. 울리케와 발프리드, 그리고 베르벳은시그리드의 일행을 따라 사방을 구경하며 스도룬의 대로를 걷기 시작했다. 날은 이미 어둑해져 왔지만, 곳곳의 가로등이 빛났고, 대로변에 위치한 각종 노점과 상점들로부터도 밝은 빛이새어 나오고 있었다. 도시가 아닌데도 이 정도라니, 아우셸바프는 얼마나 휘황찬란할까? 평생을 시골 영지에서 살아온 울리케에게 이곳은 그야말로 별천지의 문턱이었다.

"저기서 묵지요. 우리가 피어클리벤에 가기 전 묵었던 곳입니다."

시그리드가 가리킨 곳은 대로변에 있는 여관 중 하나인 '늙은 말의 발광'이었다. 그 재미난 간판의 이름에 울리케는 체통을 까먹고 깔깔거리고야 말았다. 웃음을 죽이려 발프리드의 어깨도 움찔움찔 떨렸다.

"어서옵쇼!"

여관의 문을 밀고 들어가자 사환의 쾌활한 음성이 그들을 맞이했다. 수속은 시그리드의 손으로 이루어졌고, 일행은 세 개의 방을 잡았다. 각각 울리케와 발프리드, 브륀힐데와 시그리드, 그리고 랄로프와 라그나가 묵는 것이다. 베르벳은 브륀힐데와 시그리드의 방에 함께 묵는다. 이는 어제 바케르에서와 같은 편성이었는데, 그래서였을까? 마차에서 내린 직후부터 베르벳은 브륀힐데의 손을 잡고 걷고 있었다.

어차피 큰 짐은 마차에 두고 왔기 때문에 각자 달리 방에 따로 둘 것은 거의 없었고, 모두가 방만 확인한 채 다시 아래층의 식당으로 모였다. 랄로프는 방패를, 라그나는 쌍창을, 그리고 브륀힐데는 쇠뇌를 방에 두고 왔다. 다만 랄로프의 장검을 포함하여 모두가 호신용의 보조 무기들은 보란 듯이 내어놓고 있었는데, 이는 여각촌과 도시에서는 당연한 것이라 했다.

"영지에서의 강력범죄는 영주의 손에 의해 심판되지만, 도시는 달라요. 치안대가 없는 것은 아니지만 문제는 시비가 붙었을 때 사법 체계가 단호한 권위를 발휘하지 못하거든요. 더구나 도시는 범죄자를 추적해 잡는 것도 정말 어려워요."

"한마디로 당한 놈만 손해란 거지."

시그리드의 설명에 랄로프가 거든 것이다. 울리케는 고개를 끄덕거렸다.

"찬란함의 이면이네요. 필수 불가결한 것일까요? 인구와 돈을 모으는 데서 발생하는 부작용으로 어쩔 수 없는 것일까요?"

저녁 식사를 시켜놓고 하는 대화로는 조금도 군침 도는 내용이 안 될 것이다. 그러나 아무도 불만스럽게 느끼지 않았다.

"그렇게 볼 순 없지요. 황성의 수도도 영지인 동시에 대도시지만, 아주 강력한 치안과 사법 체계가 잡혀 있어요. 수도 상비군의 3할에 이르는 헌병대는 황명으로 부여받은 경찰권을 갖고 있어서 이런 도시의 민병자경단에 가까운 치안대와는 그 기강과 규율부터가 달라요. 물론 방대한 인구로 비롯된 기본 범죄율 자체가 높은 건 어쩔 수 없지만 검거율도 그만큼 높답니다."

랄로프가 한쪽 귓불을 잡아당기기 시작했다. 그에게 어려운 이야기라는 표현이다. 울리케가 중얼거렸다.

"결국 예산과 체제의 문제군요."

아직은 이 가운데서 그의 고민에 공감하는 이들은 없다. 그는 어리고 영주도 아니며, 영주가 될 가망도 없으니까. 하지만 그는 빌러디저드와 만났고, 부에 대한 그의 생각을 들었다. 그는 아직 경험과 지혜가 일천한 아가씨에 불과하지만, 용과의 만남은 그의 마음속에 용기와 야심의 불을 지폈던 것이다. 그에 대한 오해를 피하고자 첨언해 두자면, 그 야심은 권력에 대한 지향이 아닌 번영에 관한 야심이었다. 대체 무엇으로 피어클리벤을 부강하게 할 수 있을까? 물론 용이 머무는 영지라는 것은 그자체만으로 온갖 돈벌이를 불러들일 수 있겠다. 그러나 그러기 위해서는 그 돈벌이들이 경배하며 들어오는 권력과 군력의 기치를 휘날려야 한다. 하지만 그것은 울리케가 바라는 방식의 부강함과 거리가 있었다.

요리가 내어져 왔고, 여기서 그의 생각은 끊겼다. 베르벳의 돌격 아래 모두의 손과 입이 바빠지기 시작했다.

'빌러디저드 님.'

— 오늘 밤 달을 보았느냐? 운치가 있었노라.

'빌러디저드 님이 우리 영지에 거하신다는 사실을 만방에 퍼뜨리는 게 옳은 일이겠습니까?'

— 인계에 옳음을 논할 만한 일이란 것은 무척 드물다. 이(利)와 해(害)를 논하는 것이 보다 견실하며 필멸자의 염치에 맞는 일이다.

'고견을 청하옵니다.'

— 나를 뒤가 아니라 앞에 두는 것은 너희의 주군에게 도전이 될 것이다. 다물게 한 입과 붙든 손가락 사이로 새어나가는 소문은 어찌할 수 없는 것이나, 나의 무력이 필요해지는 것은 너희의 번영에 꼬이는 간특한 무리들이 그 발톱을 드러낼 때 비로소 여야 한다. 그 전에 우선 너희가 번영을 꾀하는 것은 단지 자력에 의하길 바란다. 나는 다만 충고할 따름이다.

'여지껏 가난한 영지였사옵니다. 그런 재주를 구할 수 있을지 저어됩니다.'

― 빈곤은 없음에서보다 무지함에서 비롯하는 것이다. 부지런히 궁리해 보아라. 결국 영지(英智)에 닿을 것이다.

"응! 뭐? 진짜냐!"

아침부터 랄로프의 고성이 객실 너머에서 터져 나왔다. 일어나 채비하고 있던 울리케는 깜짝 놀라 뛰어나갔다. 랄로프는 시그리드와 브륀힐데의 방 앞에 서 있었다.

"무슨 일인가?"

"아가씨! 아, 고 맹랑한 꼬마가!"

랄로프가 기가 막힌다는 듯이 외쳤다. 울리케가 서둘러 방 안으로 들어서자 황망한 표정의 브륀힐데가 창가를 가리켰다. 나무 창틀에 못 보던 단도가 작은 양피지 조각과 함께 꽂혀있었다. 울리케는 그것을 읽었다.

쫓을 생각 마라. 치료비는 받아간다.

고기 순대는 맛있었다. 추적하면 밤의 방식으로 싸울 것이다.

　　　　　　　　　　　　　― 유쾌한 한스와 보따리 친구들

글씨는 한 글자 한 글자 또박또박 적혀 있었다. 필체를 음미하듯이 되풀이하여 그것을 읽던 울리케는 고개를 돌려 일행들에게 물었다.

"아무래도 아이의 필체군! 정말로 베르벳의 소행인가?"

그러자 민망하다는 듯이 시그리드가 말했다.

"제 품 안의 약병과 브륀힐데의 지갑이 없어졌군요. 다행히 랄로프네 방엔 침입하지 못한 듯합니다. 아가씨와 도련님은 잃은 게 달리 없으신가요?"

어차피 울리케와 발프리드는 달리 대단한 귀중품이랄 만한 것을 챙겨오지 않았다. 용에게 술을 사다주기 위해 지참한 돈지갑은 무사했다. 가난하다는 것은 이럴 때 비로소 도움이 된다.

"크아악, 세상에! 그 고사리손으로 그래, 소매치길 다 했단 말이야? 잠든 틈에 이딴 걸 남겨놓기까지 하고? 무슨 그런 무서운 꼬맹이가 다 있어!"

랄로프에게 정말 무서운 것은 까막눈이라 자신이 읽지도, 쓰지도 못하는 글자를 불과 열 살 어린아이가 썼다는 게 아닐까? 혀를 내두르며 원통해 하는 랄로프의 너머로 라그나가 올라오는 게 보였다. 뛰어온 듯, 다소 상기된 얼굴의 그가 말했다.

"마차에 다녀왔는데, 챙겨두었던 놈들의 무기가 깔끔하게 사라졌다. 하지만 달리 가져간 것은 없더군."

마차에 있던 것들은 모두 크고 무거운 짐들이었다. 들고 다닐 만한 것들이 못되었다. 일행은 모두 기가 막혀 했다.

"그리고 올라오는 길에 사환에게 물었는데, 새벽녘에 베르벳이 필기구를 잠깐 빌려 갔었다 하더군."

"그러고 보니 이 단도는 여기서 쓰는 고기 칼 아니야? 이것도 주방에서 훔쳐낸 건가! 왜, 필기구도 훔치지 않고 그건 또 빌려 썼대!"

랄로프의 절규에, 울리케는 입술을 깨물었다. 결국 베르벳은 그 공갈단들과 처음부터 한패가 맞았다. 그래도 만전을 기하기 위해, 그는 묻는다.

"놈들 중 하나가 침입해 저걸 남기고, 베르벳을 납치했을 가능성은 없을까요?"

아이에게 혐의를 두기 싫은 것은 울리케뿐만이 아니었다. 지난 두 밤을 같이 보낸 브륀힐데와 시그리드 역시 마찬가지였다. 그러나 그들도 고개를 흔들었다.

"우선 없어진 게 약병이에요. 그건 베르벳이 쓰는 것을 봤죠. 그리고 저 필체는 어느 모로 보아도 아이가 쓴 게 맞군요. 그렇게 여겨지도록 꾸미기 위해 필적을 왜곡하고 그사이에 아이로부터 고기 순대 이야기까지 들어서 적을 수 있었을까요? 어찌 되었건 베르벳이 적극적으로 도왔다는 것은 분명합니다."

싫은 듯 이야기하는 시그리드의 말이었다. 이제는 인정하지 않을 수 없었다. 그들은 사흘에 걸쳐 감쪽같이 속아 넘어간 것이다. 마침내 울리케는 분통이 터졌다. 이것은 처음 그 공갈단들을 향해 느꼈던 것과는 많이 다른, 한층 더 개인적이고 수위가 높은 분노였다. 베르벳이 처음부터 그들을 속이고 일을 꾸몄다는 게 이해가 가지 않았다. 그렇게 그들에게 돌아가고 싶었단 말인가? 그 아이는 현재의 처지에 만족하고 있는 것인가? 호의로 대해온 어른들을 속여가면서까지!

"할 수 있는 게 있는가?"

울리케가 차가운 목소리로 좌중에 말했다. 일순 적막이 흐르고 문가에 서 있던 라그나가 말했다.

"우선 여기 스도룬의 치안대에 신고하고 저 증거품을 맡깁니다. 나머지는 아우셀바프에 가서 암시장 조합을 통해 수소문합니다."

"암시장 조합?"

울리케가 물었다. 라그나는 어깨를 으쓱하더니 답했다.

"암시장 조합은 도시의 모든 불법적인 영역을 다룹니다. 모든 장물은 그곳을 거쳐서 출처를 세탁하고 매매의 경로를 잡게 됩니다. 시그리드, 유세트 경이 갖고 있던 약은 대충 노점에서 팔 만한 물건이 아닙니다. 반드시 흔적이 잡힐 겁니다."

"잡으면, 형님? 그래서 도시 치안대에 넘길 거요?"

랄로프가 물었다. 라그나가 그에게 대꾸했다.

"현상금 걸린 놈들일 가능성이 커. 저렇게 바보 같은 이름을 뿌리고 다니는 놈들이야. 이상스러울 정도의 멍청함이다."

울리케는 다시 양피지 조각을 쳐다보고 불식 간에 신음을 흘렸다. '유쾌한 한스와 보따리 친구들'이라니, 저 작명은 분명히 피해자들의 염장을 뒤집어놓을 목적으로 고안된 게 틀림없다.

브륀힐데는 아무 말도 하지 않고 있었다. 그에게서는 일말의 분노도 느껴지지 않았다. 그저 안타까움과 서글픔만이 가득했다. 울리케는 그것을 감지하고 뻗치던 열을 좀 누그러뜨렸다. 상상도 하지 못한 결과였기에 화가 치밀었던 것이지만 그도 본질적으로는 브륀힐데와 같은 심정이었다. 비록 짧은 시간이고 많은 대화를 하지도 않았지만 순수한 호의로 받아들이고 몇 끼나마 같은 밥을 먹어온 아이다. 그 안에 어떤 악의 씨앗이 자라고 있건 간에, 그것은 마땅히 그것을 심은 어른들의 원죄여야 했다. 그는 침통함을 삼키며 시그리드에게 물었다.

"그래요……, 시그리드. 라그나가 말한 대로 진행해도 될까요?"

"문제없습니다. 다만 여비가 좀 줄어들었으니 당초 생각했던 체류 기간에 좀 빠듯할 것입니다. 이래저래 물건 구입을 생각하셨다면 아주 곤란한 상황이고요."

그 정도면 그래도 괜찮았다. 일행이 입은 피해는 크지 않다고 할 수 있겠다. 다만 울리케는 그 약이 도대체 얼마짜린지 물어볼 엄두가 안 났다. 모른 척하고 있는 게 좋을 것 같았다.

"그럼 갑시다. 아우셀바프에서 할 일 하나가 줄었지만, 다른 일 하나가 새로 생겼군요."

울리케의 정리에, 모두가 쓰게 웃었다. 예상치 못한 아침이었다.

제 9장

아룬드 피어클리벤은 올해 스물두 살로, 피어클리벤 가의 장남이었다. 그 위로 두 명의 누이가 더 있긴 했지만, 아들이 대를 잇는 피어클리벤 가의 전통 때문에 태어나자마자 가문의 영광과 책임, 봉토의 안녕을 짊어지도록 약속되었다. 그는 실로 성실한 청년이었는데, 이는 그가 어린 시절부터 보아온 아버지 노아크 피어클리벤 남작의 영향이 컸다. 아버지가 한 뼘이라도 농지를 더 개간하고, 황무지의 마수들을 몰아내며, 영지를 부유하게 하려고 애써온 것을, 그는 성장기의 내내 곁에서 보며 자랐다. 열 살에 어머니를 잃고 일찍 철이 든 그는 이른 나이에 쉬이 그러듯 특권의 달콤함에 취하지 않고 여태껏 몸과 마음을 다잡아왔다. 어떻게든 한시바삐 자격을 갖추어 아버지의 무리를 덜어드리고 싶었던 것이다.

"하우스케트 경."

"예, 도련님."

아룬드에 의해 불린 기사가 대답해왔다. 스벤과 더불어 피어클리벤의 둘뿐인 기사 중 한 명인 에길 하우스케트였다. 차기 주군이 될 이 젊은 영식과 지난 이 주에 걸친 세곡 운반의 경호 책임으로 소임을 다하고 돌아가는 길이다.

"누이들이 선물에 기뻐하면 좋겠어요."

"고르고 고른 것이 아닙니까? 틀림없이 모두 기뻐할 것입니다."

그들은 세 대의 마차를 이끌고 있었다. 수하의 상비군 셋이 말을 탄 채 후미를 따르고 있었고, 그들을 에길의 향사인 토날드가 인도하고 있었다. 이 주 전 피어클리벤에서 세곡을 싣고 출발해 북부 백작령을 방문하였고, 아룬드는 그곳에서 동생들을 위한 선물 몇 가지를 구입했다. 모두 전혀 비싸지 않았지만 각자의 취향을 고려해 고민한 것들이었다. 젊은 주인의 섬세함을 고까워하지 않는 에길은 그리 기분 좋게 말해왔다.

그들의 여정은 이제 끝이 났다. 그들이 없던 그 새를 못 참고 완연히 겨울에 들어선 영지는 이제 눈에 덮여있었다. 시그리드와 울리케 일행이 스도룬 여각촌에 당도하던 무렵, 아룬드의 행렬은 성에 당도하였다. 고대하던 집이었다.

"어서 오거라."

영주는 친히 나와 그의 아들을 반겼다. 말에서 뛰어내린 아룬드가 인사하였다.

"다녀왔습니다, 아버지."

"여정에 변고는 없었느냐?"

"아무 문제 없었습니다. 하우스케트 경과 병사들이 잘해주었습니다."

"그래, 마땅히 치하하고 쉬게 하여라."

"바우트 공은 어디 있습니까? 구매 목록을 받고 싶어 할 텐데요."

본래라면 영주인 아버지보다 먼저 튀어나왔어야 할 문관 에이드리크가 보이지 않는다. 이것을 이상히 여겨 물은 아룬드에게, 영주는 자못 난처한듯한 표정을 지어 보이다 말하였다.

"일이 있어 그룬테름에 갔다. 오늘 안에 올지 모르겠구나."

"그룬테름 산에요?"

아룬드는 여전히 이해가 가지 않는다는 듯 물어왔다. 그도 그럴 것이다. 문관이 이 계절 이 시간에 산에 무슨 용무인가?

아들의 이런 의문이 당연함을 알고 있는 영주는 할 말 가득한 표정으로 이렇게 말하였다.

"이야기해 줄 것이 많구나. 이쪽의 지난 이 주는 실로 파란만장하였다. 정리되는 대로 에길과 함께 내 방에 오거라. 둘에게 알릴 것들이 있다."

저녁 이후 아룬드는 에길과 토냘드를 거느리고 영주의 집무실을 방문하였다. 못 본 사이에 한결 늙어버린 듯한 노아크 남작은 한동안 생각에 잠겨 있다가 비로소 천천히 이야기를 시작했다. 그리고 그의 잔잔한 설명이 이어짐에 따라 아룬드와 에길, 토냘드의 얼굴엔 경악과 놀라움, 안도와 이어진 충격들이 차례로 지나갔다. 감히 어떠한 방해도 이르지 못하고 무사히 노아크 영주의 설명은 끝났으나, 이후에도 한동안 방 안에는 침묵만이 감돌았다. 그 고요를 처음 수습한 건 아룬드였다.

"……울리케가 그런 아이였던가요, 아버지?"

용의 출현, 고블린과의 계약, 어린 남동생의 갑작스러운 마법사로서의 발견 등 그가 논할 만한 화제들은 많았으리라. 그러나 다른 어떤 것들보다 가장 먼저 그가 주목한 것은 여동생에 관한 것이었다.

"나도 이번 일에서 가장 놀라운 것이 실은 그 부분이다. 아무래도 아비로서 팔은 안으로 굽는 법이니 평가를 박하게 하려고 경계해 왔지만 울리케는 명민한 아이였지. 하지만 이번 일들은 그 명민함의 차원으로 설명할 수 있는 결과가 아니었다."

"대체 그 용감무쌍함은 어디서 튀어나온 것입니까?"

납치한 용의 주둥이에서 스스로 풀려나고, 또한 납치한 고블린들을 아군으로 삼아버렸다. 보통의 여자, 아니 강건한 무사라 할지라도 두어 번 맥을 놓기에 충분한 사건들이다. 아버지와 오빠가 알고 있는 울리케라면 그 난리법석의 가운데에서 그저 조용히 눈물지으며 구출을 기다리는 그림이 가장 동생에게 걸맞았다. 용과 고블린 군단을 상대로 교섭에 임하는 것이 아니라.

"우리가 몰랐던 것이나, 분명 일어난 일이다. 아무래도 너희 증조의 피가 숨어있다 나와 설친 게 아니겠느냐? 그 아이는 그런 아이였던 것이겠지. 그게 아니라도 이번 일을 통해 어떤 면모가 발굴되어 자라난 것임에 틀림없다."

"용이라니 대관절……, 그래서 그 용, 아니, 빌러디저드 님이라 하셨나요. 그 거처를 마련하는 일에 바우트 공이 가 있는 것입니까?"

"그렇다. 일주일 안에 완성될 것이라고 말하더구나."

"울리케는 발프리드를 데리고 아우셀바프로 향했고요?"

"그랬다. 유세트 경의 모험가들이 잘 보호할 것이니 무탈할 게다."

"고블린들은 움직이고 있습니까?"

"두 개 군단의 이동이 목격되었다. 약속대로 진행되고 있는 듯하다. 우리는 내달 보름에 염소 서른 마리를 전하면 될 뿐이다."

"알겠습니다, 아버지. 당장 여쭐 건 그게 답니다. 물러나 놀란 정신을 챙기고 나면 뒤이어 여쭐 것들이 생기겠지만요."

"그러더라도 내일 해 주길 바라는구나. 오늘은 쉬어야지."

"아버지도 너무 무리하지 마세요."

책임의 무게를 알고 나눠진 부자는 그렇게 그날의 마지막 인사를 했다. 밤이 깊어갔다.

이튿날, 기사 에길은 느지막이 일어났다. 이 주간 북방의 추운 바람을 뚫고 다녀온 여정의 피로는 묵직한 것이었으니 온종일 자버려도 누가 무어랄 사람은 없었겠으나, 이미 오랫동안 그의 근육들 사이에 자리잡은 무인으로서의 혈기는 그것을 맹렬히 방해하고야 만다. 발가락을 꼼지락거리며 좀더 잠을 청해보려던 그는 결국 지나치게 건강한 스스로의 몸뚱이에 신경질을 부리며 일어나지 않을 수 없었다.

"토날드!"

그러나 아무 소리도 들리지 않는다. 에길은 한숨을 푹 내쉬고 일어나 옆 방의 문을 예고 없이 벌컥 열었다. 마포 깔린 짚단 침대 위에 담요를 돌돌 말고 자는 토날드가 보였다.

"이야! 내 향사가 나보다 늦게 일어나네!"

에길의 외침에 소스라친 열여섯 살 소년은 벌떡 일어나려다 번데기마냥 몸에 감긴 담요를 어쩌지 못해 침대 아래로 굴러떨어지고 말았다. 퍽 하는 소리가 났다.

"맙소사, 괜찮으냐?"

좀 더 놀려줄 심산이었지만 에길은 그렇게 묻고 만다. 끙끙거리며 양모 담요의 구속에서 벗어난 토날드는 일어나 진심으로 죄송한 표정을 지었다.

"늦잠 잤습니다, 벌하소서, 경."

"됐다. 푹 자라고 말한 것은 나다. 다친 데 없으면 밥이나 먹자."

토날드는 부랴부랴 침상을 정리하더니 에길이 세수할 물과 수건을 대령했다. 그러곤 그의 몸치장을 돕고 때늦은 아침을 받기 위해 주방을 향하려 했다. 그러나 에길이 그를 붙잡았다.

"어차피 곧 점심이다. 겔다의 잔소릴 들어가며 밥 구하러 가지 말고 그냥 기다리자."

"알겠습니다, 경."

할 일이 없어진 에길은 숙사를 나서 성의 안뜰로 향했다. 말과 병사들을 확인할 셈이었다. 그들이 자릴 비운 동안 있었을 성의 변화도 이래저래 따라잡을 겸.

그리고 대장간을 지나 연병장에 이른 에길의 눈에 성의 변화를 증명하는 그림자 하나가 포착되었다. 디드리크였다.

"발리엇, 신참이냐!"

서로 목검을 들고 디드리크와 합을 겨루며 이런저런 이야기를 하고 있던 병사에게 에길이 다가서 물었다. 발리엇이라 불린 그 병사는 에길에게 군례를 올려붙였는데, 디드리크가 옆에서 한 박자 늦게 그것을 따라 했다. 그러자 발리엇은 낭패한 표정을 지었고, 에길이 웃으며 말했다.

"특수한 예외를 빼면, 군례는 무리의 최상급자가 대표로 하는 것으로 족하다, 소년."

그제야 배운 내용을 기억해낸 디드리크가 울상이 되었다. 에길은 너그럽게 말했다.

"괜찮다. 반복하여 빈번하게 실수하지만 많으면 된다. 그나저나, 이름이 뭐지?"

"디드리크입니다, 경!"

부동자세로 선 디드리크가 크게 외쳤다.

"네가 그 염소치기로군? 그럼 저 흰이리개의 주인인가?"

에길이 그들 뒤편에서 바닥에 앉은 채 이쪽을 구경하고 있는 사우트를 보며 물었다.

"그렇습니다, 경!"

"뭐라 부르지?"

"사우트입니다, 경!"

"호쾌한 이름이다. 그리고 이름만큼 멋진 개로군."

디드리크는 이 기사의 찬사에 무어라 대응해야 할지 몰라 그의 고참을 곁눈질했다. 그러나 발리엇은 그냥 미소짓고 있을 뿐이었다.

"아직 제복은 아니 나왔나?"

디드리크의 허름한 꼬락서니를 아래위로 훑어본 에길이 발리엇에게 묻자, 그는 대답했다.

"예, 경. 제식 무구는 모두 체구에 맞게 지급되었으나 제복은 침모가 재단하느라 시간이 걸렸습니다. 그래도 오늘 저녁쯤 될 거라고 들었습니다."

"한창 자랄 나이라 갑옷이랑 제복은 훗날 다시 맞춰야겠군. 몇 살이냐?"

"열여섯 살입니다, 경!"

"토날드랑 동갑이로군! 친하게 지내라."

여기까지 말을 마친 에길은 토날드와 함께 물러났다. 잠시 그들의 뒷모습을 배웅하고 있던 병사 발리엇은 디드리크에게 말했다.

"마지막 말씀은 못 들은 것으로 해. 향사는 작위는 아니지만, 우리 같은 평민 병사와 비할 바가 아니야. 나중에 기사가 될 몸이라고?"

그랬다. 향사는 전시와 같은 특수 상황에서는 즉각적인 임관도 가능하다. 그저 단순한 방패 시종이 아닌 것이다. 그야말로 기사라는 전문직을 향해 십 년 가까이 오로지 그 곁에서 봉사하며 무(武)의 모든 것을 보고 익히는 데만 전념하는 이들이다. 그 가진 신분이 어떠하건 간에, 결코 병사와 같이 여겨지지는 않는다. 다만, 명백히 병사들의 지휘관인 기사에 비해 향사는 실질적으로 아무런 명령권이 없다. 뿐만 아니라 야전에서도 사실상 전력 외 취급이다. 그들은 그저 1인의 기사에 복속되며, 군의 편제 내에서는 없는 것으로 본다. 그러므로 향사가 일반 병사보다 정말로 더 높은 지위인가 하는 것은 상당히 애매한 문제였다. 때문에 그들은 그저 서로 소 닭 보듯 하는 것이 일반적인 관례였다.

그리고 디드리크는 자신이 염원했던 길을 걷고 있는 그 소년, 토날드의 뒷모습을 내심이나마 아쉽게 바라보며 대답했다.

"명심할게요."

"그럼 훈련 계속하자. 조금 있으면 점심이니까, 최대한 맛있게 먹을 수 있게 해 보자고?"

디드리크는 나흘 전 피어클리벤 성에 도착했다. 그야말로 낯선 곳에서 시작되는 새로운 생활에 대한 각오로 뻣뻣이 긴장해 있었지만, 다행히 앞으로 한솥밥을 먹게 될 그의 고참 병사들은 이 어린 신입에게 호의적으로 대해주었다. 언제나 한계까지 빠듯하게 운영되는 피어클리벤의 군무(軍務)에서 단 한 사람이라도 충원이란 마땅히 환영할만한 일이었으니까. 지금 그의 곁에서 검술을 지도하고 있는 병사 발리엇은 디드리크에게 붙여진 직속 고참이었다. 그는 올해 스무 살이었으며, 디드리크가 들어오기 전까지는 성의 병사 중 가장 막내였다. 막내의 신세를 면해서였는지 아니면 그저 새로 들어온 소년의 열의가 귀여웠던 것인지 그는 지난 사흘간 줄곧 디드리크에게 찰싹 달라붙어 병사로서의 생활을 세심하게 가르치고 있었다. 당장의 훈련이 시급하고 모르는 것투성이인 소년은 정식 병사라고 할 수 없었기에, 아직 경계 근무 같은 것은 먼 이야기였다. 고참들의 수발을 하지 않는 시간에는 이렇게 계속해서 훈련을 했으며, 발리엇의 근무 시간엔 옆에 따라붙어 곁을 지켰다.

"여기까지가 기본 열여덟 걸음이야."

목검을 들고 물 흐르듯 이어진 검술 시범을 한 차례 마친 발리엇이 눈을 빛내는 디드리크에게 말했다.

"지금 너에게 가르치는 독립된 동작들을 연계해낸 거야. 실전보다는 제식성이 강하지만 마땅히 병사의 기본 소양이다. 완전히 외우고, 아무 생각 없이도 반사적으로 몸이 기억해내 할 수 있게 해야 돼."

"알겠습니다."

훈련으로써 디드리크가 배워야 할 것은 검술 말고도 창술과 궁술, 그리고 기마술이 있었다. 또한 기사의 지휘 아래 분대 대형을 짜는 연습도 있다고 했다. 평상시에는 성안에서 영주의 가족들을 호위하며 경계 근무를 서지만, 유사시 영지 내에 출몰한 마수의 퇴치와 범죄자의 추적, 체포도 그들의 일이었다. 그것이 상시 제복과 갑옷, 검을 들도록 허락받은 이들의 책무였다.

"자, 같이 해볼까? 날 곁눈질하지 말고 순서와 박자를 눈치채 봐."

주인이 뭘 하는지 별로 이해하지 못하는 흰이리개가 다시 살포시 날리기 시작한 눈발을 보고 하품을 했다. 청년과 소년의 몸짓이 일치되어 흐르기 시작했다.

이미 한차례 스도룬의 번화함을 보았음에도 아우셀바프에 입성한 울리케의 눈에 비친 도시의 규모와 복잡함은 예상을 뛰어넘는 것이었다. 호젓하고 드문드문한 영지의 농가에 익숙한 그에게, 도무지 이렇게까지 할 필요가 있을까 싶을 정도로 빽빽하고 켜켜이 쌓아 올려진 건물들의 밀집성은 놀랍기만 하다. 앞서 그의 눈길을 끌었던 가로등은 물론이고, 집들 사이를 연결한 빨랫줄들조차 장관이었다. 하지만 무엇보다 그를 놀라게 한 것은 따로 있었다.

"……냄새! 대체 이게 무슨 냄새인가?"

마차의 천막 사이로 흘러드는 악취에 기겁한 그가 소리쳤다. 랄로프가 상큼하게 대꾸했다.

"똥이오."

"뭣? 그런……, 왜 이렇게까지 냄새가 난단 말인가?"

"길바닥 아무 데나 버리니까."

울리케는 눈을 크게 떴다.

"따로 한데 모으지 않는단 말이냐?"

"무에 쓸려고? 여긴 도시요. 거름을 모을 필요가 없습니다."

아무리 그래도 이것은 너무 심하다! 마침 길가의 건물 이 층에서 요강을 뒤엎는 게 보였다. 그 칠칠찮은 오물이 행인들이 오가는 도로 한복판에 쏟아지는 광경은 울리케를 아연케 했다.

"그래도 그렇지, 저러다 뒤집어쓰겠다! 왜 따로 모아 처리하지 않지?"

"글쎄……."

랄로프가 우물쭈물하자 시그리드가 대답했다.

"아우셀바프 도시 조례는 저걸 금지해놓긴 했어요. 걸리면 벌금도 물지만 별로 소용이 없답니다. 요금을 받는 분뇨 수거업자가 있지만, 그들에게 돈을 주고 이용하기보다는 그냥 아무 데나 버리고, 어쩌다 벌금이 물려지는 게 더 싸게 먹히니까요."

이런 것조차 돈의 논리인가! 울리케는 악취를 넘어선 이 기막힌 사실에 눈살을 찌푸렸다. 피어클리벤 같은 시골 영지는 인구 밀도가 무척 낮고, 사실상 분뇨 처리에 관해 도시와 별다르지 않다고 하더라도 때문에 결과적으로는 그게 문제가 되지 않았다. 또한 대부분이 농가이므로 모든 분뇨는 잘 모여 퇴비로 재생산된다. 따지고 보면 농민들이 더 청결한 삶을 사는 것도 분뇨가 결국 돈이 되기 때문인 것이다.

돈과 똥에 관한 일련의 깨달음에 울리케가 조금 더 박식해지고 있을 때, 브륀힐데가 물어왔다.

"이제 어디서부터 움직이나요?"

그 물음에 일행의 눈길은 자연스레 시그리드에게 향했다. 울리케와 발프리드도 어느새 그를 이 무리의 최연장자이자 결정권자로 인정하고 있었다.

잠시 생각하던 그는 말했다.

"두 패로 나눠죠. 저와 브륀힐데, 그리고 발프리드 도련님은 자료와 마법사 수색에 임하는 것입니다. 그리고 나머지 울리케

아가씨와 랄로프, 라그나는 암시장 조합을 방문하시죠. 이렇게 나뉘는 편이 더 효율적이고 도시 체류 기간을 줄일 수 있을 거예요."

두 여성과 소년의 조는 얼핏 도시의 불한당스러움으로부터 위험할 것 같지만 거기엔 마법사가 있다. 또한 암시장 조합이라는, 이름만 들어도 위험한 냄새가 풀풀 풍기는 장소이지만 여기엔 노련한 전사 둘이 호위한다. 이 정도면 별걱정이 없으리라고, 다들 고개를 끄덕거렸다.

하지만 모두가 그것에 동의한 것은 아니었다. 일행이 도시의 여각집적구역에 위치한 여관, '보리 위의 아침밥'에 여장을 풀고 나와 계획대로 흩어지려 했을 때, 라그나가 이렇게 물어왔다.

"아가씨는 왜? 구태여 우리와 함께 그 소굴을 방문하실 필요가 있는가?"

"안 그러면 이쪽에서 보호해야 할 대상이 둘이 되는데, 그게 더 위험하다고 생각해."

시그리드가 말을 이었다.

"암시장 조합이 아무리 무뢰배들 소굴이라 해도 너희 둘이면 난 별로 걱정 안 해. 그리고 아가씨는 배포가 있잖아?"

시그리드에게 기대하지 못한 평가를 받은 울리케는 묘한 표정을 지었다. 마법사는 빙긋 웃더니 품에서 작은 주머니를 꺼내 거기서 돌돌 말린 종잇조각 하나를 내보였다.

"어차피 이런 말로 그냥 보낼 생각은 아니었어. 아가씨, 이것은 수호의 부적이에요."

"야, 그걸⋯⋯."

랄로프가 감탄한 듯이 말했다. 그의 말을 자르며 시그리드는 부적을 울리케에게 내밀었다.

"몸에 지니세요. 어떤 치명상이라도 반드시 한 번을 무르게 해 줍니다."

이건 또 도대체 얼마짜릴까. 그런 생각이 드는 것은 어쩔 수 없었다. 울리케는 시그리드가 내민 것의 가치와, 그것이 증명하는 그의 호의를 느끼며 부적을 받아 품 안에 잘 갈무리했다.

"감사해요, 유세트 경."

"아가씨가 다치면 저희는 영지로 못 돌아가니까요."

마법사는 짐짓 속물적으로 말해보지만 울리케는 그에 대한 평가를 깎지 않는다.

"자, 그럼 모두 예정대로 흩어지죠."

시그리드의 말을 끝으로, 그들은 둘로 나뉘어 흩어졌다. 마법사와 궁사가 남동생을 사이에 두고 걸어가는 것을 배웅한 뒤, 울리케는 몸을 돌려 이제부터 자신을 호위할 두 전사를 믿음직스럽게 바라보았다.

"가자. 여기서 먼가?"

"한동안 걸어야 하지만, 그리 멀진 않습니다."

라그나가 대답했다. 그가 길을 잡아 앞서나갔고, 랄로프는 후미에서 울리케의 뒤를 따르며 호위에 임했다. 노상을 직접 건기 시작하자 악취는 한결 더 생생히 울리케를 괴롭혔다. 아니, 그래도 냄새는 그나마 괜찮다. 울리케는 성분을 알고 싶지 않은 질척한 것들을 필사적으로 피하려 움직였고, 때문에 일행의 걸음은 빈번히 느려져야 했다. 하지만 라그나와 랄로프는 그에 불평하지 않았다. 그들은 악취와 오물에 만성인 듯 아무렇지도 않았으나 그렇다고 해서 귀족 영애의 유난스러움을 이해하지 못할 만큼 그것들이 기꺼운 건 또 아니었으니까.

도시의 대로는 그나마 사정이 나았다. 비록 행인들의 무리와 지나가는 짐수레, 마차, 노점, 행상인, 병사와 기사, 창부 등 각양각색의 군중들이 저마다의 격에 어울리는 소음을 일으키고 있었지만 말이다. 좁은 골목에 진입하자 사람 수는 확 줄어들었지만 악취와 오물의 밀도는 늘어났고, 그것들 위를 위험한 공기가 맴돌았다. 비좁고 어두운 골목 사이사이에서 불량한 눈길을 빛내는 사내들과 창부들, 그리고 토사물 곁에 드러누운 취객과 걸인들도 종종 보였다. 울리케는 너무 사방에 시선을 두지 않으려 애쓰기 시작했고, 어느새 라그나의 뒤통수만 쳐다보게 되었다. 두 무사는 아무런 거리낌 없이, 그러나 거치적거리면 죽여버리겠다는 기운을 삼엄하게 풍겨대며 울리케를 인도하였다. 마침내 그들은 도시의 수로로 내려가는 계단 위에 도착했다.

"이곳인가?"

시커먼 수로에서 풍기는 심상치 않은 냄새에, 이미 악취에 꽤나 익숙해져 있다고 생각했던 자신을 허물며 울리케가 물었다. 덤덤한 라그나가 고개를 끄덕이며 대답했다.

"수로로 내려갈 겁니다. 무얼 보더라도 놀라지 마시고 대응은 저희에게 맡기시지요. 여기는 특수한 장물을 싸게 사기 위해 호위를 대동한 귀족들도 종종 찾는 곳입니다. 아가씨와 같은 존재의 방문도 그리 이채로울 것이 없어요. 하지만 경거망동하면 얕잡아 보이게 될 것입니다. 수십 번 와봤다는 듯 행동하세요."

수로는 아우셀바프로 이어지는 작은 하천을 복개한 뒤 운하처럼 연결하여 도시의 각 구역을 나누는 경계처럼 지어져 있었다. 이는 말하자면 하수처리 시설이었고 달리 교통 운하의 역할은 고려되지 않았다. 수로는 아우셀바프 남쪽에 면한 큰 강으로 이어져 모든 오수를 배출하며, 큰비가 오더라도 홍수가 나지 않게끔 또한 작용한다. 때문에 평소의 수로 수위는 매우 낮았고, 수심도 전혀 깊지 않았다. 빠지더라도 익사할 일은 없을 것이다.

'하지만 다른 이유로 죽고 말 거야.'

울리케는 혼탁한 수로의 물을 쳐다보고 생각했다. 수초는 분명 아닌 듯하지만 도무지 정체를 알 수 없는 털 같은 것들이 수로의 바닥과 벽면에 빼곡히 들어차 느린 유속에 맞추어 뒤집힌 벌레의 발마냥 구불거리고 있었다. 물에 빠진다면 아마 그 불쾌함과 뒤이어질 온갖 불결함에 무슨 저주라도 뒤집어쓰고 말

것 같았다. 시그리드가 내어준 수호의 부적이 냉큼 그 힘을 발휘해버릴지도 모른다.

토하지 않으려고 침을 꿀꺽 삼킨 울리케는 라그나와 랄로프를 따라 수로 아래로 이어지는 계단을 내려가 한동안 걸었다. 곧이어 거의 해가 들지 않을 만큼 빽빽한 목재 구조물들이 그들의 머리 위를 뒤덮기 시작했다. 수로의 주변에 얼기설기 쌓여 올려진 계단과 구름다리, 무허가 건물들의 성이 나타났다. 그 경이로운 무질서함과 그럼에도 불구한 밀도가 울리케를 압도하였다. 반복된 무질서의 집적 끝에 마치 어떤 극치의 예술적 성과에 도달한 듯한 풍경이었다. 이것은 어떤 면에서 분명히 감탄할 만한 경이에 속했다.

"이쪽입니다."

그 무질서한 성의 입주민들이 보내는 형형한 눈길을 막아선 채 안내하던 라그나가 울리케를 이끌고 당도한 곳은 수로 안쪽의 벽면으로 향하는 구멍이었다. 그대로 진입한다면 분명 도시의 지하로 내려가게 된다. 구멍의 곁에는 무장한 큰 덩치의 두 사내가 눈을 부라리고 서 있었지만 딱히 일행을 보고 말을 걸어오거나 저지하진 않았다. 그저 울리케를 아래위로 훑어보고 만다. 그는 어쩔 수 없이 불쾌감을 느꼈지만 왜인지 두렵지는 않았다.

"가시죠, 아가씨."

이제 그들은 지하 통로를 들어서 걷기 시작했다. 통로는 어두웠지만 군데군데 적당한 지점에 기름 등잔이 매달려 있었다. 수로를 물러난 탓인지 냄새는 확실하게 줄어들고 있었지만 불길한 축축함이 지배하고 있었다. 오물을 밟을 염려는 벌레를 밟을 걱정으로 변했고, 몇 번을 꺾어 들어간 통로의 어둠은 이제 완전해졌다. 이곳은 지상의 인계와 분리된 다른 세상이었다. 갑자기 널찍한 장소가 나타났다.

"무슨 용무십니까?"

마침내 당도한 곳은 어두운 탓에 그 넓이를 가늠하기 쉽지 않았으나 군데군데 밝혀진 등잔들이 일부나마 그 규모를 짐작게 해 주고 있었다. 군데군데 자루와 상자 같은 짐들이 놓여 있었고, 몇 무리의 사람들이 등불을 들고 그것들을 보며 이야기하고 있었다. 라그나와 울리케, 랄로프가 들어서자 그들을 맞이한 것은 두건 달린 가죽 외투로 몸을 감싼 남자였다. 지금까지의 풍경에 걸맞지 않은, 나긋하고 매끄러운 음성에 울리케는 놀랐으나 라그나가 언질한 대로 아무런 표도 내지 않는다.

"찾고자 하는 물건이 있소."

라그나가 그에게 말했다. 대화가 이어졌다.

"희망하시는 매매품은 어떤 것입니까?"

"구급의 영약이오. 최소 2등급 이상을 원하오."

"기대에 부응해드릴 수 있을 것입니다."

이렇게 대꾸한 사내는 흐르는 듯한 움직임으로 물러나 어둠 속으로 사라졌다. 이에, 라그나는 울리케에게 조용히 속삭였다.

"그가 내올 물건들은 모두 장물입니다. 그 중에 시그리드의 약이 있는지 확인할 겁니다."

"있으면, 그걸 살 텐가?"

"일단은 그럴 것입니다. 여기서 장물의 출처를 섣불리 추궁했다간 다시 볕을 보기 어렵습니다. 다만 잠자코 매입한 뒤, 웃돈을 주고 저간의 경기가 어떠냐는 듯 질문할 겁니다. 장물은 모두 선지급된 것이므로, 우리가 합당한 가격을 주고 산 뒤 그 출처를 넌지시 물어보는 것에는 어쩔 수 없다는 식으로 말해주기도 합니다. 요령이 많이 필요하지만요."

울리케는 라그나의 설명에 고개를 끄덕거렸다. 그것은 말이 되는 이야기였다. 이곳이 도시의 장물을 취급하는 곳이라면 그 제공자와 매매자에 관한 정보는 무엇보다 중요한 비밀일 것이다. 다만, 그 신뢰가 돈만큼 중요하지는 않다는 것이겠지.

그들을 맞이했던 사내가 다시 나타났다. 그러고는 들고 온 작은 함을 열어 그들 앞에 내어 보였다.

"좌측의 하나를 제외하고 세 개 모두 2등급의 구급약입니다."

라그나는 조용히, 그러나 뚫어져라 함 안을 보았다. 그러고는 잠시 뒤, 그에게 말했다.

"주인님과 이야기를 해야 하오, 잠시 물러서 주시오."

"원하시는 대로."

사내는 함을 닫고 조용히 뒤로 물러났다. 라그나는 울리케에게 곤란한 듯 속삭여왔다.

"우리 물건이 없습니다. 그놈들은 아직 여기에 안 판 모양입니다."

"아니면 팔 생각이 없거나."

울리케의 추측이다. 그의 말이 이어졌다.

"생각하기에 따라 그걸 팔아 목돈을 챙기기보다 약을 자체 소비하는 게 나을 수도 있지 않은가?"

"실로 그러합니다. 이거 곤란하게 되었습니다."

라그나는 덤덤한 듯 말했지만 미간이 살짝 찌푸려져 있었다. 예상이 빗나간 것을 기분 나빠하는 것 같았다. 그의 말이 이어졌다.

"문제는 또 있습니다. 우린 영락없이 별 필요 없는 구급약을 비싸게 사야 합니다. 이대로 쓸만한 물건이 없다고 물러나는 건 여기 상식에 안 맞는 소립니다. 게다가 정보를 더 얻을 수 있을 것 같지 않고요."

"무슨 말인가? 장물이 모험가 조합에서 파는 정품보다 더 비싸단 말인가? 그럼 왜 여기서 저것들을 살 필요가 있는가?"

"모험가 조합의 물품들은 조합원에게만 팝니다. 그러고도 없어서 못 팔기 때문에 아는 모험가에게 웃돈을 주고 매입하려 해도 잘 성사되지 않습니다. 시간과 비용을 생각하면 여기서 사는 게 더 싸집니다. 이곳의 가격은 그것을 고려해서 한계까지 비싸게 책정해둔 것입니다."

울리케는 속으로 탄식했다. 안 그래도 비싼 구급약이다. 그걸 웃돈을 더 얹어주고 사야 하는 것이다. 베르벳이 훔쳐 간 돈을 합치면 일행의 손해가 너무 커진다. 그가 물었다.

"어떻게 그냥 물러날 요령이 없는가?"

"지금 여기 어둠 속에 몇이나 숨어 우릴 지켜보고 있을 것 같습니까? 못해도 스물 이상의 살수(殺手)가 있습니다. 도리가 없습니다."

차라리 시그리드가 여기 있었어야 했을까? 난관이자 봉변이다. 위험보다 돈이 너무 아까웠다. 그런 생각을 하는 스스로에게 울리케는 고개를 절레절레 저었다.

"말씀들 나누셨습니까?"

작은 함을 들고 기다리던 사내가 넌지시 다가와 물었다. 초조함은 기색도 느껴지지 않았으나, 충분한 재촉의 의미가 있었다. 라그나가 작게 한숨을 내쉬고 입을 열려던 찰나, 울리케의 말이 먼저 떨어졌다.

"우린 도둑놈들을 찾고 있다."

"워메."

뒤에 서 있던 랄로프가 나직하게 탄식했다. 일순간 사방에 기괴한 정적이 일었다. 함을 들고 서 있던 사내는 석상처럼 굳어 있었고, 그들을 둘러싼 어둠 곳곳에서 맹렬한 살기가 독사 떼처럼 뿜어져 왔다. 라그나는 울리케의 기습적인 한 마디가 울려 퍼진 직후 그대로 꼿꼿하게 선 채 미동도 하지 않고 함을 든 사내만 쳐다보고 있다.

마침내 굳어 있던 사내가 천천히 입을 열었다. 지금까지의 나긋한 음성은 간데없고, 불쾌함과 냉랭함이 서린 뻑뻑한 음성이었다.

"죽고 싶은가?"

그 명백한 위협이 무안할 정도로, 울리케는 상큼히 자기 할 말만 한다.

"유쾌한 한스와 보따리 친구들이라는, 명랑한 이름의 친구들을 찾고 있다. 알고 있는가?"

"죽고 싶다는 이야기로군."

"우리 죽음이 돈이 될 리 없지 않은가? 나는 살아있을 때 비싸다."

"매수금을 가져왔겠지. 가치는 충분히 있다."

"그럼 여기는 시장이 아니라 강도 떼의 소굴이었는가?"

믿을 수 없다는 듯, 나직하지만 단호하게 울리케가 외친 것이다. 잠시 고개를 삐딱하게 기울이며 이 배짱 두둑한 여자를 보던 사내가 말했다.

"제공자와 구매자의 신분에 관한 정보는 우리의 장사 밑천이다. 그것을 되는대로 누설해서야 이곳은 성립하지 않는다."

"세상에 합당한 가격을 치른다는데 팔지 않는다고 하는 자들을 상인이라 볼 수 없지. 아니면 그토록 고고한 신념의 사도들인가?"

사내는 비웃듯이 물어왔다.

"합당한 가격? 우리의 신용에 감히 가치를 매긴다는 것인 가?"

"너희의 잘난 신용 모두를 사겠다는 것이 아니다. 단지 하나 의 예외에 관한 구매인 것이다."

"선례는 보에 난 구멍과 같아서 그것이 얼마나 작든 결국 보 를 무너뜨리게 된다."

"그렇게까지 말한다면 이 상담은 없었던 것으로 하겠다. 다만 아름다운 신용의 가치를 보여준 데 대한 경탄의 의미와, 아울 러 시간을 무익하게 빼앗은 점을 고려해 금화 열 장을 후사하 겠다."

그는 속으로 울었다. 그 금화는 빌러디저드에게 사줄 노주 아 베냐드의 값으로 챙겨온 전 재산이었다. 그러나 그런 그의 용 단을 비웃듯, 사내는 지껄였다.

"후사? 너희는 너희 목숨값을 고작 금화 열 장으로 치고 후사 라 말하는 것이냐?"

그러자 울리케는 희극적으로 딱하다는 표정을 지어 보이며 다음과 같이 말했다.

"말해봐라. 혹시 대상회에 속해 떳떳이 장사할 상재가 부족하 여 이 아래까지 기어들어 온 것이 아닌가?"

"……뭐라고?"

사내는 화를 낼 짬도 놓쳐버렸다. *뭐지? 미친 여자인가?* 하지 만 울리케는 낭랑하게 말을 이어갔다.

"금화 열 장에 너희는 아무런 지불 없이 너희가 끝끝내 고객의 신용을 잃지 않았다는 소문을 기꺼이 내줄 셋을 확보하게 된다! 하지만 너희가 참칭하는 상인의 도리를 잊고 결국 우리의 목숨과 주머니를 탐한다면 너희는 너희가 해친 것이 누구였는지를 뒤늦게 깨닫고 비싼 값을 치르게 될 것이다."

"……너희가 누군데?"

"고객의 정보라는 신용 정보의 취급에는 대상인들도 감탄할 만한 기개로 보호하면서, 찾고자 하는 매물이 없어 물러나겠다는 우리를 강도의 논리로 위협하는 위선자들에게는 고할 정체가 없다. 네놈들은 상인이냐, 강도냐? 도대체 어느 쪽인가?"

침묵이 흘렀다. 술렁이는 어둠 속의 살기들이 살포시 기우뚱거렸다.

"우리는 상인이다."

여전히 함을 든 사내가 뭔가 억울한 듯한 음성으로 말했다. 울리케가 받았다.

"그렇다니, 다행이다. 너희는 끝까지 신의를 지켰다. 나머지도 지켜주리라 믿는다. 아직도 금화 열 장이 너무 싼가?"

다시 조용한 침묵이 일대를 덮었다. 함을 든 사내는 눈에 띄게 고민하고 있었다. 그때, 어둠 속에서 목소리 하나가 그들을 갈라섰다.

"우린 그 돈을 뜯어낼 만큼 염치가 없진 않소."

함을 든 사내가 움찔 놀라 고개를 수그리며 뒤로 물러섰다.

그런 그를 제치고, 한 중년의 남성이 나타났다. 선이 굵은 외모에, 날카로운 눈빛이 아스라한 등잔 불빛 속에서도 형형한 남자였다. 그는 상쾌할 정도로 정중하게 자신을 밝혔다.

"이 침침한 조합의 장(長), 라스요."

"행패를 부린 울리케다."

"천한 상인이 영애를 뵙소."

울리케는 이름만을 밝혔을 뿐, 가명은 언급하지 않았다. 그러나 사내는 그것을 더 묻지도 않고 그가 보여주는 자연스러운 태도 전반에서 신분을 읽어낸 것 같았다. 그의 말이 이어졌다.

"본시 상담(商談)이란, 배석을 공히 인정받지 않은 타인이 엿듣는 것이 아니오만 이렇게 무척 실례를 범했습니다."

"그것은 어둠 속의 칼들도 고려해서 하는 말인가?"

울리케의 지적은 라스를 웃겼다. 그는 이를 드러내고 소리 없이 표정을 밝히더니 대답했다.

"사업의 특성상 도리없이 행하는 관습이니 너무 탓하지 마시지요."

"기꺼이 이해한다."

"해서 말인데, 이야기를 듣고 있었소. 아가씨의 모든 말은 실로 명쾌하고 사리에 분명하오. 우리의 사업은 어쩔 수 없는 특성상 허세 가득한 위협을 동반하나, 상인의 도리를 벗어나서까지 움직이지는 않소. 그래왔다면 여태껏 도시의 검은 반석을 지배할 수 없었을 테지. 그러니 나의 그저 규칙에 충실하기만

한 부하 직원의 결례를 용서하시오. 사례는 오히려 저희에게 누가 되니, 안녕히 돌아가시고 부디 우리의 신용만을 널리 홍보해 주십시오."

울리케는 너무 밝은 목소리로 들리지 않게 애쓰며 물었다.

"이편이 먼저 꺼낸 이야기다. 하지만 좋다. 그렇다면 이것은 어떠한가? 나는 본래 이 돈으로 술을 사러 왔던 것이다."

"술은 구태여 우리에게서 구매하실 까닭이 없습니다만."

그러나 이것은 그냥 해 보는 소리에 불과하다. 그 사실을 간파하는 울리케가 말했다.

"왜 없겠는가? 막대한 주세(酒稅)를 회피하는 밀주의 존재가 언제부터 비밀이던가? 하찮은 술이 아니라 아베냐드를 원한다. 가능한 한 상품으로 금화 열 장 어치다. 어떠한가?"

라스는 찬찬히, 눈앞의 이 아가씨를 신기하게 쳐다보았다. 그러나 저울질이라면 반평생 그 어떠한 것이라도 익숙하고 노련한 그는 재빠르게 결정 내렸다.

"거래에 감사드립니다."

교섭은 끝났다.

제 10장

발프리드는 시그리드와 브륀힐데를 양옆에 둔 채 걸었다. 평소 누나들과 어울리는데 익숙한 이 열네 살의 소년은 곧 그 관심을 온전히 도시의 풍광들에 돌릴 수 있었다. 그 또한 울리케처럼 도시의 방문은 처음이었기에 보이는 모든 것이 신선하고 흥미로웠다. 그 악취와 소음조차도.

"우리는 우선 '자유모험가 연맹 조합'으로 갈 겁니다. 거기서 도련님의 스승이 되어줄 만한 마법사의 수배 의뢰를 낼 거예요."

아무 말도 묻지 않았건만, 시그리드가 그렇게 말해왔다. 그는 확실히 이 어린 소년의 향후 거취에 대해 신경 쓰고 있었다. 비록, 그 자신이 스승이 되고자 하는 마음은 결코 없었지만 말이다.

"그러면 이 도시의 마법사들에게 전해지나요? 아우셀바프에 마법사가 그렇게 많을까요?"

발프리드가 물었다. 시그리드는 미소지으며 대답했다.

"그리 많진 않을 겁니다. 하지만 모험가 조합은 제국 전역의 자유도시 및 대영지 간에 걸쳐 대단히 우수한 연락망을 갖고 있지요. 불과 한 달 안에 제국령 전체에 전해질 거예요."

그의 말대로, 자유모험가 연맹 조합은 모든 조합 가운데 가장 뛰어난 연락망과 협력체계를 갖고 있다. 이는 대부분 조합이 그것이 주재한 자유도시를 위주로 활동하는 것과 차별되는 지점이다. 그리고 이 사실이, 모험가 조합이 조합들 가운데 가장 적은 조합원을 보유하고 있음에도 업신여김을 당하지 않는 이유 중 하나가 된다.

"발라-라싸에도 전해질까요?"

앞서 들었던 이야기를 소중히 기억하고 있는 소년이 물었다. 마주 오던 짐 마차를 피하느라 몸을 휙 움직인 시그리드가 마부를 살짝 노려보며 대답했다.

"그건 아닙니다. 거기는 조합과는 상관없는 곳이죠. 그야말로 세상과 단절된 곳이니까요."

"그럼 스승님을 구하지 못할 경우 저는 결국 아홀-베일하울라로 향해야 하는 거죠?"

아홀-베일하울라는 대륙의 지붕이라 불리는 대륙 중북부의 고산지대다. 발라-라싸는 이곳에 위치한 산중사원인 것이다.

그의 입으로 말한 바 없음에도 그 어려운 지명을 외우고 있는 것은 평소 공부를 게을리하지 않았다는 증거이리라.

때문에, 시그리드는 소년을 기특하게 여기며 대답하였다.

"그럴 일이 없길 바랍니다."

성인들도 종종 죽어 나가는 여행이다. 이 소년의 연약한 몸으로 그곳까지의 여정과 등산은 너무나 힘겨울 것이다. 이미 재능을 갖추었다고 확인된 소년에게 그것은 심한 시간의 낭비이다. 그러니 그를 아깝게 여기는 것은 그뿐만 아니라, 모든 마법사들에게 한결같은 심정일 것이다. 시그리드는 그렇게 믿었고, 그래서 희망을 가져본다.

이런 대화들을 하며, 셋은 북적거리는 대로를 뚫고 각종 조합의 본점이 위치한 구역에 다다랐다. 행인들의 수는 여전했으나 도로는 한결 깨끗했고, 악취도 덜했다. 도로의 양옆으로 늘어선 복층 건물들은 저마다 다양한 입체 간판을 드리우고 있었는데, 발프리드가 얼핏 보기에도 수많은 종류가 있었다. 염색 직인 조합, 석수장 조합, 중소 상회 연합, 금속 직인 조합, 북부 수운 조합 등등.

"저기예요."

시그리드가 가리킨 곳은 그들의 목적지인 자유 모험가 연맹 조합이었다. 날개 달린 신발 모양의 문장이 양각된 간판이 발프리드를 맞이했다.

"별로 크지 않네요."

발프리드는 솔직하게 그런 평가를 내렸다. 시그리드가 웃어 보였다.

"그럴 필요가 없으니까요."

크게는 4층에 이르는 다른 조합들과 달리, 모험가 조합은 달랑 2층으로만 구성되어 있었고 건물 자체의 면적도 작았다. 드러난 목재 골조와 회칠된 흰 벽면에 이르러서는 검소해 보이기까지 하였다.

브륀힐데가 잠자코 문을 밀었고, 일행은 곧장 안으로 들어갔다.

"어서 오세요! 아, 유세트 경."

조합의 일 층 내부는 전당포와 유사한 좁은 구조였다. 들어선 일행을 맞이한 것은 책상에 앉아 문서를 들여다보고 있던 여자였는데, 문관과 같은 단정한 차림새를 하고 있었다. 그는 시그리드 일행과 구면인 듯했다.

"예정보다 이른 귀환이 아닙니까?"

"귀환이 아니라 단기 체류예요, 일케. 피어클리벤에서 용무는 끝나지 않았답니다."

시그리드는 아무래도 상대의 신분이 악당이 아닌 한 정중한 말씨를 놓지 않는 듯하다. 마법사로서 기사에 준하는 지위이지만 애초에 평민 출신이기 때문일까? 일케라 불린 여성이 기분 좋게 웃어 보였다.

"그러면 역시 그 영지에서 의뢰를 따내신 거군요?"

"그렇다고도, 혹은 아니라고도 할 수 있겠어요. 오늘은 두 가지 용무입니다."

잡담과 용건을 동시에 챙기는 시그리드다. 일케는 이어질 그의 말을 잠자코 기다렸다.

"우선, 학술 학회 서고의 열람권을 원해요. 수색해볼 자료들이 있어요."

일케는 곧바로 상큼하게 대답한다.

"곧바로 준비하겠습니다."

"그리고, 제자를 원하는 마법사 스승을 찾습니다."

이번에는 일케의 대답이 곧바로 이어지지 못했다. 전례가 드물다 못해 거의 없는 요청이며, 때문에 나날의 규정화된 업무에 익숙한 그로서는 채 적합한 대응의 답안이 떠오르지 못한 것이다. 잘 닦이지 못해 움직임이 뻑뻑한 일케의 응변력이 삐걱이는 소릴 낸다.

"……좀 더 자세한 형편을 여쭈어도 되겠습니까?"

새삼 매사에 설명이 부족한 것이 시그리드의 흠일지도 모른다. 그렇게 자각한 그는 정중히 발프리드를 가리키며 입을 열었다.

"이쪽은 남작가의 영식, 발프리드 피어클리벤 님이에요."

"소개를 받은 발프리드이다."

그때까지 대화에서는 한 걸음 떨어진 채, 좁으나 아기자기한 실내의 각종 장식과 책, 물약병 같은 것들을 정신없이 구경하던 소년의 주의가 시그리드의 말에 의해 환기되었다. 그러고는 이렇게 앳되나 우아하게 자기소개를 한 것이다. 그 바람에 일케는 허둥지둥 적합한 예로 응대하느라 진땀을 뺐다.

"아우셸바프 주재 자유모험가 연맹 조합의 정규사무원 일케라 하옵니다."

엄밀히, 발프리드는 남작이 아니다. 그러니 이런 경우에는 그저 기사에 준한 예우로 충분하였다. 시그리드는 그가 더 민망해지기 전에 재빨리 설명을 시작했다.

"발프리드 도련님은 그 권위를 의심할 바 없는 전문가에게 마법사의 재능을 확인받으셨어요. 그래서 스승을 구하는 것입니다."

섣불리 용의 이름을 입에 올리지 않는 것은 이미 논의된 사항이다. 현재 피어클리벤 영지가 새로 출현한 용의 후견을 받기 시작했다는 점은 아직 대외비였다. 물론 나중에 어차피 알려지겠지만, 척박하나 나름 한가로운 이곳 북방의 대지에 대소동을 일으킬 게 뻔한 이런 이야기를 벌써 함부로 푸는 것은 현명하지 못한 일이다.

다만 시그리드의 이 정도 설명으로도 일케를 놀라게 하기에는 충분했다. 이 또한 전례가 드문 일이기 때문이다.

"그런……! 에다의 축복을! ……이해했습니다, 두 분. 곧바로 조합 연락망에 공고토록 조치하겠습니다. 그런데……, 그 '권위를 의심할 바 없는 전문가'분의 성함을 알 수는 없습니까? 이런 내용의 공고라면 아무래도 신빙성이 요구되니까요."

전적으로 옳은 이야기다. 이미 확인된 재능의 마법사 제자라는, 이 너무나도 매력적인 과실은 그렇기 때문에 언뜻 거짓이거나 혹은 독을 품었다고 의심될 수 있으니까.

"……보증하는 내 이름만으로 아니 되겠습니까? 그분은 신원을 드러내길 꺼리십니다."

시그리드가 짐짓 난처한 표정을 꾸며내며 이렇게 대답하였다. 그리고 이것은 제법 설득력이 있어 보였다. 마법사라는 괴팍한 인종들에 대해 잘 알고 있는 일케의 상상력이 폭주하기 시작하였고, 마침내 그는 이 어린 도련님이 어딘가의 은거기인에 의해 확인받은 것이라고 결론 내렸다. 참으로 적당한 이야기였다.

"알겠습니다. 경의 이름만으로 하지요."

일케는 고개를 끄덕이며 이렇게 말했다. 곧바로 서류 작업에 착수한 그는 우선 먼저 요청되었던 열람권을 작성하여 시그리드에게 내밀었다.

"오늘부터 25일 일몰 때까지 사흘간 유효한 열람권입니다, 유세트 경. 경의 요청이기에 수수료는 면제됩니다."

"고마워요."

"그리고 참, 한 가지 여쭐 것이 있습니다만……."

마침 생각났다는 듯 말해오는 일케에게, 시그리드의 표정이 의아해졌다.

"여러분이 스도룬에서 '유쾌한 한스와 보따리 친구들'을 신고 하셨죠?"

"그걸 벌써 조합이 알고 있나요?"

시그리드가 의외라는 듯 물었다. 브륀힐데도 눈을 크게 떴고, 발프리드는 놀라움 반, 흥미진진한 표정 반이 되었다.

"역시 그렇군요."

일케는 무언가 지긋지긋하다는 표정을 지어 보이더니 말을 계속했다.

"그자들은 일반적인 노상강도가 아니랍니다. 전직 조합원이 었어요."

"역시 그 천진난만한 이름은 그 시절의 것이었나?"

브륀힐데가 기가 막힌다는 듯 중얼거렸다. 일케는 고개를 끄덕이며 말했다.

"맞습니다. 빈번한 의뢰실패와 협잡을 일삼고 조합의 평판을 떨어뜨리기에 결국 자격을 박탈당했지요. 하지만 정신 못 차리고 아예 본격적으로 절도와 사기, 협잡을 이어갔어요. 그리고 결국 근래에는 강도질까지 시작한 모양이더군요. 그 이름이 근방의 치안대와 순찰대에게 알음알음 알려져 있기에, 스도룬에서 신고가 들어오자마자 이쪽에 연통된 것이랍니다."

"하지만 그놈들이 무얼 하건 조합의 책임은 더 이상 아닐 텐데요?"

브륀힐데가 이상하다는 듯이 물어왔다. 일케가 대답했다.

"물론 아니지요. 하지만 좋을 것도 없는걸요. 이대로 가다가는 조합 자체에서 그자들을 체포하러 의뢰를 발행할 것 같아요. 모험가 시절에도 정말 대단치 않은 자들이었는데, 이상하게 잡히지는 않네요. 허술한 듯하면서도 묘하게 기민해요."

그래도 마법사가 속하지 않은 주제에 모험가로서 등록했다는 것은 무언가 믿을 만한 재주가 있다는 것이겠지. 시그리드는 이렇게 생각하며 말했다.

"베르벳이라는 어린 여자애를 데리고 있었는데, 혹시 아는 바 있나요?"

"모르겠어요. 그런 아이를 데리고 있다는 정보만 알고 있을 따름이에요. 모험가 시절 동료는 아니니까요."

그야 당연하다. 모험가 조합원 자격의 연령 하한선은 열여섯 살이며, 그나마도 스무 살 이전에 자격을 따려면 특기를 증명하는 시험을 거쳐야 해서 사실상 스물한 살부터가 권장 나이였다. 이는 이르면 열한 살부터도 조합원을 받아들이는 다른 여타 상공업계 조합들과의 차이점이었다. 그만큼 위험한 일이기 때문이다.

"한데 왜 이야기를 꺼냈나요?"

시그리드가 처음으로 돌아가 묻는다. 일케가 대답했다.

"면구스럽지만, 여러분의 수완을 믿고 부탁드리는 것입니다. 여유가 되신다면 한스 일당에 대한 수탐을 해 주시지 않겠습니까?"

"일케가 이렇게 이야기를 꺼낸 걸 보니 정식 의뢰는 아닌 모양이지요?"

"네. 아직은요. 그렇게까지 사태가 악화되기 전에 처리해 보고 싶은 거예요. 정말 귀찮은 종자들이지만 아직 살인을 하거나 하지는 않았으니까요. 궁지로 몰면 누군가 피를 볼 테지요."

그중 한 사내의 손에 이미 큼직한 바람구멍을 낸 브륀힐데가 기묘한 표정을 지었다. 잠시 생각하던 시그리드가 대답했다.

"안 그래도, 암시장 조합에 라그나와 랄로프가 알아보러 가 있어요. 확답은 못 드리지만 우리 쪽에서도 생각하는 바가 있으니, 무언가 잡히는 대로 와서 전해줄게요."

일케는 '암시장 조합'이라는 단어에서 일순 얼굴을 구겼지만 이어지는 그의 말에 표정을 밝혔다.

"정말 감사드립니다, 유세트 경."

"대신이라고 하긴 뭐하지만, 구급약 하나 싸게 내줘요."

일케는 주저 없이 몸을 움직여 물약병이 든 쇠가죽 함을 내어왔다. 시그리드는 그중 하나를 골랐고, 몇 마디 말 뒤에 값이 치러졌다. 반짝이는 금화가 두 장에 은화가 일곱 장이며, 그것이 '할인가'라는 데는 아직 물정을 모르는 발프리드도 기가 질렸다.

시그리드의 다음 행선지인 학술 학회는 같은 조합 밀집 구역에 위치하고 있었기에 매우 가까웠다. 어차피 자료를 뒤적이는 일은 온전히 그의 몫이었기에, 서고가 문을 닫는 일몰까지 브뤼힐데와 발프리드는 시장 광장에서 기다리기로 했다. 앞서 일행 모두가 급한 마음에 점심을 거르고 움직였던 것이다. 그러니 브뤼힐데와 발프리드는 시장통에서 간단한 요기라도 하는 게 좋으리라.

뒤도 돌아보지 않고 성큼성큼 걸어가 버린 시그리드를 배웅하고 발프리드는 브뤼힐데를 따랐다. 소년이 느끼기에 그는 일행 중 말수가 가장 적었고, 필요한 말이나 행동이 아니면 결코 하지 않는 것 같았다. 비록 아직 묘령의 연배이기에 관록을 기대하기는 무리였으나, 그 행동거지 하나하나를 자세히 보면 감탄이 나올 만큼 낭비가 없는 것이다. 이는 매번 실없는 언행을 일삼는 랄로프와 좋은 대극을 이룬다고 하겠다.

시그리드 일행 가운데 가장 나이가 어렸기 때문일까? 혹은 그가 눈에 띄는 외모를 가졌기 때문일까? 아니면 앞서 말한 행동거지의 짜임새 때문일까, 발프리드는 브뤼힐데와 친해지고 싶었지만 좀처럼 말을 붙일 기회는 없었다. 그것은 일차적으로 그의 성격이나 태도 때문이었지만 무엇보다 늘 깊게 눌러쓰고 있는 두건 때문이기도 했다. 발프리드가 겪은 한, 브뤼힐데는 실외에서 그것을 벗은 적이 없다. 하지만 그럼에도 불구하고 그의 눈은 항상 주변을 살피고 있었고, 대개 유의미한 무엇도 놓치지 않았다. 지금처럼.

"저걸 추천해요. 이맘때면 기름이 올라 맛있지요."

브륀힐데가 걸음이 느린 발프리드를 안배하며 느긋이 안내한 장소는 아우셀바프 시장 광장의 한편, 노점가였다. 각종 음식이 호쾌하다 못해 야만적으로 보일 만큼 즐비하게 내걸려 조리되고 있었고 수많은 사람들로 왁자지껄했다. 다들 유개마차에 기대거나 그대로 걸으며 음식을 먹고 있었는데, 노변에 그냥 주저앉아 일찌감치 술판을 벌이는 일당들도 있었다. 길거리에서 음식을 먹어본 적이 없는 소년은 이 광경에 일순간 위축되었지만, 짐짓 태연하게 그가 가리킨 생선 꼬치 가판대로 시선을 향했다. 어른 팔뚝만 한 생선들이 숯불 위에서 익혀지며 양념 탄 냄새를 비명처럼 풍기고 있었다. 하지만 그 점잖지 못함은 오히려 확실하게 식욕을 자극하고 만다.

"무슨 물고기인가?"

발프리드가 그 처음 보는 생선들의 박력에 압도당한 목소리로 묻자, 브륀힐데가 말했다.

"드셔본 적이 없을까요? 이 도시의 남쪽에 면한 강에서 잡히는 기수어(汽水魚)들이에요. 보통 여든쇠상어와 그슬연어인데, 이 계절이라면 연어가 더 나아요. 여든쇠상어는 산란기를 지난 터라 맛이 확 떨어지니까요."

이런 것도 사냥꾼다운 관점일까? 그는 어지간한 동물들의 생태와 제철에 대해 박식한 모양이다. 발프리드는 속으로 감탄하며 별말 없이 그의 추천을 따르기로 했다. 구리 동전 한 개로 두 마리를 살 수 있었고, 곧 둘은 격조 따윈 아무래도 존재하지 않는 그 광장 한쪽에 완전히 섞여들었다. 손가락 굵기의 나무 꼬챙이에 꿰어진 생선구이를 양손으로 들고 잡아 뜯는 체험은 확실히 신선한 것이었다. 어색하여 다소 쩔쩔매긴 했지만, 소년의 긴 공복에 밀어닥치는 기름진 생선의 푸짐한 살들이 곧 모든 걸 보상해주었다.

"남쪽의 강이면 아우스리크 강인가?"

까맣게 그슬린 탓에 먹지 않고 남기려 했지만 이내 양념이 배어 짭짤하고 바삭하단 걸 깨달은 발프리드가, 뒤늦게 껍질을 씹으며 브륀힐데에게 물었다. 소년의 입가가 그을음으로 더럽혀지는 것을 보며 웃던 브륀힐데가 대답했다.

"그래요. 하지만 그건 이쪽에서의 이름일 뿐, 그 강은 서쪽의 여러 호수와 강들과 연결되며 제각기 다른 이름을 가지죠."

소년은 고개를 끄덕이며 에이드리크와의 지리 수업시간에서 기억했던 내용들을 반추하였다. 아우스리크의 수원은 서쪽으로 한참을 거슬러 올라가 북부에서 가장 큰 호수인 아우칼호(湖)까지 연결된다. 바다에 면하지 못한 많은 지역의 사람들이 이 강과 그에 따른 호수들을 터전으로 삼는다. 관념에 불과하던 지식이 눈앞의 실체로 다가오는 것은 기분 좋은 체험이겠다. 발프리드는 이 여행에 따른 것이 잘한 일이었다고 생각하며 생선구이의 마지막 조각을 삼켰다. 브륀힐데는 소년이 생선을 깨끗이 발라 먹을 줄 모른다는 걸 눈치챘지만 그럴만하다고 이해했기에 아무런 말도 하지 않았다. 다만 일찌감치 생물의 몸 구석구석에 밝은 그의 지식에 더해, 빠르고도 정교한 손놀림으로 깨끗한 식사를 마쳤을 따름이다. 그 시범에서 무엇을 배울 수 있을 것인가는 온전히 발프리드의 몫이다.

"류그라들이네요."

발프리드의 시선이 광장 한쪽에 꽂혀있는 것을 깨닫고 그 눈길을 따라간 브륀힐데가 말했다. 두 대의 유개마차를 이끌고 광장으로 들어선 스무 명가량의 무리가 있었다.

"류그라? 저들이? 직접 보는 것은 처음이다."

소년은 그들에게서 시선을 떼지 못하고 말했다. 그들에게 관심을 가진 것은 발프리드뿐만이 아니었다. 광장에 있던 사람들의 절반 이상이 이 낯선 무리를 힐끔힐끔 쳐다보고 있었다. 적어도 한 번씩 시선을 멈춘 것까지 합하자면 거의 모두가 이들에게 주의를 기울였다고 봐도 과언이 아니겠다.

그리고 마땅히 그럴만했다. 이들은 보통의 평범한 북부 제국인들과 외양부터가 달랐다. 지나칠 정도로 흰 피부에 선명한 이목구비, 무엇보다도 길고 뾰족한 귀가 더없이 인상적이었다. 대개는 머리쓰개나 수건으로 어느 정도 가리고 있었지만.

"아버님의 영지에도 온 적이 있다고 들었지만, 나는 직접 보러 간 적이 없었다. 어머니가 허락하지 않으셨지."

"보고 싶었나요?"

브륀힐데의 물음이다. 발프리드는 고개를 끄덕거렸다.

"나는 늘 몸이 약했으니까, 그들이 행한다는 치유를 받아보고 싶었다. 하지만 문관 에이드리크가 반대했고, 어머니도 원치 않으셨다. 천한 유랑민족의 수상쩍은 요술이라 하셨지."

"유감스럽지만, 그분들이 그리 말씀하신 건 이해됩니다."

브륀힐데의 말이다. 지극히 당연하고 상식적인 이야기였다.

류그라들은 중앙대륙의 토착 민족이었다. 그들의 고향은 앞서 지나치며 언급되었던 아우칼 대호의 한가운데 섬처럼 위치한 류그른 숲이었다. 이제는 전설과도 같은 이야기지만, 그들은 그 숲속에 은둔하며 거대한 신목(神木) 류그네라스를 섬겼다고 했다. 하지만 제국의 개국 이후 어떤 알 수 없는 이유로 신목은 차차 고사(枯死)했고, 결국 이후 류그라들은 고향을 떠나 그 신목의 가지들을 가지고 수십의 행렬로 나뉘어 대륙 곳곳을 누벼왔다. 잘라내었음에도 여전히 잎이 돋아 살아있는 신목의 가지가 뿌리내릴 수 있는 새 고향을 찾기 위해서 말이다.

기본적으로 그들은 제국인이 아니며, 소수민족이었기에 법의 보호로부터 벗어난 이들이었다. 말하자면 사회의 최하층민이었고, 때문에 귀족들에게는 보통 멸시되었다. 하지만 영민들이나 자유민들은 그나마 그들에게 비교적 관대했는데, 이는 류그라들이 일반적인 유랑민이나 유랑단과는 달리 역사적으로 어떤 범죄를 저지른 적이 거의 없고 여정의 중도에 들르는 도시나 영지에서 그들 전승의 약학적 치료를 베풀었기 때문이다. 또한 그들이 갖고 있는 '류그네라스의 가지'는 그 자체가 이를

테면 살아있는 마법 지팡이기도 했다. 일생에 마법적 도움을 받을 일이 거의 없는 가난한 영민들이나 자유민들에게 그들의 저렴한 도움은 마땅히 기꺼운 것이었다.

지금 브륀힐데와 발프리드가 보고 있는 류그라들도 그런 무리 중 하나였다. 광장에 들어선 그들은 한쪽에 마차를 세우고 자리를 깔더니 팔 물건들을 늘어놓기 시작했다. 곧 적지 않은 사람들이 그들을 에워쌌다.

"보러 가 볼까요?"

소년의 얼굴에서 호기심과 열망을 읽어낸 브륀힐데의 제안은, 그래서 기쁜 것이었다. 발프리드는 고개를 끄덕이고 그때까지 들고 있던 나무 꼬챙이와 생선 뼈를 그에게 건네었다. 브륀힐데는 그것을 구입했던 장사꾼에게 넘기고 돌아와 발프리드와 함께 류그라들의 무리로 다가갔다.

두세 겹의 구경꾼들을 헤치고 들어서자 좌판 위에 각양각색의 수공예품과 약재 같은 것들이 늘어서 있었다. 벌써 흥정이 벌어지고 있는 것이 자못 분주했지만, 류그라들은 그리 까탈스럽지 않게 흥정에 임했기에 별다른 소란은 없었다. 쇠붙이는 하나도 사용하지 않고 돌과 뼈, 가죽, 나무 등으로만 만들어진 그들의 민예품은 이국적이면서도 꽤나 정교하고 어떤 마술적인 정취가 있었다. 흥미롭게 그걸 구경하던 발프리드에게, 좌판 앞에 앉아 있던 한 류그라 소녀가 물어왔다.

"맘에 드시는 게 있는지요?"

낭랑한 목소리의 기습에 깜짝 놀란 발프리드가 눈을 들었다. 생글거리며 눈을 반짝이고 있는 소녀의 표정은 그들의 낯선 외모에 더해 비할 바 없이 인상적이었다. 걸치고 있는 남루한 옷이 전혀 흠이 되지 않을 만큼.

"아……, 신기하여 보고 있었다."

발프리드는 솔직하게 말해버렸다. 소년과 또래인 듯한 소녀는 개의치 않고 영업의 수완을 유지한다.

"그럼, 어떠신가요? 이쪽은 제가 만든 것입니다. 아휴멜의 새벽 별이 하지(夏至)를 가로지를 때 동포의 안녕을 기원하며 새긴 것입니다만, 여행의 안전을 수호하는 액막이로 적당하답니다."

발프리드로서는 무슨 소린지 도통 모르겠다. 북부의 신화를 공유하긴 하지만 아무래도 그들 민족 나름의 변주가 있는 모양이다. 아니면 순전히 구전 상의 차이이거나. 하지만 소년은 그 낯선 발음들이 주는 울림이 싫지 않았다. 어쩌면 순전히 소녀의 목소리 탓이었을지도 모르지만.

"그리고 이쪽은 샛까마귀가 두 번 우는 절기에 하그라프의 강바닥에서 주운 반려석(伴侶石)을 솔뱀의 엄니로 쪼은 것이죠. 생각하시는 짝꿍이 있으시다며는……."

울리케가 쥐여주고 간 돈이 조금 있긴 했으나, 발프리드는 애당초 무언가 살 생각은 없었다. 하지만 소녀의 이야길 듣고 있자니 왠지 점점 사지 않으면 안 되겠다는 조바심이 들었다. 그가 이번처럼 영지 바깥으로 나올 일이 앞으로 얼마나 있겠는 가? 그리고 이번처럼 류그라들의 행렬과 마주칠 일은 또 얼마나 되겠는가. 그러니 이번에 뭐라도 사지 않으면 손해일 것이다. 이런 합리화로 머릿속이 분주해져 갈 무렵, 별안간 딱 하는 소리와 함께 소녀의 뒤편에서 나타난 회초리가 그의 머릴 후려쳤다.

"으아! 무슨 짓이야, 노인네!"

낭창한 가지라 별로 아프지는 않았을 것임에도, 소녀는 뒤를 향해 눈을 후리며 소리 질렀다. 회초리를 들고 있던 노인이 맞상대한다.

"너야말로 무슨 짓이냐, 시야프리테!"

이렇게만 말한 노인은 서둘러 소녀의 곁으로 다가와 발프리드에게 예를 표했다.

"부디 용서하십시오, 도련님. 아직 분별이 없어 저것도 재주라고 그만 사술을 부리고 말았습니다."

영문을 모르겠는 발프리드는 그저 눈만 깜빡거릴 따름이다. 옆에서 보고 있던 브륀힐데가 재밌다는 듯 콧방귀를 뀌더니 말해왔다.

"저 아이가 일종의 환술을 건 것이에요. 저도 미처 몰랐군요."

"마법……, 이었다고?"

발프리드가 그렇게 묻자, 노인은 더욱더 황송해하며 재빠르게 대답하였다.

"마법이라 불릴 만한 것도 못 됩니다. 그저 조금 토씨에 현혹의 흔들림을 섞는 것이지요. 모쪼록 너그러이 용서하십시오. 단단히 일러두겠습니다."

"아이참."

노인에게 시야프리테라 불린 류그라 소녀는 정수리를 만지작거리다 뺨을 부풀렸다. 겸연쩍음과 부끄러움, 그리고 억울함이 뒤섞인 낯빛이었다.

"뭐 그 정돌 가지곤 그래. 몹쓸 물건을 강매하는 것도 아니고."

"그래도, 요것이!"

소녀가 못내 종알거리자 노인은 결국 또 발칵 성을 내고 만다. 속을 뻔했다는 불쾌감보다 호기심과 흥미로움이 더 진한 발프리드가 노인을 만류한다.

"괜찮다. 그보다, 그래서 그것들은 얼마씩인가?"

"도련님, 사시게요?"

시야프리테가 반색하며 노인을 제치고 물어왔다. 노인은 혀를 찼지만 그뿐이었다.

"그래, 먼저 보여준 액막이가 좋겠다."

"그것은 은화 한 장에 동화 여섯 장 되옵니다."

생각보다 비싸다! 순간적으로 저어한 발프리드의 낯빛을 놓치지 않은 소녀가 재차 열광적으로 말했다.

"동화 다섯 장!"

어차피 동전 한두 개 던다고 수월해질 이야기가 아니었다. 호기롭게 말해버린 탓에 물리지도 못하고 난처해진 발프리드는 속으로 끙끙거렸다. 효과가 보증된 마법 도구도 아니고 그저 장신구에 다소간의 기원을 담은 물건일 따름이다. 사실상 검약을 가훈으로 체화시킨 피어클리벤의 아들로서 고려할 수 없는 이야기였다.

"동화 네 장! 나머지는 오롯이 이 소녀의 정성값입니다만!"

시야프리테가 하도 처절하게 외치는 통에 난처한 마당에도 그만 웃음이 새고 말았다. 실제로 구경하던 사람들이 킥킥거렸다. 어쩌면 이번에도 마법이 펼쳐지고 있는 게 아닐까? 하지만 매의 눈으로 보고 있는 브륀힐데와 그런 그에 지지 않을 만큼 시야프리테를 노려보고 있는 노인을 보고 있자니 그런 건 아닌 것 같았다. 발프리드는 마침내 지고 말았다.

"그 값으로 좋다."

동전을 받아든 소녀는 헤헤거리며 쌈지에 챙기더니 액막이를 내밀었다. 세 개의 이빨이 가죽끈으로 엮인 목걸이였다. 각 이빨에는 알 수 없는 문자가 하나씩 새겨져 있었다.

"아휴멜의 안녕이, 아흘레에 이르기까지."

소녀가 직접 목에 걸어주는 액막이를 허락하며, 발프리드는 귓가에 들리는 시야프리테의 그 음성이 자못 경건하다고 느꼈다. 그와 동시에 발프리드의 의식이 냅다 끊어졌다.

해가 떨어질 때까지 학회의 서고를 뒤졌으나 시그리드는 원하던 자료를 찾지 못했다. 그나마 다행이라면 찾아볼 것들을 꽤나 추려내 좁힐 수 있었다는 것이고, 그러므로 내일 하루 정도면 다 볼 수 있겠다는 확신이 들었다. 다만 그 안에 자료가 있을지 없을지는 여전히 모를 일이다. 그 수수께끼의 흰머리 소녀가 말한 천 년은 어쩌면 단순한 수사적 표현이었을까? 찾아야 할 시간의 범위를 훨씬 넓혀야 할지도 모른다. 그리되면 이건 꽤나 고된 작업이었다. 오랜만에 편집광적인 자질을 유감없이 드러낸 그는 비록 실패했지만 어느 정도 전신에 스미는 충실감과 기분 좋은 피로를 느끼며 서고를 떠났다. 꽤 오랫동안 삭풍을 헤치기만 해 왔으니 오늘처럼 가끔은 책과 문자 속에서 육체를 잊어가며 몰두하는 것도 일종의 좋은 요양이 되는 것이다. 원체 마법사란 그런 족속들이었다.

하지만 그의 좋은 기분은 브륀힐데와 발프리드가 기다리기로 했던 시장 광장에 이르러서 산산이 흩어져버렸다. 도시 치안대의 병사 대여섯이 둘러싸고 있던 두 대의 마차를 보는 순간, 그리고 광장 어디서도 브륀힐데와 발프리드가 보이지 않는다는 걸 깨달은 순간, 시그리드는 무언가 잘못되었음을 직감했다.

"무슨 일입니까?"

땅거미가 진 광장의 어둠을 가로질러 곧장 다가간 마법사는 치안대 병사 하나에게 이리 다짜고짜 물었다. 그는 아래위로 시그리드를 훑어보더니 대꾸했다.

"류그라의 물건이 말썽을 일으켰소. 귀족 자제분이 의식을 잃고 쓰러져서 간호소로 옮겨졌소."

"젊은 아가씨가 함께 있지 않았습니까?"

"그렇소. 혹시 일행이시오?"

"네. 모험가 조합의 조합원 시그리드 유세트라 합니다."

성이 붙어있다. 상대의 신분을 짐작한 병사는 곧바로 자세를 바로 하며 말을 높였다.

"소관이 간호소로 안내해 드리겠습니다."

"간호소 위치는 알고 있습니다. 그 전에, 어쩌다 의식을 잃게 되었습니까? 무슨 물건이 말썽을 일으켰죠?"

"그들의 부적 중 하나였습니다. 지금 류그라들은 치안대 본부에 조사차 구금되어 있습니다. 그 물건도 거기 있지요."

시그리드는 재빠르게, 그러나 신중히 생각하기 시작했다. 발프리드를 구하는 것이 가장 중요하지만, 그러려면 일의 경위를 제대로 파악해야 한다. 어떤 독사에 물린 줄을 알아야 적절한 약을 고르는 법이다. 그는 우선적으로 가야 할 장소가 치안대 본부라고 결론 내렸다. 하지만 아마도 지금쯤 여관에 돌아와 있을 울리케 일행이 마음에 걸렸다. 조금 돌아가더라도 그들을 챙겨가는 게 사리에 맞겠다. 그렇게 판단을 덧붙인 시그리드는 지체하지 않고 여관 '보리 위의 아침밥'으로 향했다.

주전자 하나가 끓어오를 시간 만에 내달리듯 여관에 당도한 시그리드는 맥주잔을 기울이고 있던 라그나와 랄로프를 발견하곤 미간을 찌푸리지 않을 수 없었다.

"틈만 나면 낮술이야?"

"세상천지에 이렇게 시커먼 낮이 어딨소?"

랄로프가 기가 막혀선 외친다. 확실히 이제 날은 완전히 저물어 있는 게다.

"게다가 이건 식전주라고?"

뒤이어 재차 랄로프의 자기변호가 이어졌지만, 어차피 이미 그런 건 알 바 아니었다. 시그리드는 방에 올라가 있던 울리케를 불러 내리고 그들 모두에게 긴급한 사정을 전했다. 느긋하게 하루를 마무리하긴 아무래도 틀렸다는 걸 깨달은 라그나가, 이 난데없는 비보에 낯빛이 파리해진 울리케를 위로한다.

"별일 없을 겁니다, 아가씨. 류그라는 사람을 해치지 않아요. 뭔가의 오해겠지요."

그러고는 모두 어두운 거리로 나섰다. 길을 잡기 전, 시그리드가 말했다.

"아가씨는 도련님을 먼저 보러가는 게 낫지 않겠어요?"

"저는 어느 쪽으로 가더라도 도움은 안 되겠죠. 그러면 기꺼이 동생 곁에 가 있겠습니다."

울리케의 판단도 시그리드 못지않게 빠르다. 그에 수긍한 시그리드는 랄로프를 그에게 붙여 시의 간호소로 안내하도록 시키고 자신은 라그나와 함께 치안대 본부를 향해 달리기 시작했다. 이리 오가는 와중에도 그는 이 사태가 어떤 이유로 발생했을지, 그 경우의 수를 헤아리고 있었다. 라그나의 위로대로, 류그라는 사람을 해치지 않는다. 적어도 최소한 그렇게 알려져 있다. 이렇게 백주에 눈들이 숱한 도시의 광장에서 사람을 해할 리는 없다. 그러므로 무언가의 오해거나 사고일 가능성이 가장 크다. 치안대원은 그것이 부적의 일종이라 했다. 마법사들의 것과는 성격이 다르지만 류그라는 분명 어느 정도 마법을 다룬다. 그렇다면 그 부작용일까? 어쩌면 혹시…….

"모험가 조합원, 마법사 시그리드 유세트입니다. 류그라들을 조사하고 있다고 들어서 왔습니다. 피해자가 제 보호 하의 일행입니다."

시그리드가 이렇게 여유 없이 자신을 소개하는 경우는 꽤 드물었다. 그야말로 재차 질문받지 않겠다는 강경함의 발로이다. 그들이 들어선 치안대 본부의 문지기는 이 소개를 듣더니 눈치 좋게 아무것도 묻지 않고 그들을 곧장 지하로 안내했다. 원형 돌계단을 휘돌아 내려간 어두운 복도 양옆으로 감옥이 나타났고, 복도 끝에 심문실의 문이 보였다. 시그리드가 지나치면서 보니 스물가량의 류그라들이 어두운 얼굴로 모여있었다.

"어서 오십시오. 안 그래도 자유모험가 연맹 조합에 마법사 자문을 청해야 하나 고민스럽던 차였습니다."

앞서 들어와 방문자들의 신분을 귀띔한 문지기 덕에 그의 신분을 미리 전해 들은 치안대 수사관은 시그리드와 라그나를 맞이하며 이렇게 인사했다. 시그리드는 그의 뒤편, 촛불이 올려진 탁자를 마주하고 앉은 채 이쪽을 언짢게 노려보는 류그라 소녀, 시야프리테를 발견했다.

"자초지종은 이렇습니다. 피해자인 발프리드 피어클리벤 영식이 이 류그라 아이에게 부적 하나를 구매하고 그것을 착용한 순간 혼절하였습니다. 이후 치안대원들이 당도하고 동행이던 아가씨가 영식을 간호소로 급히 옮겼습니다. 이쪽에서는 그 즉시 모든 류그라를 구금하고 정황을 조사하던 중이었습니다."

"계속 말하지만, 우리는 아무 잘못이 없다고요!"

시야프리테가 앙칼지게 외친다. 수사관은 답답하다는 표정으로 그를 노려보곤 말했다.

"허락할 때 발언하거라. 그리고 네 앞에 계신 분은 마땅히 기사의 신분이시다."

시그리드는 그들 사이 탁자 위에 놓여 있는 예의 액막이 목걸이를 발견하였다.

"저게 문제의 물건일까요? 좀 봤으면 싶군요."

"기꺼이."

골치 아픈 문제를 떠넘기듯 흔쾌히 건네는 수사관으로부터 액막이를 받아든 시그리드는 한동안 그것을 손에 든 채 눈을 감고 서 있었다. 모두가 조금 조바심을 낼 무렵에야 눈을 뜬 그가 말했다.

"사정을 알겠어요. 다행히 예상했던 범주 안이네요. 저 아이를 비롯한 류그라들은 아무 잘못이 없다고 생각합니다."

당연히 좀더 알아들을 수 있는 설명이 이어지리라 기대한 수사관은 한동안 기다렸지만 시그리드로부터 아무 부연이 따르지 않자 이내 당황하기 시작했다.

"어……, 그……, 마법 기술적인 문제야 소관의 이해영역을 벗어난 문제라고 여길 수 있겠습니다만, 그것만으로 고의성의 여부가 없다고 판단할 수 있겠습니까?"

"아니, 뭘 일부러 했다는 거예요!?"

시그리드의 선언 이후 그것 보라는 듯 의기양양해 있던 시야프리테가 기가 막혀 내지른 외침이었다. 수사관은 귀가 따갑다는 듯 손을 오른편 귓가로 들어 올렸고, 시그리드가 말했다.

"고의라 볼 수 있으려면 우선, 저 아이를 포함한 류그라들이 현재 피어클리벤 영지의 소수만이 알고 있는 비밀을 알고 있어야 해요. 아울러 그것을 이용해 위해를 가하려 했다면 이 정도 덫은 너무 시시하군요. 한마디로 저쪽에서 얻을 수 있는 게 아무것도 없습니다."

이번에도 수사관은 기다려 봤지만 그 이상 뚜렷한 설명을 더해 줄 것 같지 않았다. 귀족가의 영식이 얽혔기에 직무상 할 수 없었던 것이지만 류그라들을 못살게 구는 데 아무런 취미가 없는 수사관은 마침내 납득하기로 한다.

"좋습니다, 유세트 경. 그러면 보고서에 경의 이름을 자문으로 올리도록 하겠습니다. 그리고 사후 추가적인 조사가 이루어진다면 조합을 통해 문의드리겠습니다. 그래도 되겠습니까?"

"얼마든지요."

원인을 알았으니 한시바삐 발프리드에게 가고 싶은 시그리드가 다소 건성으로 대답하였다. 수사관은 서류를 내밀어 시그리드의 서명을 요구한 뒤 곧장 치안대원들을 불러 시야프리테를 포함한 모든 류그라를 석방하도록 지시했다. 시그리드는 라그나와 함께 한발 앞서 본부를 빠져나왔고, 이내 왔던 것보다 빠른 걸음으로 시의 간호소를 향했다.

제 11장

한 달에 걸친 긴 여행이었으나 그 목적이 온양(溫陽)이었던 만큼, 아셰리드 피어클리벤은 몹시 좋은 기분이었다. 해마다 이맘때면 단단히 고뿔에 걸려 앓아눕는 것이 연례행사였는데 올해에는 그의 오라비이자 남편의 주군인 길바드 뉘른스에크 변경백이 그 휘하의 기사들과 마차를 보내 일찌감치 그를 친정집으로 불러올렸던 것이다. 물론 아무리 휴양이라고는 하나 엄연히 가신의 본처인 동생을 백작이 오라가라 하는 것은 풍속에 누가 되는 일이겠다. 하지만 변경백은 몸이 약해 결국 아이를 가질 수 없었던 누이를 끝끝내 남작 부인으로서 지켜준 남편, 노아크 남작에게 고마워하고 있었다. 변경백은 누이인 아셰리드가 뉘른스에크의 가명을 갖고 있던 어린 시절부터 유독 몸이 약한 자신을 잘 챙겨주었던 오빠였다. 그리고 그것은 단순한 호의를 넘어서, 세율의 완화와 병역 의무 완화 같은 실제적이고 물질적인 혜택으로 이어졌다. 그의 온천행 초대 또한 그 연장선상에 있었다.

가난한 피어클리벤은 그 가신으로 문관 하나와 기사 둘을 두고 있을 따름이다. 그러니 아셰리드가 한낱 휴양을 위해 기사 하나라도 데리고 나갈 여유는 없었다. 뉘른스에크 백작이 휘하의 기사들과 더불어 제대로 된 마차를 보내주지 않았다면 이번과 같은 여행은 애초에 불가능한 일이었다. 피어클리벤 성에서 뉘른스에크 성까지는 마차로도 일주일이 걸리는 고된 여정이다. 몸이 약한 아셰리드가 나날이 꼿꼿해지는 이맘때의 추위를 견디려면 그만한 방비가 필요하였고, 그게 다 인력이며 돈이었다.

"이제 곧 잉겐에 다다르옵니다, 마님."

제대로 된 완충장치와 푹신한 좌석, 그리고 외풍이 스미지 않도록 꼼꼼히 마감된 문들로 인해 아늑한 마차 안이었다. 앞서 울리케와 시그리드 일행이 타고 갔던 유개마차와는 격이 다르다고 하겠다. 맞은편 좌석에 앉아 바깥을 내다보고 있던 아셰리드의 몸종, 윳테가 기쁜 듯이 말해왔다. 그의 말마따나, 영지로 돌아온 것이 기쁜 아셰리드는 웃음 지었다.

"먼저 간 아룬드와 에길이 더 빨랐겠지. 같이 오지 않은 것이 역시 나았다."

그가 쉬던 뉘른스에크에 세곡을 수송하러 왔던 장남 아룬드와 기사 에길이 피어클리벤 성으로 돌아온 것은 이틀 전이었다. 같이 돌아오는 것도 생각해 보았지만 애초에 방문 목적과 일정이 달랐던 터라 양쪽 모두 무리하지 않고 계획대로 움직였다. 또한 그는 책임감이 강한 아룬드에게 그런 수고를 시키고 싶지 않았다.

남편인 노아크 남작의 쇠뿔 같은 고집이 그를 여전히 남작부인에 머물게 했지만, 본래 불임이 확실시되는 시점에서 아셰리드가 파혼당해 본가로 돌려보내지는 것이 제국의 상식에서는 보통의 일이었다. 그의 남편 노아크는 그냥 귀족이 아니라 명백히 후사와 작위를 이어야 하는 영지의 상속자였기 때문이다. 이런 경우에는 아셰리드가 아무리 남작의 주군인 백작가의 영애라 하더라도 방패가 되어주지 못했다. 아니 오히려 작위가 높을수록, 그 본처에게 있어 이 책임을 다하지 못하는 것은 큰 문제가 된다.

아셰리드가 노아크에게 후처를 신속히 들이도록 오히려 강하게 설득했던 것은 그 때문이었다. 그리고 그것은 남편의 애정을 오히려 조금도 의심하지 않았기에 가능했던 일이기도 했다. 하지만 노아크는 자신의 대에서 가문이 끝장나는 일이 있더라도 아셰리드를 두고 후처를 들이진 않겠다고 선언했고, 벌써 이십여 년 전 일이지만 그 일로 피어클리벤의 주군이자 아셰리드의 오빠인 뉘른스에크 변경백까지 엮여 한동안 무척 시끄러웠다. 본인이 나서서 후처를 들이라고 설득하는 아셰리드와 기막혀하며 중재를 요청해온 노아크를 보며 변경백은 끙끙 대며 아무 말도 할 수 없었다. 하지만 복속된 가문의 후사가 없 도록 방치할 수는 없는 일이었다. 결국 아셰리드의 고집과 의 지대로 두 명의 후처가 직접 골라졌다.

그리하여, 현재 피어클리벤 가의 아이들 열셋 가운데 아셰리 드의 배로 낳은 아이는 하나도 없었다. 하지만 그는 남편의 자 식인 그들 모두를 애정하였고, 남작부인으로서 위엄을 다해 훈 육해왔다. 자매처럼 의지하던 둘째 부인 이실케가 작고한 이후 더욱이.

"와이번이다!"

그를 태운 마차 일행이 잉겐의 목전, 샛강을 건너는 작은 다 리에 도착했을 때 별안간 들려온 외침이었다. 윳테의 기겁한 표정이 떠올랐고, 아셰리드는 곧바로 마차의 문을 열려 했지만 바로 곁을 따르던 뉘른스에크의 기사 헨릭이 그를 저지하였다.

"마차 안에 계십시오, 피어클리벤 남작부인! 그리고 실례되 지만 마부를 안으로 들이겠습니다!"

"알겠다!"

그를 여기까지 호위해 온 것은 헨릭을 포함한 기사 둘과 그 에 딸린 경무장 기마대 여섯으로, 총 여덟이었다. 마부는 전력 외니 논외로 치자면 그들의 병력은 이게 전부였지만, 와이번 한 마리에 대항하는 병력으로서는 크게 무리가 없다고 하겠다. 어떤 전략으로 대응하는가가 전적으로 문제기는 하지만.

"올슨! 마차 안으로 들어가! 전원, 하마(下馬)!"

헨릭이 소리쳤다. 날개를 갖고 있고, 말 한 마리쯤은 손쉽게 따라잡아 그 위에 탄 사람을 낚아챌 수 있는 중형 마수 와이번이다. 기마로써 얻을 수 있는 약간의 기동성은 어차피 별 의미가 없었다. 이런 경우 차라리 말 한 필을 내줘버리는 선택도 때에 따라 옳은 것이다.

헨릭의 지시에 따라 재빠르게 말에서 내린 기사와 병사들은 말들을 한쪽에 몰아두고 마차 곁으로 돌아와 에워쌌다. 늙은 마부 올슨이 벌벌거리며 마차에 올라탄 직후였다.

"온다! 궁수 대기!"

방패와 창을 가진 병사 셋이 맨 앞에 진을 쳤고, 쇠뇌를 가진 나머지 셋이 그 뒤에 바짝 붙어 그들의 어깨너머로 하늘을 겨누었다. 헨릭과 다른 기사는 방패와 검을 빼든 채 그 뒤에 자리잡았다. 와이번은 그들에게 곧장 날아오다가 그 모양새를 보더니 우측으로 크게 선회하기 시작했다. 펄럭이는 날갯짓 소리가 마차 안의 아셰리드에게도 들렸다. 단지 채광을 위해 존재하는, 마차의 희뿌연 유리창으로는 바깥의 상황을 제대로 알 수 없었기에 아셰리드는 답답했지만, 공연히 설쳐대서 기사들의 신경을 분산시키지는 않는다.

와이번은 그들의 머리 위에서 크게 원을 그리며 선회하기 시작했다. 그걸 올려다보던 헨릭은 눈살을 찌푸렸다. 얌전히 말 한 마리만 채가고 끝내진 않으리라는 예상이 들었기 때문이다.

말은 원래 와이번이 선호하는 먹이가 아니긴 했다. 저놈들은 염소나, 혹은 사람을 더 좋아했다.

"대기해! 명령하기 전에는 쏘지 마라!"

궁수들의 긴장을 느낀 헨릭이 그들에게 못 박았다. 세 대의 쇠뇌로는 어차피 결정적인 제압을 기대할 수 없다. 공연히 먼저 공격하여 마수의 화를 돋울 필요가 없으며, 용과 달리 마법을 사용하지 않고 순수히 날갯짓만으로 비행하는 와이번은 그래서, 체구에 비해 날개의 크기가 훨씬 크고 그 움직임도 요란하다. 그러니 지척에 다가오지 않는 한 제대로 화살을 박을 가능성은 무척 적다.

와이번은 이렇다 할 움직임 없이 그저 그들 머리 위를 계속 선회하였다. 기사 헨릭은 이 상황이 어쩌면 와이번에게도 의외의 사태일지 모른다는 생각이 들었다. 아마 저 놈은 애초에 잉겐의 염소 떼를 노리고 왔을 것이다. 그러다 무장한 인간의 무리를 만나 상황을 살피며 생각하는 것일 게다. 그냥 얌전히 염소만 한 마리 채가는 게 나을지, 혹은 이쪽을 공격해볼지 가늠하는 것이리라.

"성가시군."

헨릭이 혼잣말로 중얼거렸다. 와이번은 교활하고, 때로는 겁쟁이라 보일 만큼 신중하다. 아무 생각 없이 달려드는 트롤과 달리, 저것들은 상대와의 힘의 우위를 정확히 재면서 움직인다. 치고 들어오는 것만큼 내빼는 것도 빠르며, 필요하다면 저렇게 한참을 머리 위에서 활강하며 이쪽에 압박을 가할 줄 안다. 그렇게 무시할 수도, 그렇다고 덤벼들 수도 없는 상태를 유지하면서 이쪽의 신경과 기력을 갉아낸다.

그때였다. 계속해서 크게 선회하던 와이번이 남쪽을 향해서 높고 날카로운 소리를 내질렀다. 지향성이 뛰어난 그 울음은 겨울 초입의 시퍼런 대기를 흩어짐 없이 꿰뚫으며 사라졌다. 그리고 몇 번의 경험을 통해 그 소리가 의미하는 바를 알고 있는 헨릭은 안색이 나빠지며 말했다.

"놈이 동료를 불렀다."

"예? 저놈들은 단독으로 사냥하지 않습니까?"

한 궁수가 물은 것이다. 그러자 헨릭 대신 옆에 있던 다른 기사 트룬드가 대답했다.

"먹이를 빼앗길까 봐 단독으로 사냥하는 것뿐이야. 먹이가 풍족하다고 판단될 때는 협공을 하기도 한다."

이제 상황은 매우 안 좋아졌다. 두 마리 이상의 와이번을 상대하는 것은 현 병력으로 완전히 무리였다. 더 이상 선택의 여지가 없었다.

"올슨! 안 되겠지만 나와 마차를 몰아라! 다리 건너 잉겐으로 가야 한다! 가장 가까운 민가에 남작부인을 모신다!"

헨릭의 새로운 지시가 떨어졌다. 무엇보다 병력과 남작부인의 보호가 우선인 까닭이다. 안됐지만 어떻게든 잉겐 쪽으로 와이번의 피해를 돌려야 했다. 그의 지시에 따라 늙은 마부가 새파랗게 질린 채 마부석으로 올라탔고, 기사 트룬드가 그의 옆에 자리 잡았다. 방패병 둘과 궁수 하나가 마차의 지붕 위에 있던 짐들을 바닥에 떨구며 대신 올라갔다.

"가자!"

헨릭과 나머지 병사 셋은 구보로 마차를 따른다. 곧이어 마차가 움직이며 다리를 향해 나갔다. 모두의 시선이 가야 할 방향과 하늘 위의 마수를 번갈아 감시하느라 분주하였다. 그리고 마수는 이 새로운 움직임에 반응한다.

"옵니다!"

지붕 위에 있던 병사 하나가 목이 터져라 외쳤다. 그때까지 매끄럽던 와이번의 선회가 혹 하고 일그러지더니 양 날개를 접어 홀쭉해진 마수의 몸통이 창처럼 그들의 머리 위로 내리꽂혔다.

"사격!"

헨릭과 함께 달리던 두 궁사가 그 자리에 딱 멈춰서 한쪽 무릎을 꿇고 각자의 방아쇠를 당겼으나, 비스듬히 마차를 향해 내리꽂히던 와이번은 그 직전에 양 날개를 활짝 부풀렸다. 돌풍을 받은 돛처럼 팽팽하게 펼쳐진 날개는 그때까지 실려 오던 막대한 관성에 돌로 내리찍은 듯 급격한 제동을 걸며 마차 주변에 충격적인 돌풍을 일으켰다. 마차가 기우뚱하면서 지붕 위에서 쇠뇌를 쏘려던 병사가 반대편으로 굴러떨어졌다. 헨릭 쪽에서 발사된 화살들 역시 헛되이 빗나가버렸다. 세 대의 쇠뇌가 무용지물이 된 것을 확인한 와이번은 그때까지의 신중한 태도를 완전히 내다 버리기로 작정한 것 같았다. 날카롭고 새된 포효가 마차를 직격했고, 마차를 이끌던 네 마리 말이 놀라 요동치기 시작했다. 마부의 옆에 있던 트룬드와 지붕 위의 병사 둘이 어떻게든 그를 견제하려 했으나, 와이번은 거리를 좁히지 않은 채 격렬한 날갯짓과 울음소리로만 그들 모두를 공황상태로 던져넣고 있다.

"내게 덤벼라, 이 괴수야!"

헨릭이 검을 앞세우고 그들에게 돌격하였다. 그의 명령에 따라, 궁수 둘은 후미에 남아 다음 화살을 재우고 있었고 방패병 하나가 그들을 지키고 있었기에 나설 수 있는 것은 오로지 그뿐이었다.

"뉘른스에크!"

내지른 창끝처럼 쇄도한 기사의 묵직한 검이 그를 놀리듯 힐끔 비켜선 와이번으로 인해 맥없이 허공을 갈랐다. 흔들리지 않고 방패를 치켜세우며 몸을 돌린 헨릭은 때를 놓치지 않고 마차에서 뛰어내려 곁으로 다가온 트룬드를 보았다. 나란히 선 두 기사는 와이번의 극악한 독니에 대비해 방패를 앞세우고 고함을 내지르며 한 발짝 앞으로 내디뎠다. 그러나 와이번은 그들을 비웃듯이 무시한 채 날개를 펄럭여 훌쩍 머리 위로 넘어왔다. 그사이 재장전이 완료된 세 발의 화살이 각각 마수의 날개를 꿰뚫었다.

하지만 그것은 전혀 바라는 결과가 아니었다. 와이번의 날개 피막은 얇고 쉽게 찢어지는 만큼 애초에 회복도 빠르고 별 고통도 주지 못한다. 근거리에서 판금 갑옷을 뚫을 수 있는 쇠뇌의 관통력으로는 오히려 깨끗하고 작은 구멍을 낼 뿐, 완전히 화살과 기회의 낭비가 된다. 이런 경우 노려야 하는 것은 와이번의 급소이지 날개가 결코 아니었다. 궁수들 또한 숱한 훈련과 교육을 통해 그 사실을 잘 알고 있지만, 지척에서 이렇게 맹렬하게 날뛰는 와이번을 상대로 그와 같은 곡예는 지극히 어려운 노릇이었다.

또다시 세 발의 화살이 헛되이 낭비됨을 본 와이번은 그때까지 말을 진정시키느라 애쓰던 올슨에게 달려들었다. 그와 동시에 마차 지붕 위 방패병 둘의 창끝과 그를 뒤따른 기사 둘의 합격이 마수를 때렸지만 와이번이 역시 조금 더 빨랐다. 더구나 헨릭과 트룬드의 위치는 지상이라 낮았고, 지붕 위의 방패병들은 흔들림으로 인해 균형을 잡지 못하고 있었다. 그들의 용감한 공격은 헛되이 빗나갔고 올슨은 와이번의 뒷발에 차여 마차 아래로 나가떨어졌다.

그 순간, 와이번의 잇따른 포효에 기겁한 네 마리 말들이 달리기 시작했다. 말들을 겁준 와이번이 마차 위로 둥실 날아오르자 그 체중으로 유지되던 제동이 풀려버렸고, 이 급발진에 지붕 위의 방패병 하나가 곧장 마차 뒤로 굴러떨어졌다. 마차는 방패병 하나만을 지붕 위에 얹은 채 마부도 없이 곧장 다리를 지나 잉겐 방향으로 질주하기 시작했다. 하늘로 떠오른 와이번은 희희낙락하듯 날개를 펄럭이며 그 뒤를 쫓았다.

"이런 제기랄! 달려!"

쓰러져있는 올슨과 방패병을 살필 때가 아니었다. 자칫하면 마차가 와이번의 예쁜 도시락통으로 변할 참이다. 헨릭과 트룬드, 나머지 병사들이 미친 듯이 뒤를 따라 달렸다. 하지만 글자 그대로 고삐 풀린 4두 마차를 뒤쫓기는 무리였다. 헨릭은 눈앞이 캄캄해졌다.

그때였다.

북쪽 숲에서 기이한 뿔 나팔 소리가 들려왔다. 그 소리는 뒤쫓던 기사들과 공중의 와이번 모두의 움직임을 흠칫 불러세웠다. 잠시 뒤, 제자리에 뜬 채 날개를 펄럭이며 의혹의 눈초리를 숲으로 향하던 와이번은 미처 상상하지 못한 것들이 숲을 뚫고 튀어나오는 것을 목격하곤 경악의 포효를 내질렀다.

"사수, 일제사!"

그 검은 무리의 선두, 잘 깎인 말뚝의 끝처럼 예리하게 솟아나온 면갑의 투구를 한 고블린 오십장의 고함이었다. 그의 말이 끝남과 동시에 그 후미를 따르던 고블린 병사들부터 짧은 쇠뇌의 화살 오십 개가 일제히 시위를 등졌다. 갈고닦은 훈련에 의해 이뤄낸, 명백히 촘촘하고도 균일한 화살의 벽이 와이번의 전면을 그물처럼 감싸며 육박하였다. 제아무리 날쌔고 교활한 짐승이라 하더라도 더는 손 쓸 도리가 없는, 완벽한 제압

사격이었다.

— 꺄아아아아악!

십수대의 화살이 와이번의 날개를 꿰뚫고, 관절과 뱃가죽 곳곳에 후벼 박혔다. 다 이겼다고 생각했던 와이번에게는 참으로 날벼락 같은 사태였다. 쇄도만큼 포기도 빠른 이 마수는 이미 틀렸음을 깨닫고 분노와 고통이 반반 섞인 비명을 내지르며 몸을 돌려 퍼덕퍼덕 다급한 날갯짓을 반복했다. 그러고는 곧, 왔던 것처럼 재빠르게 사라져버렸다.

헨릭과 트룬드, 그리고 병사들은 이 새로 나타난 마수, 고블린들의 무리에 기가 막혔다. 참으로 천만다행히, 마부 없이 내달리던 마차는 저만치 앞에서 어느새 멈춰 방향을 돌리고 있다. 마차 지붕 위에 있던 병사가 마부석으로 가 마차를 세우는 데 성공한 것이다.

"떨어진 병사와 올슨을 살펴라."

강력한 마수 하나는 물러갔으나, 그보다 덜 강력한 마수 오십이 새로 등장했다. 사실 객관적으로 보자면 상황은 훨씬 더 안좋았다. 와이번 하나라면 그래도 어떻게든 내칠 수 있을 가능성이 있지만, 현재의 병력으로 고블린 부대 하나랑 맞붙어 살아날 가능성은 아예 전무하니까.

그나마 다행이라면 올슨과 병사는 큰 부상 없이 무사했다는 점이다. 다만 늙은 올슨은 공포와 충격으로 좀 맥을 놔버린 것 같았다. 의식은 있었지만 무어라무어라 횡설수설하고 있는 모양새가 딱하기 그지없었다.

"헨릭."

늑대를 탄 고블린 오십장이 천천히 다가오는 것을 보고 트룬드가 헨릭을 불렀다. 고블린 부대들은 그들로부터 한참 떨어진 지점에 열을 맞춰선 채 대기하고 있었고, 두 늑대 기수가 그들 곁에 있었다. 나머지 두 늑대 기수는 이쪽으로 다가오는 오십장의 몇 발자국 뒤를 따르는 중이었다.

"트룬드, 나머지를 모두 이끌고 마차로 가게. 사태를 보다가 여차하면 도망쳐."

"무슨 헛소리를 그리 장렬하게 하나?"

트룬드가 헨릭을 한 대 칠 기세로 대꾸했다. 하지만 헨릭은 굽히지 않고 더 험악한 표정을 지었다.

"남작부인을 잃으면 무얼로도 주군께 보상이 안 될걸세."

그들의 주군 뉘른스에크 변경백이 그 누이를 얼마나 끔찍이 여기는지 잘 알고 있는 가신들이다. 집 문턱에서 마수 떼에 헛되이 유린당했다가는 도대체 어떤 사태가 벌어질지 생각하기도 싫었다. 그들 모가지로 덮여질 분노가 아닐 것이다.

"……따르지."

그에 생각이 미쳤는지 트룬드가 이렇게 씹어뱉고는 병사들을 시켜 올슨을 부축하게 했다. 그때, 꽤 근처까지 다가오던 고블린 오십장이 투구의 면갑을 벗어 올리며 외쳤다.

"아, 그럴 필요 없다. 우린 너희 적이 아니다."

아우케트였다.

아우케트와 두카르의 부대가 잉겐 부근에 머문 지도 일주일째였다. 그들은 신속하게 목책과 파수대를 세우고 보충병들을 동원해 토굴을 파왔다. 본래 수목한계선 이상의 고지대에 방어를 위한 건축만을 일삼는 고블린들에게 있어, 이렇게 숲에 둘러싸인 낮은 지대에 거점을 마련하는 것은 생소한 작업이었지만 다들 시행착오를 거치면서도 의욕적으로 임했다. 보급물자가 충분했기 때문인지 어린 고블린들은 오히려 꽤 신이 난 것 같았다.

순찰기지의 마무리가 되지 않는 한 본성인 산채에서 후속 부대와 교대할 일은 없었다. 작업은 매우 빠르게 진행되었지만 당분간은 움직일 일이 없으리라 생각했기에 아우케트와 두카르는 느긋하게 마음먹었다. 하지만 수시로 드리츠와 잉겐 사이를 순찰하고 주변 숲을 뒤지며 마수들을 솎아내길 잊지는 않았다. 그랬기에 와이번의 출현을 제때 포착할 수 있었던 것이다. 순찰조의 보고를 들은 아우케트는 곧장 자신의 부대 전부를 이끌고 잉겐 북서쪽, 뉘른스에크로 이어지는 영지의 경계를 향해 내달렸다. 와이번이 동료를 부르는 포효를 들은 것은 그들이 숲을 거의 빠져나온 지점에서였다.

"하지만 결국 와이번은 그놈 한 마리였군."

아우케트는 와이번이 사라진 서남쪽 하늘을 바라보다 말했다. 그를 어떻게 대해야 할지 몰라 어색해하던 헨릭이 그의 시선을 좇더니 이내 눈길을 다시 고블린에게 되돌리며 대꾸했다.

"또 올지도 모른다."

"아닐 것이다. 동료를 부르는 척한 것뿐이지. 기만이다."

헨릭은 잠시 생각하다가 억울한 듯이 고개를 끄덕거렸다. 와이번이 능히 할 수 있는 짓거리였다. 아무래도 그가 속은 것이다. 그에 휘둘리지 않고 처음처럼 계속 마차 주위를 단단히 방비하고 있었다면 아까 같은 충돌로 이어지지 않았을 것이다. 완전한 패착이었다.

"……우리를 어째서 도운 것인가?"

헨릭은 마침내 내내 마음에 걸리던 것을 물었다. 처음 고블린들이 와이번을 내쫓았을 때만 하더라도 자신들이 도움받았다는 생각은 전혀 들지 않았다. 그야, 도무지 그런 일은 없기 때문이다. 일반적인 고블린이라면 강 건너 불구경을 하다가 이쪽이 당한 이후 나타나 어부지리를 주우려 했을 것이다. 하지만 이들은 그러지 않았고, 당당히 걸어와 지금과 같은 한담을 건네고 있다. 물론 숫자는 현재 저쪽이 월등히 압도적이지만, 그렇다고 해서 이렇게 무장한 인간 기사들을 상대로 유들유들한 고블린 오십장 따윈 생전 처음 봤다. 북방 변경의 숱한 전투 속에서 이미 고블린의 목도 여럿 베어본 적 있는 헨릭은 이 난데없는 오월동주가 기이하기 짝이 없었다.

"너희는 피어클리벤의 기사가 아닌 게로군."

그들의 차림과 가슴께의 덤불문양 표장을 유심히 보던 아우케트의 말이었다.

"그렇다. 뉘른스에크의 기사들이다."

"무슨 일로 왔는가?"

헨릭은 대답하려다 멈칫했다.

"……그걸 말해줄 이유가 없다."

"그래, 없다. 그런 만큼 나 역시 별로 대답해줄 이유는 없다. 어차피 이곳의 영주를 보러 가는 길이 아닌가?"

"……그렇다만."

"그러면 어차피 그에게 듣게 될 것이다."

그렇게만 잘라 말한 아우케트는 뭔가 놀리는 듯한 표정으로 한 마디 덧붙였다.

"아, 가거든 '대사'에게 전해라. 이달이 끝나기 전에 식료의 보충이 필요하다고. 크게 부족한 것은 아니지만 그게 있으면 작업속도를 더 빠르게 할 수 있다."

이게 대체 무슨 소리야? 헨릭은 눈을 크게 뜨며 미간을 찌푸렸다. 그러거나 말거나, 말을 마친 아우케트는 늑대를 돌려 부대로 되돌아가기 시작했다. 멍하니 그 뒷모습을 보던 헨릭은 트룬드의 재촉을 받고 마차로 걸음을 옮겼다.

"나랑 한판 겨뤄보지 않겠느냐."

병사로서 새로운 삶을 시작한 지도 어느덧 열흘째에 접어든 디드리크가 연병장에서 여느 때처럼 목검을 들고 제식 검술 18개 연계를 연습하고 있을 때, 불쑥 나타난 아그니르가 이렇게 말했다. 소년은 깜짝 놀라 배운 대로 검을 잡고 군례를 올렸다. 물론 아그니르는 기사도 뭣도 아니지만, 엄연히 성주의 가문 일원인 윗사람이었으니까.

"저 같은 것과 어울리시면 아씨의 품행에 누가 됩니다."

이제 제법 격식에 맞춰 혀를 놀리는 법을 배운 디드리크가 어색하게 대답하였다. 상대는 주군의 영애이며, 그러니까 귀족이고, 게다가 여성이다. 뭐 하나 만만한 구석이 도무지 없다.

"누가 너보고 그런 걸 걱정하라더냐, 시끄러우니 칼이나 잡아라. 그저 허공이나 베려고 배우는 것은 아닐 테지?"

하지만 이 아가씨는 도대체 쥐라도 베어본 적은 있는 것일까? 명백히 도발하는 그 깜찍한 언사에, 나름 잔뼈가 굵은 목동 출신 소년의 심사가 살짝 뒤틀렸다. 게다가 비상 상황도 아닌데 저 반짝이는 가죽 갑옷은 또 왜 입고 있담. 염소를 치며 북부의 들판을 누벼온 목동은 이 순간 어쩔 수 없이 그를 조금 무시하는 감정이 들고 만다.

"무얼 하느냐!"

아그니르의 옥박지름에, 디드리크는 들키지 않게 한숨을 작게 내쉬고 목검을 들었다. 동작을 봐주기 위해 고참인 발리엇과 목검을 섞어본 게 전부일 뿐, 그는 아직 제대로 대련에 임한 적이 전혀 없었다. 그 사실을 간파한 아그니르는 코웃음을 치더니 목검을 휘두르며 번개처럼 돌격해왔다. 배운 동작을 써서 대응하려고 뻣뻣하게 굳어 있던 디드리크가 볼썽사납게 허우적거리며 간신히 피했지만, 그것은 아그니르의 숙달된 기예가 충분히 예상하는 범위 안이었다. 잇따라 아그니르의 목검이 현란하게 에돌았고, 디드리크의 어깨를 강타했다.

"아이고!"

엉거주춤 나가떨어진 디드리크는 과장스레 맞은 자리를 쓰다듬었다. 그 꼴을 본 아그니르가 화가 난 듯 외쳤다.

"그게 무슨 꼴이냐! 검을 앞세워라!"

"아픈데요?"

일순 빵 터진 돼지오줌통 공의 바람마냥 새어나가 버린 소년의 군기다. 그런 디드리크의 항의에, 곧 죽어도 꼿꼿한 기사의 명예와 낭만을 흠모해온 아그니르가 어처구니없어했다. 그러곤 무어라 말하려 입을 달싹이다가 집어치우고 또다시 목검을 휘두르며 소년에게 돌진하였다. 디드리크는 깜짝 놀라 그에 합을 맞췄으나, 불과 열흘간 몸에 익혀온 동작들은 아직 소년에게 아무런 힘이 되질 못했다. 어떻게든 배운 것을 실천하려던 성실함은 거나한 매타작으로 보답받아버린다.

"염소치기들은 날래다고 들었는데, 헛소문이로군."

머리를 얻어맞고 바닥에 쓰러져 낑낑거리던 소년을 보고 아그니르가 내뱉은 말이었다. 봉변을 당한 디드리크가 슬쩍 일어나 대꾸하였다.

"목동들은 이렇게 안 싸웁니다."

"그래? 그럼 목동 식으로 싸워봐라!"

이번에는 숨길 새도 없이 한숨을 짓고 말았다. 그러면서 디드리크는 슬쩍, 저쪽 편에 앉은 채 하품하고 있는 사우트를 보았다. 이 충직한 개는 주인이 이토록 매타작을 당해도 한가롭기 그지없다. 뭐, 사실 당연하다. 흰이리개는 어릴 적부터 진짜 살기를 구분할 줄 알며, 또한 인간을 상대로는 결코 그 공격성을 드러내지 않는 새끼들만이 선별되어 키워지니까. 성장기에 한 번이라도 사람을 공격한 흰이리개는 재고의 여지 없이 도살되고 만다. 그것이 이 개의 맹폭함을 적절하게 조련하는 유일한 방법이었다.

"……정말로 목동 식으로 싸우는 것은 개를 쓰게 됩니다. 있을 수 없습니다, 아씨."

디드리크가 사우트를 턱으로 가리키며 말하자, 아그니르는 또다시 하품하느라 쩍 벌어진 흰이리개의 턱 크기에 압도당하며 쌀쌀맞게 대꾸하였다.

"……하! 결국 개가 없으면 아무것도 아니로구나?"

"그런 말씀은 드리지 않았습니다."

솔직히 말해 이제 정말 신경질이 나기 시작한 디드리크가 대답했다. 그가 도대체 무슨 잘못을 했다고 이리 드잡이질이란 말인가? 아무리 보아도 훈련과는 거리가 멀었다. 명백하게 화풀이 대상이 된 것 같다.

"그럼 해 보란 말이다!"

아, 몰라. 난 이제 모른다. 올리케 아가씨의 자매건 말건 이제 내 알 바 아니다. 디드리크는 목검을 요대에 걸고 언제나 허리춤에 차고 있던 무릿매를 꺼내 재빠르게 돌을 재웠다. 이것은 분명 병사의 제식 병기가 전혀 아니었지만, 그의 고참들은 애써 배운 기예를 봉인할 필요가 없다며 그가 무릿매를 쓰도록 허락해 주었던 것이다.

"그깟 돌팔매질이란 말이냐!"

아그니르가 한심하다는 듯 호통치며 목검을 앞으로 디밀었으나 앞으로 더 나가진 못했다. 깨끗한 한 동작으로 재움과 동시에 발사된 돌이 앞으로 한 발짝 나오던 아그니르의 오른발 정강이에 정확히 작렬했던 것이다. 수십 번 기름을 먹여 응달에서 말리긴 반복한, 고급 경화 가죽 보호대가 아니었다면 시퍼렇게 멍이 드는 정도로 안 끝났을 듯한 충격이었다. 확실하게 반감되었지만 분명한 충격의 잇따른 고통에, 아그니르는 흡하고 숨을 들이마시며 멈추었다.

"염소치기들은 이렇게 싸웁니다요, 아씨."

"비겁하다!"

바짝 약이 오른 아그니르가 악을 쓰며 재차 돌격하였다. 이미 두 번째 돌을 재우던 디드리크는 망설임 없이 그걸 쏘았고,

나름 엄격한 기준에 의해 골라두었던 찰진 석탄(石彈)이 아그니르의 흉갑 위를 후려쳤다. 그리고 그의 움직임이 뒤틀리는 걸 디드리크는 놓치지 않았다. 어느새 목검을 뽑아 아그니르의 손목을 후려쳐 칼을 떨구게 했다. 이것은 그가 여기서 배운 제식 검술이 아니라 목동들의 짧은 몽둥이질에서 유래한 기술이었다.

"이게!"

검을 떨군 창피함과 손목의 얼얼한 통증에 화가 있는 대로 치솟은 아그니르는 검술이고 뭐고 팽개치고 디드리크에게 달려들었다. 그리고 상대가 설마 그러리라곤 예상 못 한 디드리크는 속절없이 엉켜 들고 말았다. 아그니르는 디드리크를 바닥에 자빠트리더니 올라타 손으로 분별없이 마구 때리기 시작했다. 디드리크는 어처구니가 없다 못해 웃길 지경이었지만 속으로는 이거 참 야단났다고 생각했다. 이제 사태를 수습할 길이 도무지 없다. 그저 팔로 얼굴을 가리고 아그니르를 떨어내려 애쓸 따름이었다.

"아가씨!"

스벤의 호통과 같은 외침이 날아들었다. 그러자 그때까지 가만히 있던 사우트가 몸을 일으키더니 그를 향해 경례하듯 컹! 하고 외쳤다. 어쩌면 이 개는 본능적으로 이 무리의 서열 최강자를 알아보는 게 아닐까?

"이게 무슨 꼴입니까?"

아그니르의 목덜미 보호대를 잡고 뒤로 휙 잡아당겨 세운 스벤이 노한 표정으로 소리쳤다. 얼굴이 새빨개진 아그니르가 질세라 외쳤다.

"이게 나한테 돌을 던졌단 말이에요!"

"정말이냐, 디드리크?"

스벤의 물음에, 그때까지 드러누워 있던 디드리크는 후다닥 일어나 우렁차게 군례를 올리며 답했다.

"그렇습니다, 경! 아가씨께서 목동의 싸움법을 보고 싶다 하셨습니다!"

"……어린 훈련병을 데리고 노니까 재밌습니까?"

빠르게 사태를 파악한 스벤이 아그니르를 향해 명백히 비꼬듯이 말했다. 분노와 모멸감, 고통과 짜증에 씩씩거리던 그는 그 차가운 음성이 자신을 욕보이기라도 했다는 듯, 급격히 싸늘한 표정이 되어 되받아쳤다.

"내가 무얼 잘못했죠? 훈련을 봐주던 것뿐이라고요!"

"아가씨가 기사입니까?"

사정 봐주지 않고 아픈 데를 찔러오는 기사다. 이제 아그니르의 분노는 완전하게 그를 향하였다.

"경은 여전히 제가 자격이 없다고 생각하는 건가요!"

"제가 아는 한 어떤 기사도 이렇게 볼썽사나운 짓을 하지 않습니다. 같은 기사도 아니고 이제 갓 입대한 소년병을 향해 개싸움이라니요."

"개싸움이라니!"

이제 아그니르의 얼굴은 시뻘겋다 못해 파래졌다. 입술을 깨물며 침묵하는 그에게, 스벤이 다시 말했다.

"바라시는 것이 대련입니까? 진짜 기사의 검은 어떠십니까?"

아그니르는 대답하지 않았다. 다만 한동안 그와 디드리크를 노려보더니 말도 없이 몸을 휙 돌리고는 성 본관을 향해 가버렸다. 그 뒷모습을 지그시 노려보던 스벤은 고개를 돌리고 그때까지 부동자세로 서 있던 디드리크에게 피곤하다는 듯 말했다.

"안됐지만, 너를 벌하지 않을 수는 없다."

"알고 있습니다, 경!"

씩씩하게 대답하는 디드리크에게 기사는 약간의 만족감을 느꼈다. 잠시 고민하던 그가 말했다.

"축사의 청소를 하고 고참들의 무구를 전부 손질해라. 그리고 저녁은 없다."

"알겠습니다, 경!"

또다시 사우트가 하품을 했다.

"우리 막둥이-끝쪽이, 말똥 다 치웠냐?"

시간은 어둑해진 저녁 무렵이었다. 여태 축사를 뒤엎다시피 청소를 해온 디드리크는 제법 마무리를 끝내고 축사 한편에 앉아 땀을 식히던 참이었다. 그런 그에게 장난스러운 목소리와 함께 고참 발리엇이 나타났다.

"거의 다 했어요."

"우리 끝쪽이 일도 잘하지."

발리엇은 킬킬거렸다. 디드리크는 왠지 혀가 꼬이는 이름이라며 고참들 대개가 어느새 '끝쪽이'라는 별명으로 소년을 부르고 있었다. 그건 뭐 거창한 어떤 뜻이 있는 것도 아니고 그저 막사의 제일 끝쪽 침상이 소년의 자리였기 때문에 붙여진, 참으로 무성의한 별명이었다. 발리엇은 주변을 살피더니 감추고 있던 딱딱한 건병을 내밀었다.

"야, 요령껏 먹어."

"들키면 혼납니다."

말은 그렇게 하면서도, 디드리크는 기꺼이 그것을 받았다. 내내 기운을 써서 배가 엄청나게 고팠던 것이다.

"이게 무슨 봉변이냐? 아가씨 성질머리야 익히 알고 있었지만."

인상을 쓰며 돌처럼 단단한 건병 껍질을 깨물던 디드리크에게 발리엇이 푸념하듯이 말했다. 오늘 일은 성 내의 병사들 모두에게 벌써 짜하게 알려져 있었고, 다들 재수 없이 똥 밟은 격이라며 막내를 위로해주었다. 그에게 벌을 지정한 스벤조차도 정말로 소년이 잘못했다고는 생각하지 않았다. 하지만 엄밀한 군율과 기강을 세워야 했고, 명백히 상전에 속하는 영애와 벌인 격식 외의 난투였으니 저간의 앞뒤가 어떻건 간에 벌 받는 표는 내야 했다. 디드리크 또한 그것을 알고 있었기에 별로 억울하진 않았다. 정말로 하극상이었다면 이 정도로는 안 끝난다. 최소가 채찍질이었을 것이다.

"……아그니르 아씨는 제게 무슨 감정이 있으신가요?"

간신히 떼어낸 건병 조각을 침에 적시려 우물거리며 디드리크가 물었다. 축사의 울타리에 기대 어둑한 연병장을 내다보던 발리엇이 대꾸했다.

"글쎄? 그럴 리가. 네가 뭐라고."

"하긴요."

"……근데 아마 그런 걸 거야. 아그니르 아가씨는 어릴 때부터 기사를 꿈꿔왔단 말이야."

그것은 디드리크의 꿈이기도 했다. 다만 소년에겐 가망이 없는 꿈이었고, 귀족가의 영애라면 얼마든지 적당한 노력과 투자로 다가갈 수 있는 꿈이라는 차이가 있겠다.

"스벤 달슨 경이 아가씨 어릴 때부터 붙어서 검술 사부 노릇을 해오고 있지. 뭐……, 난 잘 모르지만 그렇게 열심히 하지는 않았는가 봐. 귀족가의 아가씨는 보통 기사의 향사로 잘 들어가지 않으니까, 요 몇 년 아우셀바프의 기사 양성소를 다니셨는데 성적은 뭐 그냥저냥 양호한 모양이야."

도시의 기사 양성소라면 디드리크도 일찍이 들은 바 있다. 기사의 향사 노릇을 견디기 싫어하거나, 혹은 돈이 충분한 경우 그냥 기사 양성소를 선택한다. 기사 양성소는 보통 검술 조합에서 운영하고 용병단과도 협력관계를 가진다. 수업료와 기숙사비, 또한 일체의 무구 비용 등을 죄다 부담해야 하기에 디드리크와 같은 가난뱅이 영민의 자식에게는 지나가던 기사에게 향사로 주워질 가능성보다 더 인연이 없는 곳이었다. 통상 향사가 육 년에서 십 년을 보내는 데 반해 양성소는 이 년의 속성 과정을 가졌다. 다만 그 교육의 질은 꽤나 우수하여 모든 자유 도시의 기사 양성소 수료증은 기사의 자격을 갖춘 것으로 완전히 인정받았다. 또한 기사 양성소는 성적우수자들을 지방 영주나 용병단에 추천해주기도 하는 것이다. 그런 추천을 거부하거나 혹 받지 못한 수료자들은 '자유기사'로 불렸다. 어쨌거나, 디드리크에게는 마냥 하늘 위의 이야기였다.

"……그런데요?"

"그러게, 내가 이 이야기를 왜 했지."

발리엇이 실없이 머리를 긁적긁적하더니 다시 말했다.

"뭐, 아무튼 달슨 경이 아그니르 아가씨를 별로 탐탁지 않아 해. 이유는 나도 몰라. 솜씨 문제는 아닌 게 확실해. 그래 봬도……, 넌 알겠지?"

디드리크는 고개를 끄덕거렸다. 막판에 볼썽사나운 꼴이 되긴 했지만 아그니르의 손은 날래고 매서웠다. 그가 끝까지 침착함을 유지했다면 이쪽은 그저 실컷 얻어터지기만 했을 것이다. 물론, 그게 실전이었다면 디드리크는 다른 곳은 제쳐두고 우선 그의 얼굴을 돌로 노렸겠지만, 훈련상황에서야 도저히 할 수 없는 짓이다.

"그럼에도 아가씨는 무언가, 스벤 경에게 인정받고 싶은 거지. 하지만 그게 계속 어딘가 엇나가는 모양이야. 그런 참에, 네가 원래 기사를 꿈꿨다는 이야기를 어디서 주워들은 게 아닐까? 그래서 심술을 부린 거지."

"저는 기사가 된 게 아니잖아요?"

디드리크가 당치않다는 듯이 말했다. 발리엇도 고개를 끄덕였다.

"물론 아니지. 그랬으면 아가씨가 아니라 우리가 심술을 부렸을 거다."

그러고는 혼자 낄낄거리던 발리엇이 말을 이었다.

"아무튼, 그냥 그 이야기를 들었을 거라는 거야. 그러고는 아마 제대로 인정받지 못하는 자신의 처지에 더해, 네게 괘씸함을 느낀 게 아닐까?"

발리엇의 설명은 어딘지 납득되지 않고 난잡했다. 디드리크는 알 것도 같고 모르는 것도 같은 알쏭달쏭함을 느끼며 잠자코 나머지 건병을 침에 적셨다. 물을 마셔야겠다.

제 12장

정말이지 재수 없는 하루였다. 공연한 오해로 시비에 휘말려 반나절 치의 장사를 송두리째 말아먹었고 억울하게 구금까지 당했다. *세상에 만만한 것이 그저 류그라지!* 이미 숱하게 비슷한 일을 겪어왔지만 새삼 화가 치미는 시야프리테였다.

"나 정말 짜증 나, 노인네."

"할아버지라고 제대로 부르지 못해?"

아우셸바프 치안대 본부에서 석방된 스물두 명의 류그라는 이미 캄캄해진 거리를 서둘러 줄지어 걷고 있었다. 시장 광장에 세워둔 그들의 마차와 안의 짐들이 걱정되었기 때문이다. 일행의 맨 앞을 선도하듯 걷고 있는 것은 그들 무리의 장로인 네그레즈였고, 시야프리테가 그 곁에서 종종걸음으로 따르고 있었다. 노인의 호통에 아랑곳하지 않고 소녀는 재잘거렸다.

"그나마 돌 던지는 꼬맹이들은 귀엽고, 여차하면 패줄 수 있기라도 하지, 이게 무슨 봉변이야? 이러고도 아무 보상도 사과도 없잖아? 왜 우리는 자유민이 아니야? 되려고도 안 해?"

"시끄럽다!"

"언제까지 신목의 신민(神民) 타령이나 하면서 이따위로 거지같이 살아야 해? 그냥 자유도시에서 일 년간 부역하고 시민이 되면 안 돼? 자유민이 되면 차별이야 어쩔 수 없다 쳐도 법의 보호는 받을 거 아니야?"

"조용히 해라, 시야프리테."

"아니 그래, 신목의 가지를 앞세우고 온 세상으로 뿔뿔이 흩어져나간 조상님들과 잘난 동포들 가운데서 나뭇가지고 뭐고 집어치우고 정착해 제국인으로 인정받은 씨족이 하나도 없어? 족히 사백 년이야! 사백 년! 사백 년간 그래, 머리가 도는 사람이 하나도 없었단 말이야!"

"입 좀 다물라고!"

"뿌리를 내려야 하는 건 우리지 나뭇가지가 아니야! 얼어 죽을 류그네라스!"

노인의 노성이 재차 터지기 직전, 점점 도를 넘어서는 그의 발언을 뒤에서 듣고 있던 시야프리테의 아버지가 딸의 길쭉한 귀를 확 붙잡더니 비틀어 올렸다. 시야프리테는 꼬리 잡힌 고양이 같은 소리를 내지르며 마구 허공을 할퀴었지만 아무 소용이 없었다. 노기를 띤 그의 아버지, 류프리그데가 조용히 말했다.

"딸, 잠자코 있어. 더 떠들면 마차 바퀴에 묶어 거꾸로 돌려놓 겠다."

그는 실제로 그렇게 한 적이 있었기에, 시야프리테에게는 더할 나위 없는 위협이 되었다. 얌전히 입을 다문 채 얼얼한 귀를 만지작거리며 소녀는 조용히 발걸음만 재촉했다. 그래도 기세는 전혀 죽지 않고 볼이 잔뜩 부풀어 있다.

일행은 얼마 뒤 시장 광장에 도착했다. 치안대의 병사들이 다행히 그때까지 마차를 지키고 있었다. 장로 네그레즈는 안도의 한숨을 내쉬고 그들에게 다가가 사정을 알리며 은화 두어 개를 쥐여주었다. 병사들은 씩 웃으면 무어라 지들끼리 주고받더니 고개를 끄덕이곤 철수하였다.

"그러고 보니, 이거 그대로 갖고 왔네."

다 함께 좌판을 정리하던 가운데 생각난 듯이 주머니 속의 액막이를 꺼내든 시야프리테가 중얼거렸다. 앞서 발프리드가 흥정 끝에 사서 목에 걸었던 그 물건이었다. 사건 직후 증거품으로 압수되어 치안대까지 들고 갔지만 이후 웬 마법사가 나타나 그의 무죄를 주장하자 석방과 동시에 되돌려받은 것이었다. 문제는, 이게 이미 팔린 물건이라는 점이다.

"언니, 그 재수 없는 거, 갖다 버려!"

그의 동생 실네스레유가 그걸 보더니 이렇게 말했다. 시야프리테가 언짢아하며 대꾸했다.

"내가 만든 거야? 그리고 당당히 동화 열네 장에 판 물건이야? 재수 없다니!"

"열네 장? 몇 시간 장사 못 한 보상이 돼, 그게?"

"하! 너 은화 한 장 이상 벌어본 적 있냐!"

두 소녀는 곧 손톱을 세우더니 아기고양이처럼 서로에게 하악거리기 시작했다. 하지만 그러자마자 네그레즈의 회초리와 류프리그데의 주먹이 각각의 정수리에 내리꽂혔다.

"시끄럽다, 이것들아! 빨리 짐 정리하고 식사 준비 도와라!"

아버지의 조용한 호통에 시야프리테는 왈칵 다음과 같이 반항했다.

"돕고 말고 할 게 뭐 있어? 그냥 보리전병에 돼지기름이잖아! 꺼내먹어!"

그러자 류프리그데는 낯빛의 변화 없이 심드렁하게 실네스레유에게 말했다.

"실네, 네 언니는 오늘 고기 안 먹는단다."

"아닙니다!"

시야프리테가 소릴 빽 질렀다.

이윽고 모두가 분주하게 저녁준비에 임했다. 본래 이와 같은 도시의 광장에서 취사행위를 하는 것은 단속대상이었으나, 그들은 유랑단으로서 비싼 입시세(入市稅)를 내고 들어온 데다 앞서 치안대원들에게 관례 이상의 뒷돈까지 찔러주었기에 아무 문제가 없었다. 거기다 원체 여기저기 노점에서 불을 써대는 시장 광장이다. 때문에 그 풍경에 자연스럽게 녹아들었고, 아무런 시비도 걸려오지 않았다.

"고기다, 고기."

이동식 연철 화덕에 숯을 골라놓으며 시야프리테가 노래 부르듯 중얼거렸다. 지팡이에 몸을 기댄 채 옆에 앉아 지켜보던 장로 네그레즈가 혀를 찼다.

"류그라가 언제부터 고기에 환장을 했는지, 원."

그런 할아버지를 쳐다보지도 않고 시선을 숯에 고정 시킨 채, 소녀는 즐겁다는 듯 말했다.

"어라? 영감쟁이, 그걸 몰라? 기꺼이 가르쳐줄게, 사백 년 전부터지!"

"내가 죽기 전에 도대체 할아버지라고 불릴 기회가 있겠느냐?"

"왜 나한테 물어? 점치는 건 노인네 특기잖아."

하지만 장로는 손녀의 가없는 발칙함을 진정 염두에 두고 있진 않다. 고향을 떠나 길 위에서 살아온 그들 민족의 처지가 만들어낸, 어쩔 수 없는 현상의 일부라고 여기는 것이다. 물론 이것은 전적으로 모든 것을 그 비운 탓이라 여기고 마는, 그의 버릇 같은 착각이었다. 시야프리테가 그에게 버르장머리가 없는 것은 민족적 비극과 아무 상관도 없는 일이었다.

"잘 들어라, 시야. 원래 우리는 류그네라스의 실과(實果)를 주식으로 삼았다. 생명을 빼앗아야만 살아갈 수 있는 너리서니들과 달랐단 말이다."

"하지만 영감도 영감의 영감에게 들은 이야기야. 어차피 본적도 먹은 적도 없으면서."

"하지만 진실이다!"

"그 대단한 실과가 얼마나 맛있는지는 몰라도, 나는 고기가 좋으네."

장로는 한숨을 내쉬었다. 그러고는 자신이 짚고 있는 지팡이를 내려다보았다. 방금 잘라낸 듯 생생하여 끝에 푸른 잎사귀 하나가 맺혀있는 그 나뭇가지는, 그들의 고향과 지나온 역사를 침묵으로 증명하는 것이었다. 그 또한 젊은 시절 느꼈던 것이지만 현재의 세대들에게 이 전설은 점점 먼 이야기가 되어간다. 세대가 지날수록 뚜렷하게 발전하는 인간의 도시에 비해 자신들의 정처는 갈수록 멀어져가고, 그 정신적 유산의 계승은 반복되는 실패와 덧없는 유랑 속에 희미해져만 간다. 그러고는 급기야, 시야프리테처럼 아예 제국인으로 살아가길 희망하는 젊은이들도 나타나기 시작했다. 정녕 거스를 수 없는 시대의 흐름일까.

"언니, 그것도 먹어! 버리지 마!"

가족 단위로 각자 둘러앉았기에 자리는 세 군데가 마련되었고, 그중 하나에 네그레즈와 류프리그데, 시야프리테와 실네스레유가 모여 식사를 시작했다. 하지만 식사가 시작된 지 얼마 지나지 않아 돼지고기의 비계를 떼어내던 걸 적발한 실네스레유가 조숙하게도 언니의 편식을 지적했다. 그러나 시야프리테는 질색을 했다.

"안 먹어! 이건 '울'이야 울!"

"울이 뭐고?"

네그레즈가 의아해하며 묻자, 실네스레유가 정말 한심스럽다는 듯이 대답했다.

"언니는 비계를 그렇게 불러요, 할아버지. 시야프른의 언어래요."

시야프른이란 그냥 시야의 나라란 뜻이 된다. 해가 갈수록 만손녀의 엉뚱함이 괄목할 만한 성장을 보이는 것에 적잖이 감탄하며, 네그레즈는 결국 껄껄거리며 웃기 시작했다. 한쪽 눈썹을 추켜세우며 자매의 이야기를 듣던 그들의 아버지, 류프리그데도 따라 피식거렸다.

저녁 식사가 끝난 이후, 시야프리테는 마차 안에 쪼그려 앉은 채 생각에 잠겨 있었다. 시장 광장은 어느새 저녁 술 한잔을 하러 나온 사람들로 북적였고, 그 가운데서 류그라들은 그들의 민속악기를 연주하며 흥을 북돋고 있었다. 이처럼 가무에 능한 것도 류그라들의 내력이었으며, 부끄럽지 않게 당당히 그들이 팔 수 있는 것 가운데 하나이다. 그가 속한 '길가네스의 가지' 유랑단은 처지가 비교적 양호한 류그라 유랑단에 속했다. 지팡이가 있었고, 민예품과 가무를 팔 수 있었으니까. 하지만 모종의 이유로 지팡이를 잃어 완전히 와해된 류그라는 사회의 밑바닥으로 내몰린 끝에 어쩔 수 없이 노예처럼 팔리기도 한다 들었다. 류그라의 타고난 외모는 그것에 값을 매긴다 치자면 꽤상품에 속했으므로. 하지만 끔찍한 일이다. 시야프리테는 새삼그 사실을 떠올리며 몸서리를 쳤다. 그가 악착같이 손재주를 배워 익혀온 것도 바로 그러한 처지로 추락하는 것을 어떻게든 방지하기 위해서였다. 시야프리테는 주머니에 손을 넣어 발프리드가 샀던 액막이를 꺼내 들었다. 그가 느끼는 꺼림칙함은동생이 말했듯 이것이 재수 없는 물건이라 비롯하는 것이 아니었다. 그저 이미 돈 주고 판 물건이 그 마땅한 주인에게 가 있지 않은 것이 신경 쓰이는 것이다. 더구나 그 자신이 애착을 가지고 만든 자식들 가운데 하나이니까.

반주를 곁들인 실네스레유의 독창이 시작되었다.

그래, 영원한 가을은 숲을 넘어
끝내 팔리올 이름들에 안녕을 고하고
나는 익명의 바다를 건너 푸르른
심록의 화석에 귀를 기울이네.
안녕, 형제의 발걸음은 죽노라
새삼 따가운 대지에 민망한 맨발이여
너는 어디쯤 고된 전설의 뿌리를

기어이 사람의 겨울에 감추었는가.

그때까지 왁자하던 광장의 소음들이 이 미성을 놓치지 않으려 한결 잦아들었다. 조용히 그것을 들으며 생각하던 시야프리테는 마침내 결심했는지 노래가 끝날 때쯤 몸을 일으켰다. 문전박대당할 가능성도 있었지만 하는 데까지는 해봐야 했다. 아마도 허락하지 않을 것임이 분명한 아버지와 할아버지에게 구태여 알릴 필요는 없겠다. 그리 생각한 시야프리테는 두건을 앞으로 당겨쓰며 그 눈에 띄는 외모를 감추고 마차에서 뛰어내렸다. 그러곤 노래가 끝나 갈채가 이어지는 광장을 등지며 조용히, 거리의 어둠과 인파 속으로 스며들었다.

시야프리테는 한 주먹의 보리를 세어낼 시간 동안 거리를 헤친 끝에야 아우셀바프 시 간호소에 도착했다. 빈번히 나타나는 취객 사내들에게 눈길을 받지 않기 위해 애쓰느라 걸음이 더뎠다. 치료사에게 묻자, 그는 발프리드가 누워있는 침상의 위치를 가르쳐주었다. 3층이었다.

"실례합니다."

그때까지 깨어나지 않고 있던 발프리드를 중심으로, 시그리드의 일행과 울리케가 그곳에 있었다. 시야프리테의 음성을 기억하는 브륀힐데가 고개를 돌리고 소녀를 알아보았다.

"아, 너는……."

"시야프리테 일 길가네스라 해요. 낮에 실례가 많았습니다."

시그리드와 라그나도 아까 전 치안대 본부에서 소녀를 잠깐 본 바 있다. 그러니 이 자리에서 시야프리테를 처음 보는 것은 랄로프와 울리케뿐이었다. 낮의 발프리드처럼 류그라를 처음 보는 울리케의 눈이 살짝 커졌고, 랄로프는 그냥 해죽 웃었다. 무슨 뜻일까?

"이건 도련님이 구매하신 것이라, 가져왔습니다."

시야프리테는 주머니에서 액막이 목걸이를 꺼냈다. 하지만 아무도 그것을 받아들지 않았기에 황망히 들고만 있어야 했다. 뭐, 이쯤은 그도 예상한 일이다.

"······도련님은 괜찮으십니까?"

솔직하게 걱정스러운 표정으로 소녀가 물어온다. 그때까지 관자놀이를 싸 안은 채 침묵으로 일관하며 발프리드만 보고 있던 시그리드가 입을 열었다. 어딘지 화가 난 것 같았다.

"걱정할 일은 아니에요. 그 장신구가 일종의 방아쇠가 된 것은 사실이지만, 이 현상의 근본적인 이유는······, 다른 데 있으니까."

시그리드와 랄로프는 치안대를 나서 곧장 간호소에 왔다. 이후 꽤 한참이나 마법사는 발프리드의 이마에 손을 얹고 눈을 감은 채 진찰을 했다. 그러고는 지금껏 울리케나 다른 동료들이 물어도 아무 대꾸도 하지 않은 채 조개처럼 입을 다물고만 있었다. 특히 울리케가 조바심을 냈지만 시그리드의 얼굴에 점차 노기가 어리는 것을 보곤 채 무어라 입을 열 엄두를 내지 못하고 있었다. 그 불편하고도 오래된 침묵은 시야프리테가 찾아온 지금에야 마침내 깨어진 것이다. 모두의 눈길이 일제히 마법사를 향했다. 그러자, 시그리드가 확실하게 짜증이 치민 목소리로 내뱉었다.

"······도대체 그 빌어먹을 용은 무슨 생각이지?"

모두의 표정에 각자의 방식으로 놀라움이 떠올랐다. 울리케는 그의 무엄함에 놀랐고, 라그나는 섣불리 공공장소에서 용에 대해 언급한, 시그리드답지 않은 부주의함에 놀랐다. 브륀힐테는 이 일과 용이 무슨 연관일까 하고 놀랐으며, 랄로프는 모두 놀라니까 아무튼 그냥 놀랐다. 하지만 아마 가장 놀란 것은 시야프리테였을 것이다. 그 길이만큼 뛰어난 청각을 가진 류그라의 귀가 용이라는 단어에 민감히 반응한다.

"네? 용이요? 그게 무슨 말이죠?"

그제야 자신이 외부인을 앞에 두고 용에 대해 언급했음을 깨달은 시그리드가 미간을 찡그렸다. 그리고 누구보다 그 사실에 신경 쓰고 있던 라그나가 재빨리 나섰다.

"자, 류그라 아가씨. 목걸이는 내가 받아 도련님께 확실하게 전해주지. 우리는 간호를 계속해야 하니, 이만 물러나 주겠나? 일부러 와 줘서 고맙군."

목걸이를 받아들며 그렇게 말한 라그나는 호주머니에서 동전 세 개를 꺼내 내밀기까지 했다. 주는 돈 마다치 않는 시야프리테는 잠자코 그걸 받아들었고, 약간 우물쭈물하다 인사를 하곤 간호실을 떠났다. 소녀가 사라지자마자, 울리케가 시그리드에게 물었다.

"빌러디저드 님이 이 일과 관계가 있나요?"

"네."

밀쳐내듯 짧게 대꾸한 시그리드는 여전히 그답게 별다른 설명을 덧붙이지 않았다. 난처한 표정의 라그나가 코 옆을 긁적였고, 브륀힐데의 시선이 마법사와 울리케 사이를 번갈아 오갔다. 랄로프는 그제야 뭘 깨달았다는 것인지 혼자 고개를 끄덕이고 있다. 한 호흡 기다리던 울리케가 결국 설명을 요구하기 위해 입을 열려는 찰나, 좌중의 압박을 감지한 시그리드가 느지막이 설명을 시작했다.

"용은 발프리드 도련님에게 일종의 마법을 걸어두었어요. 그것은 보호의 성격을 일차적으로 갖고 있지만, 더불어 어떤 제한과 구속의 역할도 겸하고 있죠. 아주 단순하지만 실로 까다로운, 모순된 술법이에요. 류그라의 액막이가 그것과 충돌하면서 일종의 빗장이 내려간 상태인 거죠."

"우리는 마법사가 아니야."

라그나의 말이었다. 설명이 더 필요하다는 소리였다. 시그리드가 고개를 찬찬히 끄덕거리고, 기가 막힌다는 듯 한숨을 내쉬며 말을 이었다.

"……결론부터 말하면, 용은 나 외에 어떤 마법적 영향도 도련님에게 무효하도록 제한을 걸어버렸다고. 그러니까, 사실상 이제 도련님의 스승이 될 수 있는 사람은 이 세상에 딱 하나뿐인 거지."

"그게 누군데?"

랄로프의 질문에, 우물에 오줌 싸는 취객을 발견한 것 같은 표정으로 브륀힐데가 그를 노려보았다. 아무래도 내버려 두면 침까지 뱉을 기세였기에, 라그나가 그 사이로 부드럽게 끼어들며 시그리드에게 다음과 같이 말했다. 왠지 예의 한결같이 쓴 웃음을 짓는 그의 표정이 더 깊어져 있었다.

"결국, 우리의 좌장(座長)은 이렇게 얽히고 마는군?"

"정말이지! 그 용은 무슨 생각인 거야!"

라그나의 놀림 같은 말씨가 그때까지 간신히 쓰러지지 않고 억제되고 있던 감정의 굄돌을 툭 걷어찼다. 시그리드는 울리케가 본 이래 처음으로 발칵 성을 내고 말았다.

"왜 날! 왜? 나 왜 찍힌 거야? 나한테 왜 그러는 거야?"

아마 이 자리에 빌러디저드가 있었더라면 확실하게 용의 멱살을 잡을 기세였다. 그리고 마침 그는 인간세계에서 유일하게 그 비슷한 걸 해볼 수 있는 직업을 갖고 있다. 울리케는 이 낯선 그의 모습에 약간의 한기마저 느꼈다. 용과 마법사 둘 중 어느 쪽을 걱정해야 할지도 잘 모르겠다.

"우리 모험은 끝난 거야?"

마침내 대화의 흐름을 따라잡은 랄로프가 물었다. 시그리드가 세차게 도리질을 했다.

"안 돼! 절대로 그렇게 내버려 두지 않겠어! 용이 아니라 린 트부름 자신이 강림해도 따를까 보냐! 도련님을 매달고 다니더라도……!"

시그리드는 말을 채 맺지 못하고 울리케를 보았다. 그러고는 재빨리 사과하였다.

"실언을 했습니다, 아가씨. 죄송합니다."

"아니에요, 유세트 경."

울리케는 난처한 표정으로 쓰게 웃어 보였다. 그는 시그리드가 느끼고 있을 낭패함에 어느 정도 공감하고 있었기에 마법사의 순간적인 실언에 별 마음 두지 않았다. 아니 오히려, 그 역시 아무 언질도 안 하고 이런 농간을 곧잘 부리는 용에 대해 비슷한 감정을 느껴봤던 것이다. 예상 못 한 동질감의 형성에 되려 측은할 지경이었다.

"걱정 마세요. 제가 빌러디저드 님께 단단히 따질게요. 꿈에서도 따지고, 돌아가서 대면하고 또 따지도록 하죠."

"허락하신다면 그때 제가 뒤에서 팔짱을 끼고 있겠습니다."

그들 사이에 허탈한 웃음이 번졌다. 하지만 이 기묘한 대용(對龍)연합의 즉각적인 체결을 옆에서 보고 있던 나머지 모험가들은 웃을 수가 없었다. 지금 이 여자들이 무슨 소릴 하는 거야?

"할아버지."

"마침내! 아흘레여!"

죽기 전에 절대 들을 수 없을 거라 여긴 호칭이 시야프리테로부터 자신을 향하자, 노구(老軀)를 잊고 네그레즈는 환호했다. 막 잠이 들려는 찰나, 건방진 맏손녀가 곁으로 오기에 또 무슨 발칙한 소릴 하려나 대비하고 있던 그의 긴장이 봄눈 녹듯이 사라졌다. 이 뜻밖의 반응에, 그제야 자신이 네그레즈를 할아버지라 불렀다는 걸 깨달은 시야프리테는 오히려 스스로 당황했다.

"아, 아니 그게 중요한 게 아니고, 내 말 좀 들어."

"그래! 시야프리테, 무슨 일이냐?"

"용들은 똑똑하지?"

이 무슨 난데없는 질문인가. 요 엉뚱한 손녀는 또 왜 갑자기 용에 대해 묻는 것인가? 잠시 질문의 진의를 생각하던 네그레즈가 대답했다.

"정말로 묻고 싶은 건 그게 아닐 테지?"

"……우리는 신천지를 찾고 있잖아? 용들이라면 적당한 데를 알려주지 않을까?"

"……생각해볼 수 있는 이야기구나. 악의가 없는 용과 안전히 접촉할 수만 있다면 말이다."

"그래. 알겠어. 아우셀바프에는 얼마나 머무를 거야?"

뭐야, 용 이야기는 이게 끝이야? 애초에 왜 물었던 거야? 얼

떨떨해진 네그레즈가 대꾸했다.

"보름 정도를 생각하고 있다만……."

"그러면, 체류가 끝나는 대로 피어클리벤 영지에 가보자."

"뭐? 왜? 거긴 가난해서 별로 팔릴 것도 없는데."

"엄마가 처녀 적엔 한번 갔었다며? 나도 가 보고 싶어, 할아버지."

죽은 딸을 들먹이며 동시에 할아버지라 불러오는 이 간악한 손녀의 공격에, 외조부는 반격의 여지 없이 침몰하고 만다.

"그, 그러자꾸나……. 가진 건 없어도 좋은 곳이긴 하지."

용건을 마친 시야프리테는 물러났다. 이 요령 좋은 소녀는 간호소의 층계참에 몸을 숨긴 채 그들 민족 특유의 뛰어난 청각으로, 앞서 시그리드 일행들의 대화를 모두 엿들었다. 그리고 그 이야기들로 미루어 그들이 어떤 식으로든 '빌러디저드'라는 이름의 용과 인연을 맺고 있음을 확신하였다. 만일 그 용이 인간에게 우호적이라면 어떻게든 접촉하여 정보를 얻어내 볼 수도 있지 않을까? 네그레즈 또한 그렇게 이야기하지 않았는가? 비록 류그네라스가 뿌리내릴 수 있는 신천지의 수색엔 애당초 별 관심이 없는 시야프리테였지만, 어딘가 정착할 수 있길 바라는 마음만은 진심이었다. 그는 길 위의 삶이 지긋지긋하였다.

하지만 아직은 혼자만의 꿍꿍이였기에, 용에 관한 것은 당분간 아무에게도 말하지 않을 작정이다. 그 모험가 일행들 또한 그 사실을 명백히 감추려 하는 것 같았으니 섣부르게 굴다가는 뒤탈이 꽤 험하리라. 이는 오랜 세월에 걸쳐 운신의 안전을 질기게 도모해온 류그라들의 처세였다. 잘 되면 좋고, 아니라도 손해 볼 일은 없을 것이다. 그리 생각하며, 시야프리테는 벌써 잠자리에 든 동생 실네스레유의 곁으로 파고들었다. 도시 광장 한편에 누워 바라보니 도시의 겨울 밤하늘에 별이 밝았다.

'빌러디저드 님? 빌러디저드 님!'

— 들켰군.

'도대체 무슨 생각으로 그리하셨습니까?'

— 그 아이를 지키기 위한 일이다. 하지만 나도 조금 의외였노라. 류그라의 액막이가 그 정도의 신성력을 가질 줄은 몰랐다. 꽤나 상성이 사납군.

'발프리드는 괜찮은 것입니까?'

— 그저 하루 푹 자고 일어나게 될 것이다. 서로 다른 성질의 마력이 엉킨 것을 푸는 데 필요한 시간이다.

'유세트 경을 스승으로 찍어둔 것입니까?'

— 더할 나위 없는 인선이다.

'미리 허락을 구해야 마땅하지 않겠습니까?'

— 내게 그런 발상이 없다는 건 이미 잘 알고 있지 않은가?

'자랑이시옵니까? 미리 언질 주셔도 되지 않습니까? 차라리 대놓고 명령하시지요.'

— 린트부름의 적생자들이 결코 모르는 두 가지가 있다. 첫 번째가 허락을 구하는 것이고, 두 번째는 자랑하는 것이지. 반면에 우리가 가장 잘하는 게 무언지 아느냐?

'……말씀하소서.'

— 용서하는 것이다!

너무 기가 막혀 잠에서 깨버린 울리케는 손으로 눈가를 비볐다. 용의 음성이 귓가에 아직도 생생하였다. 그들은 허락을 구할 줄 모른다 — 강하기 때문이다. 또한 새삼 자랑할 줄도 모른다 — 원래 그냥 강하기 때문이다. 그리고 숱하게 용서한다 — 가장 강하기 때문인 것이다!

그즈음에서야, 울리케는 어떤 호의를 갖고 있건 간에 이 용이 결코 만만치 않은 대화상대임을 절실하게 깨달았다. 용은 그저 좀 더 힘이 세고 좀 더 머리가 좋은 생물이 아니다. 애초에 사물과 세계를 인식하는 방식 자체가 다른 것이며, 어쩌면 아무리 그가 울리케와 인간에게 호의를 보인다 해도 인간을 일종의 장기 말로 여기는 가치관에서 결코 벗어나지 못할지 모른다. 이렇게까지 생각하는 게 억측이고 기우일지도 모르지만, 대화의 맥락상 꽤 뚱딴지같았던 용의 마지막 이야기는 아무래도 그런 불안을 쉽사리 잠재우지 못하게 한다. 꼭 친하다고 생각했던 친구의 다른 일면을 본 것만 같은 쓸쓸함에, 아직 감성이 청초한 열일곱의 소녀는 지극히 우울해졌다.

"……아가씨?"

시그리드였다. 울리케가 발프리드의 간호실 침상 곁, 긴 의자에 누워 잠시간의 쪽잠을 자고 일어난 참에 아래층의 탕비실에 다녀온 것이다. 그는 빌려온 주석 주전자를 들고 있었다. 뜨거운 것이 담긴 듯, 주둥이에서 김이 난다. 시간은 자정을 넘긴 무렵, 다른 모험가들은 여관으로 돌려보낸 지 한참이었다.

"차를 드릴까요?"

"감사해요. 무슨 차죠?"

입에 넣는 것이라면 무엇이든 관심을 기울이는 울리케다. 시그리드가 웃으며 말했다.

"죄송하지만 재료는 자세히 알려드릴 수 없어요. 이건 마법사들이 마시는 특별한 제법의 차니까요. 물론, 일반인들이 마셔도 아무 탈은 없습니다."

처음 듣는 이야기에 울리케의 호기심이 발동한다. 협탁에 마주 앉아 시그리드의 손가락이 차를 따르는 것을 보며 물었다.

"어떤 마력적 양생(養生)을 위한 차인가요?"

"전혀 그렇지 않아요. 그런 편리한 건 없죠."

차를 마저 따라낸 시그리드의 말이 이어졌다.

"이건 꿈을 꾸기 위한 차예요. 에눅스라고 하죠. 깨우친 마법사들은 그 시점에서 더 이상 꿈을 꾸지 못하게 되니까요. 그래서 가끔은 그게 그리워, 이걸 마시고 잠드는 거랍니다."

"왜 꿈을 꾸지 못하게 되는 거죠?"

아마 그걸 장애나 불편이라 이야기할 수는 없을지도 모르겠다. 하지만 생각해 볼 것도 없이 늘 겪던 어떤 것을 영영 누리지 못하게 된다는 것은 확실히 조금 무서운 이야기였다. 울리케의 질문에, 시그리드가 별다른 감정을 싣지 않으며 대답하였다.

"정확히는 아무도 모르죠. 다만 신학적 이론으로 이걸 설명하기는 해요. 세상이 창조신 에아의 노래로 엮어졌고, 우리는 그 음률에 따라 살고 있다고 말하죠? 에다의 도리는 그 창송(唱頌)의 얼개를 조금 흉내 내는 거예요. 그리고 그를 위해 우리는 원래 들을 수 있었던 인간의 잡음으로부터 우리를 차단시켜요. 그게 꿈을 더 이상 꾸지 못하는 이유라 생각합니다."

알쏭달쏭한 이야기였다. 울리케는 그저 들은 그대로를 기억하려 되뇌며 조그만 찻잔을 입으로 가져갔다. 약간 맵다는 느낌이 들 정도로 강하고 복잡한 향기가 코끝에 어렸다.

"아, 저 꿈을 꾸었어요. 빌러디저드 님과 이야기했죠. 그러니까……, 사실은 꿈이 아닌 거지만요."

이미 여행 중에 용과 그런 식으로 대화를 주고받는다는 것을 들어 알고 있던 시그리드가 고개를 끄덕였다.

"뭐라던가요?"

울리케는 한숨을 작게 폭 내쉬고 나누었던 대화를 가능한 한 그대로 전달했다. 그리고 자신이 우려하는 바도 섞어 이야기했다. 마법사의 표정에 고소(苦笑)가 어렸다.

"지극히 용다운 이야기군요. 뭐, 저도 실제로 용의 난행을 겪는 건 처음이지만요. 아가씨가 걱정하는 것은 옳아요. 아무리 친해져도 결국에는 린트부름의 새끼죠. 본래는 왈퀴레야와 근사한 위격(位格)을 갖췄다고 여겨지는 반신이니까, 그 관점을 바꾸라고 종용하는 것도 도리에는 어긋나는 일이 됩니다. 개미가 우리에게 그들과 같은 방식으로 생각하라고 말할 수야 없지 않겠어요?"

그렇다. 용의 입장에서 이것은 옳고 그름의 문제도 아니고, 예의의 문제는 더더욱 아니었다. 게다가 빌러디저드가 자신의 고강함만을 믿고 심술을 부렸다고 할 수도 없는 일이다. 애초에 그런 용이었다면 구태여 한 영지의 후견을 자청하지도 않았으리라.

하지만 그 사실이 더욱 시그리드를 짜증 나게 하는 모양이다.

"……이 정도로 일체의 문제 제기를 불허하는 강짜라니. 생각할수록 짜증 나지 않나요? 용의 마지막 말은 완전히 그런 이야기예요? '너희들 마음대로 내게 투덜거려라! 나는 얼마든지 용서해주마!', 아닌가요?"

마법사가 짐짓 용의 음성을 흉내 내듯 구연해 보이자 울리케의 작은 폭소가 터졌다. 시그리드마저 싱긋 웃고는 잠자코 차를 마셨다. 한동안 그들은 조용히 침묵과 차의 향기를 즐기며 저마다의 생각을 정리해갔다.

"아무튼, 발프리드는 내일쯤 일어나겠죠?"

"그럴 겁니다. 걱정 안 해도 될 거예요."

"유세트 경도 여관에 돌아가서 푹 쉬셔야 하지 않나요? 아참, 서고에 갔던 일은 어찌 되신 거죠?"

그러고 보니 이 난리통에 원래 하려고 했던 일들에 대한 이야기는 까맣게 잊고 있었다. 시그리드는 고개를 가로젓고 말했다.

"자료는 내일까지 더 뒤져야 해요. 그리고 발프리드 도련님의 스승님 수배는 모험가 조합에 제대로 신청해놨지만……, 일이 이렇게 되었으니 내일 다시 들러 취소해야겠지요."

자신의 잘못이 전혀 아님에도, 울리케는 무언가 미안한 마음이 들어 어깨를 움츠렸다. 그런 그에게 이번에는 시그리드가 물어왔다.

"아가씨 쪽은 어땠나요? 암시장 조합에 물건이 있던가요?"

울리케는 담백하게 낮에 있었던 일을 이야기하기 시작했다. 시그리드의 표정은 암시장 조합에 한스 일당의 장물이 아직 넘어가지 않았다는 대목에서 우선 언짢아졌다. 하지만 뒤이어 울리케가 치고 나간 장면에 이르자 눈이 동그래졌다.

"아가씨, 무슨 생각으로 그런 짓을 했죠? 용의 가호인가요, 아니면 제가 드린 부적을 믿고 저지른 일일까요?"

명백히 나무라는 시그리드의 말에, 울리케는 살짝 목을 움츠리며 대답했다.

"둘 다 아니에요. 그냥 입이 열렸어요. 미안합니다."

아무래도 이 아가씨는 저 용만큼이나 사람 당황 시키는 면이 있다. 그렇게 생각한 시그리드는 잠자코 마저 남은 차를 마셨다. 차 때문일까, 급격히 피로감이 몰려왔다. 하지만 울리케의 말대로 여관에 돌아갈 생각은 없었던 시그리드다. 그는 야근 치료사들에게 양해를 구하곤 발프리드의 침상 곁에 모포를 깔고 누웠다. 원래 어디서건 눈을 붙일 수 있는 게 모험가다. 벽과 지붕이 있는 곳이라면 더 바랄 것이 없었다.

발프리드는 용의 말대로 이튿날 아침 일찍 문제없이 눈을 떴다. 게다가 전에 없이 상쾌하다는 듯 일어난 소년은 자신에게 일어난 일의 전후 사정을 완전하게 알고 있었다. 빌러디저드가 그의 꿈에도 나타났던 것이다. 걱정한 울리케와 시그리드에겐 맥이 빠질 만큼 아무렇지도 않게 일어난 발프리드를 데리고, 그들은 창백한 초겨울 아침의 거리를 지나 다른 일행들이 투숙하고 있는 여관, '보리 위의 아침밥'으로 돌아왔다. 상대적으로 한적했던 거리와 달리, 여관은 일찌감치 아침밥을 먹고 움직이려는 투숙객들로 분주했다. 라그나와 브륀힐데, 랄로프 또한 그 틈에 끼어 있었다.

"오, 누님!"

시그리드가 없는 틈을 타 술을 주문하려던 랄로프가 날쌔게 태세를 전환하며 시그리드를 맞이했다. 모두 한 탁자에 둘러앉게 되었고, 곧바로 아침을 주문했다. 다들 어제 저녁 식사를 사실상 거른지라 무척 배가 고팠던 것이다. 아침을 기다리며 모두는 어제의 일에 관한 이야기를 각자 한데 모으기 시작했다. 어젯밤 시그리드와 울리케가 나눈 대화도 반복되었으나, 모두의 지식을 동기화할 필요가 있었다.

"……그 조합장은 걸물이더군. 한스와 유쾌한 또라이 친구들의 정보가 들어오는 대로 알려주겠다고 했어. 조합과 몇 번 거래를 한 사이라더군."

한스 일당의 이름을 헷갈릴 라그나가 아니다. 저건 의도적이다.

"조합장이 그런 걸 알려주겠다 했다고? 무슨 마법이야?"

암시장 조합장 라스에 관한 설명에 이어진 시그리드의 물음이다. 마법사가 무슨 마법이냐니. 그만큼 그의 놀라움이 거세단 뜻이겠다. 라그나가 어깨를 으쓱했다.

"알고 보니 조합 내부에서도 그놈들에 대한 평판은 안 좋아. 암시장을 상대로조차 한번 사기를 치려고 수작을 부렸던 모양이다. 살아있는 게 용하지."

"그놈들은 발붙일 뿌리를 다 끊고 다니는 모양이군."

기막힌 듯, 시그리드가 중얼거리자 라그나가 물었다.

"무슨 뜻이야?"

"발프리드 도련님의 스승을 구하는 일로 자유모험가 연맹 조합에 다녀왔어. 그런 참에 혹시 몰라 시답잖은 한스와 우거지상 친구들에 관해 한번 알아봤지."

똑똑한 마법사 시그리드 역시 그들의 이름을 헷갈릴 리가 없다. 이 또한 다분히 의도적이다.

"그런데 그 녀석들, 원래 모험가 집단이었어. 그 웃기는 명칭 자체가 그 당시의 유산이야. 하지만 의뢰 달성률이 너무나 형편없고 협잡에 가까운 일을 일삼다가 결국 조합원 자격을 잃었어."

이것은 비교적 흔한 이야기다. 재주가 없거나 운이 없는 모험가들은 쉽게 범죄자 집단으로 추락하고 만다. 마법사가 속해 있지 않은 모험가 집단들은 특히 그렇게 되기가 쉽다.

"위명을 잃자, 악명이라도 키우려 애쓰기 시작했다는 말인가? 모험가 시절의 이름을 그대로 유지한다고?"

라그나가 개탄하듯이 말했다. 하지만 그의 개탄에는 일부, 그들의 처지에 대한 이해가 섞여 있었다. 그 점을 모두 느꼈는지, 시그리드의 모험가 넷은 잠시 침묵에 잠겼다. 전직 동업자들에 대한 일종의 묵념이었을까?

"궁금한 게 있습니다."

여태 조용히 이야기를 듣고 있던 울리케가 시그리드를 향해 물어왔다. 모두 고개를 들고 그를 보았다.

"모험가들이 집단의 이름을 그렇게 정하는 게 일반적인 풍습인가요?"

"네, 그렇다고 할 수 있어요. 의뢰주가 지명 의뢰를 내기도 하고, 어쨌건 그 무리를 하나의 개체로 식별하기 위해서는 이름이 필요하죠. 대개 지휘자의 이름을 섞어 편의적으로 짓습니다. 이는 자유 모험가 연맹 조합에 등록되는 공식적인 명칭이에요."

시그리드의 대답이었다. 그러자 울리케가 고개를 끄덕이곤 물어왔다.

"그럼 여러분의 일행은 뭐라고 등록되어 있나요?"

갑자기 다들 침묵을 지켰다. 특히 시그리드의 심기가 매우 불편해 보였다. 조용히 있던 브륀힐데가 입을 열었다.

"……난 절대 말 안 해요. 그건 내 탓이 아니야."

"뭐야, 그럼 내 탓이라는 거야? 그게 뭐라고, 그냥 말하지 그건……."

랄로프가 입을 열자마자, 라그나가 외쳤다.

"아, 닥쳐!"

이쯤 되자 엄청나게 궁금해진 울리케와 발프리드는 시그리드를 쳐다보았다. 그러나 그는 그들을 외면한 채 아무 말도 하지 않았다. 그 앙다문 입가에서 느껴지는 고집은 여간한 것이 아니었기에, 울리케와 발프리드는 결국 듣기를 포기하지 않을 수 없었다. 어쨌거나, 별로 중요한 건 아니니까 말이다.

"이쪽은 이랬고, 이번엔 누님네 차례요."

드디어 나온 식사에 전투적으로 손을 가져가며 랄로프가 시그리드에게 물어왔다. 시그리드는 긴 공복에 시달린 위장을 달래듯 천천히 죽을 떠먹다가 이야기를 시작했다.

"자유모험가 연맹 조합에 마법사 스승을 구하는 청원을 넣어놓긴 했어. 하지만 다들 알다시피 이제 그건 필요 없지. 이따 다시 가서 취소할 거야. 용과 담판을 짓고 다시 와야지. 번거롭기 짝이 없지만."

모두의 시선이 시그리드와 발프리드 사이에서 방황하였다. 발프리드는 있는 힘을 다해 자신의 스승이 되길 거부하는 이 마법사에게 처량한 눈길을 보냈으나, 시그리드는 상대도 하지 않았다. 그의 말이 이어졌다.

"그리고 북부 학술 학회의 서고에 다녀왔어. 하지만 어제 열람한 자료는 그리 많지 못해. 다행이라면 오늘 안에 충분히 전부 뒤져볼 수 있겠다는 거야."

"뭐가 나오기는 나올까?"

랄로프가 물었다. 시그리드는 천천히 대답했다.

"천 년 전의 인신 공양 풍습에 관한 것이야. 그 소녀의 말을 액면 그대로 진실이라 전제하고 생각했을 때, 그것은 극히 일부 지역에 한한 토착신의 신앙이었을 거야. 위세가 강하지 못해 시간의 흐름에 따라 신도 잊혔고, 그 신도들이던 부족도 사라졌어. 아마 실사는 아무리 해도 유의미한 자료를 찾지 못할 거야. 하지만 인신 공양을 주제로 한 토착신들에 대한 이야기는 내가 발라-라싸에 머물던 수련사 무렵에 흘려들은 적이 있어. 그중 하나가 분명해."

"그럼, 최악의 경우 발라-라싸에 가서 자료를 찾아야 할까요?"

브륀힐데가 걱정스레 물었다. 시그리드는 고개를 저었다.

"그렇게까지 그 자료가 드물지는 않으리라 기대해. 더구나 이 지방의 토착신이야. 마땅히 다른 어느 곳보다 이곳에 자료가 가장 많아야 하지 않을까."

울리케와 발프리드는 이제까지의 여정 중에 이미 한 차례 이 이야기를 들었다. 북쪽 숲에서 시그리드 일행이 마주쳤던 수수께끼의 소녀와 눈트롤 무리에 관한 이야기 말이다. 울리케는 궁금하던 것을 묻는다.

"자료로 무얼 알아낼 수 있을까요? 그게 뭔가 도움이 될까요?"

"아직은 예상하는 게 없답니다, 아가씨."

시그리드는 대답했다. 다소 무책임한 듯한 그 대답에 이어, 위로하듯 그는 덧붙였다.

"저는 마법사들의 기록을 기대하고 있어요. 우리는 그런 민속학적 자료를 보고 읽고 또한 기록하는 데 흥미가 깊어요. 누가 시키지도 않고 돈도 안 되는 그런 일을 위해 몇 년간 오지에 머물며 수행하는 이들이 지금도 저 밖, 대륙에는 꽤 많답니다. 저 또한 어떤 기회를 목격한다면 기꺼이 그리할 것이고요. 천 년 전 과연 어떤 접촉과 기록이 남았을지는 모르지만, 저는 그런 마법사들의 열의를 믿어요."

　다른 누구도 아닌 마법사의 이야기였다. 모두 수긍할 수밖에 없었다.

제 13장

아침 식사를 마치자마자 시그리드는 혼자 길을 잡아 나가버
렸다. 자유모험가 연맹 조합에 들렀다 학술 서고에 가 오늘 하
루를 완전히 털어 넣을 심산이었기에 동행이 따르기엔 마땅치
않았다. 따라서 뒤에 남은 일행들은 오래간만에 아무런 예정이
없는 느긋한 시간을 맞이하게 되었고 그제야, 아우셀바프에 도
착한 지 불과 만 하루밖에 지나지 않았음을 깨달은 울리케는
자신의 사리사욕을 채워야겠다는 결론에 도달하였다. 어제 하
루는 이리 뛰고 저리 뛰느라 당최 도시의 다양한 문물들을 구
경할 짬이 없었던 것이다.

"시내 나들이를 가고 싶다."

울리케의 나직한 선언이었다. 이에 모험가들은 서로 시선을
교환하였고, 그 무언의 총의를 모은 대표로 라그나가 입을 뗐다.

"그렇게 하시지요. 다만 안전이 염려되니, 저희 모두 따르겠습니다."

"어어?"

시그리드가 없는 틈을 타 낮술의 행복함을 계획하고 있던 랄로프가 빼앗긴 술잔에 대한 좌절을 이리 표현했다. 그리고 그런 그의 짐승 같은 표현법을 유일하게 독해할 수 있는 야수 사냥꾼, 브륀힐데가 그를 흘겨본다.

"한데, 이건 어찌할까요."

라그나는 그렇게 말하며 주머니에서 시야프리테의 액막이를 꺼내었다. 사실 아무 죄도 없건만 어느새 모두에게 꺼려지는 애물단지가 된 물건이다. 모두의 얼굴에 난망한 기색이 교차되었을 때, 발프리드가 상큼하게 말했다.

"그건 이제 괜찮아. 내가 가져가지."

"발프리드?"

울리케가 놀라 물었다. 하지만 소년은 고개를 흔들었다.

"빌러디저드 님이 간밤에 말씀하셨어요. 저 액막이에 한해서는 괜찮도록 조치하셨다고. 이제 내가 차도 문제없어요, 누님."

"네? 조치를 했다고요?"

브륀힐데가 물은 것이다. 그의 말이 이어졌다.

"저는 마법에 대해 잘 모르지만, 용은 지금 피어클리벤 영지에 있는 게 아닌가요? 이렇게 먼 거리까지 주문조작이 가능하다는 이야기는 들어보지 못했어요."

울리케는 추가적인 정보를 요청하는 표정으로 라그나를 보았다. 랄로프의 자문은 고려하지 않았다.

"……저도 그런 이야긴 들어 본 적 없습니다만……."

"아, 괜찮다니까."

채 말릴 새도 없이, 깨끗한 확신을 표하며 발프리드는 선뜻 탁자 위의 액막이를 집어 목에 걸었다. 그러고는 웃는 낯으로 모두에게 보였다.

"어떠한가?"

세 개의 큼직한 이빨 목걸이다. 아무래도 귀족 영식의 품위와는 거리가 멀다고 하겠다. 하지만 아직은 앳된 소년의 풍채와, 그에 더해 원래 검소하기 짝이 없어 면밀히 살펴야만 간신히 귀족의 복식으로 식별되는 의상인지라 그리 큰 위화감 없이 어울렸다. 울리케는 귀엽다는 듯이 남동생을 보았고, 비슷한 표정을 하고 있던 브륀힐데가 말해왔다.

"그건 사실 이빨이 아니에요."

"응? 이빨이 아닌가?"

이건 울리케의 물음이었다. 브륀힐데가 고개를 끄덕이곤 대답했다.

"네. 들짜임 나무 열매의 배젖이 굳어진 걸 파내 조각한 것이네요. 상당히 고된 일이었을 텐데, 용케 거기까지 만들었군요."

발프리드는 설명을 들으며 액막이의 이빨들을 만지작거렸다. 어느 모로 보나 진짜 짐승의 이빨 같은 이것이 순수한 식물성공예품이었단다. 울리케 또한 동생과 비슷한 감탄을 느끼며 그 것을 보았다. 이와같이, 어쩌면 류그라들은 대륙의 여러 풍물들 을 소개함에 있어 최고의 안내자가 되지 않을까? 그리 생각하 기 시작하는 울리케였다. 비록 어제 불의의 소동이 있어 첫인 상이 좋았다고는 결코 말할 수 없지만, 그것은 어디까지나 한 검은 용의 의뭉스러운 장난에서 비롯된 것이다.

"그러면, 갈까요."

브륀힐데가 선도하였다. 나머지 모두가 그 뒤를 따라 거리로 나섰다. 어제는 제각기 두 군데의 목적지를 잡아 한눈팔지 않 고 향했던데 반해, 오늘은 아무런 목표 없이 옮기는 발걸음이 다. 그래서 한결 여유로웠다.

"발프리드는 어제 시장 광장 쪽을 본 것이지? 나도 보고 싶 다."

"생선구이가 먹을만했습니다, 누님."

남매는 재잘거리며 발걸음을 옮겼고, 브륀힐데와 라그나가 그들의 말에 귀 기울이며 앞잡이를 했다. 랄로프가 맨 뒤를 따 랐다. 혼잡함의 밀도가 점점 올라가는 흐름을 좇아, 마치 강을 거슬러 올라가는 연어들처럼 일행과 함께 시내의 중심가에 다 다른 울리케는 마침 아그니르가 생각났다. 그의 동갑내기 자매 가 일찍이 이곳의 기사 양성소에 적을 두어온 바를 떠올렸던 것이다. 지금은 겨울을 맞이해 집으로 와 있는 것이고, 봄이 되 면 나머지 반년 어치의 수업을 위해 다시 이곳으로 향하게 될 것이다. 겨울을 맞아 집에 올 때마다 아우셀바프의 이런저런 풍광들을 전해 들었던 울리케는 그 기억 속의 정보들과 자신의 눈에 비치는 것들을 대조하며 비교하기 시작했다. 그에 대해 언제나 감탄과 부러움만을 느꼈던 울리케였으나, 이제는 당당히 자신도 아그니르가 모르는 이야기를 해 줄 수 있게 될 것이다. 아그니르는 여관에 묵지도, 암시장 조합 같은 무시무시한 곳에 가 본 적도 없으니까.

"달리 용무들은 없는가? 장비의 손질이나 물자의 추가와 같은."

울리케가 모험가들을 돌아보며 묻자, 모처럼 랄로프가 시원스레 대답하였다.

"원래 겨울 한 철을 아씨의 영지에 머물 작정으로 찾아왔던 것이라, 장비의 상태나 소모품의 여분은 모두 아직 넉넉합니다요."

하지만 이 대답은 오히려 울리케가 기대한 것이 아니었다. 그에겐 모험가들이 들리는 대장간이나 이용하는 상점을 구경할 핑곗거리가 필요했다. 질문의 함의를 의심할 줄 모르는 쾌남 랄로프와 달리, 울리케의 욕구를 눈치챈 다른 둘 가운데 브륀힐데가 대답해왔다.

"제 화살을 조금 보충해두죠. 넉넉해서 나쁠 일이 없으니까요."

아직 오전이었기에 시장 광장의 인파는 그리 두텁지 않았다.

하지만 오늘 하루의 장사 준비에 여념이 없는 각 점포와 노점의 주인들로 인해 조용한 활기가 기지개를 켜고 있었다. 울리케와 일행들은 시장 광장 한쪽에 제법 큰 모닥불이 지펴진 것을 발견했다. 어제 맞닥뜨렸던 류그라 유랑단이 그들 자신과 주변을 위해 지펴둔 것이었다. 간밤에 진눈깨비도 흩날렸던지라 퍽 쌀쌀해진 가운데, 오가던 이들 모두 한 번씩 그 온기를 지그시 훔치고 있었다. 서로 아무런 의견을 주고받지 않았건만, 자연스레 일행의 발걸음은 그 불로 향했다. 역시 다들 조금 추웠기 때문일까?

"어머나, 안녕하세요?"

불가에서 머물고 있던 시야프리테가 이렇게 거리낌 없이 인사를 해 오자, 자연스럽게 발프리드가 받았다.

"어제는 공연한 일로 그쪽이 오해를 받게 했다. 이쪽도 예상치 못한 일이었으니 어쩔 수 없었지만, 사과를 하고 싶다."

물론 발프리드가 사과할 만한 것은 전혀 없었다. 더구나 이쪽은 귀족이고, 저쪽은 가장 낮은 신분에 해당하는 류그라 유랑단이다. 설령 어떤 폐를 끼쳤다고 해도 사회적 통념상 사과라는 발상 자체가 나오질 않는다. 때문에, 발프리드의 이 말은 모두에게 놀라운 것이었다. 울리케조차 고개를 살포시 갸우뚱거렸을 정도였으니까.

하지만 이 소녀, 시야프리테는 그러한 상식에서 다소 비켜나 있다. 그는 황공해 하거나 겸양하기는커녕 호기롭게 이렇게 말해왔다.

"좋습니다! 액막이를 하고 계신 걸 보니 확실히 괜찮으신 것 같군요? 아침 공기가 쌀쌀한데 모두 잠시나마 불을 쬐시렵니까? 어제 반나절 장사 못 한 값을 어찌 받을지 고민 좀 해봐야겠습니다."

시야프리테는 작은 나무 상자를 깔고 앉아 있었는데 주변에 걸터앉을 만한 다른 어떤 것도 없었기에, 발프리드는 그저 그 옆에 서서 불을 마주 보았다. 이 맹랑한 소녀는 딱히 앉을 자리를 준비해주거나 하지도 않는다. 이에 다른 일행들은 저마다 피식거리며 잠자코 불가에 둘러섰다. 곧이어, 소년과 소녀의 대화가 시작되었다.

"이런 곳에서 불을 멋대로 일으켜도 괜찮은가?"

"아, 치안대에는 말해두었습니다. 우리는 입시세도 제일 비싸게 낸다고요? 화재만 조심하면 되는 일입니다."

"우리는 입시세를 내지 않았는데."

"귀족이시니까요! 그리고 동행하신 분들은 모험가지요? 그러면 조합원이고, 해당 조합이 가맹된 도시 간의 출입에는 입시세가 면제됩니다. 하지만 영지를 떠난 유민들이나 저희 같은 유랑단은 그렇지 못해요. 아, 그리고 상인들도 내야 하지요."

"도시나 영지에 정착하는 류그라는 없는 것인가?"

"제가 아는 한 거의 없습니다."

"고되겠군. 그렇지 않은가?"

"이를 말입니까? 바보 같기 짝이 없다고요."

"어째, 너는 너희 민족의 숙명이 싫은가?"

"그런 것을 숙명이라고 생각하는 건 늙은이들이라고요. 시시한 나뭇가지의 활착(活着)이 무슨 신탁이라고!"

"류그네라스의 가지는 너희에게 소중한 것이 아닌가?"

"소중하지요. 하지만 400년 전 가지를 앞세우고 흩어진 일흔의 무리 중 현재에 서로 연통이 닿는 것은 이제 절반도 되지 않아요. 도대체 이것이 번영을 향한 여정인지, 느슨한 죽음의 행렬인지 모를 일이 아닙니까?"

자신의 겨레에 대해 신랄한 비판을 멈추지 않는 시야프리테였다. 발프리드는 소녀의 성격과 사상에 꽤 신선함을 느끼면서 계속해서 이야기를 유도한다.

"도시에만 들리는가? 우리 영지에는 들를 계획이 없는가?"

"북쪽의 피어클리벤 남작령이지요? 다음 여정으로 생각하고 있답니다."

"그렇군! 그러면 아버님께 말씀드려 최대한의 체류 편의를 보아주겠다. 반나절 장사 못 한 값으로 어떠한가?"

울리케는 남동생을 보며 기묘한 기시감을 느꼈다. 이게 뭐지? 이것도 용의 영향인가? 그렇다면 설마 자신도…….

"아하! 좋습니다. 기대하지요."

시야프리테는 상쾌하게 손뼉을 치며 대답했다.

망했다. 점심도 거르고 종일 서고를 뒤졌건만, 시그리드는 관계있어 보이는 그 어떤 기록물도 찾아낼 수 없었다. 마법사들과 역사가들, 심지어 이름 없는 기담사(記譚使)들의 수기까지 뒤졌으나 허탕이었다. 역시 천 년 전의 기록이라는 것은 기대하기 어려운 것이었을까? 아니면 그 말을 액면 그대로 믿을 수는 없는 것이었을까? 그런 의심도 갖고 있었던 마법사는 시기를 조금 느슨하게 잡고 자료를 뒤져보기도 했지만, 이 또한 여의치 않았다. 아우셀바프 학술 서고의 자료 정렬 상태는 꽤나 뒤죽박죽이었다. 의심되는 모든 문서를 들춰봤다고 확신할 순 없었지만 더 찾아볼 것도 없다는 느낌이 강하게 왔다. 그는 실패한 것이다.

그리고 실패를 자각하자 잊고 있던 공복과 피로가 휘몰아 닥쳤다. 시그리드는 약간 비틀거리며 서고를 나섰다. 해는 아직 질 시간이 멀었지만 더 이상 뒤져볼 생각이 들지 않았다. 그는 터덜터덜 시장 광장으로 향했다. 그리고 그곳에 일행이 있을 거라 예상하지 못했던 시그리드는, 무심코 여각 지구로 발걸음을 꺾으려다 말고 시야의 귀퉁이에 낯익은 모습들이 스치는 것을 포착했다. 일행 모두가 류그라들과 어울리고 있었다.

"여기서 뭣들하고 있어?"

가까이 다가간 그가 물었다. 울리케와 발프리드, 그리고 다른 모험가 셋 모두 오전에 여기 자리잡은 후에 그냥 줄곧 머물러 버렸던 것이다. 울리케의 도시 구경 계획은 그들 앞에 지펴진 모닥불 속의 재처럼 덧없이 바스러졌지만 시야프리테와 발프리드가 하도 이야기를 재미나게 이어가는 통에 어쩔 수가 없었다. 다소 기이하고 뜻하지 않은 인연이긴 했으나, 줄곧 성에서만 자라 또래 친구는 사실상 전무했던 발프리드였기에 이토록 생기있어하는 동생을 울리케는 차마 외면할 순 없었던 것이다. 그까짓 도시 구경이야 언제든 또 할 기회가 있겠지만 만남이란 건 그렇지가 않은 거니까.

"류그라들의 여행 이야기를 듣고 있었지요. 가신 일은 잘되었을까요?"

울리케의 대답과 질문이었다. 시그리드가 지친 표정으로 대꾸하였다.

"아니요. 실패했어요. 아무것도 찾지 못했습니다."

그사이 시야프리테는 결국 모두에게 앉을 만한 걸상 대용의 물건들을 하나씩 내준 모양이었는데, 이것도 실은 진작에 그가 '손님들'의 편의를 신경 쓰지 않는 작태에 분노한 네그레즈가 달려와 따끔한 정수리 회초리질을 하고 나서야 이루어진 일이었다. 덕분에 시그리드는 곧장 상자 하나를 받고 불 가에 앉을 수 있었다. 온종일 서늘한 서고에서 양피지들을 뒤적이느라 곱은 손을 열기에 데우며, 마법사는 덧붙였다.

"낭패네요. 기껏 아우셀바프로 온 가장 중요한 목적이 실패했으니."

"그게 뭐죠?"

불쑥, 이럴 때 타인의 대화를 못 들은 척한다는 예의나 분별력을 전혀 갖추고 있지 못한 시야프리테가 물어왔다. 시그리드가 미처 대답할 말을 고르지 못해 망설이는 사이, 발프리드가 선선히 이야기를 꺼낸다.

"아, 그 이야기는 이런 것이다. 우리 영지의 인근 숲에 마수들이 급격히 늘고, 어떤 불온한 존재가 감지되어 여기 유세트 경의 모험가들이 일찍이 수색을 갔었다. 그리고 눈보라와 눈트롤을 지배하는 듯한 기이한 흰머리 소녀와 맞닥뜨렸지. 그 소녀는 자신이 천년을 살았으며, 이제는 잊힌 신에게 바쳐졌던 사라진 민족의 인신 공양물이라 주장했다. 유세트 경은 그 발언의 진위를 알아보려 이 도시의 서고를 찾으신 것이다."

"웅? 그건 어르매의 서리심 전설인데요?"

"뭔지 알고 있는 거니?!"

너무나 별거 아니라는 듯 어깨를 으쓱이며 시야프리테가 말하자, 생각지도 못했던 시그리드는 이렇게 전투적으로 달려들었다. 그 기세에 한 박자 움츠러들었던 시야프리테가 모두의 눈치를 보다 입을 열었다.

"어르매는……, 음, 이렇게 말하면 여러분은 모르실 수 있겠군요. 우리가 북방 이민족을 가리키는 말이에요. 우리 스스로를 서피바리라 하는 것처럼."

"서피바리?"

울리케가 이 뜻을 알 것도 같고 모를 것도 같은 단어에 반응했다.

"네. 제국인 여러분은 저희를 류그라라 부르지만, 저희들 스스로는 서피바리라 해요. 반면에 저희가 여러분을 부를 때는 너리서니라고 하지요."

"그럴싸하군."

뭐가 그럴싸하다는 것인지는 모르겠지만, 랄로프가 그렇게 추임새를 넣었다. 시야프리테가 고개를 끄덕였다.

"고블린은 아둑발이, 그리고 먼 북부인들을 어르매라고 하죠. 아무튼 그 어르매들은 아주 추운 북방에서 사는데, 그들의 설신(雪神)을 달래기 위해 엄격하게 골라진 소녀를 제물로 바쳐요. 바쳐진 소녀는 죽는 게 아니라, 음……, 아니, 살아있다고는 하기 어렵긴 하죠. 무언가 생명체를 벗어난 존재가 되어요. 그러고는 일종의 제사장처럼 설신과 인간 사이를 중재해 눈과 추위를 다스리게 되는 거죠. 전설에는 서리심(心)이라는 마석(魔石)을 심장 대신 갖고 있대요. 이런 서리심의 무녀(巫女)들이 어르매의 큰 부족마다 하나씩 있어서 중요한 역할을 하죠."

정말이지 생각지도 못한 곳에서 뜻밖에 얻어진 정보였다. 이틀간 눅눅한 문자들과 씨름해온 시그리드는 맥이 탁 풀릴 지경이었다. 하지만 헛수고를 했다는 짜증보다는 정보를 얻었다는 기쁨이 훨씬 컸다.

"그러면, 어째서 북부 이민족들의 무녀가 우리 영지에 있는 것이지? 그들의 영역은 최북방인 뉘른스에크의 너머로도 한참을 더 북진해야 있지 않은가?"

"그건 역사를 떠올려보면 짐작이 간다."

발프리드의 물음에 대답한 것은 울리케였다. 옆에 있던 시그리드도 짚이는 바가 있는 것인지 고개를 끄덕거린다. 설명을 요구하는 동생의 눈길을 받으며 울리케가 이야기했다.

"제국의 개국 이전, 본래 우리 영지 쪽은 그들 이민족의 영역이었다. 많은 싸움이 벌어졌고 결국 그들은 북쪽으로 물러났지만, 소수는 여전히 숲과 산에 숨어있었지. 그 소녀가 말한 잊힌 부족이 그 잔당들이었을 거야. 이후 끝내 모두가 사라졌지만, 죽지 못하는 몸의 그 아이만이 남은 게 아닐까?"

이것은 이민족들의 입장에서 보자면 제국의 잔혹사였기에, 울리케는 어찌 보면 비슷한 처지라고 할 수 있는 류그라, 시야프리테를 자극하지 않으려 짐짓 담담하게 이야기했다. 다행히 소녀의 얼굴엔 그다지 별다른 동요가 배어 나오지 않았다.

그리고 울리케의 추측을 들은 일동은 한동안 조용한 채 모닥불만 바라보게 되었다. 각자가 이 새로운 정보를 저마다의 방식으로 반추해야 했던 것이다. 뜨거운 차 한잔을 불어 마실 동안 침묵하던 시그리드가 마침내 입을 열었다.

"그렇다면 선택해야겠군요. 그 천년 묵은 서리심의 무녀가 한 말을 믿고 그 숲을 내버려 두던지, 아니면 접촉하여 격퇴하거나 북쪽으로 물러나게 하는 것이죠."

"그게 가능하오? 그건 거의 귀신 아니오? 어찌 상대해?"

랄로프의 물음이다. 마법사는 어깨를 으쓱였다.

"그분이 돕는다면."

"저는 절대로 해 주실 것 같지 않네요."

용과 미리 이 화제를 논의해보기라도 했다는 듯, 울리케는 즉각적이고 단호하게 고개를 저었다. 빌러디저드가 이 일을 어느 정도라도 직접 처리할 생각이 있었다면 애초에 나섰을 것이라고 여기는 것이다. 시그리드 또한 정말로 용이 협력해 올 것으로 생각하지는 않았기에, 울리케의 부정에 별다른 이의를 제기하지 않았다. 그보다는 기억을 더듬어 그 흰머리 소녀의 발언과 시야프리테의 설명을 비교해보고 있던 마법사는 화제를 바꾼다.

"그런데 조금 이상하군. 설신이라고 했나? 그 소녀는 '존재를 논할 수 없는 두려움을 달래고자' 바쳐졌다고 했어. 나는 그들의 신화에 조예가 없는데, 어떤 거니?"

시야프리테를 향한 질문이다. 한편, 앞선 대화에서 언급된 '그분'이 필시 용일 거라고 짐작하며 잠자코 생각에 빠져 있던 시야프리테는 뒤늦게 이 질문을 알아들었다.

"네? 음……, 그들의 신화는 그렇게 체계적이지 않아요. 그들에게 눈과 추위는 그들 세상의 모든 것이지만 동시에 잔혹하고 두려운 것이지요. 그들은 체질적으로 추위에 아주 강하지만, 그렇다고 얼어 죽지 않는 것은 아니니까요. 겨울은 그들에게 칼을 숨긴 둥지와 같은 것이에요. 저도 여기까지밖에 말씀드릴 수 없네요. 우리는 아마 이해하기 어려울 걸요. 특히 원래 심록의 세상에서 나고 자랐던 저희 서피바리는 더더욱 공감하기 힘들지요."

시그리드는 천천히 수긍하며 생각했다. 상대는 명백히 인외(人外)의 존재이며 비록 호전적이지 않다 하더라도 피어클리벤 영지의 잠재적 불가해이며 불통의 위협이다. 그는 서리심의 무녀가 용을 가리켜 '그 오만하고 시커먼 녀석'이라 했음을 떠올렸다. 제국 초기의 전사(戰史)를 알고 있는 시그리드는 당시 황제의 용이 토착 이민족 및 강대한 마수들과 싸웠다는 것을 기억한다. 어쩌면 그 소녀 또한 황제의 용과 겨루었을까? 하지만 일반에 알려진 역사만으로는 세부사항을 알 수 없다. 이걸 알기 위해서는 황실의 전쟁사 서고까지 접근해야만 한다. 물론 시그리드는 제국의 공인된 마법사이며, 또한 기사이므로 이와 같은 사안이라면 절차를 밟아 해당 기록을 열람할 자격이 있다. 다만 중앙에 인연을 만들기 싫어하는 시그리드에게 있어, 이는 필시 대단히 귀찮은 부작용이 따를 것이라 예상되는 바이다. 골치가 아파 왔다. 그래서 왠지 모르게 즐거운 표정으로 류그라 소녀와 한담을 하는 발프리드를 쳐다보고 있자니 어쩐지 이쯤에서 심술이 나기까지 하는 마법사였다.

"너희가 머무는 영지나 도시마다 류그네라스의 가지로 치료를 베푼다 들었다."

"맞습니다. 게다가 제국의 고매한 돌팔이들보다야 훨씬 싸고 신뢰할 수 있는 치료라고요? 하지만 바로 그래서 환영과 핍박을 동시에 받는 것이죠."

그들의 대화는 류그네라스의 가지로 옮겨가 있었다. 발프리드가 의아해하며 물었다.

"어째서 그렇지?"

"기득권 때문이죠."

왠지 뾰족한 이 목소리의 주인공은 시그리드였다. 그는 시선을 모닥불에 고정한 채로 중얼거렸다. 왜 그런 것도 모르냐는 투였다.

"도시나 영지에는 나름의 치료사나 마법사들이 영업을 하니까요. 류그라들이 달갑기만 할 수가 없는 것입니다."

"이해는 가지만, 정말 어리석은 이야기네요."

울리케가 탄식하듯 말했다. 그 수준과 결과가 어떠하건 간에, 의료행위에는 보통 높은 가격이 매겨진다. 영지에 속한 마법 고문의 대민 지원 가격은 특히나 어이없을 정도로 높은데, 여기에는 어느 정도 합리적인 이유가 있기는 했다. 안 그랬다가는 영지의 모든 시시콜콜한 민원들이 보통 하나밖에 없는 마법사에게 몽땅 쏟아질 테니까. 마법이란 드문 만큼 실로 편리한 것이어서, 이러한 배타적 가격이 형성되지 않으면 세상 모든 것을 마법으로 해결하려 드는 것이 인간의 심리인 것이다.

"그러면 너희의 장로는 에다의 도리를 깨우친 것인가?"

발프리드는 이 질문을 시그리드에게 할 수도 있었다. 류그라의 마법과 제국 마법사의 마법이 어떻게 다른 것인지를 묻는 것이었으니까. 하지만 앞선 시그리드의 목소리에 무언가 뾰족한 가시가 있음을 느낀 발프리드는 이렇게 그냥 시야프리테에게 질문한 것이다.

"그런 건 아닙니다. 류그네라스의 가지는 그것과 결연(結緣)을 맺은 자에게 한해 힘을 줍니다. 그리고 기원의 형태로 마법을 부리지요. 깨우친 마법사분들과는 완전히 다른 것입니다."

이쯤 되자, 그렇다면 마법사가 류그네라스의 가지를 들면 도대체 어떻게 되는가 퍽 궁금해진 발프리드였다. 하지만 '어쩌면 스승이 될지도 모를' 그의 심기가 안 좋아 보였기에 채 물을 엄두를 내지 못하고 눈치만 보게 되었다. 그러자 재간 좋게도 이를 간파한 시그리드가 피식 웃더니 선선히 답을 주었다.

"류그네라스의 가지를 탐내지 않는 마법사는 없어요. 그렇게만 말해두죠. 그런데 모두들, 여태 이러고 있는 거야? 곧 날이 떨어질 텐데. 나는 점심을 걸러서 저녁을 일찍 시작하고 싶군."

그러고 보니 어느새 해가 어스름할 채비를 하고 있다. 다들 이야기에 빠져 시간을 채 잊고 있었다. 이를 지적한 시그리드의 말이 무슨 신호라도 된 것처럼, 랄로프는 기지개를 켜며 쾌활하게 말했다.

"아아, 남의 여행 이야기는 재미있으니까. 우리도 꽤나 돌아다녔다고 생각했지만 애초에 길 위에서 나고 자라는 류그라들과는 격이 다르네. 이야기보따리였소."

그 말은 사실이었다. 울리케조차 도시 구경이라는 목적을 잊고 경청해 마지않았으니까. 게다가 벌써 반나절이나 이야길 들었음에도, 아직 듣지 못한 것들이 열 배는 됨직했다. 시야프리테는 어딘지 으스대면서도 반면 아쉬운 표정을 섞어 웃었다. 울리케가 말했다.

"점심은 이들에게 얻어먹었으니, 저녁은 이쪽에서 대접하고 싶다. 우리가 장을 보아와도 되겠느냐?"

"왜 안 되겠습니까?"

시야프리테가 부지깽이를 든 채 만세를 부르며 신나 외친 것이다. 이에 울리케는 발프리드를 내버려 두고 일어나 시장을 한 바퀴 돌기로 했다. 시그리드도 좀 봐달라며 사양했기에, 울리케를 따르게 된 것은 나머지 셋이었다.

아우셸바프의 시장은 시장 광장을 중심으로 다시 동서남북으로 뻗은 대로와 그 사이사이를 연결하는 좁은 골목들 모두를 포함했다. 그들 여섯에 더해 류그라 스물두 명을 모두 대접하자면 적지 않은 식재료가 필요하였기에 일행은 꽤 부산히 움직이며 각종 고기와 야채, 전병 등을 사 날랐다. 그런 와중에 문득, 한가지가 생각난 울리케는 랄로프를 불러세웠다.

"어제 암시장 조합에서 사 온 아베냐드가 여관에 놔둔 우리 마차에 궤짝 채 실려있다. 거기서 세 병 정도 가져오지 않겠는가?"

"그거 정말입니까?"

랄로프가 반색을 하며 묻는다. 그럴 것이라 예상했기에 이 심부름을 그에게 지명한 울리케가 빙긋 웃으며 일렀다.

"그만한 대접을 할 가치가 있는 이들이다."

"알아 모십니다!"

랄로프는 바람처럼 사라졌고, 브륀힐데는 어쩔 수 없다는 듯이 고개를 저었지만 그뿐이었다. 라그나조차 좋아하고 있었으니까.

그렇게, 두세 차례의 왕복 끝에 꽤 거나한 시장보기가 마무리되었다. 류그라들은 화덕을 다섯 개나 동원해 고기를 익히고 국을 끓이기 시작했다. 이 때아닌 연회가 마치 자신의 공인 양으스대며 여기저기 참견을 찌르고 다니던 시야프리테는 마지막으로 랄로프가 들고 나타난 세 병의 술을 보더니 눈을 동그랗게 떴다.

"아니! 그건 혹시 노주 아베냐드가 아닌가요?"

"어? 그렇게 안 봤는데 꼬마 아가씨는 주당이었나?"

동지를 발견했다는 듯 반가워하는 랄로프의 되물음에, 브륀힐데가 옆구리를 찌르듯 말해왔다.

"그럴 리가 있어요? 그런 게 아니라, 아베냐드는 원래 류그라의 민속주잖아요."

"아, 그래서 그런 거야?"

"맞아요. 우리가 고향을 떠난 이후에 그 제법이 대륙 여기저기에 알려졌죠. 하지만 정작 우리는 거의 입에 대지 못해요. 술이란 건 여행 중에 만들 수 있는 게 아니니까."

시야프리테의 보충 설명이었다. 그리고 그의 말은 사실이었다. 이윽고 식사가 시작되자, 류그라들은 다른 어떤 것보다 이 술에 감사해 왔던 것이다. 원래 그들의 것이었으나 이제는 그들의 손을 떠난, 그들 전통과 역사의 그리운 맛이었다. 장로 네그레즈는 아예 감격하여 눈물을 살짝 내비칠 정도였다. 그는 특히 개인적으로 울리케에게 고마움을 전해왔다.

"이토록 너그러운 피어클리벤의 가계와 그 땅에 홍복(洪福)이 널리 하기를 진심으로 바랍니다."

"고마운 말이다."

"철부지 외손녀가 연거푸 실례를 범합니다. 부디 너무 나무라지 마시지요."

"아니다. 우리가 본래 구하려던 것을 듣게 되어 마땅히 하는 사례이다."

이렇게 말한 울리케는 네그레즈에게 그들의 이후 여정이 피어클리벤으로 향한다는 것을 재차 확인받고, 앞서 시야프리테에게 약속했던 것과 같이 그들 체류의 안전과 편의를 봐주겠다는 이야길 전했다. 장로는 거듭 감사의 읍을 했다.

아셰리드를 태운 마차가 피어클리벤 성에 도착한 것은 잉겐에서 와이번의 습격을 격퇴한 이튿날 저녁이었다. 행렬은 남작

노아크의 환대를 받았고, 다소 늦은 시간이었지만 기사 헨릭과 트룬드는 만찬에 어울릴 수 있었다. 격식을 갖춘 여행이라면 향사를 대동했겠으나, 뉘른스에크와 피어클리벤은 꽤나 가족적인 관계이기도 해서 애초 이 두 기사의 각 향사는 이 여정에 동반하지 않았다. 그런 만큼, 만찬의 자리 분위기도 외교적인 겉치레가 일절 생략된 편한 자리가 되었다. 그들과 안면이 있는 장남 아룬드와 기사 에길, 스벤, 그리고 문관 에이드리크까지 모두 합석하였다. 다만 아셰리드와 셋째 부인 유레는 함께 하지 않는다.

"이 척박한 땅까지 호위를 붙여주신 뉘른스에크 변경백께 깊은 감사를 전해주게."

"환대에 감사드립니다, 남작님."

노아크의 인사에 헨릭이 답하며 꽃사과주로 건배를 나눈 만찬이 시작되었다. 뉘른스에크의 사정에 대한 짧은 이야기가 오가고, 대화는 그들의 귀환 여정에 접어들어 어느덧 자연스레 와이번의 습격과 격퇴에 대한 부분으로 이어졌다. 영주를 비롯한 피어클리벤 쪽 사람들 모두의 낯빛이 변했다.

"……와이번이라. 아무래도 시구르넬름 산맥에 둥지를 튼 것일까."

"그놈이 나타나고 사라진 방향을 들어보자면 그게 맞을 겁니다, 달슨 경."

스벤의 추측에 에길이 힘을 더한다. 피어클리벤의 두 기사가 와이번에만 주목하고 있자, 여지껏 이야기를 주도해온 헨릭이 물어왔다.

"여러분은 와이번만 신경 쓰시는군요. 그 고블린들은 상관하지 않으십니까?"

가신들의 눈이 노아크를 향했다. 영주는 묘하게 빙긋 웃더니 헨릭에게 말한다.

"괜찮네. 그들은 우리의 한시적 동맹이네."

"……네?"

이윽고 영주에 의해 각색된 이야기가 시작되었다. 이 각색의 핵심은 이야기의 전모에서 용을 완전하게 없애는 데 있었다. 그저 그의 딸인 울리케가 어쩌다 고블린에게 납치되었고, 그 안에서 대범함과 기지를 발휘해 교섭을 끌어내었으며, 때마침 영지에 머물던 모험가들의 협력을 받아 동맹을 이루게 되었다는 이야기였다. 원래라면 용의 보증이라는 탁월한 설득력이 빠진, 다소 납득하기 힘든 이야기가 되었겠지만, 다행히 이 각색에서 용만큼이나 그 위엄이 부풀려진 시그리드의 존재 덕에 영주의 이야기는 그래도 어느 정도 설득력을 갖추게 되었다. 그래도 놀라운 것은 마찬가지였기에, 헨릭은 이렇게 물어왔다.

"……맙소사, 남작님. 그들을 신용하실 수 있으십니까?"

"그들 또한 우릴 향해 그리 생각할 것이네. 하지만 실제로 그들은 약속대로 움직였고, 그 결과로 자네들이 도움받지 않았는가? 벌써 명백하게 가시적인 실적이 나온 것이지."

그건 부정할 수 없는 이야기였다. 듣고 있던 트룬드가 남작에게 물었다.

"그렇다면 그 고블린 오십장이 말한 '대사'가 울리케 아가씨입니까?"

"재미난 농담처럼 들리겠지만 사실일세."

뉘른스에크의 기사들은 짧은 신음성을 토했다. 만일 그들이 와이번에 맞선 고블린 부대의 도움을 경험하지 못했다면 전혀 믿지 못했을 것이다. 하지만 두 눈으로 똑똑히 보고, 능청스레 굴던 고블린과 직접 대화까지 했으니 믿지 않을 도리가 없었다.

"……마수들과 그런 식으로 협약할 수 있다고 생각해본 적이 없습니다. 이건 정말 고금에 드문 예입니다."

"드문 것이 아니라. 아예 전례가 없습니다, 우서베르트 경."

에이드리크가 헨릭에게 장담했다. 문관의 단언을 부정할 만한 지식이 없는 뉘른스에크의 기사들은 잠자코 고갤 끄덕거렸다. 그 반면, 피어클리벤의 가신들과 노아크는 그들끼리 무언의 눈길을 교환하며 슬며시 미소지었다. 용에 관한 정보를 가리는 데 일단 성공한 것이다.

"……주군께 상신하지 않을 수 없습니다."

잠시 조용히 식사하던 헨릭이 말을 꺼내자, 영주가 재빨리 받았다.

"물론일세. 정기 순찰대와 접촉할 가능성도 있으니 상호 쓸데

없는 오해가 없도록 해야지."

"아, 그것도 물론 그렇겠군요. 모르긴 몰라도 변경백께서도 역시 기함하실 것입니다. 왠지 빨리 뵙고 싶은걸요."

가벼운 농담이 좌중에 웃음을 이끌어 낸다.

한편 아셰리드는 유레를 비롯한 나머지 아이들과 함께 식사를 했다. 왠지 끌려 나온 듯 못마땅한 표정을 채 감추지 못하는 아그니르를 제외하고, 모두가 편한 낯으로 그의 귀가를 환영해주었다. 다만 마땅히 자리에 있어야 할 울리케와 발프리드가 없다는 것으로부터 시작된 이야기는 자연스레, 아셰리드의 부재중 일어난 일련의 격동 어린 사건들을 식탁 위에 나열하게 되었다. 용의 등장, 울리케의 납치, 고블린과의 교섭, 마법사의 길을 가게 된 발프리드까지 어느 것 하나 놀랍지 않은 이야기가 없었다. 식사를 마치고 홀로 방으로 물러난 아셰리드는 몸종 윳테에게 식후의 소화를 도울 약차를 내오라 시켰다. 아무래도 식사하면서 듣기에는 적당치 못한 이야기들이었던 것이다.

'이실케의 마지막 아이가 그런 성정이었다니.'

모두가 경이로운 이야기였지만 가장 그의 주목을 끈 것은 울리케의 일면에 관한 것이었다. 비록 그의 배로 낳은 아이는 아니었지만 울리케는 아셰리드가 속을 터놓고 지냈던 둘째 부인의 마지막 아이였다. 한창 응석을 부릴 다섯 살에 어미를 잃은 울리케를, 그래서 아셰리드는 매우 신경 써서 돌보고 훈육해 왔다. 타고난 호기심과 씩씩함을 억누르지 않도록 가르쳤지만 딱히 비범하다고 여기지는 않던 딸이었다. 유레의 간접적인 이야기로는 이해가 가지 않는 부분이 너무나 많았기에, 그는 불만족스러움과 그에 비롯된 답답함을 느꼈다. 직접 옆에서 두고 보지 못한 것이 한이다. 싹눈차의 쏩쓸함이 더 쓰게 느껴졌다.

"바우트 공."

이튿날 무언가에 늦을세라 일찌감치 일어난 아셰리드는 에이드리크의 집무실을 찾았다. 못 본 사이 이 깐깐한 문관은 무척 초췌해져 있는 것이, 얼굴에는 드문드문 흰 마른버짐 같은 것마저 보였다. 때문에 하려던 말을 잠시 접고, 아셰리드는 먼저 가신을 걱정한다.

"세상에, 공? 무슨 터무니없는 격무에 시달리고 있는 것인가?"

"아, 남작부인. 아닙니다."

그는 역력히 민망해하며 부정하였다.

"그다지 격무랄 것은 없습니다만, 그……, 용의 보금자리 공사라는 꽤나 낯선 일을 감독하는지라 이 책상물림이 이런 꼴이 된 것입니다. 겨울 공사의 현장 감독이니까요."

산야의 칼바람이 거세진 계절에 빈번히 그룬테름 산을 오가며 일을 관리하느라 피부가 거칠어져 있었다. 게다가 가끔씩 불쑥 나타나 일의 진행을 구경하는 용의 말 없는 시선은 그를 한결 더 늙게 했다. 이는 강골인 인부들도 아마 마찬가지였으리라.

"저런, 오늘도 그 일로 산을 향하는가?"

"네. 그래도 점심 이후 볕이 조금이나마 따뜻해지면 나서려 합니다. 공사는 이제 거의 마무리 단계입니다."

"잘 되었군. 나도 가지."

"……남작부인?"

"인사를 드려야겠다. 이 성에서 나만 아직 그분을 못 뵈었으니까."

말릴 명분도 재간도 없다.

제 14장

별을 잃어야만 비로소 드러나는 것이 있다. 이 세계의 일면에 불과하지만, 한편으로는 진면목이라 할 수 있는 것, 그가 사랑하는 이 도시의 야경이다. 라스는 악취의 안개를 헤치며 수로에서 올라와 한동안 그저 보잘것없는 어둠을 뚫고 갔다. 온갖 불결한 것들이 그의 정강이나 발에 챌 법도 했건만, 그는 실로 능숙하게 그 오물들의 사이로 걸음을 누빈다. 이윽고 도시의 한층 떳떳한 구역에 다다르자 어유(魚油) 등잔의 느끼한 광채를 탁한 유리 밖으로 내뿜는 가로등들이 그를 맞이하였다. 라스는 여전히 망설임 없이 걸음을 옮긴다.

"기다렸습니다."

그가 당도한 곳은 어떤 종류의 주점이었다. 주당들의 왁자한 소음이 전혀 없는, 켜켜이 격리된 밀실들로 이루어진 장소였다.

정숙함이 무엇인지 아는 안내인이 사내를 예약한 방으로 이끌자, 그곳에 이미 와 있던 한 여성이 그렇게 라스를 맞이했다. 고작 네 사람이 앉으면 꽉 찰 만큼 좁은 방의 문이 닫히고 완전한 정적이 밀실을 휘감았다.

"격조했소."

라스는 대꾸하며 자리에 앉았다. 독한 술이 나왔으나 그것이 이 자리의 화제가 되지는 못할 모양이다. 두건을 깊이 눌러쓴, 나이를 가늠하기 어려워 보이는 여성이 매끄러운 음성으로 물어왔다.

"그놈들은 찾았습니까?"

라스는 정중하지만 귀찮다는 듯 대답한다.

"근처 여각촌인 스도룬 치안대에 그들에 대한 신고가 접수되었소. 그리고 신고한 여행자들이 때마침 우리 조합을 방문하였지. 그들이 훔쳐 간 장물을 찾는다고 했소. 또한 모험가 조합에서도 그들을 비공식적으로 뒤쫓는 모양이오."

라스의 말은 사실상 제대로 된 대답이 못되었다. 여성은 그것이 불만스러웠는지 자그만 술잔을 손끝으로 톡톡 때렸다. 탁자 위의 송근유(松根油) 등잔불이 일렁였다. 그러나 그 재촉을 아는지 모르는지, 라스는 예의 그 날카로운 눈빛으로 여성을 훑고 말했다.

"우리의 침침한 사업은 자연스레 이는 호기심을 죽이는 데서 그 첫 밑천이 발생하지만, 그것은 외려 정보의 가치를 무섭게 여기기 때문에 하는 처세이오."

"너무 고약하게 말씀 돌리시는 게 아닙니까?"

여성이 놀리듯이 물었다. 하지만 라스는 별로 농담을 하고 싶은 기분이 아니었다.

"애초에 들은 바가 없는데 지킬 비밀이 있겠소? 우리의 신용을 의심하는 거라면 이 일은 여기서 물러도 좋소."

여성은 한동안 라스를 마주 보았다. 어떤 감정이나 번뇌도 느껴지지 않는, 고요한 시선이었다. 이제 그가 입을 연다.

"그놈들은 본래 시시한 시정잡배들이에요. 다만 일 년쯤 전에 아주 우연한 경로로 어떤 전략물자를 손에 넣었지요. 원래 그 주인이 그것을 되찾고자 합니다."

"전략물자?"

질문인 듯 혼잣말 같은 라스의 중얼거림이었다. 뒤이어 그의 상상력이 헛수고하기 전에, 여성이 미리 가로막는다.

"아시는 물건이 아닐 거예요. 최근에 등장한 것이니까."

라스는 침묵한다. 거기서 어떤 재촉을 읽은 그는 말했다.

"여기서부터는 제 임의대로 밝힐 수 없습니다."

"우리도 사정을 모르고 수족 노릇을 할 수는 없소. 그 정보에 가격을 매겨보시오."

마침내 그는 웃었다.

"가격이라……, 생각해 본 적조차 없군요."

"그러면 이것은 상담(商談)이 아닌 거요?"

"……좋아요, 하지만 이 정보의 가격은 돈으로 받지 않아요. 그렇게만 말해두지요."

"한 번밖에 지불할 수 없는 것? 지불의 유예를 담보하는 것은 입이겠군."

"조합장을 상대로는 긴 설명이 필요 없어서 좋아요."

이런 살벌한 화제조차 미소 띤 얼굴로 말하는 여자였다. 라스는 아무런 불만도 동요도 없이 그저 이어질 그의 설명을 기다렸다. 마침내 그의 입이 열린다.

"그건 류그네릭이라는 거예요."

"류그네릭."

라스가 그 발음을 확인하듯 한번 중얼거린다. 그의 말이 계속되었다.

"류그네라스의 가지에 관해 아시지요? 그것이 있으면 보통 사람들도 마법의 힘을 사용할 수 있다는 것을요."

"알고 있소. 어떤 경로로 구해진 것인지는 모르지만 딱 한 번 취급해 본 적 있는 물건이니까. 그렇기는 하지만 고유의 결연 의식이 필요하고, 애초에 류그라 혈통이 아닌 제국인들은 사실상 불가능하다 알고 있는데?"

"맞아요. 하지만 여전한 가능성 때문에 아주 많은 사람들이 관심 갖는 것이죠."

그러했다. 짧게는 십수 년이 걸리는 마법사의 양성은 지난한 투자이다. 비록 기존의 마법사와는 완전히 다른 것이라고는 하

나 결과적으로는 유사한 힘을 금방 부릴 수 있게 해주는 수단
이 존재한다면, 위정자들이 관심을 아니 가질 리 없는 것이다.
그렇기에 신목의 가지는 종종 장물로 거래되곤 했다. 그 본래
의 임자인 유랑단이 어떻게 되었는가는 그저 상상에 맡기겠다.

"……그러면? 그 류그네릭이란 무엇이오?"

"본래는 류그라의 전사 계급이 사용하던 일종의 약물이에요.
류그네라스의 수액으로부터 비롯하는 것인데, 그걸 마시면 영
구적으로 기원 마법을 사용할 수 있게 되지요. 에다의 깨우침
과는 완전히 별개인 힘이에요. 하지만 그걸 만들기 위해서는
현시점에서 한정적으로만 남아있는 류그네라스의 가지를 소모
해 버려야 하므로, 유랑을 시작한 이후 그 제법만이 간신히 구
전될 뿐 지난 사백여 년간 실제로 만들어진 적은 없어요."

라스의 목이 가진 가치를 꽤 후하게 치는 것인지, 혹은 그의
입 무거움을 믿는 것인지, 일단 말하겠다고 결정한 그는 의외
로 술술 이야기한다. 그 사실에 별로 오싹해 하지도 않으며, 단
지 화제에 집중하는 라스가 물었다.

"그런데 그것이 발견된 것이오?"

"아니오. 만들었죠. 어떤 류그라들의 죽음에, 신목의 가지 하
나를 사용해서요."

라스는 그의 대답에 스민 건조한 분기를 읽어내고 다소 의외
라 여기며, 여태 손도 대지 않던 술잔을 입에 가져갔다. 혀를 태
우는듯한 독주의 향이 그의 비강과 목을 타 넘었다. 여성의 말

이 이어졌다.

"류그네라스 가지 하나로 얻을 수 있는 류그네릭은 세 병이에요. 그리고 그걸 마신 자는 삼 분의 일 확률로 힘을 얻어요."

"……나머지는?"

"죽어요."

"그러면 신목의 지팡이 하나로 얻을 수 있는 마법사는 사실 상 한 명이로군. 그것도 두 명의 죽음을 낳고?"

"그런 셈이죠."

"그래서, 그 한스네 패거리가 류그네릭을 훔친 것이오? 그걸 아직도 갖고 있다고?"

"아뇨. 마셨다고 생각됩니다. 하지만 그 겁쟁이들은 스스로 그걸 마실 배짱은 없었어요. 그래서 대신 마실 노예를 샀죠."

"……그렇군. 열 살가량의 어린 소녀를 데리고 다닌다는 정보가 있었지."

"네. 이제 아시겠지요? 류그네릭의 원소유주는 그 아이를 원해요."

소유주라. 라스는 되뇌며 물었다.

"하지만 그렇다면, 그 아이는 마법사가 아니오? 우리더러 상대하라는 말이오?"

여자는 다시 웃었다.

"아닙니다. 그 아이는 아직 그 힘을 어떻게 써야 하는지 전혀 모를 거예요. 저의 의뢰인도 그 부분을 연구 중이죠. 그러니 그 아이는 아주 좋은 표본이 됩니다. 조합장의 수탐꾼들이 위치만 알아내면, 제압할 인원은 이쪽에서 파견합니다. 하지만 여의치 않아 직접 손을 쓰시더라도 별문제 없다고 확신해요."

"명백하게 이해했소."

"이해해 주셔서 감사해요, 시구르날프 조합장."

그러자 라스는 그때까지 가운데 가장 안 좋은 표정을 지어 보이며 말했다.

"나를 그렇게 부르지 마시오. 당신처럼, 나도 버린 내력이오, 아이슐리드."

아이슐리드라 불린 여성은 잔잔히 사과하였다.

"실례했어요, 라스."

대화는 끝났다. 서로 사담을 나눌 처지도 아니었기에, 라스는 곧장 탁자 위에 있던 종을 흔들어 안내인을 불렀다. 그러고는 그를 따라 그 구조가 인력(人力)에 의해 시시각각 바뀌는 미로를 뚫고 주점 밖으로 나왔다.

한동안 목표 없이 거리를 걸으며, 라스는 들은 것에 대해 생각했다. 류그네릭이라는 이 새로운 물건은 아이슐리드의 표현대로 전략물자 그 자체가 될 것이다. 만일 그것이 충분한 양으로 공급될 수 있다면, 이제 마법사는 어떤 불가해한 과정의 끝에 임의로 얻어지는 존재가 아니라 명백히 투자 대비 착실한 효과를 기대할 수 있는 전략무기가 될 것이다. 그리고 그 과정에서 그동안 사용법을 몰라 좌시되었던 류그네라스의 가지는 일차 목표물이 될 것이며, 현재 대륙을 주유하고 있는 류그라 유랑단들은 그저 속수무책으로 전멸하고 말 것이다. 위정자들이 이 비밀을 알게 된다면 아마 적절한 구실을 붙여 인종 청소를 시작하겠지. 그 애꿎은 이민족들의 진정한 비극은 이제 시작인 것이 아닐까?

별로 기분 좋은 이야기는 아니다. 라스는 암시장 조합의 조합장이며, 따라서 법의 테두리에 은신하는 처지로서 사실상 결코 선량하다고는 할 수 없는 인물이었다. 그러나 그는 흔히 세인들이 말하는 무법의 제왕이나, 무슨 절대 악인 같은 것과는 거리가 멀다고 스스로 생각하고 있었다. 물론 암시장 조합은 필연적으로 다종다양한 불법을 매개하며, 그 과정에서 위악의 허세를 도구로 사용한다. 세상을 선악의 이분법이 아니라 단지 이해(利害)의 이분법으로 보는 그의 가치관 아래, 라스는 그렇게 자신을 합리화하는 것이다. 때문에 그는 류그라들이 겪게 될 비극이 예상되자 우울한 기분이 되는 스스로를 너그러이 방관하였다.

"하슈펠."

그러고 보니 어제 한 무리의 류그라 유랑단이 도시를 방문했다고 들었다. 지금까지는 비록 제국의 최하층이나 자유로이 여행해온 이들이, 이제 머지않아 사냥개에 쫓기는 여우 신세가 될지도 모른다고 생각되자 그의 발걸음은 어느새 그들이 있을 만한 시장 광장으로 향했다. 물론 용건은 아무것도 없었으며, 그들의 처지도 그와 아무 상관이 없다 하겠다. 그저 즉흥적이고 별 이유 없는 행보였다. 그렇게 시장 광장에 도착한 라스의 눈에 류그라들과 울리케 일행의 회식 장면이 들어왔다. 전혀 기대하지 않았던 기억 속의 얼굴을 알아봄과 동시에, 라스는 그렇게 누군가를 불렀다.

"낯이 익지?"

"맞습니다. 어제의 그 맹랑한 아가씨로군요."

나긋하고 매끄러운 음성의 사내가 라스의 등 뒤, 골목의 어둠 속에서 나타나 대답했다. 하슈펠이라 불린 그는 바로 어제 울리케를 상대했던 암시장 조합의 흥정꾼이었다.

"신경 쓰이십니까?"

라스가 별 대답 없이 먼 발치의 그들을 그냥 보고만 서 있자, 하슈펠이 물어왔다. 그러나 라스는 그 단순한 질문의 밑바닥에 깔린 음험함을 잘라내었다.

"아니다. 그보다, 아이슐리드는 어떻지?"

"감시를 붙여두었으나 여간한 일이 아닙니다. 그쪽도 우리만큼의 감시자와 살수들을 붙이고 있습니다."

"지금은 어떤가?"

라스가 숫제 재밌다는 듯이 물었다. 그러나 하슈펠은 기분이 나쁜 모양이다.

"일단은 두 명이 이쪽을 보고 있습니다. 물론 저희도 다섯은 더 있습니다만……, 수 싸움은 아니니까요."

"그래, 마냥 눈싸움이지."

말에 건조한 웃음이 묻어나는 라스였다. 모시는 상전의 여유가 기가 막힌다는 듯, 하슈펠은 지적해왔다.

"그렇게 여기실 일이 아닙니다. 대체 뭐 하는 자들입니까?"

"내 목은 안돼."

"……그들이 그걸 할 수 있다는 말입니까?"

"가능할 거야."

"그럴만한 가치가 있습니까? 부디 늦기 전에 손을 떼시지요."

"늦었다."

하지만 라스의 목소리엔 어떤 공포나 체념도 없다. 그것을 느낀 하슈펠은 더 이상 말을 않기로 했다. 오랜 기간을 모셔온 상전이었다. 그가 동요를 보이지 않을 때는, 그저 따르면 된다.

"검 이름이 '바람잡이'라고? 대체 무슨 명명이 그 모양인가?"

울리케가 폭소를 터트리며 하는 말이 여기까지 들려왔다. 류 그라들과의 회식 자리는 이제 퍽 무르익어 있었다. 랄로프는 자신의 칼을 검집 채로 치켜들고 붕붕 휘저으며 어떤 무용담을 익살스럽게 구연하는 중이었다.

"시그리드 유세트가 이끄는 모험단입니다. 중앙에는 거의 알려지지 않았지만, 동부에서는 제법 이름이 있습니다. 등록된 이름이……."

라스가 말없이 그들을 보고 있으니 하슈펠이 설명을 시작했다. 언제나 한결같이 진지한 그의 입에서 시그리드 일행의 이름이 떨어지자, 라스는 하마터면 입 밖으로 웃음을 터트릴 뻔했으나 간신히 주워 삼켰다. 그러고는 재빨리 관심을 돌렸다.

"마법사가 젊군?"

"네. 관록은 없지만, 분명히 천재입니다. 아마 십여 년 이내로 명성을 떨치겠지요."

"그전에 객사하지만 않는다면."

그것은 딱히 냉소적인 전제는 아니었다. 그저 담백한 사실이다. 잠시 턱을 매만지며 그들을 구경하던 라스가 입을 열었다.

"모든 류그라 유랑단의 소재를 파악할 수 있을까?"

"시간이 많이 걸립니다."

"그렇겠지. 최근에 전멸했거나 혹은 장로를 잃은 유랑단을 알아봐라."

"……인신매매입니까?"

"그보다는 강도를 가장한 납치일 가능성이 크다."

"알겠습니다."

"그리고 저들에게도 감시를 하나 붙여. 어떻게 어울리고 있는 것인지 정황을 파악할 수 있으면 더 좋고."

라스가 광장 건너편, 올리케와 류그라들을 턱으로 가리키며 말하자 하슈펠이 물어왔다.

"류그라 쪽입니까, 아니면 모험가 쪽입니까?"

"둘 모두다. 길가네스의 가지는 앞으로 쭉 주시할 필요가 있는 류그라 유랑단 중 하나고, 모험가들은 예의 한스 놈들을 추적하려고 할지도 모른다. 그러니 둘 다 눈을 뗄 수 없지."

"바로 조치하겠습니다."

하슈펠의 대답이었다.

단 이틀간의 체류였으나 미지의 도시에 관한 갈증을 채우기
엔 차고 넘치는 시간이었다. 도시 방문의 목적도 사실상 모두
달성하였다. 흰머리 소녀의 정체를 가늠할 단서를 얻었고, 용에
게 줄 술도 싸게 산 것이다. 발프리드의 스승을 찾는다는 계획
은 예기치 못하게 틀어졌지만 따지고 보면 그것도 해결된 것이
라고 할 수 있었다. 용이 무르지 않는 이상 이제 소년의 스승은
시그리드가 되어야 할 테니까.

특히 류그라들과의 만남은 전혀 기대한 일이 아니었지만 큰
수확이라고, 울리케는 생각했다. 그들이 아니었다면 서리심에
관한 일체의 정보도 얻지 못했을 것이며, 아울러 발프리드의
스승을 구한답시고 애꿎은 이들을 고생시켰을 것이다. 그러고
보니 아베냐드는 본래 그들의 술이라 했지? 이 도시를 방문한
용무 모두가 그들과 직간접적으로 연결된 셈이다.

"……아니, 이게 우연인가?"

류그라들과 회식을 마친 이튿날, 여관에서 이틀째의 아침밥
을 먹으며 이상의 생각들을 정리하던 울리케가 부지불식간에
입 밖으로 낸 말이었다.

"뭐가요?"

브륀힐데가 물었다. 울리케는 약간의 숙취 때문에 낯빛이 파리한 그를 멍하니 쳐다보다 닭고기국에 집중하고 있던 발프리드에게 난데없이 물었다.

"류그라들에게 구태여 우리 영지로 오라고 한 이유가 뭐야?"

"네?"

전혀 예상치 못한 질문이 날아오자 발프리드는 당황했다. 우물쭈물하며 누나를 만족시킬 만한 대답을 고르던 소년의 얼굴이 급기야 빨개지기 시작했다. 모험가들은 무언가를 떠올린 듯 피식거리기 시작했고, 울리케만 영문을 몰랐다. 발프리드는 겨우 이렇게 대답했다.

"그냥 어제 이야기한 게 전부예요. 그들은 안전한 체류지를 보장받으니 좋을 테고, 영지민들도 싸게 치료를 받을 수 있으면 좋잖아요?"

그게 전부란다. 하지만 울리케의 질문은 어차피 대답이 무엇이건 간에 상관없이 던져진 것이었다. 그는 결과적으로 아우셀바프를 방문한 이유 모두가 류그라들을 통해 해결되었다는, 아까의 깨달음을 모두에게 설명하기 시작했다.

"……발프리드의 스승 찾기도 그 액막이 소동이 아니었으면 전혀 모른 채 헛다리만 짚었을 거예요. 서리심 전설이야 말할 것도 없고."

"이야, 그럼 이제 한스 놈들도 류그라들이 찾아내 주는 건가요?"

랄로프는 진심으로 감탄한 듯이 말했지만, 그 감탄은 굉장히 고독한 것이 되었다. 닭고기국 속에 든 뭉근히 익은 순무를 수저로 못살게 굴던 시그리드가 눈도 들지 않고 말했다.

"그럴 리야 있겠어? 뭐, 신기한 우연들이긴 하지만."

그렇다고 경악할 만큼 놀라운 우연도 아니고, 무언가 음모가 아닐까 상상될 만큼 공교로운 것도 아니었다. 그저, 류그라들이 거쳐온 길이 그만큼 길고 길었다는 이야기 정도로 정리될 것이다.

어쨌거나, 아우셀바프에서의 용무는 이제 완전히 끝났다. 그들은 이제 짐을 정리하고 다시 며칠간의 여정을 거슬러 피어클리벤 영지로 향할 것이다. 류그라들은 며칠 더 도시에 머문다 했으니 재회는 좀 더 이후의 일이 되겠다. 별일이 없다면.

"수상쩍은 놈이 있었다."

하지만 아무래도 별일이 있을 모양이다. 아침 식사를 마치고 다 같이 객실로 올라왔을 때, 라그나가 모두를 조용히 한 방에 불러 모으고는 이렇게 말했다.

"우리 탁자 건너편 안쪽에 있던 남자 말인가요?"

브륀힐데의 물음이다. 모두가 눈을 동그랗게 뜬 가운데, 라그나가 그를 보고 되물었다.

"눈치챘어?"

"그냥, 지나치게 몸가짐이 조용해서 오히려 신경 쓰였을 뿐이에요."

"좋은 눈썰미야. 그건 훈련된 발걸음이었지. 기사도 용병도 아니야. 밤의 양식(樣式)이다."

"그러고 보니……."

마침 생각난 울리케가 말했다.

"일전 베르벳의 쪽지에도 쓰여 있었는데, 밤의 방식이란 게 무슨 말인가?"

"암시장 조합 같은 비공인 집단의 이야기입니다. 쉽게 말해 잘 때 베갯머리를 노리겠다, 그런 협박이지요. 물론 그 녀석들이 쓴 말은 구 할쯤 허세라고 봅니다."

"그러면, 지금 말하는 그 남자도 그런 조직의 일원이란 말인가?"

이건 발프리드의 물음이었다. 며칠간의 여행과 소동들로 인해 시그리드 일행과 꽤 가까워진 소년이었다.

"……거의 확실하다고 생각됩니다."

라그나의 신중하지만 확고한 대답이었다. 울리케는 미약하게 고개를 끄덕였다. 제법 충분한 시간을 같이 대화하며 여행해 왔고, 그러면서 시그리드 일행 각자의 내력에 대해 이미 어느 정도 들은 바가 있었다. 개척 영지의 화전민 출신으로 어릴 때부터 산야를 누비며 사냥꾼으로 자라왔다는 브륀힐데, 영지민의 아들로 태어나 징집령에 걸렸다가 자신의 짐승 같은 적성에 눈 뜬 랄로프, 그리고 반생을 발라-라싸에서 자란 마법사 시그리드. 하지만 라그나만큼은 자신의 출신 내력에 대해 단 한마디도 언급하지 않았는데, 오히려 그 사실이 그가 어떤 어두운 구석과 인연이 있었음을 넌지시 밝히는 것과 같았다. 라그나에 관해 울리케가 확신할 수 있는 것은 일행 중 유일한 도시민 출신이라는 점이었다.

그렇기에, 이런 방면에서 그의 식견은 일행 중 가장 정확하다 할 것이다. 좌장인 시그리드 역시 별 토를 달지 않고 수긍하며 이렇게 물어왔을 뿐이다.

"어느 쪽이라고 생각해?"

"새삼 뜬금없는 다른 곳을 의심할 것도 없고, 우리에 관해 알고 있는 암시장 조합이겠지. 적어도 그들의 사주를 받았거나."

"그들이 왜 우릴 감시하는가?"

라그나의 추측에, 울리케가 묻는다. 다시 라그나가 대답했다.

"별다른 악의 없이 관례적인 것일 수도 있습니다. 어쨌거나 우리는 거길 한 번 방문했고, 뭐……, 요주의 손님으로 찍혔을 테니까요."

충분히 주시하고 경계하되, 확대해석을 경계하는 라그나였다.

본래 병사 두어 명만 이끌고 홀가분히 다녀오던 길이었으나, 아셰리드 남작부인의 참여로 인원 구성이 대폭 늘어나게 되었다. 그의 말과 달리 피어클리벤 성에서 아직 용과 대면하지 못한 인원이 더 있었다. 아셰리드의 몸종 윳테와 장남 아룬드, 기사 에길 및 그 향사인 토날드가 거기에 해당했다. 거기에 추가적으로 병사 셋을 덧붙이자, 에이드리크를 위시한 총인원 아홉 명의 무리가 그룬테름을 향하게 되었다.

"생각해보니, 이거 끝쪽이 첫 공식 임무 아니야?"

일행의 후미에 따르는 병사 셋 중 하나인 발리엇이 디드리크에게 속삭인 것이다. 여러 번 공을 들여 몸에 완전히 맞춰둔 무구들이 뿌듯하기만 한 소년은 고참의 말을 웃으며 흘렸다.

"기쁩니다."

"기뻐? 나는 용을 또 볼 생각하니 배가 아프다."

피어클리벤 성의 병사들 가운데 최고참인 아드손이 고개를 흔들며 말했다. 그러자 발리엇이 놀린다.

"아침에 변소에 두 번이나 가지 않았습니까?"

"언약식 때 창을 떨군 게 누구더라?"

아드손은 지지 않는다. 비록 엄살을 피우고는 있었지만, 그가 성의 병사로 복무한 지 햇수로 십이 년이었다. 어지간한 풋내기 기사보다는 훨씬 담도 크고 용력도 대단한 것이다. 발리엇 또한 그를 익히 알고 존중하기에 그냥 웃어넘겼다.

피어클리벤 성에서 그룬테름까지는 도보로 두세 시간 거리였다. 평보라곤 해도 모두가 말을 타고 있었기에 뒤를 따르는 세 병사는 꽤 빠른 행군속도로 따라붙어야만 간격이 맞는다.

다행히 걷는 것이라면 어릴 적부터 이골이 나 있는 목동 출신 디드리크에게 그건 아무 문제가 되지 않았다. 몸에 걸친 장비들이 다소 무겁기는 해도, 그가 생전 처음 신어보는 튼튼한 밑창의 가죽 군화가 이 문제를 멋지게 상쇄해준다. 일행은 별일 없이 산기슭에 도착했고 머지않아 완만하고 꼬불꼬불한 산길을 올라 용의 보금자리 터에 도착하였다.

"여깁니다."

에이드리크의 말대로 공사는 거의 끝나있었다. 우묵한 바닥의 포석이 완전하게 자리잡혀 있고, 다섯 개의 굵은 기둥이 마치 바닥에서 솟아오른 거인의 손가락처럼 묘한 기울기로 그 한쪽 호(弧)를 차지하고 있다. 기둥 사이에 쳐질 마포 넷 중 둘이 이미 팽팽하게 당겨져 걸려 있었다.

"들은 것으로 상상한 것보다 더한층 질박하군. 마치 먼 과거의 어떤 제단 같다."

"저 또한 그리 생각합니다."

아셰리드의 감상에 에이드리크가 답한다. 하지만 아무리 이상해 보여도 용이 스스로 고집한 모양이었다. 더할 것도, 뺄 것도 없었다. 그들의 도착을 허리 숙여 맞이했던 대여섯의 일꾼들은 다시 그들이 하던 일로 되돌아갔다.

"그런데, 용은 어디에 있습니까?"

아룬드가 조심스레 에이드리크에게 물었다. 안 그래도 주변을 살피던 문관은 난처한 듯이 대답해왔다.

"빌러디저드 님은 여기 줄곧 머무시지는 않습니다. 예고 없이 나타나시고, 다시 사라지시죠."

"그러면 영지민들 눈에 띄는 게 아닌가? 여태 별 소란이 없었나?"

아셰리드의 질문이었다. 에이드리크는 고개를 저었다.

"아닙니다. 날아올랐다 싶으면 어느새 전혀 보이지 않습니다. 나타나시는 것도 그 거체에 걸맞지 않게 느닷없지요. 모골이 송연할 때가 한두 번이 아닙니다."

실제로 겪지 못한 이들에게는 잘 상상이 가지 않는 이야기이다. 하지만 이미 몇 번이나 경험한바, 에이드리크의 말은 진실이었다. 그리고 이 가운데 이 불행한 문관을 제외하고는 유일하게 그것을 상상해낼 수 있는 소년, 디드리크가 살짝 고개를 끄덕거렸다. 그는 용이 실제로 그렇게 움직이는 것을 본 적이 있으니까.

좌우지간 용을 보러왔건만 용은 지금 없다. 이대로 멀거니 서성이는 것도 모양이 안 난다. 에이드리크는 재빨리 일꾼 하나를 시켜 불을 지피게 했다. 평소 남작부인의 건강에 대해 익히 알고 있는바, 추운 산중에 아무 조치 없이 두었다가는 탈이 나고 말 게 명백하기 때문이었다. 곧 모두 불가에 둘러서 온기를 쬐기 시작했다. 다만 기사 에길과 토날드 및 병사 셋은 거기 포함되지 않고 물러나 주변을 경계하였다. 사실 딱히 그럴만한 위험이 있다고 할 수는 없는 곳이었지만, 말하자면 습관 같은 것이리라. 윳테만은 아셰리드의 곁에 섰다.

다들 그렇게 어느 정도 한숨을 돌렸을 때, 처음 입을 연 것은 아룬드였다.

"저는 걱정이 많습니다."

"나도 그렇구나."

딱히 누구를 지칭하지 않았음에도, 그것이 자신에게 향하는 말임을 알아챈 아셰리드의 대답이었다.

"분명히 심각한 견제를 받을 것입니다……, 아니, 견제라는 표현은 너무 점잖을 것입니다. 여덟대에 걸친 가문의 역사가 여기서 흐트러질지도 모릅니다."

"나도 그리 염려한다."

둘의 대화에는 어떤 주어가 생략되어 있었으나, 그것을 의아하게 여기는 사람은 아무도 없었다. 에이드리크는 참견하지 않고 조용히 듣고 있었다. 아셰리드가 말했다.

"용은 개국의 위업을 달성케 한, 무엇보다 큰 힘이었다. 이 같은 일개 영지에 두어진 바 없지. 그 실질적 효용이 어떠하건 간에, 상징하는 바가 그러하다. 결코 손에서 떨어지지 않는 칼을 손에 쥔 채, 누구도 해하지 않으리라 아무리 말해 보아야 받아들여질 리 없겠지."

아셰리드는 참으로 담담하게 이런 이야기를 한다. 모두의 시선은 그저 모닥불 안의 시뻘건 잉걸에만 고정되어 있었다. 아룬드가 물었다.

"생각하시는 바가 있으십니까, 어머니?"

"없구나. 선례가 없는 일이기에 너무 예측하기 어렵다. 실로 변수도 무궁하고, 오히려 섣부른 예단이 더 위험할 것이다. 그저 목전의 처세에 급급하겠지."

그 순간 그들 주변 발아래로 낮게 바람이 깔렸다. 차분하게 타오르던 모닥불의 기세가 풀무의 응원을 받은 듯, 확 하고 타올랐다. 이것이 어떤 일에서 비롯된 것인지 충분히 짐작하는 이들은 천천히 모닥불에서 몸을 돌렸다.

검은 용이 거기 있었다. 반은 흉내로나마 망을 보고 있긴 했어도, 결코 본분을 잊지 않는 기사 에길과 병사들의 경계가, 에이드리크의 말마따나 전혀 아무런 조짐을 파악하지 못한 출현이었다. 그들은 당황하여 한 발짝 물러났으나 칼을 빼 드는 것 같은 실수는 하지 않았다.

"낯서나, 한편 익숙하군."

좌중을 둘러보던 용이 아셰리드와 아룬드를 발견하고 고개를 기울이며 말했다. 발밑을 울리는 그 중후한 음성에 내심 감탄하며, 아셰리드가 한 발짝 나섰다. 그와 동시에 에길과 병사들이 옆으로 자릴 피했고, 남작부인은 우아하게 몸을 굽히며 인사를 올렸다.

"신들의 인도로 린트부름의 올바른 적생자를 뵙습니다. 피어클리벤의 안주인, 아셰리드입니다."

"빌러디저드다."

간단히 이름을 말한 용은 덧붙였다.

"……이을다의 축복이 닿지 않았던 것인가?"

용이 무엇을 말하는지 눈치챈 아셰리드는 일말의 동요 없이 대답한다.

"타고난 개성이옵니다."

"그럼에도 네 반려의 신의는 두터웠구나."

충분히 실례가 될 수 있음을 알면서도, 이 화제가 별로 마음에 들지 않은 아룬드는 용기 내 한 발짝 앞으로 나섰다. 용과 아셰리드가 그를 보았다.

"피어클리벤의 장자, 아룬드입니다. 선험의 군주시여."

"그래, 이 영지의 정당한 상속자로군."

용은 청년의 얼굴을 주의 깊게 내려다본다. 한동안 그렇게 고정되어 있던 용의 시선이 좌중을 훑으며 기억 속에 없는 얼굴들을 찾아내었으나 달리 이야기를 건네지는 않았다. 새파랗게 질린 윷테나 토날드의 표정으로 미루어보건대, 그들에게는 아마 그편이 다행이었으리라.

"너희가 염려하는 것을 들었다."

"……송구합니다."

"용서한다. 울리케도 일찍이, 너희 왕이 너희가 다른 개국이나 반역을 도모할까 봐 염려할 수 있다고 생각했다. 하지만 황가에 나의 다른 형제들이 언약하고 있다는 사실은 오히려 너희에게 안전한 울타리가 되어줄 것이다."

"정녕 그리 여기시옵니까?"

아셰리드의 물음이다. 그러자 용은 기꺼운 음성으로 대꾸하였다.

"이는 내 판단이다. 그러므로 어긋날 수는 있겠지."

오판일 수는 있어도 거짓일 수는 없다는 말이다. 용에 관해 울리케보다 더 많이 알고 있는 아셰리드는 그렇게 능히 행간을 읽어낸다. 그들의 선조가 신과의 맹약을 어긴 데 대한 저주로 결코 언약에 저항할 수 없는 용들은, 그 때문에 결코 거짓말을 할 수 없다. 사실 아주 할 수 없는 것은 아니지만 어마어마한 저항감에 몸서리치며 겨우 쥐어 짜내야만 한마디 할 수 있으며, 때문에 어린애가 보더라도 그게 거짓말임을 금방 알 수 있는 것이다. 물론, 어디까지나 전해지는 이야기가 그렇다는 것이다. 빌러디저드의 이야기가 계속되었다.

"다만, 그렇기 때문에 그들은 인간의 간교한 도리로만 방책을 꾀할 것이다."

"……그럴 것입니다. 서로가 결코 들지 않을 검을 두고 있으니까요."

"긴장은 어쩔 수 없이 높아질 것이다."

"감당할 수 있을지 걱정됩니다."

"선례가 없으니 저들 또한 그럴 것이다. 그걸 잘 이용하거라."

옆에 선 아룬드는 용과 남작부인의 대화를 도무지 따라잡을 수가 없었다. 그건 이 청년의 두 배에 가까운 관록과 지식을 가진 문관 에이드리크조차 마찬가지였다. 그러나 아셰리드는 오늘 처음 본 이 지고의 포식자와 별 어려움 없이 이야기를 나누고 있다. 그의 태도에는 어떠한 두려움도 느껴지지 않았고, 다만 앞으로 영지가 처하게 될 상황을 생각하느라 열중한 모습뿐이었다. 아룬드야 용에 관한 지식도 거의 없고, 패권의 역학에 관한 정치적 이해도 아직은 일천하니 어쩔 수 없다 하겠다. 반면에 에이드리크는 충분히 그와 같이 이 대화를 따를 수 있는 능력이 있었음에도 그러지 못하는 것이다. 이미 몇 차례나 용을 보아 왔지만, 그때마다 예의로 포장된 두려움이 커질 뿐이었다. 그는 속으로 스스로에게 혀를 차는 한편, 도대체 피어클리벤 가의 여자들은 하나같이 이렇게 겁이 없는 것일까 하는 의아함을 갖고 만다. 아셰리드와 울리케는 혈연관계조차 아니지 않은가? 그럼에도 이 유사한 느낌은 무엇일까?

"오늘 안에 공사가 마무리되겠군."

"아, 그러합니다."

인부들이 움직이는 것을 보고 있던 용이 말하자, 그제야 침묵에서 벗어날 기회를 잡은 에이드리크가 재빠르게 대답했다.

"이로써 충분하시겠습니까? 더 필요한 것은 없으십니까?"

"됐다. 깔짚도 구유도 필요치 않노라."

"시종도 필요치 아니하십니까?"

왠지 욧테의 얼굴이 핼쑥해진다. 그러자 용은 무언가 특이한 소릴 내뱉었는데, 다들 그것이 아무래도 혀를 차는 소리라고 여겼다.

"조금도 필요 없다. 하지만 가끔 울리케의 요리를 먹고 싶군."

"그렇게 당부하겠습니다."

아셰리드가 처음으로 웃음을 보이며 답했다. 그는 딸이 요리에 취미를 가진 것을 익히 알고 있다.

"그 아이는 재주가 있다. 일전의 연회는 아주 만족스러운 것이었지."

"황실에는 용찬(龍餐)에 관한 전문 요리사도 있다 들었습니다."

"하지만 그 지식을 얻는 것은 나의 존재가 중앙에 알려진 이후이리라."

명색이 차기 군주인 아룬드는 불행히도 여전히 이 대화에 참여할 수가 없다. *이젠 먹는 이야기야? 아까까지의 진지하고 알쏭달쏭한 그 이야기들은 이제 끝난 거야?* 뭐, 어쩔 수 없는 것이다. 아무래도 오늘 이 자리에서 아룬드가 자신을 드러낼 기회는 전혀 없을 것 같다.

"그것을 언제까지 막을 수 있겠습니까?"

아셰리드가 묻자, 빌러디저드는 이렇게 대꾸했다.

"나 스스로가 들킬 일은 결코 없다. 알려지는 것은 어디까지나 전적으로, 너희의 입막음 실패와 정보관리의 미비에서 발생할 것이다. 그렇지 않더라도 장기적인 관점에서는 외부의 누군가가 결국 추리해낼 수 있다."

이야기를 듣고 있던 디드리크는 뜨끔했다. 집을 떠나오기 전 어머니에게 용에 대해 발설했던 바 있기 때문이다. 물론 소년은, 따로 함구령을 받기 전이었음에도 그것이 분별없이 떠들어댈 이야기가 결코 아님을 알 만큼은 현명했다. 그랬기에 몇 번이나 어머니에게 소문내지 말 것을 신신당부했다. 디드리크의 어머니는 입이 가벼운 사람이 아니긴 하였지만, 일단 이야기한 이상 언젠가는 결국 새어나갈지도 모른다. 비밀이란 그런 것이다.

"결국 자연스레 알려질 것이라 여기시는군요."

용의 태도에서 느껴지는 여유에, 아셰리드가 이렇게 말했다.

"그러하다. 그편이 예후가 가장 낫다고 기대할 수 있다."

그 말을 들으며, 아셰리드는 생각했다. 피어클리벤에 머무는 용에 관한 사실이 결국 외부로 알려지고, 이것이 중앙에 전달된 후 어떤 형태로든 대응이 세워지는 데는 확실하게 시간이 걸릴 것이다. 애초에 전례가 없는 일인 만큼 정보의 사실 여부를 먼저 확인해야 할 것이고, 명백한 증거가 잡힌 뒤에야 움직일 수 있을 것이다. 중앙과 피어클리벤은 멀고, 왕래는 험하고 위험한 여정을 동반한다. 그러므로 황실이 아무리 빠르게 움직인다 하더라도 최소 일 년은 조용할 것이다.

"나를 우환으로 여길 것인가, 혹은 든든한 후견의 자산으로 다룰 것인가 결정하는 것은 오로지 너희의 지혜다."

"망극한 말씀이옵니다."

용의 담담한 선언에, 피어클리벤의 안주인은 그렇게 대답할 수밖에 없었다. 각오와 고민을 필요로 하는 시간이 시작된 것이다.

"한데 말이다."

용이 여상스레 입을 열었다. 아셰리드가 올려다본다.

"실은 이미 들켰느니라."

순간 말문이 막혔다.

제 15장

아무래도 눈치채인 것 같다. 위층의 움직임을 살피던 수탐꾼 닐스는, 한결같이 쓴웃음을 짓던 표정의 남자가 일행을 한 방에 몰아넣는 것을 깨닫고 그리 생각할 수밖에 없었다. 그들 가운데 닐스와 눈을 마주친 건 젊은 여자뿐이었건만, 채 예상치 못한 인물이 자신의 존재를 깨달았다는 데 대해 그는 내심 혀를 내둘렀다. 하긴, 하슈펠이 그에게 시그리드 일행의 감시를 명하면서 절대 만만하게 보지 말라는 주의를 덧붙이긴 했다. 물론 마법사를 염두에 두고 한 당부였지만, 닐스가 가까이서 지켜보고 엿들은바 이들의 면면이 하나같이 주의할 만했다. 결코 어중이떠중이로 급조되어 굴러다니는 모험가 일행이 아니었다.

뭐, 상관없다. 그가 맡은 임무는 저들이 혹 한스 일당을 찾아낼 경우 놓치지 말라는 것뿐이었다. 하지만 아까의 대화로 미루어 생각건대, 시그리드 일행이 딱히 그들을 찾으러 움직일 것 같진 않았다. 그보다, 그는 오히려 그들의 대화에서 잠깐 흘렀던 한 구절이 신경 쓰였다.

'발프리드의 스승 찾기도 그 액막이 소동이 아니었으면 전혀 모른 채 헛다리만 짚었을 거예요.'

이게 무슨 이야길까? 스승? 발프리드란 그 어린 영식을 말함일 게다. 시그리드 일행의 의뢰주로 보이는 아가씨와 소년은 어딘가 귀족가의 자식들임이 분명하였다. 귀족의 영식이 도시에서 스승을 찾는다. 그것도 하필 모험가들을 통해 직접? 닐스는 그것이 어떤 가능성을 가리키는가 깨닫지 못할 만큼 둔하지 않았다. 만일 예상하는 것이 사실이라면, 이는 한스네 따위보다 더 중요한 정보가 될지도 모른다.

"특이 사항은?"

"없어."

닐스는 어제 한밤중부터 이곳 '보리 위의 아침밥' 여관에서 울리케 일행을 감시했다. 그의 임무는 오전까지였기에, 그와 교대할 수탐꾼 동료가 나타나자 일어서서 맞이하며 이런 대화를 나누었다.

"모두 2층의 세 객실에 나눠 들어갔다. 아마 곧 떠날 모양이야."

"여각촌까지는 따라잡아야 하는가?"

"그렇다."

이렇게 간단한 인계를 끝마친 닐스는 곧장 여관을 빠져나와 재빠른 걸음으로 나아갔다. 날이 잔뜩 흐린 것이 또 한바탕 눈이 쏟아질 것 같았다. 원래대로라면 곧장 조합 본부로 돌아가야 했건만, 자신만의 계획을 가진 닐스는 잠시 복귀를 미루기로 한다. 지난 이틀간에 걸친 시그리드 일행의 행적을 닐스가 알아내는 데는 그리 오랜 시간이 걸리지 않았다. 그들은 알기 쉽게 움직였고, 그리 여러 장소로 흩어지지도 않았다. 도시 곳곳, 돌 밑의 가재처럼 숨어 암약하는 눈과 귀들이 있다. 동전 한두 개로 그들이 아는 바를 받아내는 것은 아무에게도 해롭지 않은 일이다.

그렇게 해서 결국 닐스가 도달한 곳은 날개 달린 신발 모양의 간판이었다. 자유모험가 연맹 조합. 그는 씁쓸한 표정을 지었다. 지극히 당연히도.

그가 속한 암시장 조합은 말하자면, 모험가 조합의 어두운 그늘 같은 것이다. 대개 하나의 도시 내에서만 영향력을 갖는 일반적인 상공업계 조합들과 달리, 자유 모험가 연맹 조합은 '연맹'이라는 이름이 붙은 데서 느낄 수 있듯, 제국의 모든 도시끼리 긴밀한 연락 체계를 갖고 단일하게 움직인다. 그만큼 조합원의 추적과 관리가 가장 엄중하며, 의뢰를 연달아 실패하거나 내부 규정에 어긋난 행동을 한 모험가들은 자격을 잃고 조합에서 추방되고 만다. 그리고 그렇게 떨어져 나간 이들은 대개 암시장 조합으로 흘러들게 된다. 왜냐하면 결국 두 조합이 하는 일의 성격 자체는 유사한 데가 있었기 때문이다. 다만 공인된 떳떳함을 갖느냐 갖지 못하느냐의 차이만이 있었다.

그렇기에, 닐스와 같은 전직 모험가 출신 암시장 조합원들 대부분에게 자유모험가 연맹 조합은 애증의 대상이었다. 물론 그 애정과 증오의 비율은 사람마다 달랐다. 어떤 이들은 암시장 조합에 정착하고서야 마침내 자신의 천성을 찾았다고 말하기도 하지만, 어떤 이들은 끝끝내 모험가로 남지 못했음을 애석해한다. 또한, 그저 어쩔 수 없이 암시장 조합원으로 '타락' 했으나, 자신을 내쫓은 모험가 조합에 불만과 분노를 가진 이들도 많았다.

그러나 여기서 다행이라면 다행일까, 닐스는 모험가 조합에 그리 큰 악감정은 없었다. 재주와 재수가 없었던 것은 비단 자신뿐만이 아니다. 애초에 그가 모험가로서 성공하고자 했던 것도 그토록 엄격한 규칙으로 유지되는 모험가 조합의 위명이 빛났기 때문이다. 입맛이 쓰지만 물러날 수는 없었기에, 닐스는 부담스러운 뺨을 한번 씰룩거리고 모험가 조합의 문을 밀었다.

"어서 오세요! ……닐스?"

일케가 청량한 인사를 건네다 말고 표정과 어조가 가라앉는다. 그것이 꽤나 야속한 닐스는 찌푸리듯 웃으며 말했다.

"야, 이러깁니까? 모르는 사이도 아니고."

"아니, 내가 뭐랬어요? 밥은 먹고 다니나요?"

"그건 도대체……, 내 형편을 걱정해주는 것입니까, 아니면 그럴 주변머리도 없을까 봐 놀리는 겁니까?"

"고깝게 듣는 것은 당신의 귀죠, 내 입은 아니어요."

"진짜 쌀쌀맞으시네."

"용건이나 말해요."

여기서 닐스와 일케의 공방은 한숨 쉬어간다. 닐스는 한동안 말없이, 지난 몇 년간 들를 용무가 없었던 비좁은 조합 사무실의 풍경을 훑었다. 대부분은 기억과 같았고, 일부는 기억과 조금 달랐다. 딱 지난 시간만큼의 차이라고 할 수 있을까? 이런 생각이 들며 다소 울적해지는 것은 어쩔 수 없었다. 딱딱한 표정으로 팔짱을 낀 채 책상에 앉아 그런 닐스를 올려다보고 있던 일케의 기색이 약간 누그러들었다.

"옛 생각이나 하자고 온 건 아니겠죠?"

"……알고자 하는 정보가 있어요."

"정보라면 그쪽도 부족함이 없을 텐데?"

"이건 직접 물어볼 수밖에 없는 거라서. 시그리드 유세트 경이 다녀가지 않았습니까?"

일케의 눈빛에 선예도가 한층 더해진다. 경계의 빛이었다.

"조합원의 행적은 기본적으로 대외비에 속한다는 걸 알 텐데요?"

"다 알고 왔습니다. 궁금한 건 그가 무슨 일로 왔을까 하는 것이죠."

"그것 역시 말할 수 없어요."

"이를 어떡합니까? 그것도 다 알고 왔습니다. 구급영약을 한스네 털려서 보충코자 왔죠?"

일케의 얼굴에 어쩔 수 없는 조소가 살포시 어렸다. 겨우 그 정도야? 그는 짐짓 으스대듯 대꾸했다.

"글쎄요, 말할 수 없어요."

"그럼? 혹시 발프리드 영식의 스승을 구하러 왔었을까요?"

이 한 발 빼고 찔러보기는 제대로 먹혔다. 일케는 순간 안색을 바꾸었다가 다시 평온을 되찾았지만, 그를 뚫어지라 쳐다보는 닐스는 그 찰나의 변화를 결코 놓치지 않았다. 아무래도 일케의 패색이 짙다.

"……무슨 말인지 모르겠군요."

"귀족가의 영식이 무슨 스승을 구하려고 모험가, 그것도 마법사를 대동했을까요? 그리고 하필 조합으로 올 필요는 뭐가 있었을까요? 요리사? 기사? 대장장이? 학자? 매사냥꾼?"

그제야 이 유들유들한 사내에게 처음부터 완전히 놀림 받고 있었다는 걸 깨달은 일케의 표정이 짜증으로 뒤덮였다. 미간을 있는 힘껏 모은 그가 삼엄하게 으르렁거린다.

"다 알고 있군요? 왜 묻는 거예요?"

"확인이 필요했습니다. 너무 화내지 마세요."

닐스는 어깨를 으쓱이며 난처한 표정으로 말했다. 일케가 소리쳤다.

"난 아무것도 확인해 주지 않았어요!"

"네, 사실입니다."

뭘 당연한 소리 하냐는 듯이 침착하게 말을 받는 닐스다. 그 천연덕스러움이 일케의 분노를 한껏 더 끌어올렸다. 이 악당!

"나가요! 경비를 부르겠어요!"

"압니다. 그 소린 이미 이 년 전에 들은걸요. 실례했습니다."

닐스는 그대로 몸을 획 돌려 성큼성큼 걸음을 옮겼다. 모험가 조합을 빠져나온 그는 조합 건물 정면에 붙은 공고 게시판을 전체적으로 한동안 훑어보다가 고개를 갸우뚱하고 시장 광장 쪽으로 길을 잡았다. 그의 예상은 맞았다. 소년은 분명 마법사 스승을 찾는다. 그러나, 예상이 맞은 것은 기뻤지만 일케를 화나게 한 것은 조금 마음이 안 좋았다. 결과적으로 그를 농락한 듯이 된 것일 뿐, 이는 닐스가 바랐던 일이 결코 아니었기 때문이다. 좀 더 부드러운 방법이 없었을까? 하지만 일케는 그가 처음 초보 모험가로서 조합의 문을 두드렸던 육 년 전부터 지금까지 한결같은 사람이었다. 꼿꼿하고 강직하지만 요령이 조금 부족한 원칙주의자. 그것은 모험가 조합의 정규사무원으로서는 적합한 성격일지도 모른다. 하지만 그러니, 이런 경우 그를 달래가며 어떻게든 그가 원하는 정보의 확인을 받아낼 도리가 달리 떠오르지 않았던 것이다. 그는 살짝 한숨을 쉬고 재차 걸음을 서둘렀다. 그 새 눈발이 흩날리고 있었다. 아무래도 꽤 폭설이 될 모양새였다.

"늦었군."

암시장 조합의 조합원 본부 사무실은 지하가 아니라 지상에 자리 잡고 있다. 겉으로 보기에는 평범하고 아무 특징도 없는 3층 건물이나, 아무것도 모르는 사람은 결코 내부로 들어오는 길을 찾아낼 수 없는 건물이었다. 앞서 울리케가 방문했던 지하의 시장은 이 건물과 은밀한 지하 통로로 연결되어 있다. 닐스처럼 손님이 아니라 자격을 갖춘 조합원이라면 구태여 냄새 나는 수로를 거쳐 이곳에 올 필요가 없다. 예정된 시각을 한참 넘어서야 어깨의 눈을 털며 나타난 부하 직원을 향해 하슈펠이 딱딱하게 다그쳐왔다.

"사정이 있겠지. 듣겠다."

닐스가 자신이 엿들었던 바를 토대로 추측한 사실의 진위를 확신하기 위해 모험가 조합까지 다녀온 이야기를 끝내자, 내내 조용히 듣고 있던 하슈펠은 한동안 팔짱을 낀 채 침묵만 다졌다. 그는 앞서 류그라 유랑단인 '길가네스의 가지' 쪽에 감시조로 붙였던 부하 조합원의 보고도 들었던 참이다. 때문에 닐스의 보고를 덧붙여, 그것을 융합해 생각할 시간이 필요했다.

"불확실하여 보고에는 누락했습니다만, 제 추측으로는 피어클리벤 영지의 영애와 영식 남매로 여겨집니다."

"왜 그렇게 생각하나?"

상관의 오랜 침묵을 끈덕지게 기다리던 닐스가 기회를 보아 조심스레 건넨 말이었다. 이미 같은 의견을 갖고 있는 하슈펠은 그의 추리를 들어보고자 한다.

"북쪽 여각촌인 스도룬을 통해 입시(入市)했으니까요. 그들이 한스 일당을 신고한 장소도 그곳입니다. 스도룬을 통해 입시할 만한 인근 영지 몇 군데로 후보가 좁혀지는데, 그들이 타고 온 마차나 행색을 미루어보아 그리 부유한 영지의 귀족 아이들이 아닙니다. 따라서 피어클리벤입니다."

닐스라는 이 친구는 요령이 좋다. 하슈펠은 흡족히 여기며 고개를 끄덕였다.

"맞다. 길가네스의 가지를 감시하던 홀게르손도 그들이 며칠 날짜를 두고 피어클리벤 영지로 올라갈 계획임을 알려왔지. 틀림없이 요청에 따른 것일 게다."

피어클리벤 같은 가난한 영지라면 류그라 유랑단은 오히려 환영할 만한 식객이 될 수 있다. 영지에 주재하는 마법사도 없으니 그들의 재주를 싸게 살 수 있을 테니까. 비록 항구적으로 머무르는 인종들이 못 된다는 점에서 아쉽기는 하지만, 오히려 류그라들이 어딘가에 정착을 원한다면 그건 그 나름대로 또 문제가 될 것이다. 그건 그렇고,

"즉……, 피어클리벤 영지의 영식 하나가 마법사의 소양을 가진 것으로 여겨진다? 스승을 찾으러 도시를 방문했으나 왠지 공고 게시는 나지 않았다?"

"네. 그리고 류그라들로부터 산 액막이 소동이 그것과 어떤 관계가 있는 듯합니다. 그들의 대화에서 직접 언급되었습니다."

닐스는 모험가 조합을 방문하기 전, 발프리드가 졸도해서 시의 간호소에 실려 갔었고 그 소동에 류그라들이 잠시 동안 치안대에 억류되었던 것까지 알아냈다.

"액막이? 그 외에 다른 이야기는 없었나?"

"……그들이 도시를 방문한 목적은 소년의 스승을 찾는 것과, '흰머리 소녀'의 정체를 밝히는 단서를 얻고자 한 것이었답니다. 그 모두가 류그라들과 엮었다고 신기해하는 이야기였습니다."

"흰머리 소녀?"

굉장히 뜬금없는 단어의 등장에 하슈펠의 목소리가 기울어졌다. 이거야 원, 액막이도 무슨 관계인지 알 수 없건만 흰머리 소녀에 이르니 더더욱 점입가경이다. *이 의문을 적극적으로 파고들어야 할까?* 하슈펠의 권한 이내에서 만일 이를 알아내려고 작심한다면 조합의 역량으로 충분히 해낼 수 있다. 하지만 구태여 그만큼의 비용을 감수할 가치가 있는 일일까?

"레미크 씨, 구급 영약을 팔러 온 손님들이 있습니다."

하슈펠이 그 결정을 망설이고 있을 때, 앞서 길가네스의 가지를 감시하고 왔던 홀게르손이 나타나 알려왔다. 그게 뭐 특별한 일이냐는 듯한 표정으로 올려다보자, 홀게르손이 그와 닐스를 번갈아 보곤 대답했다.

"그게, 아무래도 그 한스네 일행인 것 같습니다."

세상에 이런 멍청이들이 있나.

결국 폭설이 쏟아졌다. 모든 것들이 침묵과 같은 눈에 잠기기 시작했으나 그것이 자유도시 아우셀바프의 활력을 앗아가지는 못했다. 오히려 많은 이들이 부산스레 거리를 오가며 눈에 대비하느라 분주하였던 것이다. 서둘러 가판을 접는 장사치들, 도로의 눈을 쓰는 시민들, 그리고 폭설로 인해 변경된 많은 계획의 소식을 전하느라 뛰는 전령들이 목격되었다. 시장 광장에 머물러 있던 길가네스의 가지들은 서둘러 그들의 전통적인 원추형 천막을 세우고 틀어박혀 불을 지펴대었고, 보리 위의 아침밥 여관에서 점심 식사 후 곧 출발할 예정이던 울리케 일행도 쏟아지는 눈의 양을 눈치채고 계획을 포기할 수밖에 없었다.

"점심 뭐 먹어?"

하지만 눈 때문에 계획이 틀어진 많은 이들과 달리, 아마 이 도시에서 현재 이 폭설을 반기고 있는 것은 이들, 아우셀바프 남쪽 포구의 여관 '아름드리 물안개'에 납작 엎드리듯 은신하고 있던 한스 일행뿐일 것이다. 객실에서 들창 밖으로 새하얗게 쏟아지는 눈발을 보며 왠지 희희낙락하고 있던 일행의 수장 한스는 그렇게 물어오는 베르벳에게 눈도 돌리지 않고 대답했다.

"그걸 내가 어떻게 알아? 여관 주인한테 물어봐."

앞서 베르벳과 재합류한 그들은 도시의 수많은 눈을 피해 일부러 동쪽으로 길을 잡아 내려간 뒤, 배를 얻어타고 야음을 틈타 포구로 진입하였다. 여관 주인에게도 적당히 입막음할 돈을 쥐여주었으니 한동안 안전할 것이다.

"고기 순대 먹자."

"그러니까 나한테 이야기하지 말라고."

한스는 속으로 혀를 찼다. 요 식탐 꼬맹이가 그 인간들에게서 고기 순대를 한번 얻어먹더니 완전히 맛들여 버렸다. 이래서야 늘 빈곤한 그들의 노자 주머니가 완전히 거덜 나고 말 것이다. 물론 최근의 주머니 사정은 나쁘지 않다. 베르벳이 훔쳐 온 지갑은 그리 두둑하진 않았어도 충분히 짭짤하긴 했으니까. 더구나 구급의 영약도 있다. 다만 그건 버크의 꿰뚫린 왼손을 치료하는 데 좀 써야 했다. 그래도 아직 꽤 남아있고, 그 약이 아니었으면 버크는 파상풍이나 패혈증에 걸려 죽었을지도 모른다. 베르벳이 아니었다면 분명 그랬을 것이다. 약을 쓴 지 이틀째인 오늘까지도 버크는 객실에서 죽은 듯이 잠만 자고 있었다. 다행히 상처는 기가 막히게 아물고 있었고, 열도 없었다.

"늦네 이 자식들……."

구급약을 팔지 말고 갖고 다니자는 의견도 있었지만, 노상 강도질을 시도할 만큼 자금 사정이 좋지 않다. 그래서 요레이프와 에이나르가 암시장 조합에 약을 팔러 간 참이었다. 본래 저번처럼 마법사가 긴 패거리와 마주치지만 않는다면 그들 나름대로 충분히 안전하게 벌어먹을 수 있는 일이었다. 다음부터는 좀더 신중하게 접근해야지. 구급약이 아깝긴 하지만 당장 더 절실한 것은 돈이다.

"오면 같이 밥 먹어?"

"그래, 그럴 거야."

"언제 와?"

"그걸 내가 어떻게 알아?"

"내가 알아볼까?"

그때까지 들창 밖의 백색 풍경만 정신없이 쳐다보고 있던 한스는 그제야 고개를 돌려 베르벳을 보았다.

"그런 것도 할 수 있겠어?"

"연습."

"그래, 좋은 자세야."

한스는 기특하다는 듯이 베르벳을 칭찬했다. 곧 침상에 올라앉은 소녀는 눈을 감고 집중하기 시작했다. 뭘 어떻게 하는 것인지 짐작도 되지 않지만, 베르벳의 '마법'은 분명하게 효과가 있다. 다만 아직 불안정하기 짝이 없고, 뭘 할 수 있고 없는지조차 불확실하여 도무지 적절하게 써먹을 수 있는 전략적 요소로 고려할 수 없을 뿐이다.

그래도 괜찮았다. 그들은 천신만고 끝에 마침내 마법사가 될 수 있는 강력한 우군을 손에 넣은 것이다. 언제나 뒷골목을 전전하던 그들이 참으로 기적이라 할 수밖에 없었던 기회로 류그네릭을 손에 넣었을 때가 떠오른다. 죽을 뻔한 경험이었고, 이후 그들의 둔한 감각으로도 수많은 살기들이 그들을 추적한다는 것을 느낄 수 있을 정도였다. 겁쟁이 에이나르는 아예 잠도 제대로 자지 못했다. 게다가 그렇게 고생해서 얻어낸 류그네릭은 사실상 칠 할짜리 맹독이었다. 그들 가운데 선뜻 그걸 들이킬 용사는 끝내 없었다.

결국 수많은 토론과 떠넘기기를 반복한 끝에 한스 일행은 류그네릭을 대신 마실 아이로 베르벳을 샀다. 하지만 막상 못 먹고 자라 초췌한 소녀의 꼴을 보니 이 덜떨어진 사내들은 차마 그 죽을지도 모르는 약을 대신 마시게 할 만큼 모질지도 못했다. 이러지도 저러지도 못하며 며칠 끙끙 앓던 그들을 구원한 것은 엉뚱하게도 베르벳 자신이었다. 그들의 대화를 엿들은 소녀가 몰래 그들의 짐에서 류그네릭을 찾아 단숨에 마셔버리고 말았던 것이다. 그리고 아이는 끝내 죽지 않고 살아났다. 그게 일 년 전 이야기다.

베르벳이 대체 무슨 생각으로 그런 짓을 했는지는 모른다. 한스는 묻지 않았고, 베르벳도 아무 이야기하지 않았다. 다만 느낄 수는 있었다. 이 아이는 스스로 그들에게 쓸모있는 존재가 되고 싶어 하는 것이리라. 부모에게 팔렸듯, 다시 팔려나가거나 버림받고 싶지 않은 것이다. 그것은 지난 일 년간 같이 동고동락하며 확실하게 전달된 일종의 신뢰로 자라났다.

"모르겠어."

베르벳은 눈을 뜨고 우울한 표정으로 말했다. 허탈한 결론이었으나 한스는 딱히 실망하지도 않았다. 그냥 손을 내밀어 베르벳의 머리를 헝클어뜨리듯 쓰다듬을 뿐이다.

"괜찮아. 계속해 보면 요령이 생기겠지."

시간은 많다. 베르벳은 아직 어리다. 앞으로 오랜 시간 함께 하며 자랄 것이다. 한스네 일행이 좀 더 관록이 붙고, 베르벳이 처녀가 될 때쯤이면 어엿한 마법사가 될 수 있으리라. 지금이 야 비루한 일당들이지만 그땐 당당한 모험가로 새 출발 할 수 있게 된다. 류그네릭으로 얻은 힘을 어떻게 배양해야 하는지 전혀 모르는 그였음에도 마냥 그렇게 낙관한다.

"누가 와."

갑자기 베르벳이 객실의 문 쪽을 바라보며 말했다.

"요레이프와 에이나르야?"

"아니야."

베르벳이 전에 없이 긴장된 표정이었다. 영문을 모르던 한스 의 표정에도 서서히 불안이 피어올랐다. 베르벳의 마법은 뚜렷 하게 어떤 술법인지 알기 힘들었지만, 그것은 다양하게 소녀의 모든 면에 영향을 주고 있었다. 눈치와 감각이 비약적으로 늘 었고, 머리도 똑똑해져 이제 열 살인 아이가 반년 만에 그 어려 운 글을 완전히 깨쳤다. 그들 가운데 버크와 에이나르조차 사 실상 까막눈인데! 거기다 소매치기와 은신술도 한스 못지않았 다. 그건 마법적 영향이라고밖에 설명할 수 없는 것이다. 때문 에 베르벳의 표정이 나타내는 불안감은 믿을 만한 경고의 신호 가 된다. 한스는 허리 뒤에 숨긴 단도를 의식하며, 동시에 옆방 에서 자는 버크를 걱정했다. 하지만 너무 늦었다.

"누구쇼?"

문을 두드리지도 않고 멋대로 열어젖힌 채 들어선 것은 장신의 사내였다. 깊게 눌러쓴 두건과 외투로 두른 어깨에 눈이 흥건했다. 사내의 기분 나쁜 눈초리가 한스와 베르벳을 번갈아 확인하더니 고개를 돌려 턱짓을 한다. 그의 옆으로 또 다른 사내가 스치듯 지나가며 옆 방으로 가는 게 보였다.

"이봐, 뭣들 하는 거야?"

한스가 베르벳을 보호하듯 한 발짝 나서 가리며 사내에게 소리쳤다. 그러나 여전히 사내는 입을 꾹 다문 채 열어젖힌 문짝을 발로 고정시키고 그를 향해 똑바로 마주 섰다. 그러고는 외투 자락을 걷어 올리며 한 동작으로 검을 뽑아 그 끝을 마룻바닥에 쿡 박았다.

한스는 미처 아무 대응도 하지 못한 채 침을 꿀꺽 삼켰다. 그 사내는 양손 대검을 앞세운 채 날받이에 손을 공손히 모으고 있었다. 더 이상 아무런 움직임도 없었고, 아무 말도 하지 않으나 그 형형하고 기분 나쁜 눈만이 한스에게 내리꽂힌다. 한스는 본능적으로 그를 이길 가능성이 전혀 없다는 것을 깨달았다.

"마침내 보는군."

때아닌 여성의 목소리에 한스는 화들짝 놀랐다. 객실의 열린 문 안으로 아이슐리드가 들어섰다. 그 또한 눈투성이인 외투로 몸을 가린 차림새였다.

"도대체 누굽니까? 당신들은?"

아이슐리드가 외투를 걷어 눈을 털며 객실 한편의 협탁에 앉자, 한스가 용기 내어 물은 것이다. 앞서 본 두 사내의 느낌과 또 다르게, 들어선 이 여성에게서 풍기는 어떤 위압감이 한스로 하여금 최대한 공손한 어조를 취하게 만들었다.

"당신들이 가져간 물건의 임자로부터 의뢰받은 사람들이지."

아이슐리드가 대답했다. 그 목소리는 매끄러우나 차가웠고, 일절의 빈틈이 느껴지지 않았다. 한스는 맥이 탁 풀렸다.

"……류그네릭 말입니까?"

"어머, 그건 이미 없지 않아?"

그의 눈길이 베르벳을 향한다. 한스는 공포를 느꼈다. 이들은 다 알고 온 것이다.

"베르벳이라며? 그 아이를 데려가겠다."

"안 가."

침상 위에 있던 베르벳이 입을 연 것이다. 한스가 흠칫 놀라 뒤돌아보았고, 아이슐리드는 웃으며 말했다.

"네가 가지 않으면, 아저씨들은 모두 죽을 건데?"

한스는 부지불식간에 문을 지키고 선 사내를 힐끔 쳐다보았다. 여전히 침묵 속에 우뚝한 그 장신이 마치 사형집행자의 그림자처럼 보였다.

"옆 방의 네 동료에게도 칼이 겨누어지고 있다. 뭐, 세상모르게 자고 있으니 고통 없이 죽을 거야."

"하지 마!"

아이슐리드의 경고에, 베르벳이 낮게 외쳤다. 화가 난 표정이었지만 공포를 가리진 못했다. 아이슐리드는 무시한 채 말을 이었다.

"암시장에 약을 팔러 온 다른 너희 동료 둘도 억류 상태다. 거부나 저항은 그 즉시 전멸을 야기할 거야."

"그들이 무사하긴 한가……?"

이제 공손해봤자 별 영양가가 없을 거라 느낀 한스가 예의를 집어치우고 물었다. 아이슐리드가 대꾸했다.

"뭘 착각하고 있지? 너희는 도둑이야. 그 아이에게 감사하도록 해. 류그네릭이 아직 있었다면 어떤 재고의 여지 없이 그냥 너희 모두 죽여버렸겠지. 하지만 저 아이는 앞으로 우리에게 소중한 자산이니까 밉보이고 싶진 않거든. 그러니 헛수작만 하지 않으면 모두 살려준다. 물론, 아이가 그러길 바란다면 말이야. 혹시 저 아이에게 몹쓸 짓을 해 와서 저 애가 너희의 죽음을 바란다면 기쁘게 그리해 줄 거지만. 어떻지?"

한스는 말이 막혔다. 그저 천천히 고개를 돌려 베르벳을 볼 뿐이었다. 하지만 무리다. 베르벳이라고 무슨 뾰족한 수가 나겠는가? 한스와 베르벳의 눈이 마주쳤다. 창백한 소녀의 얼굴을 보자, 한스는 속이 무너졌다. 어쩔 수 없었다.

"너는 가야 해, 베르벳. 안 그러면 우리 다 죽어."

"싫어!"

한스는 더 말하지 않고 외면하며 아이슐리드를 보았다. 그러고는 우는 듯 웃는 얼굴로 말했다.

"베르벳은 식탐이 많으니까, 배려해 줬으면 한다."

"그러지."

간단히 대답한 아이슐리드는 별안간 오른손을 치켜들었다. 넉넉한 소매가 흘러내리며 드러난 손목의 금속 팔찌가 짤랑이자마자, 그때까지 침상 위에 앉아 있던 베르벳이 툭 하고 옆으로 쓰러졌다. 한스는 놀라 움찔했으나 거기서 채 무슨 행동을 취하지는 못한다. 뒤이어 문 밖에서 또 다른 사내가 들어오더니 모포로 베르벳을 둘둘 말고는 안아 올려 나가버렸다. 모든 것이 미리 예약된 듯 빠르게 진행되었다.

"우릴 살려주긴 하는 건가?"

구태여 혀를 놀려 명을 단축할 필요는 없건만, 한스는 이렇게 묻는다. 탁자에서 일어서던 아이슐리드는 비웃듯이 대답했다.

"봐서. 저 아이의 협력을 구슬릴 존재로서 가치가 있는 동안에는 너희의 생존과 안전이 담보될 필요가 있을 수 있다. 물론 저 애가 그걸 원치 않는다면 언제든 기꺼이 죽이러 가마."

소름이 끼쳤다. 추운 날씨임에도 이마에 식은땀이 맺힌다.

"잊지 마라. 너희가 살아있을 수 있는 것은 오로지 그 이유 때문이다. 이유가 없어지면 언제든 곧 죽이러 간다. 숨거나 도망치는 것이야말로 우리로 하여금 별수 없이 너흴 베게 할 이유가 된다. 그러니 우리의 눈 안에 머물도록 노력하는 게 좋을 것이다. 듣자 하니 강도질로 신고가 들어가 있던데, 이참에 치안대에 자수해서 감옥에나 처박혀 있어라. 일일이 찾아다니기 매우 귀찮으니 말이다."

말을 마친 아이슐리드는 빠른 걸음으로 방을 떠났다. 그때까지도 석상처럼 서 있던 문 앞의 사내는 그제야 검을 거두었다. 그러고는 아마 한동안 절대 잊히지 않을 그 눈빛을 한스에게 새겨둔 채 떠났다.

그들이 모두 물러간 뒤에도 한동안 망연하게 서 있던 한스는 이윽고 겨우 생각해낸 듯이 부랴부랴 옆방으로 갔다. 여전히 세상모르고 자는 버크를 보니 어이가 없으면서도 어쩔 수 없이 안심이 되었다. 그는 무너지듯 옆 침상에 주저앉았다. *이제 어쩌지?* 베르벳을 잃었다. 이건 그들의 과거 일부와 미래 전부를 잃었다는 의미였다. *앞으로 우린 얼마 동안이나 살아있을 수 있을까? 대체 저들은 누구일까?* 정체를 짐작조차 할 수 없었지만, 보통의 시시한 협잡꾼들과는 급수가 다르다는 것만 알겠다. 저 정도의 살기와 치밀함은 암시장 조합의 살수들에게서도 느껴본 적 없다. 한스는 머리를 감쌌다. 아무래도 상관없었다. 일단은 베르벳을 잃은 슬픔이 그를 덮친 것이다. 그건 진심이었다.

"와, 지루해. 엄청 지루해. 정말 바보 같을 정도로 지루해. 눈은 지루함의 요정이야!"

"무슨 결론이 그래?"

쏟아지는 폭설을 불길로 막아보기라도 하겠다는 듯 거대한 화톳불에 장작을 던져넣으며 주절거리던 언니에게, 실네스레유는 기가 막혀서 딴죽을 걸었다. 시야프리테가 부지깽이를 치켜들며 말했다.

"아무것도 못 하잖아! 장사도 공연도 못 하고! 춥고!"

"불 좀 쬐다 가도 될까?"

불평하던 시야프리테 곁으로 검은 얼굴의 한 사내가 다가오면 물었다. 추운 기색이 역력한 그는 양손을 앞으로 모아 소매 속에 감춘 채 발을 동동 구르고 있었다.

"그럼요! 이 장작은 치안대 오빠들이 가져다준 거예요. 그러니까 얼마든지 쬐다 가세요."

"고맙군."

사내는 살았다는 표정으로 손을 뻗어 불을 쬐기 시작했다. 옆에서 작은 불에 따로 주전자를 올리고 있던 실네스레유가 권한다.

"끓인 물이라도 드릴까요? 공짜예요."

"친절한 류그라들이로군!"

사내는 거절하지 않았다. 시야프리테는 조용히 덧붙인다.

"계수나무차로 드시고 싶으면 동화 한 장."

"하하! 그럼 그걸로 할까?"

검은 얼굴의 사내는 속아준다는 듯이 웃으며 동전을 내밀었다. 그러고는 곧 신속히 준비된 차를 받아 소중히 손으로 감싼 채 온기를 느꼈다.

눈발은 영 약해질 기미가 없었다. 오전부터 시작된 이 새하얀 악마는 갓 점심을 한참 지난 지금까지도 맹렬하게 퍼붓고 있었다. 정오 전까지는 눈을 치우려 부산하던 사람들도 점심을 먹느라 잠시 손을 놔버렸고, 눈은 그사이 모두의 노동을 비웃듯 애써 비워낸 포석 위에 쇄도하였다. 하지만 여기는 일반적인 영지의 농촌과 달리 도로의 제구실이 무엇보다 중요한 자유도시다. 식사와 휴식을 마친 시민들이 하나둘씩 몰려나와 다시 눈을 상대로 일전을 치르고 있었다. 류그라들이야 이방인이므로 그럴 의무는 없었지만, 그래도 눈치껏 머무는 자리의 눈들을 치워 통행에 방해되지 않도록 한편에 쌓고 있었다. 그것은 자매들의 아버지인 류프리그데처럼 대개 남자들의 일이었다.

"시야프리테!"

눈발 때문에 악화된 시계로 인해 사람들의 등장이 다들 갑작스럽다. 류그라 자매는 불길 너머, 장구한 눈발을 뚫고 나타난 한 무리의 일행을 목격했다. 발프리드가 손을 흔들고 있었다.

"지금쯤 영지로 출발하셨어야 하지 않나요?"

시그리드의 모험가 일행 전원을 대동하고 나타난 울리케와 발프리드였던 것이다. 시야프리테의 질문을 들은 울리케가 대답했다.

"눈 때문에 발이 묶였다. 도시야 계속 눈을 치우니 스도룬까지는 어찌어찌 갈 수 있겠지만 그 위로는 도리가 없느니라."

역시 그런 것이다. 수긍한 시야프리테가 다시 물었다.

"하면, 이런 날씨에 외출 용무가 있으시나요?"

출발이 좌절된 울리케 일행은 여관에만 죽치고 있는 것도 답답하다고 여겼기에 무언가 볼일이 없을까 서로 고민하기 시작했다. 그러다 암시장 조합에서 한스 일행의 소식을 알려주겠다고 말했던 것을 기억하고, 한번 물어나 보려고 길을 나선 참이다. 그뿐이라면 이렇게 전부가 우르르 딸려 나올 필요는 없었건만, 일전에 울리케가 일으킨 소동을 전해 듣고 기가 막혔던 시그리드가 고집을 부려 모두 함께 나서게 되었다. 거기다 점심 직후 자유모험가 연맹 조합의 전령이 보리 위의 아침밥 여관을 찾아와 시그리드에게 아래와 같은 짧은 편지를 전했던 것도 있었다.

암시장 조합의 사람이 유세트 경 일행의 행적을 추궁했습니다. 발프리드 도련님이 마법사를 구한다는 사실을 알고 있었습니다. 저간의 사정은 알 수 없으나, 참고하시어 주의하기 바랍니다.

— 일케

암시장 조합의 의도는 알 수 없으나 확실하게 기분 나쁜 이야기였다. 한스 일당의 수색 문제를 물어보다 넌지시 따지게 될 수도 있었다. 그러니 더더욱, 완전무장한 전원이 갈 필요가 있겠다. 울리케와 발프리드는 여관에 놔두는 것이 더 위험할 수 있었기에 따랐다.

"그런 셈이야. 그나저나 눈이 이리 쏟아져서 그쪽도 장사 못 해 낭패겠군?"

이러한 저간의 사정을 늘어놓을 것도 못 되기에, 시그리드는 이렇게 말하며 화제를 돌렸다. 오래 머물 생각이 아니었기에, 일행은 앉을 자리를 마련하려던 실네스레유를 만류하고 대신 그들 옆에 서 있던 사내처럼 계수나무차를 부탁했다. 동전 일곱 장을 받아든 자매는 부지런히 움직여 일행을 대접하였다. 일곱 잔의 뜨거운 차가 모두의 손에 쥐어지고, 잠시간의 망중한이 시작되었다.

"멈춰."

발프리드가 목에 건 액막이를 화제 삼아 시야프리테와 대화를 엮으려 애쓰는 것을 피식거리며 보고 있던 일행의 등 뒤에서, 모두가 미처 눈치채지 못한 가운데 유일하게 주변을 경계하고 있던 라그나의 때아닌 음성이 삼엄하게 눈발 사이를 헤집었다. 모두가 깜짝 놀라 몸을 돌리자, 라그나가 등 뒤의 쌍창 가운데 하나를 빼든 것이 보였다. 시장 광장을 헐레벌떡 가로지르던 두 사내가 그에 막혀 앞뒤로 서성이고 있었다. 그들의 차림새는 몇 차례나 눈구덩이를 구른 듯 엉망진창이었다.

"아니, 이게 누구야?"

랄로프가 광희하며 외쳤다. 그때까지도 상황 파악을 못 하던 두 사내는 그제야 시그리드 일행을 알아보고 기겁했다. 한스 일행의 다른 두 명인 요레이프와 에이나르였다. 랄로프가 재차 소리쳤다.

"이 쥐새끼들, 겁도 없이 아우셀바프에 있었어? 용감한 거냐, 아니면 멍청한 거냐?"

"보내주시오! 동료의 생사를 확인하러 가야 하오! 시비는 그 다음에 가립시다!"

겁에 질린 것인지 추위 때문인지 덜덜 떨던 그들 가운데 한 사람, 요레이프가 진심으로 절박한 듯이 말했다. 그는 일전에 양손검을 들고 랄로프를 상대했던 자였다. 이 예상치 못한 반응과 간청에 랄로프는 조금 어리둥절해졌다. 그러고는 그들의 형편없는 꼬락서니와 낯빛, 무장조차 전혀 없는 상태를 확인하고 다그칠 기세가 한풀 꺾였다. 그는 도움을 요청하는 표정으로 시그리드를 보았다.

"무슨 일이지? 듣고 납득하면 봐주겠다."

마법사는 들고 있던 차를 한 모금 마시고 냉랭하게 말했다. 요레이프와 에이나르가 서로를 마주보더니 다급하게 말을 시작했다. 이번에는 에이나르의 말이었다.

"우, 우린 댁들의 구급약을 팔러 암시장에 갔다가 붙잡혔소. 한참을 억류되어 있다가 이제 풀려나온 참이오."

"무슨 얘기야? 더 상세하게 말해."

시그리드가 눈살을 찌푸리며 말했다.

"그뿐이오! 그놈들은 살기만 펄펄 풍겼지 단 한마디도 하지 않았소! 놈들의 목적은 우리가 아니고 베르벳이오! 그 애가 납치되었소! ……가봐야 합니다! 한스랑 버크가 무사한지 알아야 해요!"

에이나르는 말을 하던 도중 시그리드가 마법사임을 떠올리고 말투를 공손하게 바꾼다.

"베르벳? 도대체 무슨 이야기냐? 그 아이를 노리는 자들이 있단 말이냐?"

울리케가 가차 없이 끼어들었다. 에이나르가 우물거렸다.

"이……, 이런 곳에서 떠들 이야기가 못 됩니다! 일단 먼저 동료들에게 가 보면 안 되겠습니까, 아가씨? 부탁드립니다!"

비통할 정도로 간절한 태도였다. 베르벳의 이름을 듣고 새삼 화가 나 있던 울리케가 한발 뒤로 물러날 정도였다. 하지만 시그리드는 눈 하나 깜짝하지 않았다.

"너희는 이미 우리를 한 번 속였고 또 등쳐먹었다! 이번에도 헛짓거리가 아닌지 어떻게 믿는단 말이야? 그러니 말해라!"

시그리드 일행은 어느새 모두가 무기를 빼 들고 있었다. 시그리드만이 그 가운데 호기롭게 나무 찻잔만 든 맨손일 뿐이다. 절망한 표정의 에이나르가 결국 입을 열었다.

"……베르벳은 보통 아이가 아닙니다! 류그네릭이라는 비약을 마시고 마법의 힘을 얻었어요! 그 수상한 놈들은 우리가 훔쳐낸……"

그의 말은 채 이어지지 못했다. 짧은 쇠뇌 화살이 눈발로 희뿌연 광장 저편 어딘가에서 날아와 그의 목을 앞뒤로 꿰뚫었다. 에이나르의 경악한 표정이 새파랗게 무너지며 앞으로 쓰러지자마자, 좌중을 휩쓴 잠시간의 충격에서 누구보다 신속하게 정신을 수습한 시그리드가 들고 있던 찻잔을 시야프리테 쪽으로 내던지며 소리쳤다.

"자객이다! 모두 엄폐해!"

제 16장

언제나처럼 마법사의 외침은 하나의 신호였다. 번개같이 앞으로 튀어 나가 쓰러진 에이나르를 감싼 랄로프는 화살이 날아온 방향 쪽으로 방패를 내밀고 몸을 수그리며, 멍청히 서 있는 요레이프에게 소리 질렀다.

"숨어, 이 등신아!"

브륀힐데는 울리케와 발프리드를 이끌고 활활 타오르는 화톳불을 엄폐물 삼아 뒤로 돌아갔다. 그때까지 이어진 상황을 멍하니 구경하고 있던 시야프리테와 실네스레유, 그리고 앞서 차를 사 마시던 검은 얼굴의 사내는 눈앞에 갑작스레 벌어진 유혈사태에 충격을 받아 아무것도 못 하고 있었다. 덕분에 브륀힐데는 그들의 어깨까지 두들겨 류그라들의 천막 쪽으로 피신하라 일러야 했다. 라그나는 재빨리 요레이프의 멱살을 잡아 화톳불 너머로 밀어 던졌는데, 사정 봐주지 않는 우악스러움에 그는 그만 수북한 눈을 밟고 성대하게 나자빠져야 했다. 그 바람에 그보다 한발 앞서 불가에 몸을 낮추고 있던 시그리드는 혀를 찼다.

"웬 놈이야!"

방패 너머로 광장 반대편을 쏘아보고 있던 랄로프가 소리 질렀다. 여전한 폭설에 지독히도 사나운 시계를 헤치며, 한 검은 인영이 다가왔다.

"소란 피우지 마라. 이목을 끌고 싶지 않다."

나직하지만 힘이 실린 사내의 음성이었다. 랄로프가 기가 차서 소리친다.

"그런 놈이 백주 대낮에 사람을 죽여?"

"죽었나?"

검은 장포로 온몸을 감싼 그 사내는 똑바로 다가오며, 마치 밥 먹었냐는 투로 심드렁히 질문했다. 그 태연하기 짝이 없는 걸음과 어조는 랄로프의 신경을 퍽 건드리고 만다. 그의 발아래 앞으로 쓰러진 에이나르의 목에서 꿀럭꿀럭하는 소리가 났고 바닥에 짓눌린 눈들 사이로 쏟아지는 피가 마치 창궐하는 개미 떼처럼 번지고 있었다. 이 가엾은 놈은 조만간 숨이 끊어질 것이다. 랄로프는 사납게 외쳤다.

"와서 확인해 보지 그래?"

"그럼 좀 비켜주겠나."

이제 지척으로 다가온 검은 옷의 사내가 말했다. 랄로프는 방패를 앞세운 채 서서히 몸을 일으켰다. 상대가 자신보다 키가 크다는 걸 깨달았으나, 랄로프는 여전히 기죽지 않고 외친다.

"너, 뭐 하는 새끼야?"

"네가 고마워해야 할 사람이지."

"······뭐?"

어처구니없다는 듯한 랄로프의 물음에, 검은 외투의 사내는 귀찮다는 듯 말했다.

"그가 더 지껄였다면 나는 별수 없이 내용을 들은 너희 모두를 죽여야 한다. 번거로운 일을 면하고자 입을 막았다."

"입을 막으려고 사람을 죽여?"

"본의 아니다. 밥을 먹다 혀를 깨문 격이지. 하지만 이놈들의 멍청함이 모든 사달의 원인이다. 이제 좀 비켜주겠나?"

말싸움은 랄로프의 영역이 아니다. 이 정체 모를 낯선 사내가 지독히 짜증 났으나, 더 말을 엮을 재간이 안 떠오르는 랄로프는 곁눈으로 시그리드를 찾았다. 다행히 그들의 대화를 주의 깊게 듣고 있던 마법사는 시기적절하게 나설 수 있었다.

"물러나, 랄로프. 그 혼자가 아니야. 적어도 일곱이 이쪽을 주시하고 있다. 게다가 사실상 광장을 폐쇄해버린 것 같아."

그러고 보니 아까부터 여태 한 사람도 오가질 않는다. 다만 폭설 때문이라 하기에는 뭔가 좀 부자연스러웠다. 눈송이의 장벽이 드리운 지독한 차폐가 새삼 소름 끼치는 침묵을 형성한 게 느껴진다. 기분 나쁜 적막이다.

"마법사로군?"

시그리드의 말을 듣고 물러난 랄로프를 제치며 다가온 사내는 쓰러진 에이나르를 살피고 시그리드에게 이채로운 눈길을 주었다. 잔잔하지만 쏘는 듯한 눈빛이었다. 꼭 그의 목소리와 같이. 그가 물었다.

"또 다른 녀석은 어디 있나?"

"나……, 나는 아무 말도 안 했소!"

시그리드의 뒤에 숨듯이 있던 요레이프가 다급하게 외쳤다. 검은 외투의 사내가 말했다.

"알고 있다. 앞으로도 그래라. 이놈은 곧 죽을 테지만, 앞서 말했듯 그게 본의는 아니다. 재주가 있다면 살려도 좋다. 다시 죽이러 오진 않을 테니. 다만 혀는 조심하라 일러둬라. 번거롭다."

"너희가 베르벳을 데려갔는가?"

결국 참지 못하고 터진 이 성난 목소리의 주인공은 울리케였다. 그는 이 갑작스럽고 너무나 가차 없는 폭력에 맹렬히 분노하고 있었다. 눈앞의 사내가 하는 행동과 말 모두가 그에게는 용납할 수 없는 어떤 것이었다.

"아가씨는 알 것 없소."

"말해라! 네놈들은 누구냐! 뭐 하는 것들이기에 백주에 이런 만행을 태연히 저지르는가?"

"만행이라니? 여기 내게 고마워하는 사람은 정말 아무도 없는가 보군. 이해력이 없는 것이오, 아니면 뻔뻔한 것이오? 모두의 죽음 대신 한 명의 입막음으로 끝냈거늘."

이 사내는 진심으로 한심하다는 듯이 말한다. 울리케는 입을 딱 벌렸다. 이 자의 사고방식이 도무지 믿을 수 없이 괴상했다. 정신이 이상한 게 아닐까?

"너, 우릴 다 죽일 수 있다고 말하는 거냐?"

랄로프가 고개를 삐딱하게 기울이며 묻는다. 여차하면 칼을 내밀게 너무나 분명한 태도였으나, 사내는 조금의 위축도 없이 이렇게 지껄였다.

"죽일 수 있는 게 아니라, 죽는다."

"그 류그네릭이란 게 뭐란 말이냐! 뭐길래 비무장에 무저항의 사람을 백주에 죽이는가!"

분기충천한 울리케의 또 다른 일갈이었다. 검은 외투의 사내는 우울한 얼굴이 되더니 한동안 입을 다물었다. 쏟아지는 눈과 감시자들의 살기로 에워싸인 침묵의 장막 안에서 에이나르의 숨넘어가는 소리만이 나직하고 잔혹하게 울렸다.

"……그렇군. 그 이름까진 들었지. 코끼리를 생각하지 말라면 코끼리를 생각하는 법이다. 결국 번거로워지겠군."

검은 외투의 사내가 하는 독백은 지극히 연극적으로 울려 퍼졌다. 그 기괴한 광경이 모두의 마음을 불편하게 한다. 다만 옆에 선 랄로프만이 코끼리가 뭔지 몰라 궁금해할 따름이었다.

"나는 흐르는 이름을 섬기는 실록(實錄)의 폐장(閉藏), 빌야미르다."

역시 연극처럼 선언 같은 자기소개였다. 모두가 그 난해한 이름을 채 알아듣지 못하고 있을 때, 그럴 여유를 주지 않는 다음 말이 철퇴처럼 떨어졌다.

"너희를 벤다."

모든 것이 순식간에, 그리고 동시에 일어났다. 말이 떨어지기가 무섭게 빌야미르의 외투 안에서 장검이 튀어나오며 뇌격처럼 랄로프의 모가지에 떨어졌다. 맹수 같은 반사신경으로 간신히 방패를 갖다 대었으나, 여태껏 숱하게 그의 목숨을 살려준 그 튼튼한 원형 방패가 그 비상한 일격을 견디지 못하고 쩍하고 반으로 쪼개졌다. 다음 순간 빌야미르의 거구가 붕 떠올라 랄로프의 명치를 걷어찼고, 물레방아의 공이에 찍힌 것 같은 충격이 턱 끝까지 울렸다.

"랄로프!"

에이나르의 피로 시뻘건 눈 위에 나자빠져 충격에 잇따르는 고통을 억누르려 애쓰던 랄로프의 귀에 브륀힐데의 비명 같은 외침이 들렸다. 쇠뇌의 기관이 움직이는 소리가 들렸다. 그러나 고개를 돌려 위를 올려다본 랄로프는 아연해하지 않을 수 없었다. 분명히 빌야미르의 머리를 정확히 노리고 날아들어 온 화살이 눈앞에서 번쩍이듯 사라졌던 것이다. 기가 막혔다.

"유세트 경!"

이번엔 울리케의 외침이었다. 버둥거리며 일어나려다 눈앞에

드리운 빌야미르의 칼끝에 절망한 랄로프의 시선이, 경악한 표정으로 무릎부터 무너져내리는 시그리드에게 가 닿았다. 무려 세 발의 짧은 화살이 그의 가슴에 꽂혀있었다. 랄로프로서는 꿈에서조차 상상해 본 적 없는 광경이었다. *라그나는? 형님이라도!* 자신에게 향한 빌야미르의 칼 따윈 아랑곳 않고 필사적으로 눈을 굴리던 랄로프는 라그나 또한 어느새 나타난 세 명의 검은 외투들에게 둘러싸인 광경을 확인하고 마침내 완전히 절망에 사로잡혔다. 일찍이 비슷한 꼴조차 당해보지 못한 순식간의 압도적인 패퇴이다. 여기서 기대할 수 있는 건 브륀힐데만이라도 살아서 내빼는 것이다. 제발……!

"그만둬! 멈춰라!"

노여움과 공포가 뒤섞인 울리케의 외침이 귓가에 들렸다. 랄로프는 속으로 한숨을 내쉬었다. *아가씨, 말은 그만하고 도망치라고요? 언제까지나 세 치 혀로 이겨나갈 순 없는 거라고.* 그런 그의 마음속 외침이 닿을 리 없는, 울리케의 흔들리는 외침이 재차 울려 퍼졌다.

"피어클리벤의 이름으로 명한다, 칼을 거둬라!"

"피어클리벤?"

랄로프의 전의가 상실되어가는 것을 무표정하게 지켜보며 칼을 들이대고 있던 빌야미르가 시선을 그에게서 떼지 않은 채 선명히 말했다.

"그 이름은 여기서 통하지 않소, 아가씨."

"모두 후환이 두렵지 않은가!"

"……끄트머리 남작의 자식새끼들조차 유세를 부리는 가짜 태평성대에 태어난 것이 언제나 짜증이 났다."

돌절구가 갈리는 듯한 음성으로 별안간 변한 빌야미르의 목소리에 이루 말할 수 없는 피로와 회한이 한순간 어렸다. 그러나 그것은 오로지 지척에 쓰러져 생사의 경계 사이에 있던 랄로프만이 느낄 수 있었다. 칼 하나를 사이에 두고 그와 시선을 교환하던 랄로프는 그의 눈에 미친 것 같은 불꽃이 스쳐 지나가는 것을 한순간 똑똑히 목격하였다.

"저년도 죽여라."

"안 돼!"

소리치며 몸을 일으키려면 랄로프의 얼굴에 피가 확 튀었다. 빌야미르의 검이 그의 얼굴을 베어 올렸던 것이다.

"까불지 마라. 내 초격(初擊)을 피한 상으로 너는 맨 나중에 죽여주마."

랄로프는 씩씩거리며 이를 악물었다. 다음 순간 허공을 가르며 날아온 화살이 울리케의 가슴 앞에서 반짝이며 사라졌다. 브륀힐데의 화살이 빌야미르의 앞에서 사라진 것처럼 말이다. 빌야미르가 놀랍다는 듯이 말했다.

"수호의 부적인가……? 과연 몇 장이나 갖고 있을까?"

한 장뿐이야! 뒤늦게 엄습하는 안면의 불같은 통증에 헉헉대며 랄로프가 속으로 외쳤다. *브륀힐데는 뭘 하고 있는 거지? 껴*

들지 않는 걸 보니 잘 도망친 것일까? 라그나 형님은 살아있는가? 시그리드는 틀렸겠지? 그리고 나도 이제 곧 죽겠지……?

그때였다. 어쩐지 쓰러져 누운 등 아래 바닥이 진동한다고 느껴졌다. 그건 한 번도 느껴보지 못한 기이한 감각이었다. 대지가 파도치는 듯한 느낌이랄까, 어휘가 짧은 랄로프로서는 그 이상 설명할 재간이 없었다. 눈 안으로 파고드는 자신의 피에 눈을 거의 뜨기 힘들어진지라 주변에서 어떤 일이 일어나는지 잘 보이지도 않았다. 그저 귓가에 어지러운 소리만이 울릴 뿐이다.

그러다 어느 순간 사방천지에 기괴한 정적과 때아닌 온기가 가득 찼다. 랄로프 자신의 헐떡이는 소리만이 민망할 정도로 울린다고 여겨졌을 때, 그는 오른손을 들어 눈가에 고인 피를 훔쳐내며 간신히 눈을 떴다. 자신에게 칼을 겨눈 채, 빌야미르가 허공을 멍하니 처다보고 있었다. 그의 시선을 좇던 랄로프의 입에서 욕설 같은 말이 튀어나왔다.

"……빌어먹을. 올 거면 좀 빨리 오지."

피어클리벤의 검은 용, 빌러디저드였다. 평소라면 파멸의 그림자처럼 여겨질 그 기막힌 거체가 신묘한 움직임으로 시장 광장의 한복판 위에 떠 있었다. 그제야 시장 광장 내부에만 눈이 전혀 내리지 않고 있다는 걸 깨달은 랄로프는 주위를 둘러보다 턱이 딱 떨어졌다. 둔한 그였지만 이게 뭔지 알 것 같았다. 시그리드가 종종 사용하는 훈기의 방패인 것이다. 다만 그 직경이 광장 전체를 감쌀 정도로 거대하다는 점만이 다르다. 방패의 경계자락에 이 어이없는 규모를 증명하는, 막대한 양의 눈보라가 농성하며 쏟아지는 게 보였다. 용이 마법을 쓴다는 건 그냥 숨 쉬는 것과 같다던 시그리드의 말이 그제서야 무슨 말인지 이해가 갔다. *이건 반칙이야. 반칙이라구.*

"빌러디저드 님!"

"용서한다."

울리케의 탄식 같은 외침에 용이 생뚱맞게 대꾸했다. 울리케는 잠시 멍해 있다가 재차 소리쳤다.

"유세트 경이 죽어가요!"

"너의 뒤에 최고의 지팡이가 있지 않느냐? 그런 일로 일일이 번거롭게 하지 말아라. 내 용건은 따로 있노라."

용의 시선이 빌야미르와 더불어 일곱 명의 검은 외투들에게 이어졌다. 빌야미르는 부르르 떨더니 한 발짝 물러났다. 다른 검은 외투 사내들도 마찬가지였다.

"너희가 검을 겨누던 이들은 내 언약이 묶이는 땅에 귀결되노라. 더 이상의 적대는 나로 하여금 파국의 권한을 쥐게 한다. 너희의 삿된 주인에게 가 일러라. 피어클리벤과 그에 관계된 핏줄을 마땅히 공구(恐懼)하며 경원(敬遠)하라고. 그 말을 전할 의무가 오로지 너희의 목숨을 보전케 해 주는 단 하나의 이유다."

언제나처럼 가슴을 강타하는 용의 묵직한 음성이었다. 바닥에 쓰러진 채 벌어진 얼굴의 통증에 끙끙대고 있던 랄로프가 별안간 미친 것처럼 낄낄거리기 시작했다. 저 말이 가진 무게가 너무나 통쾌하게 다가왔던 것이다.

빌야미르와 그 일당들은 단 한마디도 하지 못했다. 그들의 시선은 용에게 단단히 꽂힌 채 그들 서로를 확인할 여유조차 갖지 못하고 있었다. 처음 등장해서 한결같았던 태도는 온데간데없었다.

그런 한편, 용의 지적이 의미하는 바를 깨달은 울리케는 역시 마찬가지로 용을 보고 충격에 빠져 있던 시야프리테에게 달려갔다. 그러고는 그를 다그쳐 그때까지 브륀힐데와 함께 천막 쪽에 숨어있던 류그라들에게 달려갔다. 류그라들 모두 용을 보고 얼이 단단히 빠져 있었지만 울리케의 반 윽박지름에 순순히 움직이기 시작했다. 장로 네그레즈가 류그네라스의 가지를 들고 쓰러진 시그리드에게 달려왔다.

"랄로프! 아프지만 죽을 것 같지는 않지? 조금만 기다려라. 유세트 경 다음으로 상처를 보아줄 테니!"

네그레즈를 따라 시그리드 곁에 온 울리케가 랄로프에게 외쳤다.

"천천히 하시지요! 그나저나 저보다 이 불쌍한 친구 먼저 좀 어찌해주지 않겠습니까?"

랄로프가 목소리를 쥐어짜며 여전히 쓰러져 있는 에이나르를 가리킨다. 자신들을 애먹인 악당들이지만 이렇게 죽는 꼴을 바란 것은 아니었다. 역시 마찬가지 심정인 울리케는 고개를 끄덕였다.

"알겠다! 너무 늦지 않았으면 좋으련만."

그러나 랄로프는 류그네라스의 지팡이가 얼마나 신묘한진 몰라도 별로 가망은 없을 거라고 내심 생각한다. 시간이 많이 흘렀고, 에이나르는 너무나 많은 피를 흘렸다. 이미 아까부터 어느샌가 숨넘어가는 소리조차 들리지 않는다.

"무얼 하는가? 내 번거로이 한 놈쯤 골라 백린(白燐)의 불을 끼얹어야 하는가?"

그때까지 물러나지 않고 있는 빌야미르의 일당들에게 재차 용이 말하자, 그제야 그들은 화들짝 놀라 서로 쳐다보더니 신속한 발걸음으로 떠났다. 시그리드의 치료를 보고 있던 울리케가 일어나 앞으로 나서며 읍을 했다.

"감사드립니다, 빌러디저드 님."

"좋아할 일이 아무것도 아니다. 이제 너희 영지에 내가 머문다는 사실이 다 알려졌다. 저들뿐 아니라 이 도시의 시민들 몇몇도 이미 나를 봤고, 지금도 보고 있노라."

울리케는 말문이 막혔다. 다급한 상황에서 구원받은 반가움에 미처 생각하지도 못한 것이다. 슬그머니 고개를 돌려 주변을 보았으나 광장 안에는 오로지 그들뿐이었다. 훈기의 방패가 만드는 고요한 영역 안인지라 바깥의 상황은 잘 알 수가 없었다.

"······죄송합니다."

"그래서 아까 용서한다고 하지 않았느냐? 또한 난처한 것은 내가 아니라 오로지 너희 영지노라. 돌아가면 머릴 싸맬 영주와 가신들에게 충분히 혼이 나거라. 나는 상관없다."

"······제가 이 사달을 일으켰다고 어찌 아십니까?"

울리케가 다소 투정 부리듯 말해 본다. 물론 그는 이게 자신의 선부른 개입 탓에 일어난 일임을 명백히 알고 있다. 그가 류그네릭이라는 단어를 입에 올리지만 않았다면, 빌야미르는 그가 한 말대로 그냥 물러갔을 수 있었다. 그랬다면 모두가 다치지도, 용이 나타날 필요도 없었을 것이다. 울리케가 범한 실수는 너무 큰 것이다. 모든 것을 꿰뚫어 보는 용이 가당찮다는 듯이 말했다.

"내가 너를 모르겠느냐? 하지만 혼은 충분히 나되, 너무 스스로를 비하하지는 말아라. 잘 다루기만 하면 그것은 분명 둘도 없는 너의 장점이 될 것이다."

말을 마친 빌러디저드는 문득, 쓰러져있던 에이나르를 내려다보았다.

"그의 숨이 떠나는 소릴 들었다. 포기하거라."

그리고 용은 날아올랐다. 다음 순간 훈기의 방패가 꺼지며 그간 병목 되어 있던 눈보라들이 한꺼번에 쏟아져 내렸다. 마치 눈의 벼락같았다.

검은 얼굴의 사내는 반쯤 정신이 나간 얼굴로 무릎까지 눈이 푹푹 빠지는 골목길을 힘겹게 내달렸다. 대로와 달리 이런 좁은 골목들의 눈은 잘 치워지지 않는 것이다. 그래도 덕분에 오물 냄새는 가려져 좋다고 할 수 있을까. 하지만 지금 그딴 건 아무래도 상관없었다. 용이란 말이다, 용!

앞서 시야프리테와 실네스레유에게 차를 사 마시며 머물던 그는 다름 아닌 암시장 조합의 수탐꾼 홀게르손이었다. 오전에도 류그라 감시를 했던바, 의심을 사지 않기 위해 얼굴에 검은 재를 바르고 재차 가까이 접근했다. 그로서는 단지 직분에 충실하려 했던 일이었건만.

"용이다! 용이 나타났다!"

대로에서 이런 고함이 들려왔다. 무리도 아니다. 그 자신도 그렇게 소리 지르며 뛰어다니고 싶은 걸 간신히 참고 있다. 아무튼, 보고가 먼저니까!

"보고드립니다!"

홀게르손이 들이닥친 조합원 본부 사무실에는 때마침 하슈펠과 조합장인 라스도 있었다. 숨이 턱에 닿아 헉헉대는 부하 직원의 꼴이 영 맘에 안 드는지, 하슈펠이 소리쳤다.

"웬 경거망동이야! 조합장님 앞이다!"

"죄송합니다! 레미크 씨, 용입니다, 용!"

"무슨 잠꼬대야!"

평소라면 하슈펠의 지적에 움찔했을 홀게르손이나, 지금은 그게 아무것도 아니었다. 잠시 숨을 고르던 그는 이내 속사포처럼 자신이 보고 들은 것을 쏟아내기 시작했다. 미간을 찌푸린 채 듣고 있던 하슈펠과 라스의 표정이 점점 심각해지더니 용이 나타난 대목에서 아연실색해졌다.

"사실인가?"

"이런 걸 지어내서 뭘 합니까! 밖에 나가 보십시오! 지금 다들 미쳐서 뛰어다니고 있을 겁니다!"

하슈펠의 물음에 홀게르손이 억울하다는 듯이 항변했다. 그의 말은 사실이었다. 결론부터 말해, 그날 자유도시 아우셸바프는 사상 유례없이 발칵 뒤집혔다. 난데없는 용의 출현과 사라짐을 수많은 시민이 목격했고, 시장 광장에 형성되었던 대규모 마법은 그 원형의 가장자리를 따라 마치 눈의 담장처럼 남은 흔적으로 여실히 증명되었다. 몇몇 목격자들이 공황 상태로 뛰어다녔고, 시의 치안대가 눈길을 뚫고 광장에 들이닥쳤다. 시그리드 일행은 부상자들을 치료하느라 바쁜 데다 신분이 높은 울리케가 입을 다물고 있었기에, 치안대의 사정 청취 대상은 자연스레 류그라들이 되었고, 에이나르의 시체가 수습되었다. 또한 그 자리에서 요레이프가 체포되었고, 한스와 버크가 머문다는 포구의 여관으로도 다른 체포조가 파견되었다. 동료의 죽음에 맥을 놔버린 요레이프가 모든 걸 술술 불어버렸다. 다만 그 자리의 누구도, 류그네릭에 관해서는 한결같이 입에 올리지 않았다.

"용이 아니었다면 자네도 그 자들에게 죽을 목숨이었군."

라스의 지적이었다. 홀게르손은 고개를 끄덕였다.

"맞습니다. 그자들의 살기가 장난이 아니었습니다. 다만, 저로서는 어떤 집단인지 감이 오지 않습니다."

"내가 알고 있다. 그러니 신경 쓰지 않아도 되네. 다만, 그들의 눈에 띄어서 좋을 게 없으니 당분간 주의하게. 뭐, 공격해 올 것 같지는 않지만."

홀게르손은 놀란 얼굴로 조합장을 보았다. 그는 언짢은 얼굴이었다. 아이슬리드의 살수들이 류그네릭의 비밀을 감추기 위해 자신의 조합원까지 베려 했다는 사실 때문이었다. 그는 재차 홀게르손에게 말했다.

"류그네릭이란 단어도 잊어버리게. 자넨 그걸 들은 적이 없네. 명심하게. 자네가 그걸 말하면, 자네뿐 아니라 그걸 들은 사람 모두가 죽게 될 수 있네."

그러자 홀게르손은 창백한 얼굴로 얼른 대답했다.

"알겠습니다."

"물러가게. 수고했네."

홀게르손을 물린 라스는 한동안 침묵에 빠져 있었다. 하슈펠은 묻고 싶은 게 하나 가득이었지만 섣불리 입을 떼지 않았다. 그가 알아야 할 것이 아니라면 결코 알 필요가 없는 것이었으므로.

"자릴 비워 드릴까요?"

다만 이렇게, 계속 혼자 고민할 것이냐는 물음을 우회적으로 던져볼 뿐이다. 하슈펠을 물끄러미 바라보던 라스가 한숨을 섞어 말했다.

"자네를 믿지 못하는 게 아니라 보호하고 싶기 때문이야."

"불평하는 게 아닙니다."

"……아이슐리드 쪽에 인편을 넣어주게. 당장 만나야겠어."

"제 생각엔, 아마 그들도 그리 생각할 것 같군요."

하슈펠의 말이었다. 그리고 그는 옳았다.

가까이서 지켜본 류그네라스의 치유 마법은 확실히 경이로웠다. 심폐를 정확히 꿰뚫은 화살의 상처가 어떻게 그렇게 아물 수 있는지, 직접 보았음에도 믿기지 않을 정도였다. 다만 가슴에 큰 흉이 진 것만은 어쩔 수 없다고 했다.

"괜찮습니다. 드러내고 다니는 곳도 아니니까."

죽음의 문턱에 다녀온 사람치고는 참 천연덕스럽게 말하는 시그리드였다. 네그레즈가 황송하다는 듯이 말했다.

"말씀 낮추시지요, 유세트 경. 저는 일개의 미천한 서피바리입니다."

"그건 모르겠고, 생명의 은인이신 것만은 알겠어요. 그나저나, 흉이 남는다면 랄로프는 좀 곤란하겠군?"

자연스레 화제를 돌리는 시그리드다. 브륀힐데가 어깨를 으쏙인다.

"뭐, 얼굴 전체를 가로지르는 칼자국이라니, 본인은 오히려 좋아할지도 몰라요. 일부러 내기도 힘든 거라고요?"

시그리드의 상처가 워낙 응급이었던 관계로, 그들이 머무는 곳은 류그라들의 원추형 천막 가운데 한 곳이었다. 일반적인 천막에 비해 꽤 비좁고 수직으로 높아 답답한 느낌이 심각했지만, 뛰어난 보온성과 방풍성이 그런 단점을 상쇄해주었다. 게다가 상부가 조금 열려 있어 안에서 작게나마 불을 땔 수도 있다.

"어서 그를 보러 가 주세요. 나는 구급약을 가진 게 있으니 이후 양생은 스스로 취하겠습니다."

"알겠습니다."

네그레즈는 물러났다. 천막 안에는 울리케와 브륀힐데, 시그리드만이 남게 되었다.

"모두 무사해서 다행이야."

시그리드가 말했다. 세 명에게 둘러싸였던 라그나는 무슨 요술을 부린 것인지 용이 나타날 때까지 용케 치명상을 입지 않고 버틸 수 있었다. 브륀힐데는 입술을 깨물었다. 자신이 아무 도움이 되지 못했다고 느낀 탓이었다. 그런 그의 마음을 눈치챘는지, 시그리드가 아무 말 없이 브륀힐데의 손을 잡아 왔다. 그건 브륀힐데의 탓이 아니었다. 소규모 모험가 무리의 전투란 그런 것이다. 대형의 손발이 무너지는 한순간에 그리되는 일이다.

"나중에 모두에게 사과하겠지만, 이번 일은 명백히 내 실수에
요. 정말 미안합니다."

그때까지 조용히 있던 울리케의 말이었다. 그는 완전히 풀이
죽어 있었다. 시그리드가 입을 뗐다.

"자책은 오만에 기반할 수도 있어요. 나는 이번 일로 아가씨
가 좀 더 현명해질 수 있으리라 생각해요."

"……빌러디저드 님도 그런 말씀을 하셨어요."

"그랬나요? 어쨌건 나는 아가씨가 크게 잘못했다고는 생각하
지 않아요. 그게 아니었어도 얼마든지 발생할 수 있는 싸움이
었고, 원래 몰매에 장사 없으니까요. 이런 일이 어디 많겠어요?
그들 같은 적을 마주하는 건 평생에 한두 번일 거예요."

울리케와 브륀힐데는 희미하면서도 쓰게 웃었다. 시그리드의
말이 이어졌다.

"더구나……, 그의 말마따나 조용하고 엿듣는 귀가 확실히 없
는 곳에서 자초지종을 들었더라면 애초에 공격받지도 않았겠
지요. 그를 다그친 것은 나입니다. 그러니 그의 죽음에는 내 탓
도 있어요."

시그리드는 에이나르의 이야기를 하는 것이다. 그들의 간청
에 따라 일단 시비를 제쳐두고 뒤따랐더라면 상황이 달라졌을
까? 그는 공연히 죽지 않아도 되지 않았을까?

"……수호의 부적도 헛되이 까먹어 버렸어요. 유세트 경이 가
지고 계신 게 더 나았을 텐데요."

울리케가 그리 말하자, 시그리드가 진심을 담아 엄한 표정을 지어 보였다.

"절대 아니에요! 그 빌야미르란 자가 구태여 마법사가 있다는 걸 입 밖으로 소리 내어 말한 건, 등 뒤의 동료들에게 나를 주지시키기 위함이었어요. 공격을 선언한 순간 세 발의 화살이 동시에 나를 노렸죠. 수호 부적 하나 따위로도 어차피 못 막을 일이었습니다."

미처 눈치채지 못한 부분이었다. 울리케가 할 말을 잃자, 시그리드는 다시 덧붙였다.

"그들은 허튼 집단이 아닙니다. 그 빌야미르란 자의 행동엔 허투루 하는 구석이 하나도 없었어요. 생각하면 아직도 진땀이 나는걸요. 또 싸워도 질 겁니다."

시그리드의 시선이 한구석에 놓인 세 발의 짧은 화살로 옮겨졌다. 여전히 그의 피에 젖어있는 그것들은 어둑한 천막 안에서 흉험한 기운을 뿌리고 있었다.

"저것들은 파마(破魔)의 화살이에요. 인간 마법사와 용을 상대하는 데 가장 효과적인 병기죠. 일반적으론 좀처럼 손에 넣을 수 없는 물건인데, 저들은 저런 걸 상비하고 다닌다는 거예요. 두렵군요."

브륀힐데가 그 화살 중 하나를 조심스레 집어 올렸다. 한 뼘 가량의 짧은 그것은 촉부터 마디, 오늬에 이르기까지 한결같이 숯처럼 새카맸다. 한동안 그것을 살피던 브륀힐데가 말했다.

"시무나리는 보이지 않는걸요?"

"당연히 보이지 않지. 파마는 마법이 아니야. 근본적으로 부정하는 것이니까……, 그냥 그렇게만 알아 둬."

표면상의 부상은 쾌유하였으나 내상의 여파로 체력 저하와 더불어 여전한 통증에 시달리는 시그리드다. 그가 더 설명할 생각이 없어 보이자 브륀힐데도 더 묻지 않았다. 울리케는 그 와중에도 '시무나리'란 단어에 궁금함을 느꼈지만 분별력 없이 이 자리에서 그것을 물어오지는 않는다.

"누님, 잠깐 나와보세요."

천막 밖에서 발프리드가 부른다. 울리케는 얼른 일어나 밖으로 나왔다. 그 새 아까까지의 폭설은 거짓말처럼 그치고, 웅장하게 퍼진 뭉게구름들 사이로 드문드문 창백하나마 햇살이 떨어지고 있었다. 시장 광장에는 많은 사람이 몰려나와 삽과 가래로 눈을 치우고 있었는데, 왠지 다들 힐끔힐끔 이쪽을 훔쳐보느라 작업이 더뎠다. 천막 밖으로 나온 울리케를 발프리드와 함께 맞이한 것은 조심스러운 표정의 치안대 수사관이었다. 일전에 시야프리테를 심문하고 시그리드와 대화했던 바로 그자였다. 다만 울리케와는 초면이다.

"아우셀바프 치안대의 수사관 펜리그입니다. 피어클리벤의 아가씨를 뵙습니다."

자유도시의 민병 치안대는 일종의 민간 자율조직이다. 여기서 수사관의 직함을 달고 있는 그는 엄밀히 말해 기사의 신분은 아니었다. 구태여 따지자면 향사와 같은 준기사랄까. 다만 신분보다는 직급의 역할이 유의미한 것이다. 그는 공손하고 걱정스러운 표정으로 물어왔다.

"유세트 경께서는 괜찮으십니까?"

"경은 무사하셔요. 안정을 취하시기만 하면 됩니다."

신분상 얼마든지 하대해도 상관없었으나 아직도 죄책감에 사로잡혀 있었기 때문일까, 울리케는 마냥 우울한 얼굴로 공대를 했다. 펜리그의 낯빛에 얇게 황송스러움이 스쳐 갔지만 굳이 하대를 청하지는 않는다. 앞서 발프리드도 그를 하대하지 않았기에 그냥 피어클리벤의 귀족들이 예의가 바른가보다 여기고 만다.

"그렇군요. 천만다행입니다. 류그라들의 진술을 확보하던 중이었습니다만, 그……, 아가씨께서도 그 검은 옷의 집단에 대해 아시는 바가 없으십니까?"

검은 용이 나타났다는 보고를 듣고 허겁지겁 시장 광장으로 달려온 펜리그는 에이나르의 시신을 수습하고 수배자인 요레이프를 체포했다. 경상에 그친 라그나를 제외하더라도 중상자가 둘에 사망자가 한 명인 상황이었으나 놀랍게도 이는 용과 아무 관계가 없는 일이라 했다. 그저 인간 대 인간의 싸움이었으며, 용은 오히려 울리케 측을 보호하기 위해 나타난 것처럼 보였다는 것이다. 그럼 도대체 그게 무슨 뜻인가? 용이 피어클리벤 가문과 어떤 관계가 있다는 것인가? 그는 사실 용에 대해 더 묻고 싶었지만, 그것은 그의 직무를 넘어서는 의문이었다. 지금 여기는 단지 살인 사건 현장일 뿐인 것이다. 에이나르를 죽인 것이 인간인 한, 그가 집중해야 하는 것은 살인자의 정체였다.

"아는 바 없습니다. 다만……."

울리케는 말을 끊고 생각했다. *어디까지 말해야 할까? 내가 또 입을 잘못 놀려 모두를 곤란하게 하지 않을까?* 용을 만난 이후 거침없어져 있었던 그의 성격은 어느새 위축되어 예전으로 돌아가 있었다. 그렇다. 울리케의 본래 성격은 소심한 편이었다. 어릴 적부터 영특하고 달변의 기질을 갖고 있었지만 울리케는 그것을 발휘하는 것 자체를 꺼려 왔다. 그것이 빌러디저드를 만난 경험을 통해 하나의 껍데기가 깨지듯 극복되어 숨은 면모가 개화하던 참이었다. 비록 오늘 오전까지의 이야기였지만.

고민하는 그의 뒤, 시그리드가 머무는 천막 안에서 브륀힐데가 나왔다. 울리케와 펜리그의 시선이 그에게 향했다.

"그자들이 유세트 경을 공격하는데 사용한 것입니다."

브륀힐데가 손에 든 검은 화살을 내보였다. 펜리그의 눈이 가늘어졌다.

"파마의 화살입니다."

증거물의 가치를 몰라보는 펜리그를 위해, 브륀힐데가 설명하였다. 수사관의 눈이 크게 뜨였다.

"파마의 화살……? 이런 것을 쐈았단 말입니까?"

"유세트 경이 확인해 준 것입니다. 원하신다면 가져가셔서 좀 더 밝혀보시겠어요? 나머지 두 발은 저희가 보관하겠습니다. 저희도 나름대로 이에 대해 알아봐야 하고, 좀 우습긴 하지만 분명 저희 전리품이니까요."

그 의미를 알아들은 펜리그는 쓴웃음을 지었다. 이건 단순한 화살이 아니라 초고가의 보물에 가까운 것이다. 그가 만일 아우셀바프 시청에 요청해 영장을 얻어낸다면 증거물로써 세 개 모두 압수할 수도 있겠다. 하지만 모험가들에 대해 잘 알고 있는 그는 일부러 그런 짓을 벌이려 하지 않는다. 형사 사건의 증거물이라는 것은 어차피 핑계고, 압수된 화살 세 발은 분명하게 누군가의 주머니로 들어갈 테니까. 남 좋은 일만 시키는 것이다.

"알겠습니다. 보고서에 유세트 경은 화살 한 대를 맞은 거로 처리하지요."

펜리그가 요령 좋게 대답하자, 브륀힐데는 건조하게나마 미소지었다. 그러고는 말했다.

"우리는 본래 암시장 조합에 한스 일당의 수색 결과를 물으러 가던 길이었어요. 그러다 우연히 저들을 만나 시비가 붙었고, 그 뒤에 그 흉악한 자들이 공격해 온 것이죠. 저희가 아는 바는 이게 전부입니다. 나머지는 한스 일행을 심문하시고, 필요하다면 암시장 조합을 방문하시는 게 맞지 않겠습니까?"

펜리그는 암시장 조합이라는 단어에 어쩔 수 없이 눈살을 찌푸렸다. 치안대의 수사관으로서 도무지 어울리는 장소가 아니다. 무엇보다 너무 위험하며, 공식적인 수사대상으로 삼을 도리도 없기 때문이다. 하지만 브륀힐데의 말은 전적으로 옳았다. 살인자는 애초부터 에이나르를 노렸다. 시그리드 일행은 거기에 휘말린, 애꿎은 피해자로 보였다. 이들보다 한스 일당에게 심문하는 것이 훨씬 사리에 맞겠다.

"그렇습니다. 여러분께 얻은 진술은 이걸로 충분하겠습니다. 다만 그……."

펜리그는 망설이다 입을 열었다.

"그 용은 정말로 여러분을 도우려 나타난 것입니까……?"

"그건 공식적인 신문(訊問)인가요?"

여전히 울적한 얼굴의 울리케가 물었다. 펜리그가 황급히 읍을 하며 대답했다.

"아닙니다. 개인적인 것이었습니다. 용서하십시오."

"괜찮아요. 다만 제 권한 밖의 대답입니다."

"알겠습니다."

용무를 마친 펜리그는 부하들과 함께 물러났다. 포승줄에 묶인 요레이프가 고개를 떨군 채 그들을 따랐고, 마포에 말려 들것에 실린 에이나르의 시신이 운구되었다. 치안대원들이 물러나자, 울리케는 한숨을 내쉬었다. 브륀힐데가 말해왔다.

"기운 내시죠, 아가씨. 생각할 게 많잖아요?"

울리케는 말없이 고개를 끄덕였다.

"누님, 괜찮으십니까?"

발프리드가 걱정스러운 표정으로 울리케에게 물었다. 누나가 전에 없이 가라앉아 있음을 누구보다 여실히 느끼는 동생이었다. 그의 곁에는 거의 비슷한 표정을 한 시야프리테가 서 있었다. 그제야 류그라들에게 공연한 폐를 끼쳤음을 깨달은 울리케였다. 마음이 더더욱 안 좋아졌다.

"나는 걱정할 것 없다. 그보다, 류그라들에게 면목 없게 되었다. 하마터면 참극에 휘말릴 뻔했고, 류그네라스의 가지에도 엄청난 신세를 졌다. 영지로 돌아가면 꼭 제대로 갚도록 하겠다."

"아니, 우리는 괜찮아요. 그자들은 아마 우리를 건드리진 않았을 테니까요."

딱 잘라 말하는 시야프리테였다. 발프리드와 울리케, 그리고 브륀힐데까지 약간 놀란 얼굴로 소녀를 보았다. 울리케가 물었다.

"어째서지?"

"그 미친놈은 류그네릭에 대한 걸 숨기고 싶어 했잖아요? 하지만 그건 류그라라면 원래 모두가 알고 있는 것이거든요? 애초에 우리 거니까."

"시야!"

랄로프를 치료하고 천막 밖으로 나오던 네그레즈의 노성이 좌중을 꿰뚫었다. 흠칫한 시야프리테가 할아버지를 본다. 네그레즈의 얼굴이 창백할 정도로 분노에 치우친 게 보였다. 그 곁에 보좌하듯이 서 있던 그의 아버지, 류프리그데가 냉정한 목소리로 말했다.

"이번엔 어쩔 수 없구나, 딸. 마차 바퀴에 묶여야겠다."

아무래도 그냥 엄포로 끝나지 않을 듯한 기세였다. 시야프리테의 안색이 파랗게 질렸다.

제 17장

펜리그는 자신보다 한참 어린, 이 젊은 신임 상관을 대할 때마다 언제나 곤혹스럽다. 평민 출신인 그는 스물이라는 젊은 나이에 성적우수자로 기사 양성소를 수료했으나 모든 추천을 마다하고 고향 도시 아우셀바프 주재 용병단 '까마귀 금고'에 몸을 담았다. 그리고 그곳에서 삼 년을 보내고 기사 서임을 받은 직후 곧장 이곳 치안대의 치안 판관으로 발령을 자처했다. 그러니 당년 그의 나이 겨우 스물셋이 되겠다.

"이것이 마법사 유세트 경을 맞춘 파마의 화살입니다, 서리엇 경."

하지만 이 경쾌한 이력이나 그 어린 나이 자체가 펜리그를 곤혹스럽게 하는 것은 아니다. 펜리그는 그가 적법한 절차를 거쳐 자격을 획득한 기사임을 인정한다. 다만 도무지 적용되지 않는 것은 그의 태도였다. 이를테면 다음과 같은.

"직함으로 부르시라니까요, 경은 무슨. 어디 봅시다."

"……예, 치안관님."

부하직원이며 엄연히 신분이 낮은 펜리그에게 꼬박꼬박 경어를 사용하는 것이다. 물론 얼마 전까지는 그도 평민의 신분이었던 바, 그럴 수도 있다고 여길지 모르겠다. 하지만 기사 서임이란 이 땅에서 거의 유일한 신분 상승의 길이다. 따라서 어려우며, 그만큼 힘들게 얻은 기사 작위에 따르는 보상심리도 컸다. 적어도 펜리그가 알고 보아온 모든 신임 기사들은 그러했다. 그들 모두 마치 자신이 날 때부터 귀족이었던 양 굴었다.

"마법사가 확인했다고요?"

펜리그보다 스무 살은 어린 이 젊은 청년, 아우셀바프 치안관 크누드 서리엇이 그 손에 검은 쇠뇌용 화살을 들고 찬찬히 관찰하며 이렇게 물었다.

"그렇습니다."

"한 발뿐입니까?"

펜리그는 여전히 화살에만 고정된 상관의 눈치를 살폈다. 하지만 이 젊은 기사가 달리 어떤 뜻을 갖고 하는 말은 아닌 듯하여, 선뜻 이렇게 거짓말을 한다.

"그렇습니다."

"다행이군요. 이게 얼마짜리인지 아시나요? 한 발뿐이어서 아쉬워하는 영감들이 분명히 있을 겁니다. 내기해도 좋아요."

질 게 뻔한 그런 내긴 절대 안 한다. 비록 그 물건을 보자마자 알아채지는 못한 펜리그였지만 그것이 파마의 화살임을 일단 안 이상, 그 또한 크누드의 예상에 아무런 저항 없이 동의한다. 이미 이십 년이나 이 도시의 치안대로서 잔뼈가 굵은 그였다.

"무지한 소관이 정확한 시세는 모릅니다만, 한 발당 너끈히 금화 백 장을 호가한다는 것만 알고 있습니다."

"이건 적도(赤道) 산(産)이 틀림없어요. 적어도 제국산은 분명히 아니군요. 밀수라도 하지 않으면 그쪽에서 팔 리가 없는데, 도대체 어떤 터무니없는 인간들이 이런 걸 쏴대고 다닐까요? 어떻게 생각하세요, 펜리그 수사관?"

왜 이런 걸 내게 묻는지 모르겠다. 펜리그는 자신을 똑바로 쳐다보는 그 시원한 눈매에 당혹감을 느끼며 침을 삼켰다. 이 신임 치안관은 처음부터 단지 부하인 자신에게 너무나 스스럼 없이 자문을 구해왔다. 그냥 그 자신이 판단한 대로 행동하면 될 텐데. 그래도 위계에 충실한 그는 불편하나마 더듬더듬 입을 달싹였다.

"어……, 암시장 조합과 관계된 무리일 수 있습니다만, 아우셀바프 내부의 조직은 결코 아니라고 생각됩니다. 적어도 소관이 아는 한에서는 그 정도의 자금력을 갖추고 대담하게 행동하는 집단이 없습니다. 분명히 외부세력입니다."

"외부세력이고, 이와 같은 금수품목을 거리낌 없이 사용한다? 굉장히 위험하게 들리는걸요."

하지만 그 말과 달리, 치안관 크누드 서리엇의 표정에는 별다른 불안이나 당혹감이 없었다. 그 사실이 펜리그를 왠지 불편하게 한다. 한동안 검은 화살을 만지작거리던 크누드는 그것을 자신의 집무실 책상 위에 올려놓고 수사관이 제출한 보고서를 펼쳤다. 류그라들에 관한 사정 청취 내역과 체포해 온 한스 일당으로부터의 심문 내역이 포함된 최종 보고서였다. 신속하게 내용을 읽어낸 그가 고개를 들더니 순진무구하게 말했다.

"용 이야기는 없어요?"

그래도 상관이다. 펜리그는 어처구니없다는 표정을 내보이지 않으려 주의하며 침착하게 대답한다. 그러나 달래는 듯한 어조가 되는 것까진 어쩔 수 없나 보다.

"……치안관님, 이건 살인 사건입니다. 기본적으로 용의 출현은 이 일과 관계가 없습니다."

"정말 없을까요? 목격자들은 뭐라던가요?"

"피어클리벤의 영애께서는 권한 밖의 대답이라 했습니다."

"그럼 그 용은 영주의 것이란 말인가."

이건 직관일까 통찰일까. 펜리그 또한 이 답답한 살인 사건 따위보다야 용에게 훨씬 관심이 갔으나, 직무에 대한 책임감으로 호기심을 억누르며 그쪽에 관한 사고를 의식적으로 물리고 있었기에 여태 채 이르지 못한 결론이었다. 수사관의 눈이 살짝 커졌다.

"피어클리벤에 용이 머무는 것일까요?"

"내 생각은 그래요. 그리고 그게 사실이라면, 당연히 비밀로 하고 싶겠죠. 그리고……, 아마 이 수수께끼의 암살자들은 단순한 사조직이 아닐 겁니다. 일차적으로 파마의 화살을 다룰 정도의 군비를 갖추고 있고, 목격자들과 한스 일행이 함구하는 어떤 사실을 감추기 위해 에이나르를 죽일 만큼 비밀유지에 신경 쓰고 있죠. 이렇게 되면 그들이 납치해갔다는 아이가 신경 쓰이는군요. 흠, 한스 일당들에 대한 심문은 충분한가요?"

일사천리로 이어지는 상관의 이야기에 넋을 놓고 있던 펜리그가 그 기습적인 질문에 당황하며 대답했다.

"물론입니다. 그 이상은……, 고신(拷訊)이 필요합니다."

크누드는 질색하는 표정으로 손사래를 쳤다.

"그건 그만두죠. 아마 그들을 거치지 않고도 알아낼 수 있을 겁니다."

"네? 알아낼 필요가 있습니까?"

'공식적으로' 그럴 필요가 있냐는 펜리그의 질문이다. 능란하게 적힌 그의 보고서는 심혈을 기울여 문해 하지 않는 한 서로의 진술에서 어떤 마뜩잖은 지점을 찾기가 꽤 힘들도록 서술되어 있다. 즉, 아우셸바프 도시 내각의 잘난 체하는 의원들로서는 죽었다 깨어나도 그 보고서의 미비점을 알아낼 수 없다는 말이다. 적어도 나이만큼이나 싱싱한 두뇌를 가진 눈앞의 이 치안관 정도는 되어야 한다.

그리고 그 치안관이 이를 드러내며 씨익 웃었다.

"보고는 물론 이대로 제출하고 끝냅니다. 펜리그 수사관은 더 신경 쓰지 않아도 좋습니다. 나머지는 내 취미입니다."

역시 이 상관은 곤혹스럽다. 도무지 무슨 생각을 하는지 모르겠다.

앞선 몇 차례의 회동과는 다른 일이 될 터였다. 이것은 거래 상대와 겨루게 될 일종의 수 싸움이자 기세잡이였다. 그러므로 독대는 좋은 생각이 아니다. 최대한 이쪽의 기세를 보여야 하고, 그것으로 압박할 필요가 있었다. 그들이 제아무리 대단한 힘을 가졌다 해도 이 도시의 밤을 지배하는 것은 자신들이어야 한다. 외부의 이방인들이 활개 치고 다니는 것을 방치할 수는 없다.

하지만 그렇게 생각했던 조합장 라스조차, 아이슐리드가 빌야미르 하나만을 데리고 터덜터덜 눈 쌓인 수로를 헤치며 나타나 지하의 거래 회랑에 등장했을 때는 적잖이 당황하지 않을 수 없었다. 스스로 늑대의 턱 안에 자신의 급소를 들이댄 것이나 마찬가지다. 그가 제아무리 날고 긴다 해도, 이 장소에서는 얼마든지 죽어 나갈 수 있다는 것을 모르진 않을 것이다. 잘 훈련된 어둠 속의 살수들만 스물여덟이었다. 그 사실을 잘 알 텐데도, 이 담대한 여자는 그 삼엄하고 칠흑 같은 포위의 가운데로 순순히 들어왔다.

"아이슐리드."

상대의 배짱에 탄복하긴 아직 일렀으나, 확실하게 이로써 한 풀 누그러진 라스가 그를 맞이했다. 검정 두건을 젖히고 침침한 등잔불에 얼굴을 드러낸 아이슐리드가 말했다.

"하루 만에 재회할 줄은 몰랐습니다."

그의 목소리엔 약간의 짜증과 피로가 얽혀 있었다. 그 심중을 응시하며, 라스가 대꾸했다.

"나도 그렇소."

"만나고자 한 이유는 짐작하고 있어요."

"해명을 원하오."

"먼저 묻고 싶군요. 그 멍청이 둘을 놓아주기 전에 충분히 입단속을 시켰던 것입니까?"

아이슐리드는 에이나르와 요레이프에 관한 이야기를 하는 것이다. 그들을 잡아 억류하고 아이슐리드 쪽에 알린 뒤, 다시 그의 답신을 받아 해방시킨 일체의 과정 모두가 암시장 조합 측에서 담당한 일이었다.

"우리의 위압이 충분치 않았다고 지적하는 거요?"

그의 의혹이 터무니없다는 듯, 라스는 목소리에 무게를 실어 되묻는다. 그러나 아이슐리드는 여상스레 대꾸할 뿐이다.

"확실히, 그 마법사의 다그침을 무시할 만큼은 아니었던 것이죠. 아닌가요?"

"그들과 마주친 것 자체가 예상외의 일이었소."

요레이프와 에이나르가 하필 딱 시그리드의 일행과 마주쳐 버린 것은 정말 생각지도 못한 상황이었다. 분명 폭설로 악화된 시계에 기대 눈에 띄지 않으리라 생각했겠지. 그 바보들은 수배자들인 주제에 도시의 대로와 광장을 마냥 가로질렀다. 그리고 그 시간 그곳에 하필 시그리드 일행이 있었다. 혹, 언제나 경계를 늦추지 않는 라그나만 아니었더라도 그냥 지나칠 수 있었을지 모르나, 일은 그렇게 되지 않았다.

"묻겠어요, 그 모험가 일행을 감시하던 이유가 따로 있나요?"

아이슐리드의 질문이다. 라스가 대답한다.

"따로? 그대가 예상할 수 있는 이유 외에 다른 것은 없소."

"정말인가요?"

누구에게 다그침을 받는 데 익숙지 않은 이 검은 반석의 지휘자, 라스는 불쾌하여 나직이 일갈한다.

"터무니없는 상상은 그만두시오! 우리도 용에 관한 것은 일절 아는 바 없소. 앞선 우리의 계약에서 우리는 맡은 바를 모두 수행했으며, 오히려 당신의 무리가 서툰 짓을 하여 우리 조합원까지 벨 뻔하였소. 우선 그에 관한 해명을 하여야 하지 않소?"

"그 자리에 이곳 조합원이 감시자로 붙어있었던 것을 우리에게 미리 고지하였던가요?"

"그 말은, 그럼 우리 또한 일에 임함에 있어 그쪽의 감시꾼들을 배려하지 않아도 상관없다, 이 말이로군?"

"어머, 제가 언제 그런 것을 요청했던가요? 뒷골목 살수들에게 베어 넘겨질 만큼 나약한 칼들은 찬장에나 있는 것이지, 허리에 차지 않는답니다."

어두운 공기가 뻣뻣해졌다. 라스는 차치하고라도, 어둠 속에 숨은 스물여덟 자객들의 살기가 찌르듯 팽창해오는 것이 느껴진다. 그럼에도 아이슐리드는 반쯤 장난치듯 샐쭉하게 싱글거리고 있을 따름이었다. 라스 또한 태연하게 이리 묻는다.

"……시험해 보겠소?"

하지만 그 앞에 선 여인은 도무지 사방의 살기에 감응하질 않는다. 그저 다음과 같은 사무적인 용건을 늘어놓을 따름이었다.

"하지만 그 전에 결제나 끝내지요. 소동이 일어나긴 했어도 조합장은 일을 잘 해 주었어요. 게다가, 지금에 와서는 그 소동이 일어난 것에 오히려 기쁘기 한량없답니다."

라스는 그가 무슨 소리를 하는 것인지 대번에 알아듣는다. 예기치 않았고, 실로 불필요한 사건이었으나 그로 인해 뜻밖의 사실이 드러났다. 바로 용에 관한 것. 라스는 어둠 속에서 송근유 등잔 불빛에 반짝이는 아이슐리드의 눈을 보았다. 감출 수 없는 옅은 흥분이 어린 게 보였다.

"그래, 돈으로 이야기하시오."

그러자 아이슐리드는 아이를 달래듯 말하였다.

"조합장의 어리광을 좀 들어주죠. 우리의 사죄에 값을 매겨보세요."

이런 것에 일일이 불쾌해하지 않는 라스다. 그보다는 이익의 계산이 훨씬 중한 것이다. 그는 차분히 응한다.

"이 할을 더하시오."

"결제 수단은 무엇으로 할까요?"

"듣자 하니, 파마의 화살이 있다던데."

아이슐리드는 얼른 대답하지 않았다. 대신 왠지 잠시 곁에 선 빌야미르를 쳐다보던 그가 답했다.

"그건 매물이 아닌걸요?"

"세상에 팔지 않는 물건이 있겠소? 내어주지 않는다 하더라도 상관없소. 하지만 이 정보를 비싸게 사줄 사람들이 여럿 떠오르는구려."

"그들의 명을 단축케 할 구매가 될 거예요."

"이것 보시오, 아이슐리드."

이번에는 라스가 아이를 달래듯 말한다.

"바라진 않았겠지만 이미 알게 된 것들을 돌이킬 수는 없소. 우리가 서로의 입을 막기 위해 합을 겨뤄볼 수도 있겠지. 어느 한쪽이 전멸할 때까지 말이오. 하지만 그보다 나은 전개가 있지 않겠소?"

"조합장, 도무지 무슨 말을 하는지 모르겠군요."

그러자 라스의 태도에 약간의 실망과 딱하다는 듯한 기색이 묻어났다.

"우리를 너무 과소평가하는군. 나는 당신의 마지막 이름을 알고 있지 않소?"

순간, 아이슐리드의 한 발자국 뒤에 줄곧 서 있던 빌야미르가 나서며 검을 뽑아 들었다. 라스의 뒤에 서 있던 하슈펠 역시 검을 내밀며 앞으로 나섰고, 그에 맞춰 좌중의 사방을 에워싸던 살기가 비로소 그 똬리를 풀고 득달같이 쏟아진다. 서슬 퍼런 위세가 어둠의 저편에서 뱀의 혓바닥처럼 날름거리는 것이 느껴졌다. 눈에 보이는 것은 여전히 그 어떤 것도 없었으나, 마땅히 숨이 붙어있는 것이라면 그 어떤 미물이라도 분명하게 감지할 수 있을 살의였다. 빌야미르의 어깨가 팽팽히 긴장했고, 대조적으로 하슈펠의 상체는 능글거리며 부드럽게 흔들렸다. 이에 내내 태연하던 아이슐리드마저 눈살을 찌푸렸다.

"정직하기도 하셔라. 왜, 내 이름을 살만한 구매자는 떠오르지 않던가요?"

그의 목소리는 냉랭하기 그지없었다. 하지만 라스의 목소리도 그에 지지 않게 건조하다.

"왜 아니겠소? 다만 나 스스로가 가장 먼저 입찰하려는 것뿐이지."

"확실히, 스스로 도달한 통찰이라 상을 바랄 만하겠군요."

"우리는 비밀을 다루는 데 있어서만큼은 전문가들이오."

"도모하는 것이 야심인가요?"

라스는 잠시 침묵하였다. 그들을 에워싼 위협의 장막은 여태까지도 그대로다. 선량하고 무구한 이들이라면 한숨도 버티지 못할 이 긴장의 우리에서, 두 남녀는 아무렇지도 않게 그들만의 대화를 이어가는 중이다. 라스는 마치 신세 한탄을 하듯 말을 꺼냈다.

"정보는 조금 독특한 상품이오. 매매를 하더라도 그것은 상인에게 영구히 남지. 그것이 자산이 될까 부채가 될까? 편리한 망각을 보증하는 장사가 아니되오. 야심이라 하였소? 그보다는 예후의 안녕을 바라는 것이오. 딸린 식솔들에 대한 책임이 있으니, 애초에 발을 들이지 않았으면 모르되 이미 무르기가 불가능하지 않겠소? 그러니 아이슐리드, 내가 어떻게 당신의 뒷모습을 편히 배웅할 수 있는지, 달리 내가 모르는 도리가 있다면 알려주시오."

"……내게 아직 말하지 않은 것이 있죠?"

라스의 저 말에서 어떻게 이러한 결론이 나오는지 모르겠다. 하지만 이곳에 들어서서 처음으로 보이는 아이슐리드의 동요였다. 빌야미르의 검 끝이 미세하나마 흔들렸다. 라스가 웃는 낯으로 말한다.

"역시 우릴 너무 과소평가한단 말이야."

"탄복해야 합니까?"

마침내 어이가 없다는 듯이 코웃음을 치고 마는 아이슐리드였다. 빌야미르의 표정이 낯선 것을 본다는 놀라움을 담으며, 그를 본다. 개의치 않는 그가 말을 이었다.

"어떤 목말에 올라타는 것인지 알고 있길 바라요."

"개줄에 묶이는 것이 아니겠소? 끓는 솥에 들어가는 걸로 끝나지 않기를 바랄 뿐이오."

"그 솥을 내가 엎으려 하는데도요?"

"역시 그렇소?"

여태 칼을 빼 아래를 향하고 빌야미르와 눈싸움을 하고 있던 하슈펠의 얼굴에 경악의 기색이 스쳤다. 그제야 보이지 않던 중심을 감싸고 회절하던 이 기묘한 대화의 전체 맥락을 이해한 것이다. 이 무슨 터무니없는 이야기란 말인가! 그는 순간적으로 고개를 돌려 조합장의 얼굴을 보았다. 라스는 그 충직한 부하에게 그저 은은히 고개를 끄덕였다.

"이미 들은 것을 버릴 재간이 없소. 그러니 거들게 해 주시오. 걸리적거리지는 않을 테니."

"조합장의 각오가 이끄는 식솔들의 최말단에까지 이르기를 바라요. 엄한 주인을 모셨다는 원망이나 지옥에서 듣지 말고요."

아이슐리드의 말에는 어떠한 빈정거림도 없었다. 오히려 동정하는 기색까지 느껴지는 것이다. 라스는 고개를 끄덕거렸다.

"충고 고맙소."

교섭은 끝났다.

울리케는 내심 흥미롭게 시야프리테가 바퀴에 묶이길 기다렸다. 그러나 특별하게 형틀로써 제작하지 않는 이상, 발프리드보다 머리 하나가 큰 소녀를 묶을 만한 마차 바퀴가 세상에 존재할 리 없다. 결국 마차 바퀴에 묶여야 한다는 것은, 말하자면 그들 나름의 관용적 표현인 모양이었다. 때문에 시야프리테가 비교적 평범하게 야단맞는 것을 조금 아쉬운 눈으로 구경하는 울리케였지만, 여기서 그의 명예를 위해 첨언하건대 울리케에게 어떤 가학적 취향은 결단코 없다고 말해두겠다. 그저 순수히 이민족의 풍습을 보고 싶어 하는 민속문화적 호기심의 발로였다. 정말이다.

"대체 너는 언제쯤 입을 함부로 놀리는 것의 무서움을 알 테냐!"

"잘 알고 있어! 어차피 다 들어버린 것이잖아! 왜 나만 갖고 그래!"

"이게 그래도!"

장로 네그레즈가 회초리를 휘둘렀으나, 이번엔 시야프리테가 가만히 얻어맞고 있지 않았다. 날쌔게 팔을 들어 팔꿈치로 회초릴 막아냈다. 덕분에 딱 하는 소리를 내며 가느다란 나무 막대기가 반으로 부러져버렸다. 네그레즈는 기가 막혀서 말을 잃었고, 시야프리테는 팔꿈치를 감싸며 소리질렀다.

"악! 그래도 아파! 뭐야 이거!"

발프리드는 왠지 그 가운데서 안절부절못하고 있었다. 아무도 요청하지 않았건만 이 소년은 자신이 중재의 역할을 해야 한다고 여기는 모양인지, 다급하게 입을 연다.

"포, 폭력은 그만두는 게 어떠한가? 애도 아니고 말로 충분히 알아들을 것이다."

구경하던 울리케는 웃지 않으려고 애쓰는 중이다. 장로가 발프리드를 쳐다보더니 하소연하듯 말하였다.

"저 요물이 말입니까? 저 녀석이 지금까지 살아오면서 스스로와 가족들에게 얼마나 큰 위험들을 끌어들였는지 전혀 모르시니 그런 말씀을 하시는 겁니다. 언감생심, 피어클리벤 영지로 가는 것도 이젠 포기할까 합니다. 저 미친 녀석은 틀림없이 용신을 화나게 할 테니까요! 주무실 때 용의 비늘을 떼려고 할지도 모릅니다!"

발프리드는 강력한 부정이 따를 것이라 기대하며 시야프리테를 쳐다보았으나, 소녀는 딱히 아무 말도 하지 않고 시선만 끓는 물 위의 나뭇잎처럼 춤출 따름이었다. 아무래도 정말 그런 짓을 해 볼 요량이었나보다. 두둔하려던 발프리드조차 어이가 없어졌다.

"……그치만! 나는 뜻이 있어서 가자 했던 것이야! 용이라면 신목이 뿌리내릴 땅을 알지도 모른다며, 그렇게 말한 건 할아버지라고?"

"뭐야? 그럼 용에 관해 이미 알고 있었단 말이냐!"

네그레즈의 놀란 물음에 이끌리듯 울리케가 다가왔다. 그의 추궁하는 듯한 시선을 정면으로 받은 시야프리테는 주눅이 들어 중얼거렸다.

"그……, 발프리드 도련님에게 갔던 간호소에서 무심코 엿들었어요. 죄송합니다."

"역시 그랬군. 하지만 애초에 그것은 유세트 경의 말실수였다. 나였어도 호기심이 동해 엿들으려 했을 것이다."

울리케는 선선히 이해해 준다. 이 천지 분간 못하는 류그라 소녀의 행동력에서 동질감을 느꼈던 것일까, 여태 자신의 실수에 대해 자책하고 있던 울리케는 네그레즈를 향해 다음과 같이 말했다. 어쩌면 이 청원은 스스로를 향한 것일지도 모르겠다.

"나를 봐서라도, 손녀의 실수를 용서하거라. 대신 또 이 아이가 모두를 곤란하게 한다면 마땅히 내가 벌을 내리겠다. 그리고 아버님의 영지로 모쪼록 와 주길 바란다. 갚을 것이 많다. 이는 초대이니라."

네그레즈에게 울리케의 정중한 요청을 무시할 고집 같은 것은 없다. 이로써 시야프리테는 희희낙락하며 꾸중의 시간에서 놓여났다. 발프리드는 심히 난처한 표정으로 그를 따랐다. 울리케는 장로에게 재차 말한다.

"자리를 좀 만들어 주겠는가? 몇 가지 묻고, 이야기를 나누고 싶다."

"이리 드시지요."

치안대원들이 물러나고 시간은 늦은 오후를 달리고 있었다.

중상을 입은 시그리드와 랄로프 때문에라도 일행은 류그라들의 신세를 져야만 했다. 다행히 치료는 문제없이 끝났고, 모두가 각자 휴식을 취하는 상황이었다. 독대를 요청한 울리케를 이끌고 천막 안으로 들어선 네그레즈는 화로에 얹혀 있던 주전자로 차를 내 대접하였다. 잠시 아늑한 온기에 몸을 맡기던 울리케가 입을 열었다.

"이미 알고 있겠지만, 우리 영지에는 용이 있다."

"참으로 놀라운 일입니다."

네그레즈의 표정에 솔직한 경탄이 머물렀다. 노인이 조심스레 묻는다.

"언약을 두신 것입니까?"

"그렇다."

울리케의 짧지만 분명한 긍정이었다. 네그레즈는 한동안 순수하게 그 놀라움을 곱씹다가 기세를 단정히 하고 말했다.

"외손녀가 멋대로 꾸민 꿍꿍이오나, 용신의 현준(賢俊)에 닿은 그분이라면 저희 민족의 숙원에 대해 말씀하실 게 있을지 모른다, 그러한 희망은 익히 품어볼 만한 것이었습니다. 아이의 생각이니 부디 영악하다 꾸짖지 마십시오."

"그럴 리가 있겠는가? 오히려 꼭 그런 기회를 갖기 바란다. 황실의 용들은 배알하기에 적당한 상대가 아니었겠지."

장로는 쓸쓸한 미소만으로 긍정의 표시를 했다. 차를 한 모금 마신 울리케가 말했다.

"이렇게 따로 보자고 한 것은 그 이야기뿐만 아니라, 그 류그네릭이라는 것에 관해서 묻고자 함이다."

"그것은……."

장로는 실로 난처한 표정을 지었으나, 곧 포기하고 순순히 입을 열었다. 앞서 아이슐리드가 라스에게 이야기했던 내용과 별반 다르지 않은 이야기였다. 이야기의 말미에 장로는 이렇게 덧붙였다.

"……때문에 류그네릭에 관한 전승은 모든 가지들이 지극히 함구해오던 것입니다. 하지만 이미 알 수 없는 무리들이 그것에 관해 알고 있는바, 더는 이 비전이 안전하지 않게 되었습니다."

놀라운 표정으로 네그레즈의 이야기를 들으며 류그네릭이 가진 잠재적 가치를 나름대로 가늠해보던 울리케가 말했다.

"그러면 실로 큰일이 아닌가? 이 사실을 안 모든 권력자들이 류그라들을 노릴 것이다. 좀 더 정확히는, 류그네라스의 가지를 노릴 것이다."

"그러합니다. 류그네릭의 제법을 모르고 그와 같은 것이 존재한다는 사실만을 아는 이들이라면, 저희 겨레의 일원들 또한 납치하여 어떻게든 전승을 토설하도록 고문하겠지요. 이미 그와 같은 일이 일어났기에 저들이 류그네릭을 알고, 또한 만들어냈던 것입니다."

바로 그와 같은 것을 염려했기에 지켜온 비밀이었다. 이야기하는 네그레즈의 어조는 다가올 비극에 대한 두려움보다, 지난 시간들에 대한 회한과 피로가 더 선명하였다. 울리케는 그들이 지닌 핍박의 역사가 마치 자신의 탓인 양 가슴 저렸다. 그 무도한 자들은 결국 틀림없이 같은 제국인일 것이다. 울리케의 동족이 저지르는 죄인 것이다.

하지만 상대적으로 지체가 높다 해도 울리케는 그저 변방 하급귀족의 딸에 불과하다. 그로서는 대신 사과할 만한 자격도 없다. 이런 엉뚱한 이유 때문에 잠시나마 가문의 낮은 작위를 아쉬워하던 울리케는 이윽고 정신을 추스르고 말을 꺼냈다.

"노인장, 이대로 정처 없이 유랑을 계속하는 것은 뻔한 비극으로 속절없이 걸어 들어가는 것이다."

"그러나, 어찌합니까."

시야프리테라면 결코 저렇게 체념 어린 말을 하진 않겠지. 문득 울리케는 그러한 생각을 한다.

"어찌하기는? 목전에 용의 가호가 어린 땅을 두고 있지 않은가? 신목의 향방에 대해 그분이 무어라 하시던, 당분간은 영지에 머무르는 게 어떠한가?"

네그레즈는 아연한 표정으로 눈만 끔벅거렸다. 울리케가 미안한 듯이 말을 잇는다.

"물론 나는 그와 같은 결정을 결재할 권한이 없다. 하지만 지금껏 일어난 일과 들은 바를 아버님께 전하면 틀림없이 같은 의견을 내실 것이다. 그러니 안심하고 우리와 같이 귀환길에

오르지 않겠는가? 모두의 안전을 도모해야지."

"이리 해 주시는 연유가 무엇입니까……?"

아직도 별 실감이 나지 않는 네그레즈의 물음이었다. 울리케
는 답한다.

"그저 보답이다. 어차피 이리 말해도 내가 모든 류그라들을
도울 역량이나 이유는 없다. 다만 닿은 인연에 관한 것이지. 이
대답이 불충분하다면 그냥 서로의 이해가 맞물리는 거래라 생
각해도 불쾌해하지 않겠다. 풍파가 다가오는 것은 비단 노인장
의 무리뿐만이 아니다. 나와, 아버님의 영지에도 예약된 일이
다."

노인의 굳은 머리가 천천히 움직인다. 비로소 그는 피어클리
벤에 도래할 힘의 정치적 여파들이 어렴풋이나마 예상되기 시
작했다. 울리케의 말이 이어졌다.

"안전을 담보로 권한다 해도 실은 이 제국에서 가장 위험한
땅이 될지 모른다. 그러니, 장로는 개의치 않고 현명하게 판단
하기 바란다."

"황송합니다."

장로는 무심코 고개를 조아렸다. 이 젊은 아가씨는 제국의 귀
족이지만 인간적이며, 이야기를 함에 있어 다른 뜻을 감추지
않는다. 복잡한 사고에는 더딘 편이었으나 나이가 부끄럽지 않
을 만큼의 현철(賢哲)은 가진 그였다. 일단은 이 청을 수락해도
문제가 없겠다. 아니, 피어클리벤이 제아무리 요동치는 정국의

한복판에 놓인다 해도 류그라의 유산을 강탈하기 위해 조여오는 무리들로부터 안전할 방도가 이 밖에 달리 없는 것이다. 그들이 달리 어느 구석에 몸을 의탁하겠는가? 불확실한 염려를 겁내 확실한 위험을 못 본 체할 수는 없는 일이었다. 네그레즈의 결심이 굳어졌다.

"아가씨의 말씀에 기꺼이 따르지요. 잘 부탁드립니다."

"나야말로 잘 부탁한다."

여전한 하대이나, 왠지 모르게 공손함이 느껴지는 말이었다. 천막 안은 포근하였다.

예기치 않게 폭설로 발목 잡혔던 일행이었다. 이튿날 날씨는 화창했고, 아우셸바프의 시민들이 부지런히 쓸어낸 덕에 도시의 안팎 모든 도로가 제 기능을 하고 있었다. 울리케와 시그리드 일행에 더해, 남은 체류 계획을 취소한 길가네스의 가지들이 함께 따르기로 했다. 어제의 충격적인 사건은 류그라 무리의 안전을 염려하기에 모자람이 없는 일이었다. 안 그래도 제국의 법에 의해 보호받지 못하는 류그라들이다. 지금까지는 무해하다고 여겨져 멸시보다는 등한시에 가깝게 취급된 그들이었으나, 앞으로는 그렇지 않을 것이다. 그러니 조금이라도 그들을 보호해 줄 가능성이 있는 이들에게 의탁하는 것이 옳다, 그리 여긴 네그레즈는 제법 조바심을 내며 새벽부터 행렬의 출발

준비를 다그쳤고, 모두가 부산하게 짐을 쌌다.

그리하여, 울리케 일행을 포함해 세 대의 유개마차에 나누어 탄 나름의 대규모 행렬이 완성되었다. 오전 중 여관 앞에서 합류한 무리는 지체 없이 아우셀바프 북문을 향해 나갔다. 울리케는 한스네와 베르벳이 마음에 걸렸지만, 이 이상 어떤 오지랖을 부릴 이유도, 의리도 없다 하겠다. 안타깝고 뒷맛이 쓴 일이었지만 말이다.

"참, 어제 지나가며 들었던 말인데, 시무나리가 무엇이죠?"

울적한 기분을 달래는 데는 호기심을 태우는 것이 최고다. 모포로 몸을 둘둘 만 채 짐칸 한편에 웅크리고 있던 시그리드가 울리케의 질문에 피식 웃었다. 그러고는 문득, 뒤따르는 류그라 행렬 쪽만 힐끔힐끔 보고 있는 발프리드에게 눈길을 주었다. 그의 기세에 갑자기 엄격함이 깃들었다.

"발프리드 도련님."

"아, 네? 유세트 경."

부끄러운 짓을 하다 들킨 것처럼 깜짝 놀라 얼굴을 붉힌 발프리드가 마법사를 보았다. 불러놓고 한동안 말이 없던 시그리드가 입을 연다.

"이제 스승님이라 부르세요."

"……네?"

갑작스러운 이야기에 모두가 황망한 얼굴로 그를 본다. 부상의 후유증 때문일까, 살짝 파리한 마법사의 얼굴에 건조함과 피로, 그리고 심지어 약간의 노여움마저 비치는 것 같았다. 하지만 이어지는 그의 목소리에는 위엄 어린 상냥함이 분명하게 서렸다.

"그리고 이제 공대는 끝입니다. 나는 그대의 스승이니까요. 에다의 굴레 안에서 사제의 도리는 무반(武班)들의 알량한 그것에 비할 바가 아니랍니다. 스승에게 번뇌를 더할 준비가 되었나요?"

본래 내심 그를 스승 삼고 싶어 했던 발프리드였으나, 이건 너무 갑작스러운 흐름이었다. 하지만 그렇다고 거절하는 건 더 말도 안 된다. 우물쭈물하던 소년은 도움을 요청하는 눈길로 누나, 울리케를 보았다. 하지만 울리케가 무어라 입을 열려는 찰나, 시그리드의 음성이 자르듯 들어왔다.

"스스로 말하고 생각하게 하세요. 이는 오로지 우리 둘의 문제입니다."

이미 그간의 동행에서 그의 엄격한 면을 종종 목격한 발프리드였다. 소년은 어쩔 수 없이 주눅이 든다. 하지만 단지 좀 뜻밖의 때라 마음의 준비가 느린 것일 뿐, 이는 소년이 바랐던 일이다. 발프리드는 심경을 다잡고, 대답하였다.

"준비되었습니다."

"좋다."

이미 선언했던 바와 같이, 시그리드의 말투에서 손바닥 뒤집듯 공대가 사라졌다. 울리케와 발프리드는 그것이 불쾌하기는

커녕 오히려 감탄스럽기까지 하였다. 특히 여태껏 자신을 곧장 하대하는 사람이 부모님 말고는 거의 전무했던 그들이었다. 발프리드에게는 자신이 공경하고 따를 어른이 한 사람 늘었다는 게 반갑기까지 한 사실인 것이다.

"발라-라싸라면 사제의 관계를 맺는 시답잖은 의식들이 따랐겠지만, 나는 그런 건 귀찮으니까, 마침 자리보전도 하는 김에 노상에서 끝내버린 것이다. 너는 길고 복잡하며 허세 넘치는 예식이 좋으냐?"

"아, 아닙니다. ……스승님."

발프리드가 열심히 부정한다. 시그리드가 웃었다.

"나는 게으른 것도 싫어하지만 멍청한 것은 더더욱 싫어한다. 만일 스스로 멍청할 것 같은 순간이 오거들랑 결코 부지런하지 마라. 성실한 머저리는 여럿을 다치게 하니까."

"……예."

이거야 당최 주눅이 풀릴 새가 없다. 울리케 또한 시그리드의 말이 마치 자신을 꾸짖는 것만 같아 뜨끔하였다. 아무래도 이제 남동생은 한동안 그 스승을 제대로 모시는 법을 익힐 때까지 기를 펴지 못할 것 같다. 그런 생각을 하는 울리케에게 시그리드가 시선을 주더니 다시 발프리드에게 말했다.

"시무나리란 힘의 노래를 말한다. 이는 창조신 에아가 태초에 천지간을 빚을 때 불렀던 노랫말의 일부라고 전해진다. 일반인은 이를 아무리 읊어도 단순한 섬김의 의미 말고는 가질 수 없지만, 에다의 도리에 달한 우리는 그것을 창조신의 권능과 같이 사용할 수 있는 것이다. 이제부터 네가 익힐 것은 그러한 시무나리와, 에다의 구절들이다."

그는 발프리드에게 가르치고 있었지만 앞서 울리케가 한 질문에 동시에 대답하기도 하는 것이었다. 이에 남매는 나란히 고개를 끄덕였다. 마법사의 이야기가 이어졌다.

"하지만 나는 지금 에다의 서를 갖고 있지 않다. 더구나 사려고 하여도 쓸데없이 퍽 비싼 것이지."

"그럼 어쩌나요?"

울리케가 묻자 마법사는 대답했다.

"상관없어요. 모든 마법사는 에다의 서를 완전하게 암송할 수 있으니까요. 성에 돌아가면 곧장 구술할 테니, 발프리드가 받아쓰면서 외우면 됩니다. 백마흔네 쪽짜리 서책이니 그리 오래 걸리지 않을 겁니다."

그렇구나 하고 고개를 끄덕이는 울리케와 달리, 발프리드의 얼굴에는 질렸다는 표정이 뜬다. 스승님은 백마흔네 쪽이나 되는 내용을 한 토씨도 틀리지 않고 모조리 암송한다고 말하는 것인가? 그게 마법사의 기본 소양이란 말인가? 아직은 어리고 누나 울리케만큼 책에 환장한 이가 아니었던 소년에게, 그것은 충분히 엄청난 이야기로 들렸다.

"시무나리는 고대어이고, 문자 체계도 고유합니다. 그것을 물건에 새겨 마법을 부여할 수 있지요. 그래서 브륀힐데가 파마의 화살에 그것이 없다고 이상히 여긴 것입니다. 하지만 어제 말했듯, 마법을 부정하는 마법은 그 자체로 모순이지요. 따라서 시무나리로 새길 수 없어요."

시그리드가 울리케에게 설명했다. 옆에서 듣고 있던 브륀힐데와 울리케가 고개를 끄덕인다.

"멈추시오!"

이런 이야기들을 나누는 와중에 마차 행렬은 아우셀바프의 북문에 다다랐다. 성문을 지키는 치안대원들이 그들을 맞이했다. 마부석에서 말을 몰던 라그나와 문답이 시작되었다.

"어, 23일에 입시하셨다고요?"

"그렇소. 사흘간 체류했소."

"한데 류그라들과 함께 나가십니까?"

치안대원이 행렬의 후미 쪽을 보며 신기하다는 듯이 묻는다. 라그나는 별거 아닌 듯 대답하였다.

"그렇소."

치안대원은 출납기록부를 들고 휙휙 넘기다가 표정이 묘해졌다. 그가 다시 물었다.

"피어클리벤 영지의 행렬입니까?"

"그렇소만?"

"어……, 그러면 아무래도 잠시 기다리셔야 하겠습니다."

"무슨 일이오?"

치안대원은 라그나의 질문을 무시하고 성문 쪽으로 달려가더니 다른 치안대원들에게 무어라무어라 외치는 것 같았다. 그러자 별안간 전령인 듯한 자가 쏜살같이 내달리기 시작했다. 마뜩잖은 표정으로 그를 보고 있던 라그나가 마차 짐칸을 향해 말했다.

"아무래도 무언가 발목 잡힐 모양입니다."

기색이 묘하다고 느끼고 있던 것은 다들 마찬가지였다. 여태 얼굴에 새로 생긴 큰 흉터를 쓰다듬으며 조용히 있던 랄로프가 중얼거렸다.

"나 원, 이번에는 또 무슨 일이야?"

제 18장

세 대의 유개마차는 북문 대로의 한편에 치워진 채 대기하게 되었다. 울리케가 나서 무슨 일이냐고 물어보았지만, 담당 치안관은 상부의 지시에 따른 것일 뿐 자세한 것은 모른다고 답했다. 그리하여 다소 답답한 상태로 한동안 성문을 들고 나는 사람들만 구경하게 된 울리케 일행이었다. 그의 조바심을 감지한 시그리드가 조용히 말했다.

"걱정하지 마세요."

"걱정됩니다. 류그라들을 억류하려 하면 어떡하죠?"

"그럴 명분이 있을까요? 이제 길가네스의 가지는 사실상 피어클리벤의 보호 하에 들어온 것을요. 그를 무시하는 것은 영주에게 반항하는 일이죠."

그리고 그 영주는 용의 가호를 받는다. 미치지 않고서야 드러

내놓고 피어클리벤에 적대할 수는 없을 것이라는 이야기였다.
그러나 여전히 울리케는 찜찜하기만 하다. 류그라들의 마차 쪽
을 보니 그들 역시 내심 불안한 기색이 없지 않았다.

섭식장애에 걸린 나귀가 꼴 한 아름을 먹어치울 만한 시간을
기다린 끝에야, 시내 중심가 쪽으로부터 한 무리의 경무장 기
마대가 나타났다. 행렬의 선두를 이끌고 있던 젊은 청년이 시
원한 웃음을 띠고 다가왔는데, 잘 손질된 갑옷의 흉부에 아우
셀바프 치안대의 휘장과 기사의 문장, 그리고 까마귀 모양의
백동(白銅) 표지(標識)가 선명히 눈에 띄었다.

"지체시켜드렸습니다! 어느 분께 이 실례에 관한 용서를 구
하면 되겠습니까? 아우셀바프 치안대 소속 치안 판관(判官) 크
누드 서리엇이올습니다."

그가 말을 몰고 다가와 경쾌히 소리친 바이다. 시그리드와 재
빨리 짧은 이야기를 나눈 울리케가 마차 밖으로 몸을 내밀며
응대했다.

"영지의 고문이신 마법사 유세트 경이 계시나 현재 부상으로
미령(靡寧)하시어 제가 대리합니다. 울리케 피어클리벤입니다."

"지둔(遲鈍)한 무인이 아가씨를 뵙습니다! 부디 용서하십시
오."

울리케는 그와 함께 나타난 여섯 명의 기마대를 보고 고개를
갸웃거렸다.

"대체 무슨 일인지요?"

"어제 아가씨의 일행이 괴한들로부터 공격받은 일을 보고받았습니다. 자유도시 의회는 이를 염려스러운 사태라 판단하였고, 제가 속한 까마귀 금고 용병단에 파견 호위를 명하였습니다."

기본적으로 시민들의 자율대인 도시 치안대이기 때문에, 실무자 수준에서 최고 권한자인 치안 판관이라 하더라도 공무원이 아니라 시 의회의 요청을 받아 용병단으로부터 파견된다. 이것이 크누드가 기사이자 용병단원이며 동시에 치안관이 될 수 있는 이유였다. 비록 울리케는 이와 같은 복잡한 사정까지는 몰랐지만 그의 가슴에 반짝이는 휘장들을 보며 크누드의 신분과 직함을 짐작한다.

"호위라고요?"

울리케는 묘한 표정이 되었다. 이런 경우도 있는가 싶은 것이다. 너무 대단한 예우가 아닌가? 영주 본인이 요청해도 들어줄까 싶다. 그러니 결국, 이건 분명히 단 한 가지 이유 때문일 것이다.

"네. 피어클리벤 영지에 이를 때까지 경호할 것이니 부디 물리치지 마십시오."

울리케는 망설이다 마차 안쪽의 시그리드를 쳐다보았다. 차양막 안의 마법사가 피식 웃는 낯으로 고개를 끄덕거리는 게 보였다.

"그래요, 고맙습니다."

"별말씀을. 그럼 서두르겠습니다."

이후는 일사천리로 진행되었다. 일곱 명의 기마대로부터 호위받게 된 마차 세 대가 주변의 혼잡을 밀어내며 위용 넘치게 성문을 통과하였다. 문을 지키던 치안대원들이 크누드를 향해 경례를 올리는 소리가 들렸다. 울리케가 시그리드에게 조용히 물었다.

"역시 빌러디저드 님 때문이겠죠?"

"그럴 겁니다. 노인네들이 드물게 재빨랐군요."

시그리드가 말하는 노인네들이란 자유도시 의회의 의원들을 말한다. 일반적으로 각 조합의 조합장들로 구성되는 도시의 자치 내각이며, 이들은 시민 계급이 속한 각 이익집단의 입장을 대표한다. 모르긴 몰라도 어제 용의 출현이 분명 그들 귀에까지 들어갔을 테니 꽤 부산하게 그 영문을 추적했으리라. 이 예상 밖의 호위대는 틀림없이 그에 따른 일종의 정치적 예우일 것이다.

"저는 신경 쓰지 마십시오."

울리케는 시그리드와 이러한 이야기를 좀 더 나누고 싶었지만, 그들이 탄 마차 바로 뒤에 끼어들어 말을 몰고 있는 크누드가 영 성가시다. 이 넉살 좋게 생긴 기사는 뭐가 그리 즐거운지 아주 상쾌한 표정으로 그들을 따르며 그 시선을 자연스레 울리케와 시그리드에게 두고 있었다. 차양을 내려버릴까 하는 생각도 잠시나마 해 봤지만 면전에서 그러기는 아무래도 너무 무례하다. 이렇게 그가 눈치 주는 것을 아는지 모르는지, 크누드는 위와 같이 말해왔다.

"한스네들은 어떻게 되었죠?"

거리낌을 어쩔 수 없다면 차라리 대화 상대로 끼워버리는 게 나을 것이다. 그리 여기고 한숨을 내쉰 울리케는 궁금한 바를 재빨리 던져본다. 치안관은 선선히 대답하였다.

"아, 문제없습니다. 모든 조사와 선고가 끝났습니다. 일주일 뒤 전원 공개 교수형에 처할 겁니다."

"뭐라고요!?"

경악한 울리케가 비명처럼 소리지른다. 너무나 의외의 이야기에 충격을 받은 그의 말이 이어졌다.

"어째서죠? 그 정도로 중범죄를 저질렀나요?"

크누드는 사방의 눈밭에 반사되는 햇살로 훤해진 얼굴에 미소를 더하며 다음과 같이 대답할 뿐이었다.

"그놈들은 노상강도입니다, 아가씨. 비록 살인의 증거는 밝혀진 바 없지만 이미 여러 차례의 신고가 그들의 인상착의와 일치하며, 눈앞에 계신 울리케 아가씨까지 공격한 무뢰배들이 아닙니까? 귀천(貴賤)의 도리는 엄숙한 것입니다. 마땅히 일벌백계해야지요."

불과 며칠 전, 그들을 교수형에 처해야 한다고 날뛰었던 건 울리케였다. 하지만 그것은 그저 어린 베르벳을 이용해 여행자들을 기만함에 대한 분노의 표현이었을 뿐, 실제로 그들이 죽어 마땅하다고 여긴 것은 아니었다. 더구나 눈앞에서 에이나르가 그리 허무하게 살해당하는 것을 본 충격의 여파도 있었다. 이제 울리케의 인식에서 한스네 일행은 단지 조금 멍청한 범죄자들일 뿐이며, 결코 극형에 처해질 만한 악인은 못되었다.

하지만 크누드의 말은 일반적인 인식에서 옳다. 귀족과 그 식솔에 대한 범죄는 그 처벌에 사형을 기본으로 깔고 들어간다. 만일 한스네가 실제로 울리케를 다치게 했었다면, 절대 교수형으로 끝나지 않았을 것이다. 울리케 또한 그것을 알기에 마뜩찮으면서도 달리 무어라 할 말이 없다. 그저 우울해졌다.

"아가씨의 표정을 보니, 별로 기쁘지 않으신 것 같군요."

"……."

"그러시다면 이건 어떨까요? 그들은 실제로는 죽지 않을 것입니다만."

"……뭐라고요?"

울리케가 크누드를 본다. 문득, 좋아하는 여자애에게 장난치는 사내아이처럼 위악 어린 짓궂음이 크누드의 얼굴에 스쳐 갔으나 이를 포착한 이는 아무도 없었다.

"그들의 형벌을 결정한 것은 치안 판관인 접니다. 저는 단독으로 그것을 언도할 권한이 있지요."

이렇게 말한 크누드는 마치 '참 잘했죠?' 하는 뿌듯한 표정으로 울리케를 바라보며 생글거린다. 울리케는 슬슬 이 남자의 꿍꿍이를 의심하기 시작했다. 도대체 무슨 생각이야?

"저는 오늘 새벽 그와 같은 결정을 하달하고 왔습니다. 형은 정확히 일주일 뒤에 집행될 것이며, 이 사실이 도시 전체에 예고될 예정입니다. 그러니 제가 호위를 마치고 돌아갈 때쯤이면 틀림없이 어떤 방향에서든 이의가 제기되어 올 거로 생각합니다. 여차하면 파옥(破獄)도 불사할 무리로부터 말이죠."

"……무슨 말이죠?"

"모르시겠습니까?"

기대 밖이라는 듯 물어오는 크누드의 천연덕스러움에, 울리케는 순간 발칵 짜증이 났다. 그가 가장 듣기 싫어하는 말 가운데 하나를 지금 이 남자가 했다. *모르긴 뭘 몰라! 어디 기다려봐!*

"……한스네의 죽음이 곤란한 사람들이 있다는 거군요?"

잠시 관자놀이를 쑤시던 울리케가 말했다. 크누드가 밝게 대답했다.

"정답입니다! 그리고 그들은 필시 어제의 사건을 일으킨 진짜배기 범죄자들과 관계가 짙거나, 그들 스스로일 것입니다. 여기까지는 생각하기 어렵지 않지요. 한스네는 그들로부터 감시당하는 한편, 목숨을 위협당하면서도 보존 당하는 기묘한 상태에 처해 있거든요. 저는 그 이유가 그 베르벳이라는 소녀와 관계있다고 생각합니다."

울리케는 문득, 에이나르가 죽기 직전 내뱉었던 말을 떠올린다. 베르벳은 류그네릭이란 것을 마셨고, 그로 인해 어떤 특수한 가치를 지닌 존재가 되었다. 그 검은 옷의 무리들은 그 때문에 베르벳을 납치했으며, 이러한 사실을 극비로 남기고자 살인도 불사하고 있다.

"거기까지 생각하실 수 있으시다면, 깊이 파고드는 게 위험할수 있다고도 생각하지 않으시나요? 서리엇 경이라면 능히 그리짐작하실 것 같은데요."

울리케의 이 지적은 절반쯤의 비꼼을 담되, 진실된 염려였다. 그 미묘한 양면을 모두 감지한 크누드가 눈썹을 추켜세우며 웃어 보였다.

"그저 치안관이라 불러 주십시오. 맞습니다. 저는 이게 자유도시의 일개 치안 판관이 건드릴 규모를 벗어난 사건이라 짐작합니다. 용의 가호라도 받지 못한다면 위태롭기 짝이 없겠죠."

곤란하다. 이제 은근슬쩍 용의 이야기로 넘어가려 한다. 이남자, 도무지 방심할 수가 없다. 울리케는 딱딱한 얼굴로 대꾸했다.

"법치의 정의에 칼을 바친 분이니 어쩔 수 없겠지만, 그래도안위를 도모하시기 바랍니다."

"서임된 자가 그래서야 되겠습니까? 그러나 마음 써주셔서감사합니다, 아가씨."

능청맞기는. 울리케는 생각하다 물었다.

"그래서, 구태여 교수형을 일주일 뒤로 언도했다는 것입니까? 그 세력이 드러나 접촉해오도록 하기 위해서요?"

"맞습니다. 그들은 아마 대리자를 세우겠지요. 암시장 조합도 연관이 있는 것으로 여겨지지만, 아시다시피 암시장 조합의 조합장은 의회의 인원이 아닙니다. 될 수가 없지요. 하지만 영향력만큼은 충분히 광범위합니다. 아마 저는 귀환 후에 꽤 높으신 양반들에게 혼이 나거나, 어쩌면 상당히 두둑한 뇌물을 받으리라 기대합니다. 기왕이면 후자가 좋겠어요."

그는 태평하게 그런 희망을 말하였다. 울리케는 조금 어처구니가 없었다. 아니 사실 어처구니 같은 것은 이 대화가 시작된 이래 줄곧 없었던 듯하다. 그로서는 이런 유형의 남자와 말을 섞는 게 퍽이나 낯선 경험이었다. 자칫하면 원치 않는 대화로 말려들어 버릴 것만 같은, 그런 위태로운 긴장감이 그를 내내 불편케 하는 것이다. 그러면서도 한편으로는 기묘한 호승심과 흥분이 조금씩 맘 한편에 서렸다. 비록 울리케 스스로는 아직 자각하고 있지 못하였지만.

"……그렇게 해서 뭘 기대하는 거예요? 그저 뒷돈?"

"네, 그럴지도요. 저는 그저 용병단원이기도 하니까요."

크누드는 가슴에 달린 까마귀 모양의 백동장식을 손가락으로 두들긴다. 그제야 울리케는 그가 이끌고 온 여섯 명의 기마대가 치안대원들이 아님을 깨닫는다. 그들은 치안대의 제식 복장 대신 제각각의 무구를 그저 효율적으로 걸치고 있었다. 오직 까마귀 장식만이 그들을 통일되게 묶는 유일한 표식이었다.

울리케가 용병들에게 가진 인식은 세간의 얕은 편견과 크게 다르지 않다. 그랬기에 그가 마치 자랑스럽다는 듯 가리키는 그 휘장의 둔탁한 광채는 그에게 조금도 감동적인 것이 못되었다. 새침한 표정으로 침묵하는 울리케를 지그시 바라보던 크누드가, 문득 생각난 듯 입을 열었다.

"참, 아그니르 아가씨는 잘 있습니까?"

이 남자의 입에서 예상치 못한 이야기가 나오는 게 몇 번째인가. 울리케는 그가 점점 싫어진다. 하지만 무시할 수도 없어 되묻는다.

"아그니르요? 아는 사인가요?"

"기사 양성소에 교관으로 갈 때가 있었습니다. 말하자면 후임이지요! 저를 좋게 기억할 것 같지는 않지만요. 대체로, 기사도에 관한 선망이란 용병단에 몸담은 선배에 대한 멸시로 이어지니까 말입니다."

뭐 그렇겠지. 울리케는 속으로 콧방귀를 뀌며 대꾸했다.

"그런 인식의 흐름이 잘못되었나요?"

하지만 크누드는 진지하다.

"저는 검과 돈이 근본적으로 같은 기원으로부터 주물되었다고 생각합니다. 둘 모두 각자 다른 두 상대가 서로의 이익을 논할 때 사용하는 도구니까요. 저는 상인의 아들이었기에 잘 압니다. 검보다 잔혹한 돈이 있는가 하면, 돈보다 더러운 검도 있습니다. 둘 모두 그것을 다루는 데 있어서 그 사용자에게 충분한 기술과 더불어 어떤 도리를 요구합니다. 선과 정의에 관한 고찰이 비단 기사의 전유물은 아니지요."

물 흐르듯이 이어지는 크누드의 이야기에 울리케는 잠깐이
나마 넋을 빼앗겼다. 신선한 관점인 데다가, 그로서는 채 반박
할 소양이 부족한 영역의 이야기다. 그제야 지금껏 한결같이
이어진 이 기사의 경쾌한 언행이, 그가 모르는 어떤 신념에 근
거할지도 모른다는 생각이 드는 울리케였다. 그는 좀 더 신중
해져 보기로 한다.

"까마귀 용병단에 들어간 것은 다른 뜻이 있었다는 말일까
요?"

"까마귀 금고입니다, 울리케 아가씨. 그 질문에 대한 대답이
라면, 네, 그렇습니다. 우리 용병단은 단순한 군사 용역 회사가
아닙니다. 방점은 검보다 돈에 있지요. 저희는 고객들에게 튼튼
하고 신뢰할 수 있는 금고를 제공합니다. 말하자면 일개 상회
를 훨씬 웃도는 자금을 보유하는 것이죠. 여기 서 있으면 그 흐
름들을 볼 수 있답니다. 이것은 제법 공부가 되죠. 용병단이라
는 이름을 달고는 있습니다만, 저희가 하는 일이 일반에게 충
분히 인식된 이후라면 아마 그 명칭이 바뀌어도 좋을 것입니
다. 이를테면 상호신용금고(相互信用金庫)라던가."

"돈을 맡아준다고요?"

울리케로서는 그 필요성이 와닿지 않는다. 크누드의 설명이
시작되었다.

"그렇습니다. 대체로 큰 규모의 거래에서 대량의 현금이 오가

는 것은 수송과 보관 양편 모두에서 위험이 따르는 일이죠. 까마귀 금고는 여러 해에 걸쳐서 아우셸바프 각 조합과 상회의 자금을 거의 육 할 이상 예탁(預託)받는데 이르렀습니다. 그리되면 이제 대개 상회 및 조합 간 거래에서 실제 현금이 오갈 일이 없어집니다. 저희 용병단 내부에서 오로지 장부의 기입만으로 거래를 처리할 수 있으니까요. 금화는 꺼내 볼 필요도 없다고요? 실로 안전하고 편리하죠."

단지 상상해볼 수밖에 없는 그림이었으나 이해가 어려운 이야기는 아니었다. 울리케는 솔직한 감탄을 섞어 고개를 끄덕였다. 영지와 달리 자유도시는 수많은 현금 보유자들이 복잡하게 얽혀 거래를 트는 장소이다. 그러니 크누드의 말대로 이루어진다면 더없이 안전하고 편한 결제가 될 것이다. 하나 배웠다.

그 순간 어떤 생각이 떠오르려 한 울리케였으나, 이어진 크누드의 이야기가 생각을 흩어놓는다.

"어제 일로 본래라면 결코 드러나지 않았을 두 가지가 세상에 나타났습니다. 파마의 화살을 사용할 정도로 자금력과 세력을 갖춘 암살자 집단이 첫 번째이며, 두 번째가 바로 피어클리벤의 용이죠."

울리케는 흠칫 놀라 그를 보았다. 하지만 기사의 시선은 그를 향해있지 않았다. 그는 자신이 타고 있는 말갈기에 시선을 둔 채 생각에 잠겨 있었다. 울리케는 용에 관해 부정해 볼 여지가 없다고 느끼고는, 고개를 돌려 시그리드를 보았다. 그때까지 이어진 긴 대화를 일체의 간섭없이 듣고만 있던 마법사가 눈을 맞춰왔다. 하지만 별다른 대응은 없다. 크누드의 입이 열렸다.

"이 두 가지 사실 모두 결국 북방의 모든 권역으로 퍼져나갈 것입니다. 그리고 그 추이와 여파에 모두가 관심 두겠지요. 혹자는 이 두 가지가 별개의 일이 아니리라 의심할지도 모릅니다. 그렇게 되면, 결코 피어클리벤에 좋은 이야기는 안 될 것입니다."

이 남자가 도대체 무슨 이야기를 하려고 이러는 것일까? 이동 중 대로변에서 거창하게 이야기할 만한 화제가 아니다. 하지만 북상하는 도로에 오가는 이들은 전혀 없었다. 그의 의도를 짐작하기 어려운 울리케는 미간을 긴장시킨 채 듣고 있다. 시그리드 또한 어느 정도 긴장감을 내보인다. 그런 그들의 기색을 슬쩍 살피곤, 기사의 말이 이어졌다.

"이것은 소관의 생각일 뿐입니다만, 그 암살자 집단들은 분명히 피어클리벤에 접촉해 올 거로 생각합니다. 공식적으로든 비공식적으로든 말입니다."

"네? 왜 그렇게 생각하시죠?"

"저는 그들이 반정(反正)을 꿈꾸고 있다고 생각합니다."

조심스럽지만 또렷하게 울린 크누드의 목소리였다. 울리케는 아연한 얼굴로 시그리드를 보았다. 마법사의 별다른 동요 없는 낯을 보자, 그 또한 어느 정도 짐작했던 일이었음을 느낀다. 울리케는 이 무서운 이야기에 무심코 부르르 떨지 않을 수 없었다. 일체 주변의 눈치를 보지 않고, 크누드의 말이 계속된다.

"……저들이 정녕 역도당이라면, 수도에서 멀리 떨어진 땅에 나타난 용이란 의식하지 않을 수 없는 또 다른 세력이 됩니다. 잠재적으로, 그들의 목적을 이루기에 가장 방해될 존재이거나 혹은 하늘이 내린 최고의 행운이겠죠. 그들은 둘 중 하나를 분명히 하려고 들 것입니다. 어떤 식으로든, 완전히 무시하고 움직이지 못할 것입니다. 그러므로 피어클리벤의 정치적 향방이 어디를 향해있는지, 그 의중을 떠보려 할 것입니다."

"쉽게 말해 회유가 아니면 배척하려 들 것이다, 이 말이죠?"

듣고 있던 시그리드의 질문이다. 크누드는 긍정하였다.

"그렇습니다, 유세트 경."

"배척이라니! 그자들이 용을 상대하려 할 거란 말인가요?"

울리케의 어림없다는 듯한 발언이다. 크누드는 천천히 설득하는 듯한 어조로 말했다.

"이미 용을 가진 황실을 상대로 일어난 무리입니다. 그리고 제가 생각하는 최악의 배척은 다만 무력적인 것이 아닙니다. 그보다 효과가 훨씬 더 좋고, 비용이 덜 드는 방법이 있으니까요."

문득, 시그리드의 시선이 날카롭게 그를 향했다. 아직 전혀 아무것도 상상하지 못한 울리케는 눈을 크게 뜨고 묻는다.

"그게 뭐죠?"

그러나 크누드는 얼른 대답하지 않았다. 한동안 매우 유감스럽다는 듯한 얼굴로 조용히 자신의 상상을 더듬어보던 그는, 이윽고 참을성을 갖고 기다리던 그들에게 다음과 같이 이야기하기 시작했다.

"저라면 이렇게 할 것입니다. 피어클리벤 남작령이 용의 가호를 업고 황실로부터의 분리 독립을 획책하고 있다는 소문을 냅니다. 단순한 소문이 아니라 실제로 그것을 의심케 하는 몇 가지 소요사태와 내통, 정치적 공작이 따를 것입니다. 그럼으로써 피어클리벤은 중앙의 강력한 의심을 사게 되고, 이를 해소하기 위해 남작령은 실로 엄청난 비용을 지불하게 됩니다. 그게 아니라면 소문의 흐름대로 정말 중앙과 대립하던가요. 어쩌면 그 역당의 무리들은 아예 처음부터 이 계획을 추진하려 할지도 모르겠습니다. 중앙과 피어클리벤 사이의 혼란이 가시화되면 그 틈을 타 자신들의 계획을 성사시키기 쉬워질 테니까요. 어느 쪽이든, 피어클리벤은 앞으로 대단히 정교하게 운신하지 않으면 안 됩니다. 이것은 용의 무력만으로 어찌할 수 있는 것이 아닙니다. 인간계의 이야기죠."

이 남자는 참으로 무시무시한 소리를 이리 태평하게도 한다. 듣고 있던 울리케의 낯빛이 점점 안 좋아졌고, 이는 곁에서 어려운 이야기들이라 듣는 둥 마는 둥 하고 있던 발프리드조차 마찬가지였다. 크누드의 이야기가 말미에 이르자 울리케의 두려움은 좀 엉뚱하게도 크누드가 보이는 천연덕스러움에 대한 분노로 변하였다. 때문에 울리케의 목소리가 앙칼져지고 만다.

"허튼소리!"

크누드는 반응하지 않았다. 시그리드가 팔을 뻗더니 울리케의 어깨를 짚어왔다. 그 말 없는 몸짓에 담긴 의미를 추스르며, 울리케는 곧바로 이렇게 중얼거렸다.

"……아니, 일리 있는 말씀이군요. 충분히 생각해 볼 수 있는 전개겠지요."

크누드에게는 아무런 잘못이 없다. 오히려 그는 다소 오지랖이라 평가할 수 있는 이야기일지언정 호의를 담아 자신이 생각한 바를 이야기해 온 것이다. 울리케는 처음 빌러디저드와 만났던 때를 떠올렸다. 용의 후견을 얻는다는 것이 불러일으킬 정치적인 문제에 대해 그 또한 처음부터 염려했던 바이다. 비록 일이 이렇게 갑작스럽게, 그리고 복잡하게 일어날 것이라고는 상상하지 못했지만. 크누드의 이야기는 사리에 맞고, 날카로웠다. 곱씹을수록 현재로서는 이견을 더할 구석이 없다.

"치안판관, 이런 이야기를 구태여 건네는 까닭이 따로 있을 것 같은데요."

시그리드가 혼란에 빠진 울리케 대신 크누드에게 말한다. 울리케의 감정에 공감하는 듯 여태 유감스러운 표정을 짓고 있던 치안판관이 대답하였다.

"네. 그 역당의 무리는 어떤 식으로든 피어클리벤의 앞날에 큰 누가 됩니다. 그저 거리를 두려고 아무리 애써봐야 헛일입니다. 그러니 차라리 적극적으로 얽히시라는 말입니다. 교섭단체를 세우고 간접적으로요. 그들의 계획과 목적, 세력과 자금 등등을 파악할 수 있어야 대응책을 모색할 수 있는 것입니다. 그들과의 관계를 꺼리지 마시되, 가깝지도 멀지도 않게 유지하는 것이죠. 그러다 보면 반드시 기회가 오게 됩니다. 탐색으로 유예를 마련하고 입장을 분명히 할 시기를 보아 그들을 전복시킬 것인지, 혹은 그 뜻에 어울릴 것인지 결정하시지요. 여기서 중한 것은 생존과 안녕이지, 대의나 이념은 아닙니다."

"참으로 용병단원다운 충고로군요."

"그리 말씀하실 줄 알았습니다."

시그리드의 평가에 마냥 웃어 보이는 크누드였다. 듣고 있던 울리케로서는 그리 넙죽 받아들이기 힘든 이야기였다. 이런 점에서는 모험가와 용병끼리 통하는 데가 있는 것일까? 아니면 영주의 자식과 자유민이 가진 가치관의 차이일까?

"제가 한스 일당에게 교수형을 내리고 온 이유는 그 때문입니다. 이후 돌아가면 그들과 접촉할 수 있을 것이며, 저는 까마귀 금고단의 기사로서 그들과 어떤 거래를 해 보려고 합니다. 뜻대로 풀린다면 그들의 약점 하나쯤 쥘 수 있을지도 모릅니다. 그리고 아실지 모르겠지만, 아가씨는 이미 은연중 그들을 상대할 수단들을 손에 넣으셨습니다."

크누드가 그렇게 말하며 손을 들어 뒤를 따라오고 있는 류그라들의 마차를 가리킨다. 울리케가 말했다.

"류그라들 말인가요? 역시 그들이 류그라들을 노리나요? 아니 잠깐, 치안관은 뭘 알고 있는 거죠?"

"류그네릭에 대해 알고 있습니다. 한스가 기어이 입을 열었죠."

크누드는 별거 아니라는 식으로 말했다.

"용이 나타난 게 천만다행입니다. 그게 아니었다면 한스는 계속 입을 다물었을 것입니다. 저는 그에게 살아날 구멍을 일러주었습니다. 그는 저와 피어클리벤, 그리고 용을 믿어보기로 하였습니다. 아무튼, 그렇게 해서 저도 이제 알면 안 되는 것을 알게 되었습니다만, 어쩐지 계속 목은 붙어있군요."

"추적자들은 아주 먼 거리에서 우릴 따라오고 있어요. 적어도 감청을 할 의사는 없어 보이는군요."

시그리드가 무심하게 던진 말에, 울리케와 크누드 모두 놀라고 말았다. 크누드는 별안간 허둥지둥하더니 대열을 이탈해 후방에 눈길을 주었다. 하지만 확실히, 길의 저 먼 곳까지도 사람 그림자는 없었다.

"이야, 참 놀라게 하시네요, 마법사님! 추적자가 있는 줄 아시면 미리 언질을 주시지 그러셨습니까?"

크누드가 다시 제자리로 돌아오며 명랑하게 원망한다. 시그리드는 귀찮다는 듯이 대답했다.

"신경 쓸 필요가 있다고 판단했으면 그리했을 거예요."

"알겠습니다. 아무튼, 울리케 아가씨. 류그라들 때문에라도 그 역당의 무리들은 결국 피어클리벤에 오게 될 것입니다. 제

계획이 성공하면 거기에 패가 하나 더해집니다. 이제 피어클리벤은 그들과 무시할 수 없는 악연으로 묶이고 마는 것입니다. 교섭의 여지가 분명하게 생깁니다."

"그리고요? 치안관은 도대체 무얼 원하는 거죠? 이 모두가 순전히 공무의 차원에서 하는 말인가요?"

울리케의 다소 톡 쏘는 듯한 질문이다. 크누드가 시원하게 웃었다.

"저는 까마귀 금고단의 단원입니다! 또한 자유도시의 치안판관이기도 합니다. 이제 분명히 피어클리벤은 검과 돈이 교차하는 땅이 됩니다. 아우셀바프의 의회 영감들도 분명히 피어클리벤과 관계 맺으려 할 테지요. 하지만 그 철 지난 능구렁이들은 이 사태를 감당하지 못하며, 앞서 우리가 이야기한 상황을 알지도 못합니다. 전 그들에게 이런 비싼 정보를 팔 생각이 전혀 없거든요. 솔직히 말씀드리죠. 저는 아우셀바프의 편이 아니라, 피어클리벤의 개인적인 협력자가 되고 싶습니다. 까마귀 금고단 전부를 설득해 여기에 투신토록 종용할 자신도 있습니다. 여러분은 아우셀바프에 안정적으로 주재하는 외부협력 세력이 분명하게 필요합니다. 앞서 말씀드린 그 교섭단체, 그게 저희가 되고 싶은 것입니다."

크누드는 말을 마쳤다. 개운할 정도로 속내를 드러내 버린 것이다. 울리케는 다소 의외라는 표정을 짓고 있었고, 시그리드는 그 예전 울리케가 용을 위시해 고블린들과의 조약을 체결하던 때와 같은 희미한 미소를 띠고 있었다. 크누드는 마치 손님들에게 매물을 자랑한 장사꾼마냥, 다소 상기된 얼굴로 기대를 빛내며 그 둘을 번갈아 쳐다보았다.

"자, 어떻습니까? 지금까지 제 이야기가?"

자기소개가 끝난 모양이다.

이후 행렬은 정오를 조금 지나 여각촌 스도룬에 당도하였다. 여기서 피어클리벤령의 바케르까지는 통상 꼬박 한나절이 걸리는데 어제의 폭설로 인해 도로 사정이 나빠져 있을 것이기에, 어차피 하루 만에 도착하기가 무리라는 의견이 다수였다. 즉, 결국 노숙을 하게 될 테니 스도룬에서 시간과 여비를 낭비하지 말고 그대로 지나치자는 결론이 나는 것이다. 노숙의 전문가들인 류그라들도 있으니 그리 염려할 것도 없을 것 같았다. 더구나 확실하게 호위도 붙어있으니까.

"바케르까지만 호위할 거죠?"

행렬은 늦은 오후 스도룬을 한참 지나친 곳에 자리를 잡았다. 여기서 식사와 노숙을 하고 내일 새벽 출발하면 점심 무렵 바케르에 닿을 것이다. 류그라들이 숙련된 솜씨로 도로변의 들판에 천막을 세우는 것을 구경하며, 울리케가 크누드에게 위와 같이 물었다. 생각할 것이 많아 머리가 복잡했기에 여태 크누드와 전혀 말을 섞지 않고 있던 그였다. 동료들과 말을 매어

놓고 주변을 살피던 그는 올리케가 말을 걸어오자 반가운 듯이 대답했다.

"최소한은 그렇습니다. 하지만 상황에 따라 얼마든지 유연하게 굴 생각입니다. 아그니르 아가씨를 오랜만에 보면 좋을 것 같기도 하고요."

올리케는 동갑내기 자매의 그 많았던 도시 이야기에서 단 한 번도 크누드가 언급된 적 없다는 것이 이상했다. 아그니르는 기사 양성소의 생활에 관한 한 별 시시콜콜한 것들까지 늘어놓곤 했으며, 덕분에 올리케는 그의 동기생이나 선임, 교관, 심지어 하인들에 이르기까지 대부분 들은 바 있었다. 하지만 어느 지점에서도 이 기사에 관한 이야기는 없었다. 올리케는 그가 정말 아그니르와 면식이 있다면 충분히 이야기될 만한 존재라고 평가한다. 이 남자는 결코 평범하지 않단 말이다.

"본래 상인이셨다고요?"

크누드가 앞서 늘어놓았던 심각한 이야기들의 무게를 아직 되새기기 두려운 올리케는 지극히 개인적이고 가벼운 화제를 던져 본다.

"제가 아니라 저의 아비입니다. 저는 상인의 아들일 뿐이었죠. 덕분에 그저 일반 시민의 가정일 뿐이었지만 넉넉하게 자랐습니다. 기사 양성소에 들어갈 만큼은요."

올리케도 그것에 만만치 않은 비용이 들어감을 안다. 아그니르도 거기 입소하기 위해 아버지와 에이드리크를 상대로 어마어마한 농성을 했었다. 새삼 그 때 일이 떠올라 피식 웃음이 터지는 울리케였다.

"하지만 제가 졸업할 즈음 가세가 기울었죠. 원래 장사란 것이 그러한 일이기는 합니다만……."

"사기라도 당했나요?"

미묘하게 끝나는 크누드의 말끝에서 어떤 그늘을 잡아낸 울리케가 불현듯 물은 것이다. 그가 대답했다.

"그렇습니다. 하지만 범죄로는 성립하지 않는, 실로 교묘한 사기였습니다. 제 아비는 그때를 기점으로 영영 자리 보전하는 신세가 되었지요. 저는 양성소 수료 직후 곧바로 용병단원이 되었습니다. 그게 가장 벌이가 좋았으니까요."

그는 담담하게 말한다. 울리케는 딱히 어떤 소감을 덧대지 않았다. 그가 말했다.

"이번엔 제 질문 차례입니다."

뭐? 차례가 정해져 있는 거였어? 울리케가 아차 하는 사이, 그의 질문이 기습적으로 들어왔다.

"피어클리벤에 용이 머물게 된 경위를 알고 싶습니다. 안 될까요?"

크누드는 처음 만났을 때부터 용이 피어클리벤에 머문다는 것을 기정사실화하고 있었고, 울리케는 그에 대해 부정하지 않음으로써 긍정하고 있었다. 이제 와서 둘러댈 것도 없겠거니와, 앞서 크누드가 한 많은 이야기들은 용에 관한 진실과 맞바꾸기에 충분한 가치가 있었다. 울리케는 마땅히 그리 판단한다.

"이야기해 드리죠. 다만 모두가 식사를 준비하는 중이니, 잠시 뒤로 미룰까요."

"아, 그러시지요."

류그라들과 모험가들, 그리고 호위대라는 세 집단이 자연스레 따로 모여 앉아 식사를 하게 되었다. 사냥을 다녀올 여유까지 챙기기엔 시간이 부족했기에 우선 각자의 짐에서 꺼낸 보존식들이 재빠르게 식사로써 마련되었다. 때문에 그다지 맛이라거나, 풍요를 생각할만한 식사는 아니었다. 모두들 일단 허기를 대충 때우고 날이 완전히 저물기 전까지 좀 더 제대로 된 식사와 잠자리를 마련할 생각인 것이다. 북부의 겨울밤은 길므로, 이러한 노상에서는 최대한 늦은 시간에 잔뜩 식사를 하고 자는 것이 효율적이다. 여명이 아직 먼 시간에 깨어나 배를 주리는 것은 꽤나 고생스러운 일이니까.

"나는 아직 치안관을 전혀 신뢰할 수 없어요."

그냥저냥한 식사를 해치우고 뜨거운 싹눈차를 큼직하게 받아든 울리케가 서둘러 사냥을 나서는 브륀힐데를 배웅하곤 말했다. 같은 모양새로 불 가에 앉아 있던 크누드가 대답했다.

"당연합니다."

"치안관의 이야기는 의혹투성이에요. 그리고……, 모든 것이 너무 섣부르지 않습니까? 그런 이야기는 제가 아니라 아버님이나, 공히 가신들을 배석시킨 자리에서 드려야 한다고 생각합니다."

"어휴, 저는 그런 자리가 질색입니다."

그새 어디서 났는지, 작은 솔방울을 불 안으로 던져 넣으며 하는 소리다. 크누드의 말이 이어졌다.

"저는 아직 아무런 자격이 없지 않습니까? 그래서 앞으로 예상되는 흐름에 대해 제 판단을 말씀드린 것뿐입니다. 마음에 두시건 무시하시건 저로서는 어쩔 수 없습니다."

울리케는 그가 빈말하고 있다고 여겨졌다. 채 통성명의 여운이 가시기도 전에 폭풍처럼 몰아치는 언변으로 향후 정국에 대한 무서운 화제들을 아무렇지도 않게 던져버린 자다. 그래놓고는 또 마음에 두든가 말든가 맘대로 하라는 식이다. 도대체 이 작자는 무엇을 추구하는 것일까? 울리케는 그를 자유도시의 치안 판관으로 대해야 하는지, 아니면 용병단원으로 대해야 하는지조차 감이 잡히지 않았다. 그는 편리하게도 여러 입장을 겹쳐 갖고 있는 것이며, 어쩌면 상황에 따라 그것들을 선택적으로 오갈지도 모른다. 그의 언행을 곧이곧대로 받아들일 수 없는 이유였다.

"나를 설득할 생각이 있기는 있나요?"

"그러고자 이야기를 꺼낸 것이 아니었습니다."

도래하는 밤을 기대하며 그 기세가 무럭무럭 드세지는 모닥불 빛이 크누드의 옆얼굴을 두드리는 가운데, 자욱해지는 석양을 등진 그가 의아한 표정의 울리케를 향해 말을 이었다.

"저는 그저 처음에는, 한스네의 교수형 소식을 알리는 데서 그치려 했습니다. 제가 예상했던 것보다 말이 많아지고, 급기야 미루려 했던 이야기까지 꺼내게 된 것은 전적으로 아가씨 때문입니다. 교수형의 노림수를 파악하고 그것을 저지하려 하는 세력까지, 아가씨는 별 어려움 없이 유추하셨습니다. 본래는 아그니르 아가씨의 동갑내기 자매라길래, 약간 놀려보고자 시작했던 이야기였습니다만, 이거 저도 이야기가 거기까지 나갈 줄은 몰랐습니다."

한순간, 울리케는 아그니르가 이 남자의 이야기를 일절 꺼내지 않은 이유를 짐작했다. 그리고 이 예상은 거의 틀림없을 것이다. 이 남자는 왠지 매우 사람을 곤혹스럽게 하는 데가 있는 것이다.

하지만 아직 울리케는 표정을 무너뜨리지 않고 있었다. 그저 태연히, 다음과 같이 거들었을 뿐이다.

"아하, 그래요?"

"그렇습니다. 한스네와 같은 시정잡배 무리들의 교수형 소식에도 또한 결코 좋아하지 않으셨지요. 그건 조금 놀라웠습니다. 거기서부터 뭐랄까……, 조금 다르게 이야기를 해 보고 싶더군요."

짜증 나. 왜지? 울리케가 이 감정의 연유를 파악하려 애쓰는 사이, 그의 수다가 계속 이어졌다.

"제 이야기는 모두 억측이라고 반박당해도 할 수 없는 것들입니다. 그런 만큼 오히려 부담 없이 이야기할 수 있었습니다. 저는 남작님을 상대로 하는 것도 아니고, 노상은 공적인 자리도 아니거니와, 저는 그냥 일개의 무부(武夫)니까요. 그래서 되는대로 편히 이야기하게 되었습니다. 뭐, 그게 다입니다."

"치안관, 혹시 평소에 경박하다는 평을 듣지는 않나요?"

마침내 더는 참을 수 없게 된 울리케가, 그래도 최소한 낯빛의 하한선을 지키려 애쓰며 이리 던진 말이었다. 크누드의 눈이 동그래지더니 별안간 파안대소를 터뜨렸다. 그 주변에 옹기종기 모여 제각기 불을 쬐던 이들이 놀란 얼굴로 이쪽을 쳐다본다. 목상(木像)마냥 딱딱한 표정이 된 울리케에게, 크누드가 미처 그치지 못한 웃음을 흘리며 대답했다.

"그렇습니까? 엽렵(獵獵)하다는 칭찬은 들어보았습니다만, 이거 신선하군요!"

엽렵 좋아하시네! 울리케는 한순간 무척 그와 빌러디저드의 만남을 주선해주고 싶어졌다. 그 상황에서 이 남자가 어떤 태도를 보이는지 꼭 보고 싶어진 것이다. 돌아가면 꼭 아그니르와 함께 이 남자에 대해 잘근잘근 씹어봐야지.

자매는 아마 자신이 모르는 이야기를 더 해 줄지 모른다. 요사이 이런저런 일들로 인해 이야기 나눌 자리가 부족하여 그리운 자매였다. 공통의 적을 두는 것은 돈독함을 다지는 데 있어 무엇보다 효과적이다. 그리 결심한 울리케는 이 난데없이 자신의 여정에 끼어든 뻔뻔한 남자를 몰래 흘겨보았다. 아마 이 지굿지굿한 인연은 쉽게 떨어져 나갈 것 같지 않다.

그런 예감이 강하게 들고 만다.

〈2권에서 계속〉

피어클리벤의 금화 1

1판 1쇄 찍음 2019년 8월 29일
1판 1쇄 펴냄 2019년 9월 5일

지은이 | 신서로
발행인 | 박근섭
편집인 | 김준혁
펴낸곳 | 황금가지

출판등록 | 2009. 10. 8 (제2009-000273호)
주소 | 06027 서울 강남구 도산대로 1길 62 강남출판문화센터 5층
전화 | **영업부** 515-2000 **편집부** 3446-8774 **팩시밀리** 515-2007
홈페이지 | www.goldenbough.co.kr

도서 파본 등의 이유로 반송이 필요할 경우에는 구매처에서 교환하시고
출판사 교환이 필요할 경우에는 아래 주소로 반송 사유를 적어 도서와 함께 보내주세요.
06027 서울 강남구 도산대로 1길 62 강남출판문화센터 6층 민음인 마케팅부

ISBN 979-11-5888-546-5 04810(1권)
     979-11-5888-545-8 04810(세트)

㈜민음인은 민음사 출판 그룹의 자회사입니다.
황금가지는 ㈜민음인의 픽션 전문 출간 브랜드입니다.